U0878038

读客

读客外国小说文库

熊猫君激发个人成长

THE GODFATHER
The Sicilian

教父Ⅱ
西西里人

[美] 马里奥·普佐 著
Mario Puzo
祁阿红 译

江苏凤凰文艺出版社
JIANGSU PHOENIX LITERATURE AND ART PUBLISHING LTD

图书在版编目（CIP）数据

教父. 2, 西西里人 / (美) 马里奥·普佐
(Puzo, M.) 著 ; 祁阿红译. -- 南京 : 江苏凤凰文艺出
版社, 2018.6
（读客外国小说文库）
ISBN 978-7-5594-1805-0

Ⅰ. ①教… Ⅱ. ①马… ②祁… Ⅲ. ①长篇小说－美
国－现代 Ⅳ. ① I712.45

中国版本图书馆 CIP 数据核字 (2018) 第 056522 号

THE SICILIAN © 1984 by Mario Puzo
This edition arranged with DONADIO & OLSON, INC.
through BIG APPLE AGENCY, INC., LABUAN, MALAYSIA.
Simplified Chinese edition copyright © 2018 Dook Media Group Limited, China
All rights reserved

中文版权 © 2018 读客文化股份有限公司
经授权，读客文化股份有限公司拥有本书的中文（简体）版权
图字：10-2013-526 号

教父 2：西西里人

[美] 马里奥·普佐 著　　祁阿红 译

责任编辑	丁小卉
特约编辑	赵思婷　孙若羚　叶启秀
装帧设计	读客文化　021-33608311
责任印制	刘　巍
出版发行	江苏凤凰文艺出版社
	南京市中央路 165 号，邮编：210009
网　　址	http://www.jswenyi.com
印　　刷	北京盛通印刷股份有限公司
开　　本	880 × 1230 毫米 1/32
印　　张	13.25
字　　数	290 千字
版　　次	2018 年 6 月第 1 版　2019 年 6 月第 3 次印刷
标准书号	ISBN 978 - 7 - 5594 - 1805 - 0
定　　价	79.90 元

江苏凤凰文艺版图书凡印刷、装订错误可随时向承印厂调换

献给卡罗尔

目 录

第一部

/1950年，迈克尔·柯里昂

第一章

迈克尔·柯里昂站在巴勒莫港长长的木板码头上，目送那艘前往美国的大型远洋客轮起航。要不是父亲给了他新的指示，他此刻已随那艘大船启程了。

他向来时乘坐的小渔船上的人挥手告别，那些人在过去几年中一直在保护他。小渔船冲开远洋轮的尾浪前行，就像一只勇敢地跟在妈妈身后游泳的小鸭。船上的人挥手回应，他今后不会再见到他们了。

码头上一派繁忙。身穿宽大工作服、头戴工作帽的工人正忙着从船上卸货，然后装上开进长码头的卡车。这些人瘦长精干，鸭舌帽遮住了他们的面部轮廓，看上去不像意大利人，倒更像阿拉伯人。他们当中一些人将成为他的新保镖，在他见到唐·克罗切·马洛之前，他们要确保他的安全。马洛是“友中友”的龙头老大。尽管报纸和外界都称他们为“黑手党”，在西西里，人们却称他们“友中友”。西西里的平民百姓从来不使用“黑手党”这个词。他们从来不称唐·克罗切·马洛“龙头老大”，而是称他“善人”。

在西西里两年的流亡生活中，迈克尔听到不少关于唐·克罗切的传闻，有的说得神乎其神，他简直不相信会有这样的人。从父亲那里传来的指令非常明确：就在今天，他将与唐·克罗切共进午餐，他们两个人将安排意大利头号土匪萨尔瓦多·吉里安诺逃离西西里。如果带不走吉里安诺，迈克尔·柯里昂就不能离开西西里。

码头的另一端，离他顶多五十码的一条窄路上，停着一辆黑色大轿车。站在车前的三个人，在耀眼的光线中，就像是金色的幕墙上切出的三个黑色长条。迈克尔朝他们走去，接着停下来点燃一支香烟，审视着这座城市。

巴勒莫位于一座死火山形成的碗状盆地的底部，三面环山，一面濒临波光粼粼的蓝色地中海。整个城市都沐浴着西西里岛正午的金色阳光。洒落在地面的阳光略泛红色，仿佛在诉说几个世纪以来发生在西西里的流血冲突。太阳给希腊神庙雄伟的大理石石柱、细长的穆斯林塔楼、精雕细刻的西班牙大教堂的正面都抹上了一层金色。在远处的山丘上，诺曼古城堡的垛口依稀可见。这些都是基督诞生前曾经统治西西里的残暴军队留下的。在古堡城墙的另一侧，圆锥形的山体紧紧环抱着有几分柔弱的巴勒莫市，仿佛一道绳索紧紧地绕在这座城市的脖子上，群山和城市好像都优雅地跪着。再往上，在蔚蓝的天空中，有数不清的小红隼鹰在振翅翱翔。

迈克尔朝码头另一端等候他的三个人走去。每靠近一步，他们的身形和模样就变得越来越清晰。三人一字站开，拉大彼此间的距离，准备围上来迎接他。

他们都了解迈克尔的底细：他是人在美国，但势力触及西西里岛的“教父”唐·柯里昂的小儿子；他在处决一个柯里昂家族的仇人的时候还杀死了纽约市的一名高级警官。由于这两起命案，他一直在西西里岛避风，过着流亡生活。现在终于有了“安排”。他准备重返故土，继续当柯里昂家族的王储。他们打量着迈克尔，他步履轻快，略显疲惫，但十分警觉。他双颊凹陷，像个历经苦难和危险的人。他显然是一个“值得尊敬”的人。

迈克尔走出码头时，最先迎上来的是一位胖胖的神父。此人头戴油腻的蝠形帽，身穿修士长袍，白色的袍领上沾满了西西里岛的红色沙尘，袍领托着的是一张肉墩墩的世俗面孔。

他就是龙头老大唐·克罗切的胞弟本杰明诺·马洛神父。他举止腼腆虔诚，对名声在外的哥哥忠心耿耿，从不顾忌与魔鬼过从甚密。有些居心不良的人私下议论，说他把忏悔者的秘密都告诉了唐·克罗切。

在与迈克尔握手时，本杰明诺神父的笑脸中透出几分紧张，可是看见迈克尔抿着嘴的善意微笑，他似乎很惊讶，也随之松了口气，因为这不像一个杀手的微笑。

第二个人虽说客气，但缺乏热情。他是西西里所有警察的上司弗雷德里科·韦拉尔迪警督。这三个人中，只有他脸上没有丝毫欢迎的笑容。他身材瘦削，但衣着讲究，对一个公职人员来说，这种讲究有些奢侈。他冷峻湛蓝的双眼是远古诺曼征服者的遗传。韦拉尔迪警督不可能喜欢这个谋杀高级警官的美国人，迈克尔在西西里可没那么好的运气，韦拉尔迪的手握起来像刀刃。

第三个人又高又壮，与那两个人站在一起显得很魁梧。他紧紧握着迈克尔的手，把他拉向自己来了个热烈拥抱。“迈克尔老弟，”他喊了一声，“欢迎你到巴勒莫来。”随后他松开双臂，用好奇而又审慎的目光打量着迈克尔。“我是斯特凡·安多里尼，和你父亲一起在柯里昂家族里长大的。我在美国见过你，那时候你还小。你记得我吗？”

奇怪的是，迈克尔居然还记得。斯特凡·安多里尼的红棕色头发在西西里人当中极为罕见，这使他非常烦恼，因为西西里人认为犹大也是红头发。他的面孔同样令人难忘。他的嘴很大，但形状不规则，血红的厚嘴唇像刚切下的鲜肉，嘴唇上方是毛茸茸的鼻孔，两只眼睛嵌在深深的眼窝里。虽然他面带笑容，但是看见这张面孔的人肯定会做噩梦。

迈克尔立刻意识到神父与此事的联系，但韦拉尔迪警督的出现则使他颇感意外。安多里尼尽了一名亲友的责任，很有分寸地向迈克尔介绍了韦拉尔迪的官方身份。迈克尔顿生警觉。这个人来干什么？韦拉尔迪是萨尔瓦多·吉里安诺最锲而不舍的追捕者之一。斯特凡·安多里尼和警督之间显然结怨颇深。他们就像两个准备决斗的人，只是表面上彬彬有礼。

司机替他们打开车门。本杰明诺神父和斯特凡·安多里尼礼貌地轻轻拍了拍迈克尔，请他坐到后座上。本杰明诺神父表现出基督教的恭谦，非要坐在中间的座位上，让迈克尔靠车窗坐，因为他觉得迈克尔一定要看看巴勒莫的美丽景色。安多里尼在后座的另一侧坐下。韦拉尔迪警督早就钻进车里，坐在副驾驶的座位上。迈克尔注意到，警督紧紧抓着车门的把手，为的是随时快速打开车门。迈克尔心下思忖，本杰明诺神父赶紧坐到中间那个座位上，是想减少成为袭击目标的可能性。

轿车像一条大黑龙在巴勒莫的街道上缓缓行驶。在这条大道的两侧，有格调高雅的摩尔式住房、巨大的希腊立柱式公共建筑和西班牙教堂。私人别墅被漆成蓝色、白色、黄色，而且都带摆满鲜花的阳台，在他们头顶上方形成了一条空中走廊。如果没有宪兵小分队（即意大利国家警察），还真是一道亮丽的景观。这些荷枪实弹的宪兵在四处巡逻，连阳台上也有站岗的人。

与周围的车辆，尤其是那些从农村运送新鲜农产品进城的骡车相比，他们的轿车鹤立鸡群。不过那些骡车都漆了生动明快的颜色，就连车轮的辐条和驾骡的车辕也不例外。许多骡车的侧面都画着富有情节的画，有戴头盔的武士，也有戴王冠的国王，这些人物都出自西西里流传下来的查理大帝与罗兰的古老民间传说。不过有些车上画着的是一个穿鼹鼠皮裤和无袖白衬衣的英俊青年，他腰里别着枪、肩上挎着枪，两行简短的故事后面总用红色的大写字母写着一个名字：吉里安诺。

在西西里流亡的这段时间，迈克尔听到大量关于萨尔瓦多·吉里安诺的故事。这个名字频频现于报端，成了街谈巷议的人物。迈克尔的新娘阿波罗妮亚说，她每天晚上都要为吉里安诺的安全祈祷，西西里岛上几乎所有青少年也都这样做，因为吉里安诺与他们休戚与共，他们崇拜他，都梦想成为像他那样的人。他很年轻，二十多岁就有领兵作战的才华，打败了对付他的宪兵部队。他仪表堂堂，慷慨大方，把打劫来的大部分财富都分给了穷人。他为人正派，严禁手下人伤害妇女和神父。在惩处告密者或叛徒的时候，他总要给他们时间做祈祷，让他们清洗自己的灵魂，以便与另一个世界的统治者好好相处。这些传闻迈克尔都知道。

他们的车刚拐出这条大道，迈克尔就看见一幢房子墙上的大黑字告示。他只看清了最上头一行中“吉里安诺”这个名字。本杰明诺神父朝车窗方向欠过身说："那是吉里安诺的一份声明，不管怎么说，巴勒莫的夜晚依然是他的天下。"

"那上面说些什么？"迈克尔问道。

"他允许巴勒莫人重新乘坐有轨电车了。"本杰明诺神父回答说。

"他允许？"迈克尔笑着问道，"一个逃犯允许？"

坐在车子另一侧的斯特凡·安多里尼笑起来。"只要宪兵坐电车，吉里安诺就炸。不过他事先就告诫公众不要去坐电车，现在他答应不炸电车了。"

迈克尔干巴巴地问："吉里安诺为什么要炸有警察乘坐的电车呢？"

韦拉尔迪警督回过头，蓝色的眼睛盯着迈克尔。"因为愚蠢的罗马政府逮捕了他的父母，说他们私通一名罪犯，也就是他们的儿子。这是一项法西斯的法律，一直没有被共和国废止。"

本杰明诺神父以平静而又骄傲的语气说："家兄唐·克罗切出面斡旋，把他们释放了。哦，家兄对罗马当局非常恼火。"

天哪，迈克尔思忖道，唐·克罗切对罗马当局非常恼火？除了黑手党的一把手，这个唐·克罗切还能是谁？

轿车在一幢横亘一个街区的玫瑰色大楼前停下。大楼四角各有一个伊斯兰风格的蓝色尖塔，大门外有一个带宽绿条纹的、独特的天篷，上面印着"翁贝托酒店"字样，门口站了两个门童，制服上的纽扣金光闪闪。这些景象并没有转移迈克尔的注意力。

他那双老练的眼睛把酒店周围的情况看得一清二楚。他至少看见十个保镖，他们或两人一组在街上走动，或倚靠在铁栏杆上。这些人很张扬，敞开的上衣里露出随身携带的武器。迈克尔刚下汽车的时候，有两个抽细雪茄烟的人一度挡在他前面，仔细打量了他一番，好像要目测他的身高，准备给他挖墓穴似的。对韦拉尔迪警督和其他两个人，他们没有丝毫的兴趣。

这一行人进去之后，保镖就封锁了大饭店的入口。大厅里过来四名保镖，带领他们进入一条走廊。这些人的脸上洋溢着皇帝侍从般的优越感。

走廊尽头是两扇橡木大门。一个坐在豪华气派的高椅上的人站起来，用一把铜钥匙把门打开。他鞠了个躬，并向本杰明诺神父诡秘地一笑。

这是一个豪华套房，法式落地窗打开着，窗外是一座精心打理的大花园，园中的柠檬树不时飘来阵阵清香。迈克尔走进去，看见套间内侧也站着两个人。他不明白唐·克罗切何以受到如此严密的保护。他与吉里安诺是朋友，又与罗马政府的司法部长是知己，满街的宪兵自然不会威胁到他的安全。那么这个唐究竟在防范谁？害怕什么？他的敌人是谁呢？

套房起居室的家具原先是为意大利的一座宫殿设计的，扶手椅硕大无比，沙发像小船，又长又深，巨大的大理石桌子像是从博物馆里偷来的。这些东西恰如其分地烘托出从花园里走进来欢迎他们的唐·克罗切。

唐伸出双臂拥抱迈克尔·柯里昂。他站着的时候，身高和体宽几近相等；他的头像雄狮，花白浓密的头发留着黑人那样的发卷，修剪得非常精心；蜥蜴般乌黑的眼睛，像镶在肥嘟嘟的面颊上方的两粒葡萄干；他的面颊好似两块红木，左半边刨得很平，右半边长满了横肉；那张嘴显得出奇的精巧，嘴唇上方是稀稀拉拉的胡须；他的鼻子像一根特大号的钉子，把他的脸固定在一起。

可是，除了那个帝王般的脑袋，他整个人都像个乡巴佬。他的大肚子上套着一条宽大得不合身的裤子，用两根米色宽吊带吊在肩上。他上身那件特大的白衬衣刚洗过，但没有熨烫。他没有系领带，也没有穿外套，光着脚站在大理石地面上。

他不像一个勒索工商企业，甚至广场地摊都不放过的人。很难相信他欠下了一千条人命，他对西西里岛西部的控制就连罗马当局也自愧不如。他富甲一方，连那些在西西里岛拥有大庄园的公爵和伯爵也相形失色。

他敏捷轻盈地拥抱了迈克尔一下，接着说：“我和你父亲小时候就认识。他有你这样一个好儿子，我感到很高兴。”接着他询问客人一路上可好，现在有什么要求。迈克尔笑了笑说，如果能来点面包和葡萄酒就好了。唐·克罗切立刻把他领进花园。他也像其他西西里人一样，只要有可能，就在户外用餐。

在柠檬树下事先就摆好了一张小桌子，桌上铺着洁白的台布，摆着擦得亮晶晶的玻璃酒杯。用人把宽大的竹椅向后拉了拉，唐·克罗切亲自安排座位，客气的程度与他六十多岁的年龄很不相称。他安排迈克尔坐在自己的右侧，让当神父的弟弟坐在他的左侧。接着他让韦拉尔迪警督和斯特凡·安多里尼坐在他对面，对他们显得不冷不热。

西西里人对吃很在行。当有美食可享用的时候，为数不多的几个人也敢开唐·克罗切的玩笑：在杀敌人和品美食之间，唐·克罗切更愿意选择后者。用人们把食物端上来时，他坐在那里，双手拿起刀叉，脸上露出慈祥的微笑。迈克尔环顾四周，见花园里有一道高高的石墙，至少可以看见十名保镖，分散坐在几张小餐桌前，每张桌上最多两个人，而且离他们都有一段距离，以便让唐·克罗切和他的客人私下交谈。园子里弥漫着柠檬和橄榄油的清香。

唐·克罗切亲自把一块烤鸡和一些土豆放进迈克尔的盘子，把奶酪末撒在他旁边小碟子里的通心粉上，接着往他的酒杯里倒上本地产的浑浊的白葡萄酒。他饶有兴趣地招待着这位新朋友，真的觉得让客人吃好喝好至关重要。迈克尔确实有点儿饿了，因为从天亮到现在他还没有吃过东西。唐·克罗切不断往他的盘子里放吃的，不过也非常注意其他客人的盘子，必要时他就给用人打手势，让他们添酒加菜。

酒足饭饱之后，唐·克罗切呷了一口浓咖啡，准备言归正传。

他对迈克尔说："这么说，你是准备帮助我们的朋友吉里安诺逃亡美国咯？"

"这是我接到的指令，"迈克尔说，"我要确保他进入美国，不能有半点闪失。"

唐·克罗切点点头，他那红木似的大脸上露出肥胖者略带睡意的和蔼。他那震颤的男高音与他的长相及身躯极不相称。"我把萨尔瓦多·吉里安诺交给你，这是我和你父亲两人的约定。不过现实生活不会那么顺顺当当，总是会出现一些意外，现在要我继续践约就很为难。"他举起手，示意迈克尔不要打断他，"这事不能怪我，不是我出尔反尔，而是吉里安诺谁都不信，他连我也不信。这么多年来，几乎从他成为逃犯的第一天起，我就一直在帮助他。我们曾经是合作伙伴。他现在才二十七岁，在我的帮助下，他成了西西里最了不起的人物。可是现在五千名意大利军人和警察正在搜山，他已经走上穷途末路。即便如此，他还是不让我插手。”

“那我就无能为力了，”迈克尔说，“我收到的命令是最多等他七天，之后我必须动身回美国。”

他嘴上这么说，心里却不明白，为什么帮助吉里安诺出逃这件事对他父亲来说这么重要。这么多年他一直流亡海外，现在归心似箭。他逃离美国的时候，父亲身受重伤躺在医院里，大哥桑尼遇害，柯里昂家族陷入与纽约其他五大家族的生死较量之中，这场争斗从美国一直蔓延到西西里，迈克尔年轻的新娘也遭人杀害。他父亲确实几次派人捎信，说他已经伤愈，并且与五大家族握手言和，还安排撤销了所有针对迈克尔的指控。迈克尔知道，父亲需要他的帮助，姐姐康妮、哥哥弗雷迪、父亲的养子汤姆·黑根，还有他可怜的母亲，他们都十分想念他。母亲肯定还在为失去桑尼而伤心。迈克尔不由自主地想起了凯——在他失踪两年之后，她还会想念他吗？但最重要的是：父亲为什么要让他推迟行程呢？这件和吉里安诺有关的事肯定非常重要。

突然，他觉察到韦拉尔迪警督那双冷峻的蓝眼睛正盯着他看，那张瘦削的贵族脸上露出鄙弃的神情，仿佛迈克尔表现出了胆怯。

“别着急，”唐·克罗切说道，“我们的朋友安多里尼现在还是我和吉里安诺及其家人之间的联络人，我们一起想想办法。你去特拉帕尼时，顺道去蒙特莱普雷看望一下他的父母。”他顿了顿，庞大的面颊上掠过一丝微笑，“你的办法他们都告诉我了，全部都说了。”他特别强调了一下，不过迈克尔认为他不可能知道所有的计划。教父从来不会向任何人把一切都和盘托出。

唐·克罗切继续说道："我们这些关爱吉里安诺的人取得了两点共识。一是他不能再留在西西里了，二是他必须移民美国。韦拉尔迪警督也同意。"

"即使是在西西里，这件事也很奇怪，"迈克尔笑着说，"这位警督可是发誓要抓住吉里安诺。"

唐·克罗切笑起来，笑声显得短促而尴尬。"谁能理解西西里？其实也很简单：罗马政府宁可让吉里安诺在美国愉快地生活，也不想让他在巴勒莫法庭的证人席上大声控诉，这就是政治。"

迈克尔觉得费解，心里很是不快。这是计划之外的事。"为什么放他一条生路反而对韦拉尔迪警督有利呢？吉里安诺死了不就没有任何威胁了？"

韦拉尔迪警督以不屑的口吻说："我也希望是这样，可是唐·克罗切喜欢他，待他就像自己的儿子。"

斯特凡·安多里尼恶狠狠地瞪了警督一眼。本杰明诺神父一味地闷头喝酒。唐·克罗切板起面孔对警督说："在座的各位都是朋友，我们必须对迈克尔说实话。吉里安诺手上有一张王牌，是一本日记，他说那是他的遗嘱，里面有证据证明在他逃亡期间，罗马政府的一些官员出于自身政治上的目的，帮助了他。如果那份文件被公开，基督教民主党政府就会垮台，社会党人和共产党人将取而代之统治意大利。韦拉尔迪警督和我看法一致，必须不惜一切代价防止这样的事情发生。所以他愿意帮助吉里安诺携带遗嘱离开，前提是绝不会公开遗嘱的内容。"

"你看过那份遗嘱吗？"迈克尔问道。他心里在嘀咕，不知他父亲是否知道这个情况，他根本没有提到过这样一份文件。

“我知道它的内容。”唐·克罗切说。

韦拉尔迪警督恶毒地说：“要是我有决定权，我会下令把他杀了，让他的遗嘱见鬼去。”

斯特凡·安多里尼瞪着警督，目光带着毫不掩饰的强烈恨意。迈克尔第一次意识到安多里尼是个和唐·克罗切一样危险的人物。安多里尼说：“吉里安诺绝不会投降，你也没那个本事杀了他。你还是放聪明点儿，管好自己吧。”

唐·克罗切慢慢地抬起手，桌上的人都静下来。他没有理会其他人，只是慢条斯理地对迈克尔说：“也许我已经不能兑现对你父亲的承诺，把吉里安诺交给你了。唐·柯里昂为什么会对这件事感兴趣，这我不能告诉你。不过你可以放心，他自有他的理由，而且是正当的理由。那我还能做些什么呢？今天下午你去看望吉里安诺的父母，说服他们，吉里安诺必须相信我，提醒那些可爱的人是我把他们从监狱里弄出来的。”他稍事停顿后接着说，“这样，我们也许会帮助他们的儿子。”

在流亡匿迹的日子里，迈克尔逐渐对危险产生了动物般的直觉。他讨厌韦拉尔迪警督，害怕充满杀气的斯特凡·安多里尼，而本杰明诺神父则使他浑身起鸡皮疙瘩。但是使他感到危险的，是唐·克罗切。

桌子上的人跟唐·克罗切说话的时候，个个低声下气，就连他弟弟本杰明诺神父也不例外。而他说话的时候，他们都身体前倾，恭敬地低着头，就连咀嚼食物的嘴也停了下来。用人们围着他转，好像他是太阳，保镖们分散在花园四周，不停地用眼睛看着他，只要他一声令下，他们随时都会冲出来，把在场的人撕成碎片。

迈克尔小心翼翼地说："唐·克罗切，这里你说了算。"

克罗切感激地点了点大脑袋，把两只修长的手交叉放在腹部，嗓门洪亮地说："我们大家必须开诚布公。把我当成你的父亲一样，告诉我你有什么计划。"

迈克尔瞄了韦拉尔迪警督一眼。在西西里警察局局长面前，他根本不可能开诚布公。唐·克罗切立即会意。"韦拉尔迪警督完全听从我的建议，"他说道，"你可以像信任我一样信任他。"

迈克尔端起酒杯喝了一口酒。他从杯子上方看过去，那些保镖注视他们，一个个都像看戏的观众。韦拉尔迪警督做了个鬼脸，显然并不喜欢克罗切的外交辞令，唐·克罗切的言外之意是他控制着警督和他的地盘。斯特凡·安多里尼那张凶狠的、长着厚嘴唇的脸皱起了眉头。只有本杰明诺神父低着头没有看他。迈克尔把浑浊的白葡萄酒一饮而尽，一个用人立即上来给他斟酒。这个花园似乎突然变得危机四伏。

他内心深知，唐·克罗切的话不可信。坐在这张桌子上的人凭什么要相信西西里的警察局局长呢？吉里安诺会相信吗？西西里的历史充满了尔虞我诈。想到这一点，迈克尔心里很不是滋味。他想起自己死去的妻子。为什么唐·克罗切会相信这样的人？他的四周为什么有这么多保镖？他是黑手党的唐，与罗马政要有过硬的关系，在西西里，他实际就是他们的非官方代表。唐·克罗切还有什么可害怕的？只能是吉里安诺。

唐在观察着他。迈克尔非常诚恳地说："我的计划很简单。我在特拉帕尼，等你的人把萨尔瓦多·吉里安诺交到我手上，必要的证件都准备好了，我们乘快船到非洲，从非洲直飞美国，入境手续已经办好了，无需通常那套繁琐手续。我希望事情真像他们说的那么简单。”他顿了顿，“不知你有没有其他的忠告？”

克罗切叹了口气，端起杯子喝了一口，然后两眼死死地盯着迈克尔，开始慢条斯理、有板有眼地说：“西西里这个地方充满悲剧色彩。这里没有什么信任，也没有什么秩序，只有无尽的暴力和欺诈。看来你非常谨慎，我年轻的朋友，你完全有权这样做。我们的吉里安诺也是。我跟你这么说吧：没有我的保护，图里·吉里安诺不可能活到今天。他和我是一只手上的两个手指。可是现在他觉得我是他的敌人。唉，你无法想象我有多痛苦。我只有一个希望，那就是有朝一日，图里·吉里安诺能回到自己的家里，成为西西里的英雄。他是一个真正的基督徒，也是一个勇敢的男人。他有一颗善良的心，因此赢得了每个西西里人的爱戴。”唐·克罗切稍事停顿，把杯中的酒饮干，“可是他时乖命蹇，孤身一人躲在山里带领屈指可数的几个人对抗政府军，每到转折关头，都会被人出卖。所以他谁都不相信，甚至包括他自己。”

克罗切冷冷地看着迈克尔，稍后又接着说：“如果我不是这么喜欢吉里安诺，我大概会对你说，我并不欠你什么。我完全有理由让你回美国去，不要带他走，这是一场与你毫不相干的悲剧，而且就要结束了。”克罗切稍事停顿，又叹了一口气，“当然了，你是我们唯一的希望，我必须恳求你留下来，帮助‘我们的事业’。我将尽可能地帮助你，我决不会抛弃吉里安诺。”说着他举起手中的酒杯，“祝他长命百岁！”

他们都喝了一口酒。迈克尔心里在琢磨：克罗切是想让他留下，还是想让他别管吉里安诺呢？这时候斯特凡·安多里尼开了腔："别忘了，我们曾经答应吉里安诺的父母，让迈克尔去蒙特莱普雷看望他们。"

"尽管去，"唐·克罗切客气地说，"我们必须给他的父母一点希望。"

"也许他们知道那份遗嘱的事。"本杰明诺神父的语气谦虚但十分坚定。

唐·克罗切叹了口气。"是啊，吉里安诺的那份遗嘱。他认为那个东西能够救他的命，至少能在他死后为他报仇。"他的话是直接对迈克尔说的，"别忘了，罗马当局害怕这份遗嘱，但是我不怕。告诉他的父母，写在纸上的东西会影响历史，但影响不了生命。生命是一部不同的历史。"

从巴勒莫到蒙特莱普雷最多只有一个小时的车程。可是就在这一个小时中，迈克尔和安多里尼却从文明的城市来到了原始的西西里乡村。斯特凡·安多里尼开着那辆小菲亚特，在午后阳光照射下，他那刮得溜光的面颊和下巴上显现出星星点点的红胡子茬儿。他开车谨慎，速度不快，学车较晚的人通常都是如此。菲亚特沿着蜿蜒的山路向大山深处开去，一路上就像喘不上气来似的突突作响。

他们在宪兵设置的五个路障前先后被拦下。每个路障至少有一支十二个人的小分队把守，而且还配备了带机关枪的装甲车。安多里尼的证件使他们得以顺利通过。

迈克尔觉得很奇特，这些乡村地区虽然离巴勒莫很近，却如此荒凉原始。他们路过一些小村庄，看见有些石屋就建在陡峭的山坡上，摇摇欲坠。这些山坡上精心开出了狭窄的小块梯田，种植着一排排带刺的绿色植物，小山丘上有无数白色的巨石，隐没在青苔和竹节之中，远看就像是一大片荒冢。

沿途不时能看见一些神龛，都是些上了锁的木龛，里面供奉着圣母玛利亚或其他被尊崇的圣人。迈克尔看见一个女人跪在神龛前祈祷，她丈夫则坐在小驴车上对着酒瓶大口灌酒，那头驴子像个殉道者似的耷拉着脑袋。

斯特凡·安多里尼伸手抚摸着迈克尔的肩膀说："看见你我心里舒服多了，我亲爱的小老弟。你知不知道吉里安诺一家是我们的亲戚？"

迈克尔知道这是谎话，这个狡猾的红头发，他的微笑里有名堂。"不知道，"迈克尔回答说，"我只知道他的父母在美国时为我父亲干活。"

"和我当年一样，"安多里尼说，"我们帮你父亲建造了长岛的别墅。老吉里安诺是个很好的泥瓦匠，你父亲给他找了一份橄榄油的生意，可是他执意干老本行。他像黑人一样辛苦劳作了十八年，像犹太人一样省吃俭用。后来他回到西西里，过起英国绅士般的生活。可是战争和墨索里尼使他们的里拉变得一文不值，现在他只剩下那幢房子和自己耕种的那一小片土地。他诅咒离开美国的那一天。他们原以为他们的孩子会像王子一样成长，没想到现在当起了土匪。"

菲亚特的车后扬起滚滚沙尘，路边的仙人果和竹子显得脏兮兮的，一束束仙人果看上去就像人的手。他们可以看见山谷中的橄榄林和葡萄园。突然，安多里尼说："图里是他母亲在美国的时候怀上的。”

他看见迈克尔眼睛中的疑问。“是啊，他是在美国怀上，但是出生在西西里。当时只要再等几个月，他就是美国公民了，图里也经常这样说，”他略微停了停，“你觉得你真能帮他吗？”

“我不知道，”迈克尔回答说，“跟警督和唐·克罗切吃完午饭之后，我反倒糊涂了。他们需要我的帮助吗？我父亲说唐·克罗切会帮助吉里安诺，可是他从来没有提起过这位警督。”

安多里尼用手把稀疏的头发向后捋了捋，他下意识地用脚踩下油门，菲亚特飞也似的向前冲去。“吉里安诺和唐·克罗切现在是冤家对头，”他说，“不过我们的计划没有跟克罗切商量过，图里和他父母把希望寄托在你的身上，他们知道你父亲对朋友向来是一片真心。”

“那么你站在哪一边？”迈克尔问道。

安多里尼一声叹息。“我为吉里安诺而战，”他回答说，“五年前他没有杀我，后来我们一直情同手足。可是我生活在西西里，不能当面得罪唐·克罗切。我是在这两个人之间走钢丝，不过我是决不会背叛吉里安诺的。”

迈克尔心想：这个人究竟想说什么呢？这些人为什么从来都不直接回答一个问题？他思忖道：因为这里是西西里。西西里人害怕真相。过去几千年里，暴君和宗教法庭用酷刑逼迫他们说真话，罗马政府用法律要求人们说真话，教堂忏悔处的神父用下地狱的痛苦敦促人们说真话，可是真话是力量的源泉，是控制的杠杆，为什么要拱手交给别人呢？

迈克尔想，他必须自己想办法，也许他会放弃这个任务，赶紧回去。他现在身处险境。在吉里安诺和唐·克罗切之间显然存在着某种恩怨。如果他卷进西西里的这场恩怨旋涡，就等于自取灭亡。因为西西里人认为，复仇才是唯一真正的公正手段，而且这样的复仇总是无情的。在这个信奉天主教的岛上，虽然每一家都供奉着流泪的耶稣像，但是基督教的宽恕却像胆小鬼的托词，是令人不齿的。

“吉里安诺和克罗切怎么会反目成仇的呢？”迈克尔问道。

“是因为发生在吉里斯特拉山口的那场悲剧，”安多里尼说道，“那是两年前的事。之后情况就发生了变化。吉里安诺认为是唐·克罗切在暗中搞了鬼。”

路面顺山势进入一道峡谷，汽车似乎突然开始垂直下降。他们驶过一座诺曼城堡的废墟，这座城堡是九百年前为了威慑周围的村落而建造的，现在里面爬满了与世无争的蜥蜴，还有几只离群的山羊。再往下，迈克尔就可以看见蒙特莱普雷镇了。

这座深藏于群山怀抱中的小镇，就像悬挂在井底上方的木桶，围成一个完整的圆形，圆圈外围没有房屋。下午的太阳像一个深红色的火球，照射在小镇的石头围墙上。菲亚特驶入一条狭窄弯曲的街道，安多里尼踩下刹车，车停在了有一个排的宪兵把守的路障前。一个宪兵晃了晃手中的步枪，示意他们全部下车。

迈克尔注视着安多里尼，见他掏出自己的证件给宪兵看。他看见那是一张镶有红边的特别通行证，知道这种通行证只有罗马政府的司法部长才能签发。迈克尔自己也有一张，不过他得到的指示是，不到万不得已不要使用。像安多里尼这样的人，怎么能弄到这张神通广大的通行证呢？

他们回到车上，沿着蒙特莱普雷镇狭窄的街道继续前行。在这么窄的街道上行车，如果对面有车，谁也过不去。街道两侧的房子都有漂亮的阳台，并且漆成了不同的颜色。有许多是蓝色的，也有一些是白色的，还有一些是粉色的，偶尔也有一两幢黄色的。到了下午这个时候，女人都在家里为丈夫准备晚餐。不过街上一个玩耍的儿童也看不见。每个街道拐角上都有两个宪兵在巡逻。蒙特莱普雷就像一座被占领的城镇，正在实行军事管制。只有几个老人面无表情地从阳台上往下看。

菲亚特在一排房子前面停下，其中一幢房子漆成鲜亮的蓝色，花园大门的隔栅上有个大大的字母G。开门的是一个六十来岁的瘦老头。他穿着一件深色带竖条纹的美国式西装，里面是一件白衬衣，扎了一条黑色领带。这就是吉里安诺的父亲。他迅速上前，深情地拥抱安多里尼，几乎是感激地拍了拍迈克尔的肩膀，把他们领进屋内。

吉里安诺的父亲，满面都是绝症病人家属等待亲人离世的煎熬。他显然在极力控制自己的感情，但还是不由自主地把手放在脸上，像是强迫自己不要失态。他紧绷着身体，动作僵硬，步履有些蹒跚。

他们走进一间宽敞的起居室。在西西里的小镇上，这样的起居室算是比较豪华的。室内的墙上赫然挂着一个乳白色的椭圆相框，里面有一张大照片，由于放得太大，人脸的模样都显得模糊了。迈克尔立即明白，这肯定是萨尔瓦多·吉里安诺。照片下方，在一张黑色小圆桌上有一盏许愿灯。另一张桌子上，一张镶在镜框里的照片要清楚得多。照片上的父亲、母亲和儿子站在一块红色幕布前，儿子的一只手臂挽着母亲。萨尔瓦多·吉里安诺两眼直瞪着镜头，似乎是在向它挑战。他的面容像古希腊雕像一样，非常英俊，面部表情像雕刻在大理石上那样凝重。丰满的嘴唇显得十分性感。两只椭圆形的眼睛之间距离较宽，眼睑略微向下。这是一张自信心十足的脸，一个决心在世界上干出一番事业的男人的脸。但是这英俊的面庞竟然如此和蔼可亲，这一点谁也没有跟迈克尔提起过。

还有一些是他和姐姐、姐夫们的合影，不过大多放在角落里一些光线暗淡的桌子上。

吉里安诺的父亲把他们领进厨房。吉里安诺的母亲玛丽亚·隆巴尔多从炉灶边走过来欢迎他们。与起居室那张照片上的人相比，她苍老了许多，看上去判若两人。她那礼貌的微笑就像在干枯疲惫的脸上裂开的一道口子。她的皮肤粗糙，布满皱纹。她的长发披在肩上，但已添了许多花白的头发。她的双眼不同寻常的黑，对毁灭她和她儿子的世界散发出冷漠的恨意。

她没有理会自己的丈夫和斯特凡·安多里尼，开门见山地对迈克尔说："你到底是不是来帮助我儿子的？"那两个男人见她问得很不得体，觉得有些尴尬，但迈克尔却神情凝重地冲着她笑了笑。

"是的，我站在你这一边。"

她的紧张情绪有所缓解，用手捧住头，仿佛准备挨打似的。安多里尼用安慰的口吻对她说："本杰明诺神父说要来，我告诉他你不欢迎他来。"

玛丽亚·隆巴尔多抬起头，迈克尔觉得她很了不起，喜怒哀乐全都表现在脸上。她鄙弃、仇恨、恐惧、讥讽的话语都和她坚强的微笑还有无法压抑的痛苦神情交织在一起。"哦，是啊，本杰明诺神父的心肠可好得很！”她说，“有了那颗好心，他就像一个瘟神，把死亡带给整个村庄。他就像一棵菠萝麻——你只要蹭上了，皮肤就会流血。他把忏悔者的秘密告诉他哥哥，把托付他的灵魂出卖给了魔鬼。”

“唐·克罗切是我们的朋友。是他托人把我们从监狱里放出来的。”吉里安诺的父亲言辞平和，入情入理，就像在安抚一个疯子。

吉里安诺的母亲不禁火冒三丈。“啊，唐·克罗切，‘大善人’哪，他的心肠总是那么好！不过我要告诉你，唐·克罗切是一条毒蛇。他把枪口对着前方，杀害他身边的朋友。他和我们儿子本来准备共同管理西西里岛，可是现在图里独自一个人躲进了深山，而这个‘大善人’却在巴勒莫逍遥自在，跟他的婊子在一起鬼混。唐·克罗切只要吹一声口哨，罗马当局就会来舔他的脚丫。其实他比我们儿子犯的罪更多。他是个坏蛋，我们儿子是好人。啊，我要是像你们一样是个男人，我就宰了他。我会让这个‘大善人’安息的。”她做了一个厌恶的表情，“你们男人什么都不懂。”

吉里安诺的父亲不耐烦地说：“我只知道我们的客人再过几个钟头就要动身赶路了，我们必须先给他吃点东西，然后再谈。”

吉里安诺的母亲突然像变了个人似的。她关切地说：“可怜的人，你赶了一天的路来看我们，还要听唐·克罗切的谎话和我的胡话。你准备去哪儿？”

“我上午必须赶到特拉帕尼，”迈克尔回答，“我就待在我父亲朋友的家里，等你儿子来找我。”

房间里一阵寂静。他感觉得出他们都知道他的来历。他们看见了他脸上凹陷的疤痕，那是两年前留下的伤疤。吉里安诺的母亲走上前来，快速地拥抱了他一下。

“先喝杯酒吧，”她说，“然后到镇上去溜达溜达。用不了一个时辰，饭菜就能准备好。到时候图里的朋友们都会过来，我们可以理智地谈一谈。”

安多里尼和吉里安诺的父亲各自走在迈克尔的左右两侧，领着他在蒙特莱普雷狭窄的卵石小路上散步。太阳下山后，卵石路显得黑乎乎的。黄昏前天空一片模糊的蓝色，只有宪兵在他们四周活动。每个路口都通向一条弯曲细长的小巷，就像从贝拉大街喷射出的毒液。小镇显得很荒凉。

“这个小镇曾经生机勃勃，”吉里安诺的父亲说，“一直都这么穷，像整个西西里岛一样，多灾多难，但总是充满了生机。现在有七百多公民被关进了大牢，罪名是和我儿子一起密谋造反。他们是无辜的，大部分人都是，但是政府把他们抓起来了，是想杀鸡给猴看，是为了让人向他们报告图里的行踪。这个小镇周围部署了两千多名宪兵，还有几千个在大山里搜捕图里。所以人们已经不能在外面吃饭，孩子们也不能在街上玩耍了。那些宪兵都是胆小鬼，就连一只兔子过街，他们也会开枪。天黑之后就实行宵禁，镇上的妇女如果想去拜访邻居，被抓住就会遭到他们的调戏与侮辱。男人就会被他们拉到巴勒莫的地牢里去拷打折磨。”他叹了一口气，“在美国根本不可能发生这种事情。我诅咒离开美国的那一天。”

斯特凡·安多里尼让他俩等一下，自己点燃了一支小雪茄。他吐了一口烟，笑着说：“说实在的，虽然巴黎的香水很香，但是所有的西西里人更喜欢自己村里的粪土。我为什么要待在这个地方？

我本来可以像有些人那样逃往巴西的。啊，我们热爱生养我们的这块土地，我们是西西里人，可是西西里并不爱我们。”

吉里安诺的父亲耸了耸肩。“我回来了，我真傻。只要再等几个月，我的图里按法律就是美国人了。可是那个国家的空气肯定渗进了他母亲的子宫。”他茫然若失地摇了摇头，“我儿子为什么总要关心其他人的问题，甚至包括那些和他没有血缘关系的人？他总是有一些了不起的想法，而且总是要伸张正义。一个真正的西西里人谈论的是面包问题。”

他们沿着贝拉大街缓缓前行。迈克尔发现这个小镇是个打伏击和游击的好地方。它的街道非常狭窄，只够一辆汽车通行，许多街道的宽度只够小拉车和驴车通行。而西西里人至今还用它们来运送东西。只要有几个人，就能阻挡入侵者，然后撤到环绕小镇的白色石灰岩的大山里。

他们一路走到中心广场。安多里尼指着矗立在广场上的小教堂说：“那些宪兵第一次想抓图里的时候，他就躲在这座教堂里。从那以后，他就成了个幽灵。”他们三个人看着教堂的大门，好像萨尔瓦多·吉里安诺就要从门里出来似的。

太阳落山了。他们在宵禁之前回到房子里。有两个陌生人在屋里等着他们，不过只有迈克尔不认识他们，因为他们拥抱了吉里安诺的父亲，还和斯特凡·安多里尼握了握手。

其中一个年轻人身材瘦削，皮肤灰黄，一双乌黑的、炯炯有神的大眼睛，两撇颇为时髦的小胡子，脸庞像女孩儿一样漂亮，但绝不柔弱。他身上突显的残酷气质只有不惜代价掌控大局的人才有。

听到他们介绍说他叫加斯帕尔·皮肖塔，迈克尔颇感惊讶。皮肖塔是图里·吉里安诺的副手和表亲，也是他最亲密的朋友。他是西西里仅次于吉里安诺的通缉要犯，他的人头值五百万里拉。迈克尔听到过种种传闻，所以他想象中的加斯帕尔·皮肖塔是个危险邪恶的人。可是站在眼前的却是个瘦骨伶仃、因结核病而面色潮红的青年，冲破两千罗马宪兵的包围，来到蒙特莱普雷。

另一个人也使他感到惊讶，但原因不同。第一眼看到他，迈克尔就畏缩了一下。此人身材极其矮小，说是侏儒也不为过，但他威严的举止让迈克尔立即意识到，如果对他敬而远之，那将会是一种冒犯。他穿着做工考究的灰条西服，里面是一件乳白色衬衣，配了一条华贵的银灰色宽领带。他头发浓密，几乎全白，年纪最多五十岁。他气质优雅——或者说像他这种身材的人能做到的优雅。他的相貌英俊粗犷，嘴唇厚实，轮廓鲜明。

他看出了迈克尔的不安，略带讥讽地对他善意地笑了笑。别人称他为赫克特·阿多尼斯教授。

玛丽亚·隆巴尔多·吉里安诺在厨房的餐桌上摆好晚饭。他们坐在靠近阳台的窗户旁边用餐，可以看见斑驳的晚霞辉映着天空，群山逐渐被黑暗吞噬。迈克尔吃得很慢。他知道他们都在对他进行审视和判断。食物很普通，但是很可口，鱿鱼兔肉酱汁实心面，加上红椒番茄酱，入口辣乎乎的。终于，赫克特·阿多尼斯用西西里本地方言说："这么说，你就是维托·柯里昂的儿子。我听说你父亲比唐·克罗切还要厉害。解救我们图里的人就是你了。"

他的语气带着冷冷的嘲讽，如果你敢，大可以当成是一种挑衅。他的微笑似乎是在怀疑每个行动背后的目的，似乎在说，"是啊，你确实是在做一件好事，但你的目的是什么呢？"当然，这没有任何的不尊重，他了解迈克尔的底细，他们都是杀手。

迈克尔说：“我将奉家父之命，在特拉帕尼等吉里安诺来找我，而后我就带他一起去美国。”

皮肖塔比较严肃地问：“一旦把图里交给你，你能确保他的安全？你能保护他免遭罗马当局的伤害？”

迈克尔看见吉里安诺的母亲一脸焦虑，正目不转睛地盯着他。他谨慎地说：“我将竭尽全力，确保万无一失。是的，我很有信心。”

他看见那位母亲的情绪放松了，但是皮肖塔依然非常严厉：“可是我没有。今天下午你对克罗切信任有加，而且向他和盘托出了你们的逃生计划。”

“我为什么不能？”迈克尔当即反问。皮肖塔怎么这么快就知道了他和克罗切进餐的细节？“我父亲的口令说克罗切会安排把吉里安诺交给我。况且我只跟他说了其中一项。”

“其他的呢？”皮肖塔问道，他看出迈克尔在犹豫，“说吧，不要有顾虑。如果连这个房间里的人都不能信任，那么救图里就没有希望了。”

一直没有吱声的小矮子赫克特·阿多尼斯开了腔。他的嗓音非常浑厚，俨然一个天生的演说家、怂恿者。“我亲爱的迈克尔，你要知道，唐·克罗切是图里·吉里安诺的死对头。你父亲的信息过时了。很显然，我们不能在毫无防范的情况下把图里交给你。”这一回他说的不是西西里方言，而是罗马人纯正的意大利语。

吉里安诺的父亲插话说：“唐·柯里昂答应帮助我儿子，我相信他的承诺。在这一点上没有任何问题。”

赫克特·阿多尼斯说："我坚持自己的意见，我们必须了解你所有的计划。"

"我可以把我告诉唐·克罗切的情况告诉你们。"迈克尔说，"但是我为什么要把其他计划也说出来呢？如果我问你们图里·吉里安诺现在藏在哪里，你们会告诉我吗？"

迈克尔见皮肖塔露出了笑容，这是在对他的回答表示真正的赞赏。但是赫克特·阿多尼斯却说："这是两码事。你没有理由了解图里·吉里安诺藏在哪里。但是我们必须了解你所有的计划，以便提供帮助。"

迈克尔心平气和地说："我对你一点儿也不了解。"

赫克特·阿多尼斯那张英俊的脸上露出灿烂的微笑。接着这个小矮子站起来鞠了个躬。"请你原谅我，"他非常诚恳地说，"图里小时候，我是他的老师，他的父母让我做他的教父，这是我莫大的荣幸。现在我是巴勒莫大学的历史与文学教授。而且，这张桌子上的每个人都能证明我是可信的。我不但现在是，而且一直是吉里安诺组织中的一员。"

斯特凡·安多里尼轻声说："我也是这个组织的成员。你知道我的名字，我是你的表弟。不过我的雅号叫'魔鬼修士'。"

这也是西西里岛上的一个传奇名字，迈克尔曾听到过多次。迈克尔心想，这个诨名与他那张凶神恶煞般的脸倒挺相称。他也是一个悬赏通缉的要犯。可是那天下午吃饭的时候，他却坐在韦拉尔迪警督旁边。

他们都在等他作出回答。迈克尔无意把自己的最后计划告诉他们，但他知道必须跟他们说点什么。吉里安诺母亲的眼睛一直看着他。他直接对着她说："这很简单。首先我必须提醒你们，我在这里最多只能等七天。我离开家的时间太久了，父亲有些事情还需要我去协助处理。当然，你也知道，我现在是归心似箭。帮助你儿子是我父亲的愿望。信使带给我的最后一道指令是，先拜访这里的唐·克罗切，然后前往特拉帕尼。到了那里之后，要我待在当地的唐的别墅里。在那里等候的都是从美国来的人，我可以绝对相信他们。他们个个是行家。"他稍微停顿了一下。"行家"这个词在西西里岛上有特定的含义，通常指的是黑手党内的高级杀手。他继续说道："图里只要找到我就安全了。那幢别墅是一个堡垒。几个钟头之后我们就乘快船前往非洲的某个城市。我们一到那里，就会有一架专机把我们送往美国，到了美国之后，他将受到我父亲的保护，你们就再也不用为他担惊受怕了。"

赫克特·阿多尼斯问："你准备什么时候接上图里·吉里安诺？"

迈克尔回答说："我明天一早就能赶到特拉帕尼。从那时候算起，再给我二十四小时。"

突然，吉里安诺的母亲声泪俱下。"我那可怜的图里现在谁也不相信。他是不会到特拉帕尼去的。"

"那我就帮不了他了。"迈克尔冷冷地说。

吉里安诺的母亲似乎陷入了绝望。出人意料的是，走上前去安慰她的却是皮肖塔。他吻了吻她，然后用手臂搂着她。"玛丽亚·隆巴尔多，别担心，"他说，"图里听我的，我来告诉他，我们都相信这个从美国来的人，是吧？"他以询问的目光看着其他人。他们都点点头。"我将亲自陪图里前往特拉帕尼。"

看来大家都满意了。迈克尔意识到，他那句冷淡的回答促使他们相信了他。西西里人都这样，对于过分的热情或慷慨存有戒心。而他感到不耐烦的是，他们的谨慎打乱了他父亲的计划。唐·克罗切现在成了敌人，吉里安诺也许不会很快就来找他，也许根本就不会来。退一步说，图里·吉里安诺跟他有什么关系呢？因此，他再次产生了疑问：吉里安诺跟他父亲究竟是什么关系？

他们把他请进那间小起居室。吉里安诺的母亲已经摆好了咖啡和茴香酒，并对没有糖表示歉意。他们说由于迈克尔要连夜赶往特拉帕尼，喝点茴香酒能帮他暖暖身子。赫克特·阿多尼斯从他那件做工考究的上衣里掏出一只金烟盒，先递给每人一支烟，然后抽出一支叼在薄薄的嘴唇上。他有点情不自禁，向后仰在椅子上，两脚离开了地面。这时候，他真像个吊在线绳上的木偶。

玛丽亚·隆巴尔多指着挂在墙上的巨幅画像说："他真帅气啊！他长得帅，为人也好。他逃亡之后，我的心都碎了。阿多尼斯先生，你还记得那个可怕的日子吗？吉里斯特拉山口的惨案，他们撒的谎。我儿子是绝对不会做那种伤天害理的事的。"

其他人都显得局促不安。这是迈克尔一天之内第二次听到吉里斯特拉山口这个地名了，他很想知道那里究竟发生过什么事，但是他不想问。

赫克特·阿多尼斯说："图里还是我的学生的时候，他酷爱读书。他把关于查理大帝与罗兰的传奇中的人物熟记在心里，现在他自己也成了传奇人物。他落草为寇，我的心也碎了。"

吉里安诺的母亲痛苦地说："如果他能活着，那是他的命大。哦，我们为什么要把儿子生在这里呢？哦，对啊，我们想让他成为一个真正的西西里人。”她发出一阵痛苦的狂笑，“他的确成了西西里人。可是他提心吊胆地活着，他的脑袋成了悬赏的对象。”她稍事停顿后坚定地说，“我的儿子是个圣人。”

迈克尔注意到，皮肖塔的微笑很特别。人们听到有些父母过分夸奖自己孩子的优点时，就会露出这样的微笑。就连吉里安诺的父亲也做了个手势，表现出不耐烦的样子。斯特凡·安多里尼的微笑很有分寸。皮肖塔深情而又冷静地说："我亲爱的玛丽亚·隆巴尔多，不要把自己的儿子想象得那么无助，他打的胜仗多过败仗，他的敌人仍然很害怕他。”

吉里安诺的母亲稍稍平静下来。她说："我知道他杀过很多人，可是他从来不滥杀无辜。他总是给他们时间洗刷灵魂，并且让他们向上帝做最后的祈祷。”她突然抓住迈克尔的手，领着他从厨房走上阳台，“那些人没有一个真正了解我儿子，”她对迈克尔说，“他们不知道他是多么温文尔雅。也许他对待别人是另一个样子，可是在我面前的才是他真正的自己。他听从我的每一句话，从来没有对我说过狠话。他是个充满爱心和孝心的孩子。他刚上山的时候，常常从山上往下看，不过什么也看不见就是了。我往山上看，也是什么都看不见。但是我们的心灵是相通的，相互感受到对方的爱。今天晚上我就在想他。我想到他孤身一人在大山里，有几千个当兵的在追捕他，我很伤心。也许你是唯一能够搭救他的人。答应我，你会等他的。”她紧紧地握住他的双手，泪流满面。

迈克尔看着外面的夜色，看着这座位于大山深处的蒙特莱普雷镇。只有小镇的中心广场有一点灯光。夜空中繁星点点。下面的街道上偶尔传来轻武器的金属碰撞声以及巡逻宪兵沙哑的说话声。这仿佛是一座充满幽灵的小镇。在这温柔的夏夜，这些幽灵全都跑出来了。夏夜的空气中弥漫着柠檬的清香，充斥着无数小虫发出的鸣叫声，偶尔还夹杂着巡逻宪兵的突然叫喊声。

“我尽量多等几天，”迈克尔轻声说，“但我父亲需要我回去。一定要让你儿子来找我。”

她点点头，领着他回到房间。皮肖塔在房间里来回踱步，显得比较紧张。他说：“我们已经决定在这里等到天亮，等到解除宵禁。在外面的黑暗中，两手痒痒、想打枪的军人太多了，随时可能会发生意外。你有不同意见吗？”他问迈克尔。

“没有，”迈克尔说，“只要不让我们的主人感到太为难就行。”

他们说这个不成问题。有好几次，图里·吉里安诺悄悄回镇上看望父母，他们都是彻夜不眠。再说，他们有很多问题要讨论，有许多细节问题要敲定。对眼前的长夜，他们并没有很难熬的感觉。赫克特·阿多尼斯脱掉上衣，取下领带后，依然显得很有风度。吉里安诺的母亲又煮了些咖啡。

迈克尔请他们把所知道的有关图里·吉里安诺的事情都说给他听听。他觉得自己必须了解这个人。两位老人再次告诉他说，图里一直是个好孩子。斯特凡·安多里尼谈到图里·吉里安诺那一天是如何饶他不死的。皮肖塔讲述了一些有趣的故事，说到图里的大胆、诙谐、仁慈。虽然有时候他对敌人和叛徒残酷无情，但他从来不用酷刑折磨他们，也不用污辱他们的人格。接着他谈到了吉里斯特拉山口的悲剧。“那天他落泪了，”皮肖塔说，“当着所有组织成员的面。”

玛丽亚·隆巴尔多说："吉里斯特拉山口的那些人不可能是他杀的。"

赫克特·阿多尼斯安慰她说："这我们都知道。他天性善良。"他转身面向迈克尔说："他喜欢读书，我原来觉得他会成为一个诗人或一名学者。他有点脾气，但是从来不残暴。他发脾气都是有原因的。他疾恶如仇，痛恨宪兵对穷人心狠手辣，对富人阿谀奉承。他小时候听说一个农民不能储存自己种植的玉米，不能饮自己酿制的酒，不能吃自己屠宰的猪，他就特别生气。但他是一个温文尔雅的孩子。"

皮肖塔笑起来。"他现在可没那么温文尔雅了。而你，赫克特，现在不要再扮演那个小巧的教师角色了。只要骑在马上，你也跟我们一样，是个大男人。"

赫克特·阿多尼斯正色看了他一眼。"阿斯帕努，"他说，"现在不是你要小聪明的时候。"

皮肖塔毫不示弱地对他说："小矮子，你以为我会怕你吗？"

迈克尔知道了皮肖塔的绰号叫阿斯帕努，也看出这两个人之间明显有嫌隙。皮肖塔不断提起对方身材矮小，阿多尼斯对皮肖塔说话的语气总是十分严厉。实际上，这些人相互之间都存有戒心。其他人似乎都和赫克特·阿多尼斯保持距离。吉里安诺的母亲好像对任何人都不推心置腹。天慢慢黑了，有一点很明显：他们都非常喜欢图里。

迈克尔试探性地问道："图里·吉里安诺写了一份遗嘱。这东西现在在哪里？"

一阵长长的沉默。大家的目光都集中到他身上。突然之间，他也成了他们不信任的对象。

最后还是赫克特·阿多尼斯开了口：“那是我建议他写的，他写的时候我还帮过他。他在每一页上都签了自己的名字。里面有他与唐·克罗切和罗马政府之间的秘密结盟，还有吉里斯特拉山口事件的真相。一旦这个东西被公之于世，政府肯定会垮台。在情况变得非常糟糕的时候，这也是吉里安诺的最后一张王牌。”

“那我希望你们把它放在了一个安全的地方。”迈克尔说。

皮肖塔说：“是啊，唐·克罗切也想得到这份遗嘱。”

吉里安诺的母亲说：“在适当的时候，我们会安排把这个东西交到你手上。也许你可以把它和那个姑娘一起带到美国。”

迈克尔惊讶地看着他们。“哪个姑娘？”他们一个个都把目光移开了，觉得尴尬不安。他们知道这不是一个惊喜，他们害怕看到他的反应。

吉里安诺的母亲说：“我儿子的未婚妻。她怀孕了。”接着她对其他人说：“她是不会从人间蒸发的。我们现在就问问他，能不能带她走。”她想保持镇静，但显然担心迈克尔的反应。“她会到特拉帕尼去找你。图里希望你先送她去美国。有了她安全到达的消息，图里就会去找你。”

迈克尔言辞谨慎地说：“我没有接到指示。我必须和特拉帕尼的人商量时间的问题。我知道你儿子到了美国之后，你和你丈夫随后也会去的。难道这个姑娘不能与你们同行？”

皮肖塔毫不客气地说：“这个姑娘是对你的考验。她会用暗语回信，那样吉里安诺就知道与他打交道的人不仅诚实，而且有智慧。只有到那个时候，他才能相信你会把他安全带出西西里。”

吉里安诺的父亲不高兴地说："阿斯帕努，我已经告诉过你和图里，唐·柯里昂已经答应帮助我们了。"

皮肖塔礼貌圆滑地说："这是图里的指令。"

迈克尔稍加思索后说："我认为这样很明智。我们可以检验逃生路线有没有问题。"不过他并不想让吉里安诺使用同一条逃生路线。他对吉里安诺的母亲说："我可以把你、你丈夫还有这个姑娘一起送走。"他以询问的目光看着吉里安诺的父母，但他俩都摇摇头。

赫克特·阿多尼斯温和地对他们说："这个主意不错啊。"

吉里安诺的母亲说："只要我们的儿子还在西西里，我们就不会离开。"吉里安诺的父亲双手交叉放在胸前，点头表示同意。迈克尔明白他们心里在想什么。如果图里·吉里安诺在西西里遭到不测，他们就不会再去美国。他们必须留下来追悼他，埋葬他，在他的墓前放上鲜花。最终的悲剧是属于他们的。那个姑娘可以走，她只是图里的恋人，没有血缘关系。

当天夜里，玛丽亚·隆巴尔多·吉里安诺把一本贴满新闻的剪报拿给迈克尔看。里面全是罗马政府悬赏吉里安诺人头的不同价码的告示。她还让他看了1948年美国《生活》杂志上刊登的一篇图片报道，里面说吉里安诺是当代最有名的土匪，是意大利劫富济贫的罗宾汉。杂志上还刊登了吉里安诺给媒体写的一封非常有名的信。

信上说："五年来，我一直在为西西里的自由而战。我把从富人那里得来的东西分给了穷人。请西西里的人民来评判一下，我究竟是土匪强盗，还是自由战士。如果他们反对我，我就主动送上门听候你们发落。只要他们支持我，我就继续发动全面进攻。"

玛丽亚·隆巴尔多看着他，脸上露出自豪的微笑。迈克尔心想，这肯定不像被通缉的土匪说的话。他十分同情她，觉得她很像自己的母亲。她的脸上留有过去的伤痛，可是她的眼睛里却不由自主地流露出与命运抗争的热情。

终于等到了黎明。迈克尔站起身，与他们道别。使他感到惊讶的是，吉里安诺的母亲走上前来热烈地拥抱了他。

“你使我想起了我的儿子，”她说道，“我相信你。”她走到壁炉架前面，取下一个圣母玛利亚的木雕像。它是黑色的，具有黑人的相貌特征。“这是个小礼物，拿去吧。这是我唯一值得给你的东西。”迈克尔不想拿，但是她硬把它塞进了他的手里。

赫克特·阿多尼斯说：“在西西里，这样的雕像已经所剩无几了。说来也怪，我们很亲近非洲。”

吉里安诺的母亲说：“她的模样并不重要。你可以向她祈祷。”

“是啊，”皮肖塔说，语气有点鄙夷，“她起的作用和另一个圣母一样。”

迈克尔看见皮肖塔与吉里安诺母亲告别的情景。他可以看出他们之间的真实情感。皮肖塔吻了吻她的双颊，拍了拍她的肩膀，让她放宽心。她把头在他的肩膀上靠了一会儿，然后说：“阿斯帕努，阿斯帕努，我爱你就像爱我自己的儿子一样，不能让他们把图里杀掉。”说着说着她就哭起来了。

皮肖塔的冷漠荡然无存。他似乎要瘫倒了，那张黝黑清瘦的脸变得非常温柔。他说：“你们都会在美国颐养天年的。”

接着他转身对迈克尔说：“我一个星期之内把图里带到你那儿

去。”

他一声不吭，大步流星地走出门去。他有特殊的红边通行证，可以再次躲进山里。虽然赫克特·阿多尼斯在镇上有自己的房子，但他将和吉里安诺的父母待在一起。

迈克尔和斯特凡·安多里尼上了那辆菲亚特后，穿过中心广场，驶上通往卡斯特尔维特拉诺和海滨城市特拉帕尼的公路。安多里尼缓慢平稳地开着车，沿途有许多军方的路障，他们到达特拉帕尼的时候，已是中午时分。

第二部

/1943年，图里·吉里安诺

第二章

1943年9月，赫克特·阿多尼斯当上了巴勒莫大学的历史和文学教授。凭他的聪明才智，他本应赢得同事们的尊重，然而由于他身材特别矮小，同事们对他颇为不恭。在西西里的文化中，这是一种必然，因为一个人的绰号通常是残酷地建立在这个人的生理缺陷基础上的。只有这所大学的校长赏识他的真才实学。

这年9月，赫克特·阿多尼斯的人生开始发生重大变化。意大利南部的战事已经结束。美国军队攻占了西西里岛，继而登上大陆。法西斯政权覆灭，意大利获得新生。然而西西里岛出现了一千四百年来的第一次权力真空。赫克特·阿多尼斯深知历史往往会捉弄人，所以对局势并没有抱太大的希望。黑手党早就开始篡夺西西里的法治权力。他们的邪恶势力与当年组合国[1]的势力一样十分嚣张。透过办公室的窗户，他看见下面那块场地上的几幢建筑，看着那片被称为校园的地方。

宿舍是没有必要的，因为这里没有像美国和英国大学那样的校

1 corporate state，指墨索里尼的法西斯党统治下的意大利组合国。

园生活。这里的学生大多数在家里学习，按规定隔一段时间来向教授请教。教授讲课的时候，学生不听也不会受到惩罚。他们只要参加考试就行。赫克特·阿多尼斯认为这种制度总的来说不光彩而且非常愚蠢，因为它对西西里人造成了很坏的影响，他认为应该用比其他国家更严格的教学规章制度来约束西西里的学生。

从那扇教堂式的窗户向下看，他看见西西里各地的黑手党首领们正季节性地来到学校，在老师们中间活动。在法西斯统治时期，这些人都比较谨慎，也比较收敛。现在，美国人恢复了民主的统治，他们就像蠕虫一样挣扎着，从雨水打湿的土壤中钻出来。他们不再低调行事。

黑手党的首领、友中友，还有西西里众多村落的族长，都盛装来到学校来为一些学生求情。这些学生有的是那些家道殷实的财主的公子哥儿，有的是他们亲朋好友的儿子。这些人的考试成绩不及格，如果不采取得力措施就拿不到学位。学位至关重要，否则这些家庭怎么能把那些没有抱负、没有天分、缺乏聪明才智的儿子扫地出门呢？那样一来，父母亲就要养活他们一辈子。虽然学位只是学校发的一纸文凭，但只要拿到它，这些纨绔子弟就能成为教师、医生、议员，最差的也能在政府部门混个差使干干。

赫克特·阿多尼斯无所谓，他从历史中得到了安慰。他喜欢英国人，在大英帝国的鼎盛时期，英国人曾经把军队交给富家的纨绔子弟。这些人的父母花钱给他们在军队中买官，让他们指挥陆军部队或者海军大型舰艇。尽管如此，大英帝国依然兴盛。虽然这些军官率领部下进行过不必要的屠杀，但是必须承认，他们都与自己的部下一起浴血沙场，因为勇敢是这个阶层应尽的职责。像这样死去至少解决了一个问题——不至于让这些无能之辈成为国家的负担。意大利人虽然缺乏骑士精神，但也不是那样冷静务实。他们爱护自己的子女，不让他们经受磨难，把国家的事抛在了脑后。

透过窗户，赫克特·阿多尼斯至少看见三个当地黑手党首领在四处转悠，寻找猎物。他们头戴布帽，脚穿皮靴，由于天气暖和，厚厚的绒外套就搭在手臂上。他们拎着水果篮和竹编套着的家酿葡萄酒当作礼物。这些东西不是用来行贿的，而是用来消除教授们看见他们之后的恐惧心理。因为大多数教授都是西西里人，他们明白这些人的要求是不能拒绝的。

有个黑手党头目走进大楼开始爬楼梯，他那身土气的打扮简直可以上台演《乡村骑士》了。赫克特·阿多尼斯不由感到一阵恶意的愉悦。他准备参演一出熟悉的喜剧。

这个人阿多尼斯认识，叫布奇拉，家住离蒙特莱普雷不远的小镇帕尔蒂尼科，拥有一个农场和自己的羊群。他们握了握手，布奇拉就把手里的篮子递了过来。

“我们有很多水果都掉在地上烂掉了，我想还是拿一点来送给教授吧。”布奇拉说。这个人个子不高，肩膀很宽，一辈子从事艰苦的体力劳动，所以身体很壮实。阿多尼斯知道他诚实可靠，为人谦逊，并没有用自己的权力聚敛钱财。他是原始的黑手党人，孜孜以求的不是财富，而是尊重和荣誉。

阿多尼斯微笑着接过水果。西西里岛上哪个农民会让东西浪费掉呢？一只橄榄掉在地上，就会有一百个孩子像蝗虫一样扑上去抢。

布奇拉叹了口气。他的样子和蔼可亲，但是阿多尼斯知道，这副模样转眼之间就可能变成威胁和恐吓。所以他同情地微微一笑。布奇拉说："过日子就是麻烦事不断。我的地里还有活要干，可是我的邻居请我帮个小忙，我怎么好意思拒绝呢？我父亲和他父亲很熟，我祖父跟他祖父也很熟。只要朋友请我帮忙，我都愿意帮，这是我的天性，大概也是我的不幸。话又说回来了，我们不都是基督教徒嘛？"

赫克特·阿多尼斯随声附和："我们西西里人都这样。我们太慷慨了，所以罗马的北方佬才恬不知耻地占我们的便宜。"

布奇拉精明地盯着他看，觉得这个人不会惹来麻烦。听说这个教授也是友中友，而且他并不害怕自己，可是如果教授和他是一路人，他布奇拉怎么会不知道呢？不过黑手党也分级别的。不管怎么说，眼前这个人是个懂世道的。

"我来是想请你帮个忙，"布奇拉说，"是西西里人求西西里人。我邻居的儿子今年没能大学毕业。是你让他不及格。这是我邻居说的。我听了你的大名之后，就跟他说：'什么！阿多尼斯先生？为什么？这可是世界上心肠最好的人哪！如果他知道实际情况，是绝对不会这么狠心的。绝对不会。'所以他们流着眼泪求我把整个事情跟你说说。他们以最卑微的态度请求你修改他的成绩，这样他就可以在这个世界上混碗饭吃了。"

赫克特·阿多尼斯并没有被这种极端客套的假象所迷惑。这些人就像他所佩服的英国人一样，他们对你粗鲁无礼，但做得非常微妙，你被他们侮辱了好几天，才意识到他们极大地伤害了你。这是对英国人的描述，但是对于布奇拉先生，如果他的要求被拒绝，随之而来的将是某个月黑风高夜的一声枪响。赫克特·阿多尼斯彬彬有礼地品尝着篮子里的橄榄和草莓。“啊，在这个可怕的世界上，我们可不能让一个年轻人挨饿啊，”他说道，“他叫什么名字来着？”布奇拉说了之后，他从办公桌抽屉里拿出一本成绩册。虽然他知道这个名字，他还是装模作样地一页页地翻找。

这个不及格的家伙是一个笨蛋、一个蠢材、一块朽木；他还不如布奇拉农场里的一只羊，是个人面兽心的家伙。他生性懒惰，玩弄女性，得过且过，喜欢吹牛，是个不可救药的白痴，连《伊利亚特》和维尔加都分不清。尽管如此，赫克特·阿多尼斯还是对布奇拉客客气气地笑了笑，以非常惊讶的语调说：“啊，他的确有一门考试有点麻烦。不过改一下并不困难。让他来见我，我在这里的房间里教教他，然后让他补考一次。他不会不及格的。”

他们握了握手，布奇拉随即告辞。阿多尼斯心下思忖：又结交了一个朋友。这些草包拿到他们本不该拿或者拿不到的大学文凭意味着什么呢？在1943年的意大利，他们可能用这张纸来擦他们娇贵的屁股，心甘情愿地沦为庸才。

一阵急促的电话铃声打断了他的思绪，他不由觉得很恼火。一阵短铃之后，间歇片刻，又是三声更短促的铃声。总机接线的女人正在闲聊，在她谈话的间隙拨动分机的按钮。这让他更加愤怒，冲着话筒大喊了一声“喂！”，声音非常粗鲁。

不巧的是，打电话的人是校长。校长恪守职业礼仪，但是没有计较他的粗鲁，显然有更要紧的事。他的声音因恐惧而颤抖，几乎带着哭腔在哀求：“我亲爱的阿多尼斯教授，能麻烦你到我办公室来一下吗？学校碰到一个大难题，只有你才能解决。这件事情非常重要，相信我，我亲爱的教授，我会感谢你的。”

这几句奉承话反倒使赫克特·阿多尼斯紧张起来。这个白痴指望他干什么？跳巴勒莫大教堂吗？校长本人更合适，他的身高至少有六英尺，想到这里，阿多尼斯感到不是滋味。还是校长他自己跳吧，不要让一个腿最短的部下来替他跳。这个画面使阿多尼斯恢复了好心情。他以温和的语气问："你是不是可以给我一点暗示？这样我在路上还可以考虑考虑。"

校长突然压低嗓门："尊敬的唐·克罗切大驾光临，他外甥是个学医的学生，老师建议他体面地退出所选的课程，唐·克罗切非常客气地请我们重新考虑一下，可是医学院的那个教授非要这个年轻人退学不可。"

"那个傻瓜是谁？"赫克特·阿多尼斯问道。

"年轻的纳托尔博士，"校长说，"他是个可敬的老师，不过不大懂得人情世故。"

"我五分钟后到你办公室。"赫克特·阿多尼斯说。

他匆匆穿越那片开阔地朝办公大楼走去，心里在琢磨这件事该怎么办。难办的不是校长。每当遇到这类难题，他总是把阿多尼斯找去。难办的是纳托尔博士。他很了解这位博士。此人是个才华横溢的医学家，一个很好的老师，他的死将是西西里的一大损失，他的辞职将是这所大学的一大损失。他非常傲气，令人讨厌。他坚持原则，为人正直。但是，即便是他也该听说过大名鼎鼎的唐·克罗切嘛，在他聪明的头脑中也应该有一点起码的常识。这里肯定还有其他原因。

在大楼前面停着一辆车身很长的黑色轿车。有两个人靠在车上，虽然身穿西装，但却没个正派样儿。他们肯定是唐的保镖和司机，是出于对唐·克罗切所拜访的学者表示尊重才被留在下面的。他们看见阿多尼斯矮小的身材、合身的衣服和夹在胳膊下的皮包，起初感到惊愕，接着觉得好笑。这一切都被阿多尼斯看在眼里。他以冷峻的目光看了他们一眼，着实使他们吃了一惊。这个小矮人也是黑手党吗？

校长办公室与其说是个管理中心，不如说像个图书馆。校长不像个管理者，倒像个学者。靠墙的书架上摆着几排书，办公室里的家具显得很厚重，但却很舒服。唐·克罗切坐在一张硕大的椅子上，呷着浓咖啡。他的脸使赫克特·阿多尼斯想起了荷马史诗《伊利亚特》中描述的一艘战船的船首——因多年的征战和无情的大海而扭曲变形。克罗切假装与他素不相识，阿多尼斯则听凭校长替他作介绍。校长当然知道这是一出闹剧，不过年轻的纳托尔博士却被蒙在鼓里。

在这个学校里，个子最高的是校长，个子最矮的是阿多尼斯。校长出于礼貌立即坐下，往椅子上一靠，准备说正事。

“我们有一点小小的意见分歧。”校长说。听见这话，纳托尔博士愤然哼了一声，而唐·克罗切则微微点了点头。校长接着说：“唐·克罗切有个外甥一心想当医生。纳托尔教授说他没有得到必要的分数，因此不能发文凭。这是个悲剧。唐·克罗切特别关注，亲自登门来谈这件事。他为我们学校做过很多好事，我想我们应当尽量给他一点关照。”

唐·克罗切说：“我是个大老粗，可是没人否认我事业有成。”他的语气和蔼可亲，丝毫没有讽刺挖苦。赫克特·阿多尼斯心想，当然啦，一个可以贿赂部长、下令杀人、恫吓店主和厂主的人是不必看书写字的。唐·克罗切继续说道：“我是凭经验摸索自己的道路。我外甥为什么不能这样呢？如果我外甥的名字后面不能加上医生两个字，我那可怜的妹妹心都会碎的。她是个虔诚的基督徒。她愿意帮助这个世界。”

跟许多行为正直的人一样，纳托尔博士也缺乏敏感。他说：“我不能改变自己的立场。”

唐·克罗切叹了口气，假意说道：“我外甥能干出什么坏事啊？我可以在部队为他谋一个公务，或者为他在天主教老年医院安排一项工作。他会抓住那些老人的手，倾听他们诉说自己的烦恼。他这个人特别温柔，老人们会觉得很亲切。我的要求是什么呢？不过是请你们在这堆乱糟糟的文件中做一点小小的改动。”他扫视了办公室一眼，对靠墙摆放的书籍表现出不屑一顾的神情。

赫克特·阿多尼斯感到极度不安，因为这种温和态度是一个危险信号。他很恼火地想，唐当然觉得任何事都轻而易举了，假如他的肝脏稍有不适，手下人会立即送他去瑞士。但是赫克特·阿多尼斯知道这个僵局得靠他解决。“我亲爱的纳托尔博士，”他说道，“我们肯定能够想点儿办法。是不是给他一点个别辅导，或者让他到一家慈善医院去接受一段时间的训练？”

纳托尔博士出生在巴勒莫，但他长得并不像西西里人。他头发浅黄，有点谢顶，而且一生气就摆在脸上。在这种微妙的情况下，真正的西西里人是绝对不会这样的。毫无疑问，这是从古代诺曼征服者的基因中继承的缺陷。“你不明白，我亲爱的阿多尼斯教授。这个年轻的傻瓜想当一名外科医生。”

赫克特·阿多尼斯思忖：耶稣啊！约瑟啊！我的圣母玛利亚和

圣人们啊！这回可真麻烦了。

见自己的同事惊得哑口无言，纳托尔博士趁势说：“你的外甥对解剖学一窍不通，他把解剖用的尸体大卸八块儿，就像把一只羊切开做烤羊肉一样。他大部分时间都不来上课，考试前也不作任何准备，他进手术室就像是去跳舞似的。我承认他很温和，你找不到比他更温和的人了，但问题是他将来得用锋利的手术刀给病人开刀。”

赫克特·阿多尼斯知道此刻的唐·克罗切在想什么：这孩子将来是不是蹩脚的外科医生不关我的事！这是个事关家族荣誉的问题，如果当不了医生，就会失去别人的尊敬。即便他是个不合格的外科医生，杀死的人也不会比唐·克罗切的手下杀的人多。还有，这个年轻的纳托尔博士没有屈从他的意愿，也没有领会他的暗示——当不成外科医生唐·克罗切并不在意，当个普通医生也行。

现在到了赫克特·阿多尼斯出面调解的时候了。“我亲爱的唐·克罗切，”他说道，“容我们再劝劝纳托尔博士，我想他肯定会给你这个面子。但是你外甥为什么不切实际地想当外科医生呢？正如你所说，他太温和了，外科医生是天生的虐待狂，哪个西西里人愿意主动挨刀子？”他稍事停顿后接着说，“而且，他必须在罗马接受培训，即使我们让他通过考试，罗马人会用各种借口刁难西西里人。如果你一定要这么做，那就害了你外甥。我来提个妥协方案吧。”

纳托尔博士低声嘟囔说不可能妥协。唐·克罗切蜥蜴般的眼睛里第一次露出凶光。纳托尔博士不吭气了，于是赫克特·阿多尼斯赶紧打圆场说：“你的外甥会得到一个及格的分数，他可以去当医生，但不能当外科医生。我们就说他心太软，不适合动刀子。”

唐·克罗切摊开双手，嘴唇动了动，露出一丝冷笑。“你的好意和理智说服了我，”他对阿多尼斯说，“那就这样吧。我外甥就当个普通医生，不当外科医生了，我妹妹该知足了。”他匆匆告辞，因为他的主要目的已达到；他没有提更多的要求。校长陪同他下楼，把他送上车。房间里的每个人都注意到克罗切临走前投向纳托尔博士的目光。这一眼看得非常仔细，好像要记住他的相貌特征，免得忘了这张试图违背他意愿的脸。

他们走了之后，赫克特·阿多尼斯对纳托尔博士说：“我亲爱的同事，你必须辞职，到罗马单干吧。”

纳托尔博士怒冲冲地说：“你疯了吗？”

赫克特·阿多尼斯说：“还没有你那么疯。今天晚上我一定要请你吃顿饭，我会向你解释我们的西西里为什么不是伊甸园。”

“但是为什么要我离开？”纳托尔博士不满地问道。

“因为你对克罗切·马洛先生说了‘不’。西西里地方不大，不能同时容纳你们两个人。”

“但是他已经得逞了，”纳托尔博士绝望地大喊，“他的外甥会成为一名医生。你和校长都表示同意了。”

“但是你没有，”赫克特·阿多尼斯说，“我们同意是为了救你的命。尽管如此，你现在已经上了黑名单了。”

当晚，赫克特·阿多尼斯在巴勒莫一家最好的酒店宴请了六位教授，包括纳托尔博士。这几位教授当天都有“贵客”来访，每个人都同意为一个不及格的学生修改分数。听了他们说的情况，纳托尔博士很反感地说：“但这种事不能出在医学院，不能出在一个未来医生的身上。”最后他们对他发起脾气来。一位哲学教授质问他：对人类来说，凭什么医学比大脑的复杂思维活动和灵魂永恒的神圣性更加重要？他们说完之后，纳托尔博士同意离开巴勒莫大学，移民到巴西去。他的同事们向他保证说，在那里一个好的胆囊外科医生可以稳赚大钱。

当晚，赫克特·阿多尼斯睡了个安稳觉。第二天早晨，他接到一个来自蒙特莱普雷的紧急电话：他的教子图里·吉里安诺杀了一名警察。图里的智慧是他栽培的，图里的温和体贴是他所欣赏的，图里的未来也是他计划的。

第三章

蒙特莱普雷是个七千人居住的小镇，深陷于卡马拉塔的山谷和贫困之中。

1943年9月2日，镇上的人们都在准备次日起连续三天的狂欢节。对每个小镇来说，这都是一年中最盛大的节日，比复活节、圣诞节和新年还热闹，比庆祝二战的结束或民族英雄的诞生还隆重。这个节日是为了纪念本镇最受爱戴的圣人。这也是墨索里尼法西斯政府未敢染指或禁止的为数不多的民俗之一。

为了庆祝这个节日，每年都要成立一个由本镇三位德高望重的人组成的委员会，由他们指定一批代表来筹集款项和物资。各家各户的捐赠是量力而行。此外，他们还派代表到街上去募捐。

随着这个盛大节日的临近，三人委员会开始使用过去一年中积累的这笔特别款项。他们雇来一个乐队，雇了一个小丑，并为未来三天举行的赛马设立了不菲的奖金。他们还雇请专人把小教堂和大街小巷都打扮起来。这样一来，破烂不堪的蒙特莱普雷顿时就变得像金缕地的中世纪城堡。他们还请来一个木偶剧团。叫卖食品的小贩都设立起摊点。

在蒙特莱普雷，许多人家都利用这个节日展示待嫁的女儿，给她们添置新衣裳，并由年长的妇女陪伴出行。从巴勒莫来的一队妓女在镇外搭起一顶硕大的帐篷，把她们的营业执照、健康证明都挂在红、白、绿道相间的帆布帐篷边上。一个几年前身上长出圣痕的著名修士被请来进行布道活动。在最后一天，要抬着圣人的灵柩游街，全镇的人都会赶着自家的骡、马、猪、驴跟在后面。灵柩上摆着圣人的肖像，挂满了钱币、鲜花、五颜六色的糖果，以及大竹篓瓶装酒。

这几天是他们最美好的日子。即使在今年剩下的时间里要忍饥挨饿，他们也无所谓；而且就在纪念圣人的村广场上，他们将向地主出卖自己的劳力，虽说每天只挣一百里拉，他们也不在乎。

在蒙特莱普雷狂欢节的第一天，图里·吉里安诺被指定参加开幕仪式——让蒙特莱普雷的奇骡和本镇最强壮的公驴交配。母骡是难得受孕的，因为骡是母马和驴子的后代，被认为是没有生育能力的。但在两年前，蒙特莱普雷却有头只骡子产下一只驴。母骡的主人同意让它献身，如果奇迹出现，它的后代就捐献给明年的庆典，以此作为他们家对小镇节日的贡献。在这个庆典中，的确有一种嘲讽的意味。

不过这种仪式性的交配不全是讽刺。西西里的农民与他们的骡子和驴子有很多相似之处。这里的骡子和驴子都很能干活，而且像农民一样坚韧、顽强。它们像农民一样，连续干几个小时活也累不倒，不像身份高贵的马那样娇气。它们的脚力稳健，在山上的梯田里干活，不像脾气暴烈的公马和反复无常的良种母马跌倒摔断腿。而且，其他人或动物不吃的东西，农民、骡子和驴都能吃下去维持生命，而且活得很好。不过最大的共同点还是：无论是农民还是骡和驴都必须受到关爱和尊重，否则他们就会变得脾气暴戾，难以驾驭。

天主教的宗教节日起源于古代人祈求神灵创造奇迹的异教徒的仪式。在1943年9月这个重大的日子里，在蒙特莱普雷镇狂欢节的过程中，将出现一个改变全镇七千居民命运的奇迹。

二十岁的图里·吉里安诺被公认为最勇敢、最诚实、最强壮、最受人尊敬的年轻人。他为荣誉而生。也就是说，他一丝不苟地公平待人，决不容忍任何肆意的侮辱。

上一次收获时节，当地庄园监工以侮辱性的低工资雇佣劳工，吉里安诺断然拒绝，引起了人们的注意。他还对其他人发表演说，鼓动他们不要干这样的活，让庄稼烂掉。宪兵根据庄园主的指控逮捕了他。其他人都回去干活了。吉里安诺并没有因此对这些人和对宪兵产生反感。在赫克特·阿多尼斯的干预下，他被释放。出狱后他也没有任何积怨。他坚持了自己的原则，对他来说这已经够了。

还有一次，阿斯帕努·皮肖塔和另一名青年动起了刀子，吉里安诺赤手空拳地站在他们中间，用善意的劝说化解了他们的怒气。

这种方式的不同寻常之处在于，如果换了其他人，就会被看作用仁爱掩饰懦弱，但是吉里安诺的某种特质阻止人们这样看待他。

九月的第二天，被朋友和家人称作“图里”的萨尔瓦多·吉里安诺不停思考着一件事，他觉得这对他的男子气概是个沉重打击。

只是一件小事。蒙特莱普雷镇没有剧院，没有公共会堂，但是有一个带台球桌的小咖啡馆。前一天晚上，图里·吉里安诺、他的表弟加斯帕尔·“阿斯帕努”·皮肖塔还有其他几个青年在一起打台球。镇上的几个中年人一边喝酒，一边看他们打球。其中一个叫圭多·昆塔纳的人有了几分醉意。他在本镇有点名气，曾因涉嫌加入黑手党遭到墨索里尼的监禁。美国人攻占西西里后，他被当成法西斯的受害者而释放。有谣传说他是蒙特莱普雷镇的下一任镇长。

图里·吉里安诺知道黑手党的传奇力量。在过去几个月的自由环境中，黑手党好像从新生的民主政府的沃土中吸足了养分，它的“蛇头”开始在这片土地上蠢蠢欲动了。小镇上已经传得沸沸扬扬，说店主们正向某些“头面人物”缴纳“保护费”。图里当然知道这段历史：许多农民向有权势的贵族和地主讨要工资而被杀害；黑手党曾经牢牢地控制着西西里岛，墨索里尼掌权之后，藐视法律程序，消灭黑手党，就像一条凶猛的毒蛇，用毒牙去咬那些不如它强大的爬行动物。图里·吉里安诺预感到恐怖的来临。

现在，圭多·昆塔纳有点看不起吉里安诺和他的同伴。也许是他们高昂的情绪激怒了他。他一个认真严肃的男人，正在步入人生一个重要阶段；他曾经被墨索里尼政府流放到荒岛上，现在他回到了出生地，他的目的是，未来几个月内，在小镇居民中树立自己的威信。

也许是吉里安诺的英俊激怒了他，因为他自己相貌极其丑陋。他长得吓人不是因为五官不正，而是因为他习惯于摆出一副令人望而生畏的样子。天生的恶棍对天生的英雄有着天然的敌意。

不管是什么原因，昆塔纳突然站起来，刚好撞到了向台球桌另一侧走去的吉里安诺。出于对长者的礼貌，吉里安诺非常客气、诚恳地向他道歉。圭多·昆塔纳以鄙弃的目光上下打量了吉里安诺一番。“你们为什么还不回家，休息好才能挣明天的面包钱，”他说，“我的朋友们想打台球，已经等了一个钟头了。”他伸手夺过吉里安诺手里的球杆，微微一笑，挥手让他离开台球桌。

大家都在注视着。这算不了多大的侮辱。如果这个人年纪再轻一点，或者对他的侮辱再厉害一点，吉里安诺就会被迫动手来维护自己男子汉的尊严。阿斯帕努·皮肖塔身上总是带着一把刀，这时候他已经站起身来。如果昆塔纳的朋友想介入，他就会把他们挡住。皮肖塔可不敬老，他只希望吉里安诺和朋友结束这场争端。

那一刻吉里安诺感到一阵莫名其妙的不安。眼前这个人气势汹汹，好像准备应对最严重的后果。他身后的同伴都不年轻了，他们饶有兴趣地笑着，似乎对出现什么结局毫不怀疑。其中有个人身穿猎装，还带了一支步枪。吉里安诺赤手空拳，一时之下感到一阵难以启齿的恐惧。他并不是害怕受到伤害或者被他打几下，也不是害怕这个比他壮实的人。他害怕的是，这些人知道自己在干什么，而且控制着局面。他却做不到。他们可以在他回家的时候，在蒙特莱普雷背街的小巷朝他打黑枪。第二天人们会发现他像个傻瓜似的死在街上。促使他忍让的，是一个天才的游击战士与生俱来的作战直觉。

于是，图里·吉里安诺拽着他朋友的胳膊，把他拉出了小咖啡馆。皮肖塔二话没说就跟他出来了，虽然对图里的轻易屈服觉得不解，但却丝毫没有怀疑他内心的恐惧。他知道图里为人谦和，认为他不想在这点小事上与别人争吵或造成对别人的伤害。他们准备沿贝拉大街回家的时候，听见身后传来台球的碰撞声。

当天夜里，图里·吉里安诺整晚无法入眠。他当真害怕那个一脸恶相、气势汹汹的人吗？他是不是像女孩子一样发抖了？那些人是不是都在嘲笑他？他最好的朋友——他的表弟阿斯帕努现在会怎么看他？吉里安诺是个胆小鬼？这个蒙特莱普雷最受尊敬的青年领袖、最强壮无畏的人第一次碰到真正的威胁就成了缩头乌龟？但是吉里安诺对自己说，何必为台球这种小事与一个粗暴无礼的年长者结仇，甚至把命都搭上呢？这跟与其他年轻人发生争吵不是一回事。他知道像这样的争吵后果会非常严重。他知道这些人是友中友，这正是他害怕的一点。

他辗转反侧，彻夜未眠，早晨醒来后心情忧郁，这种情绪对一个青年男子来说很危险。他觉得自己很滑稽可笑。像大多数年轻人一样，他一心想当英雄。如果生活在意大利的其他地区，他早就当兵去了。作为西西里人，他没有主动提出这样的要求，因为他的教父赫克特·阿多尼斯作出了一定的安排让他不必去服兵役。不管怎么说，虽然西西里岛由意大利治理，真正的西西里人都认为自己不是意大利人。实际上，意大利政府也不会急于征召西西里人去当兵，尤其是处在战争最后一年的时候。西西里人有很多亲人都在美国，他们生来就是罪犯和叛徒。西西里人非常愚钝，经过训练也打不了现代战争，他们走到哪里都要惹是生非。

图里·吉里安诺走到大街上，见天气晴好，郁闷的情绪逐渐烟消云散。金灿灿的太阳光芒四射，空气中弥漫着柠檬树和橄榄树的清香。他喜欢蒙特莱普雷，喜欢它那弯弯曲曲的街道、喜欢那些带阳台的石头房子，还有阳台上恣意盛开的鲜花。他喜欢红瓦的屋顶一直延伸到小镇尽头，深埋在山谷之中，沐浴在流金般的阳光下。

狂欢节的精心装饰掩盖了这个典型西西里小镇的内在贫穷。街道上方悬挂着由彩纸圣人像组成的迷宫，房子都用挂满鲜花的大型竹编花架装饰起来。坐落在高处、隐蔽于群山中的房子也用鲜花装点起来，这些房子大多数有三四个房间，里面住着男女老少以及他们饲养的牲口。许多住房都没有卫生设施，即使千万朵鲜花和山里凉爽的空气也掩盖不住太阳照射后垃圾所散发的臭气。

天气好的时候，人们在户外活动。妇女坐在阳台的木椅子里准备食物，阳台铺着卵石，饭桌也摆在了外面。小孩子在街上追着小鸡、火鸡和小山羊到处跑；年纪大一点的在编竹筐。贝拉大街尽头、临近广场的地方，有一个两千年前希腊人建造的大型鬼脸喷泉，一股水流从鬼脸上布满石牙的嘴里喷涌而出。两侧山上是绿油油的梯田。在山下的平原上，帕尔蒂尼科镇和海堡镇清晰可见，潜伏在远处朦胧地平线上的是充满血腥和灰暗的石头镇柯里昂。

贝拉大街的另一端，连着通向海堡平原的道路的尽头，图里看见了牵着一头小毛驴的阿斯帕努·皮肖塔。他突然很担心皮肖塔对他昨晚丢脸的行为会有什么反应。他这个朋友出了名地尖酸刻薄。他会不会说一些鄙视他的话？吉里安诺再度感到生气，发誓下次决不能这样毫无准备。他不会再顾及任何后果，他要向所有人表明他不是懦夫。回想起来，当时的场面依然历历在目。昆塔纳的朋友在他身后伺机而动，其中有一个人还带了支猎枪。他们是黑手党，肯定会报复。他并不是害怕他们，而是害怕他显然会被他们打败，因为虽然他们并不强壮，但却非常残忍。

阿斯帕努·皮肖塔脸上露出诡秘的微笑。他说："图里，这只小毛驴不知道该干什么，我们必须帮帮它。"

吉里安诺没有搭理他。他感到欣慰的是，他的朋友已经把昨晚的事置之脑后。阿斯帕努对别人的错误少不了要讽刺挖苦，而且言辞尖刻，可是对他却至亲至爱，尊敬有加，这一直使图里内心十分感动。他们肩并肩朝着小镇的广场走去。孩子们就像引水鱼似的，不停地在他们前面和四周蹿来蹿去，他们知道这只毛驴是去干什么的，个个兴奋不已。对于他们来说这是非常好玩的，是无聊的夏季中最让他们兴奋的事情。

在小镇广场的中间有一个四英尺高的小平台，是用从附近山上开采的大块石料搭建的。图里·吉里安诺和阿斯帕努·皮肖塔把毛驴推上用土堆起的平台坡道。他们用绳子把驴子的头拴在一根短铁柱上。驴子坐下来。它的额头上有一块白斑，嘴上套了口套，看上去活像个马戏团的小丑。孩子们聚集在平台四周，嘻嘻哈哈，打打闹闹。有个小男孩大喊："哪个是驴？"逗得所有的孩子哈哈大笑。

图里·吉里安诺看着这一幕，心里美滋滋的，他对自己现在的生活无比满足，他还不知道，这是他最后一天当一个默默无闻的乡下男孩了。他身在出生、成长的这个小地方，外面的世界不可能伤害到他，就连昨晚的耻辱也被他抛到了九霄云外。他对巍峨的石灰岩山脉了如指掌，就像一个小孩子熟悉自己的玩具沙箱一样。这些山上出石板就像长草一样容易，山上的岩洞和其他藏身地能隐蔽一支部队。图里·吉里安诺了解这里的一切：房子、农场、劳工、罗马人和摩尔人留下的城堡废墟、希腊神庙美丽的断壁残垣。

牵着那只奇骡的农民出现在另一条通往广场的路上，这个人就是今天早晨雇他们干活的雇主。他叫帕佩拉，在他成功地对邻居实施了报复之后，赢得了蒙特莱普雷镇居民的尊敬。他们两家人因一片相邻的橄榄园结仇长达十年之久，比墨索里尼强加给意大利的战争时间还长。盟军解放西西里，建立民主政府之后不久的一天晚上，这个邻居几乎被一把短筒猎枪打成了两截。在西西里岛上，用锯短枪管的猎枪来干这种事的情况比较常见。人们立即怀疑到帕佩拉的头上，可是他当天因与宪兵发生争执，被警方带走了，发生谋杀案的当晚他一直被关在贝兰伯兵营的牢房里。有谣传说这是黑手党死灰复燃的第一个迹象。帕佩拉与圭多·昆塔纳家有姻亲关系，因而利用友中友来摆平这场争端。

帕佩拉牵着骡子走到平台前，孩子们全都涌了过去。为了驱散他们，他只好小声呵斥，偶尔甩甩手中的鞭子。孩子们轻易躲过了他的鞭子，因为他只是善意地笑笑，然后在他们头顶上方打一两声响鞭而已。

白额驴闻到台下母骡的气味，想挣脱拴着它的绳子。图里和阿斯帕努把这只驴子举了起来，博得孩子们一片欢呼。这时候帕佩拉把骡子的屁股推向平台边缘。

理发匠弗里塞拉正好从他的店里出来看热闹。跟在他后边的罗科菲诺上士摆出一副趾高气扬的样子，用手搓揉着他那张光滑红润的脸。他是蒙特莱普雷镇上唯一每天都要修面的人。即使在台子上，吉里安诺也能闻到理发匠给他喷的古龙水散发出来的浓烈香气。

罗科菲诺上士用职业的目光扫视着聚集在广场上的人群。他是驻小镇宪兵小分队的队长，手下有十二个人，负责小镇的治安。狂欢节这一天历来麻烦较多，他已经命令四名宪兵组成小分队在广场巡逻，可是他们还没有到达现场。他也在观察给小镇奉献骡子的帕佩拉。他知道肯定是帕佩拉下令杀死了他的邻居，这些西西里的野蛮人很快就利用了他们神圣的自由权。罗科菲诺心想：失去墨索里尼他们会感到遗憾的，与黑手党相比，这个独裁者就像古城阿西西的圣弗朗西斯一样温和。

理发匠弗里塞拉是蒙特莱普雷镇的活宝。那些无所事事的人都聚集到他的理发店里，听他讲笑话和小道消息。他为自己服务比对顾客还周到。他的小胡子修剪得很精心，上了油的头发梳得整整齐齐，可是他的脸却像木偶戏里的小丑：圆鼻头，门一样的宽嘴巴，看不见下巴。

这时他大声喊起来："图里，把牲口牵到我店里来，我给它洒点儿香水，你的驴子会以为它要跟公爵夫人做爱呢。"

图里没有搭理他。他小时候就到弗里塞拉这里来理过发，但是剪得太难看，所以就由他妈妈亲自来剪了。可是他父亲还是去找弗里塞拉理发，一来是听听镇上的街谈巷议，二来是把自己在美国的见闻说给那些没见过大世面的人听。图里·吉里安诺不喜欢这个理发匠，因为此人曾经是个死硬的法西斯，而且众所周知，他和黑手党关系不一般。

罗科菲诺上士点燃一支香烟，朝贝拉大街走去，根本没有注意到吉里安诺——在未来几个星期内，他将对这次疏忽追悔莫及。

那只毛驴现在想跳下平台。吉里安诺稍稍松了松绳子，这样皮肖塔就可以把它牵到平台边缘，让它处于下面站着的那只神骡上方。母骡的屁股正好高出平台边缘。吉里安诺又把绳子放了一段。母骡打了个大响鼻，把屁股向后一撅，这时候那驴子也纵身向下，用前腿搭在骡子屁股上，痉挛似的向前挣扎了几下，然后悬停在半空，那张带白斑的脸上露出一副狂喜的滑稽相。帕佩拉和皮肖塔哈哈大笑，而吉里安诺则拼命地拉住绳子，把倦怠的驴子朝铁柱子方向拉。围观的人欢呼起来，高声祝福着。孩子们早就跑到街上寻找其他乐子去了。

笑得合不拢嘴的帕佩拉说："如果我们都能像驴子一样生活，呵，那多带劲儿啊。"

皮肖塔没好气地说："帕佩拉先生，那我就把竹筐和橄榄筐让你驮在背上，然后每天赶着你走八个钟头山路，那才是驴子的生活嘛。"

帕佩拉瞪了他一眼，他听出了弦外之音：他给的工钱太少。他对皮肖塔从来没有好感，实际上他雇的是吉里安诺。蒙特莱普雷的人都喜欢图里，皮肖塔则不讨人喜欢，他说话刻薄，死气沉沉，还有点懒惰。他的肺有毛病，但这不是理由。他照样抽烟、勾搭巴勒莫的放荡女孩、打扮得像个花花公子，还别出心裁地留了个法式的小胡子。帕佩拉心想，他最好咳死，带着他的烂肺下地狱。他给了他们两百里拉，吉里安诺很有礼貌地向他表示感谢，随后他就赶着骡子动身回农场了。两个年轻人解开驴子，把它牵回吉里安诺的家里。这头驴子的工作才刚刚开始，还有很多力气活儿等着它去干呢。

图里·吉里安诺的母亲早早地就为两个年轻人准备好午饭。他的两个姐姐，玛丽安尼娜和朱塞平娜，都在帮母亲揉面，准备做晚餐用。在一块四四方方、上了虫胶漆的面板上，她们把鸡蛋打在一大堆面粉中，和成一个大面团，把它揉匀揉实，用刀在上面刻了个十字使之圣洁。接着姐妹俩把它切成长条，把它们裹在麻叶上搓揉，然后把麻叶抽出来，长条形的面就成了空心的。屋子里还摆了用大碗盛放的橄榄和葡萄。

图里的父亲还在地里干活，不过今天收工比较早，这样就可以参加下午的狂欢节。第二天，玛丽安尼娜就要订婚了，吉里安诺的家里要举办一次特别的宴会。

图里一直是玛丽亚·隆巴尔多·吉里安诺的心头肉。两个姐姐还记得，他小时候妈妈每天都要给他洗澡。母亲要把那只洋铁皮脸盆放在火炉上烤烤热，还要用手肘试一试水温。肥皂也是从巴勒莫特意买来的。两个姐姐一开始还有些嫉妒，后来看到母亲给一丝不挂的小弟弟那样精心地洗澡，都感到很好奇。他小时候从来不哭，每当母亲俯下身子轻轻地给他唱歌，说他的身上洁白无瑕，他就咯咯直笑。他是家里年纪最小的，可是长大成人之后却是家里最强壮的。在她们看来，他总是有点儿与众不同。他喜欢看书，喜欢谈论政治，当然她们总说他之所以长得这么高大健壮，是因为他是在美国怀上的。她们都特别喜欢他，因为他非常温存，没有私心。

这天早上，母亲和两个姐姐都为他担心。他在吃面包、山羊奶酪和他那盘橄榄，喝菊苣咖啡的时候，她们既疼爱又不安地看着他。吃完午饭，他就要和阿斯帕努一起赶着毛驴去柯里昂，替人偷运奶酪、火腿和香肠。为了干这件事，他今天就不能参加狂欢节了。这样做是为了使母亲高兴，也使姐姐的订婚宴得以成功举行。他们还要把一部分东西拿到黑市上去，卖一些现钱贴补家用。

这三个女人看见两个年轻人在一起都很高兴。他们从小就是好朋友，虽然两个人个性迥异，但比亲兄弟还亲。阿斯帕努·皮肖塔皮肤黝黑，留着电影明星式的小胡子，表情非常生动，黑眼睛透着灵气，头发乌黑，人很聪明，这些都很讨女人喜欢，但是比起图里·吉里安诺古希腊的文静美还是逊色一筹。吉里安诺身材魁梧，就像散落在西西里各地的古希腊雕像一样。他全身——头发和皮肤——都是浅棕色。他总是显得很稳重，但行动起来雷厉风行。梦幻般棕色的双眼是他最出众的特征，当他望着你的时候，眼睑就像那些雕像上的一样，半开半合，整个面部显得文静安详。

就在皮肖塔与玛丽亚·隆巴尔多逗乐的时候，图里·吉里安诺去了自己在楼上的卧室，做一些出门前的准备，特别是要带上他藏在那里的一把手枪。他没有忘记前一天晚上的屈辱，决定今天去干活的时候把武器带上。他知道如何用枪，因为父亲经常带他出去打猎。

母亲独自在厨房里等着与他告别。她拥抱了他，还摸了摸他别在腰里的那把枪。

“图里啊，多加小心，”她提醒他说，“不要和宪兵争吵。如果他们拦住你，你就把东西交给他们得了。”

吉里安诺让她放心。“他们可以把东西拿走，”他说，“可是我不会让他们打我，或者把我抓进监狱。”

她能够理解这一点。出于西西里人强烈的自豪感，她为他感到骄傲。许多年前，正是出于这种自豪感，加之对贫困的愤怒，她说服丈夫去美国，开始新的生活。她有过美好的梦想，相信这个世界上有公平正义，应该有属于自己的一块地方。她在美国积攒了一笔钱，但又是这种自豪感促使她决心回到西西里，过女王一样的生活。可是后来一切都化成了泡影。战争时期，里拉变得一文不值，她又变得一贫如洗。她只能听天由命，把希望寄托在孩子们身上。看到图里身上表现出她曾经有过的那种精神，她感到非常欣慰。可是她又害怕将来有一天，图里也必须直面西西里残酷现实的生活。

她看着图里走到外面卵石铺就的贝拉大街上去迎接阿斯帕努·皮肖塔。她儿子走起路来像一只大型的猫科动物，胸膛宽阔，胳膊和腿的肌肉发达，相比之下，阿斯帕努简直像根瘦麻秆儿。不过她儿子不像阿斯帕努那样狡猾和残暴。在他们共同生活的这个充满危险的世界里，阿斯帕努会保护图里的。她喜欢阿斯帕努橄榄色皮肤的俊秀，但是她觉得自己的儿子更英俊。

她目送他们沿贝拉大街走向镇外通往海堡平原的路。这两个年轻人，一个是她的儿子图里·吉里安诺，一个是她妹妹的儿子加斯帕尔·皮肖塔，都刚刚二十岁，但看上去还很年少。她喜欢这两个孩子，同时也为他们担惊受怕。

她看着两个人和一头驴消失在街道的起伏处，最后出现在高高的山梁上，进入环抱蒙特莱普雷的大山。玛丽亚·隆巴尔多·吉里安诺凝神注视着，好像今后再也见不着他们了。她就这样看着他们逐渐消失在半晌山头的薄雾之中，消失在一段传奇故事的序幕里。

第四章

1943年9月的西西里，人们只能靠到黑市上进行交易才能生活下去。战时严格的食品配给仍在实行，农民必须把自己的农产品按定价卖给中央政府的粮仓，换取几乎一文不值的纸币。政府本应把这些粮食低价卖给或分配给民众。有了这样的制度，每个人都应当得到足够的粮食来生存。事实上，农民尽量多地私藏粮食，因为他们上交给政府仓库的东西，都被唐·克罗切·马洛和他支持的镇长拿到黑市上加价出售了。民众不得不到黑市上去买，他们是为求生存才违法进行走私的。如果他们被抓住，就会受到指控并被投入监狱。罗马的民主政府对他们有什么好处呢？他们可以去投票，但他们还得忍饥挨饿。

图里·吉里安诺和阿斯帕努·皮肖塔就要打破这些法规，可是他们并不在乎。皮肖塔在黑市上人脉很广，所以这件事就由他来安排。他和一个农民达成一笔交易，他从乡下走私一车奶酪送到蒙特莱普雷镇的一个黑市交易商那里，为此他们将得到四只熏火腿和一筐香肠作为报酬。有了这些东西，他姐姐的订婚宴就能办得比较体面。他们所违反的是两项法律，一是禁止黑市交易的法律，二是禁止在意大利的地区间走私的法律。当局无法控制黑市交易，否则他们就要把西西里的人全部关进监狱。不过走私的情况就不同了。国民警察巡逻队（即宪兵）在乡村地区四处寻查，设立路障，还雇用了线人。当然，他们对唐·克罗切·马洛的商队却无可奈何，因为他们使用的是美国军用卡车，而且有军事部门的特别通行证。但他们可以抓住不少小打小闹的农民和饥饿的村民。

吉里安诺和皮肖塔走了四个小时才到那个农庄。他们把那块巨大的白色奶酪和其他东西绑在驴子身上，然后在上面覆盖了一些麻秆和竹子作掩护，这样看起来他们就像是给牲口送饲料的，因为许多村民的家里都养了牲口。他们像许多年轻人一样既自信又粗心，或者说更像那些想瞒过父母，把自己心爱的东西藏起来的小孩子。他们之所以信心十足，是因为他们熟悉山间的秘密通道。

返程的路还很长。出发前，吉里安诺让皮肖塔在前面侦察宪兵。他们用特定的口哨声作为通报危险的暗号。驴子驮着奶酪走得轻松自如，也很听话，狂欢节的典礼上它已经得到了奖赏。他们慢慢地往山上走，一路上没有发现任何危险迹象。两小时后，吉里安诺发现身后大约三英里处有个商队在跟着他们，有六只骡子和一个骑马的人。如果黑市上还有别人知道这条路，那么在外巡逻的警察就可能在这里设卡。为小心起见，他让皮肖塔走得更远一点。

过了一小时，他追上了阿斯帕努，见他正坐在大石头上边抽烟边咳嗽。此时阿斯帕努脸色苍白，其实他是不该抽烟的。图里·吉里安诺在他身边坐下歇一歇。他什么也没说，因为他们之间谁也不想对对方指手画脚，这是他们从小就形成的主要默契之一。最后，阿斯帕努掐灭了手里的香烟，把烧黑的烟头放进口袋。他们又开始赶路。吉里安诺在前面牵着驴缰，阿斯帕努走在后边。

他们走的是一条山间小路，避开大路和村庄，但是偶尔也能看见一些古希腊人的蓄水池，残破的雕像嘴里还在喷水，还有一个几百年前用来抵御入侵者的诺曼人城堡。图里·吉里安诺再次想到西西里的过去和他自己的未来。他伤感地想到教父赫克特·阿多尼斯答应狂欢节之后来找他，为他准备巴勒莫大学的申请材料。赫克特·阿多尼斯从来不参加狂欢节，喝醉酒的人常常取笑他身材矮小，孩子们——有些孩子比他还高——也会侮辱他。图里感到奇怪的是，上帝为什么要限制一个人的生长发育，但又要向他头脑里灌那么多知识。图里很喜欢赫克特·阿多尼斯，认为他是世界上最聪明的人，而且这个人对他和他父母都非常好。

他想到在自家那一小块土地上辛勤劳作的父亲，想到两个衣衫破烂的姐姐。所幸的是，玛丽安尼娜长得漂亮，尽管家境贫寒，时局很乱，她却找了个丈夫。不过他觉得最可怜的还是他母亲玛丽亚·隆巴尔多。他在小时候就意识到母亲活得很痛苦，很不开心。她感受过美国的富饶，在西西里这样一个贫困的小镇上，她怎么也高兴不起来。他父亲经常讲述那些美好的时光，他母亲听了就会潸然泪下。

但是图里·吉里安诺心想，他要改变这个家的命运。他要努力劳动，努力学习，成为教父那样的了不起的人。

突然他们面前出现了一片小树林，是西西里仅存的少数林地之一，现在这一带似乎到处都是巨大的白色岩石和大理石采石场。翻越这个山头之后，一路向下就到蒙特莱普雷了。他们必须倍加小心，提防宪兵的流动巡逻队，不过眼前这个“四岔路口”也不能掉以轻心。吉里安诺拉住驴缰，并示意阿斯帕努停下。他们悄然站在那里，没有听见异常的响动，只听见无数贴近地面飞舞的昆虫发出的嗡嗡声。这是它们振动翅膀和腿所发出的声音，就像远处传来的锯木声。他们穿过这个路口，安然进入另一片小树林。图里·吉里安诺又开始了遐想。

转眼间，前面的林木稀疏起来，好像被人推向了远处似的。他们路过一小块开阔地，地面高低不平，全是碎石子、砍伐留下的竹桩，和一些稀稀拉拉、几乎没有叶子的小草。在花岗岩密布的山峦上方，傍晚的太阳苍白惨淡，正渐渐离他们远去。过了这片开阔地，就是一条迤逦的小路，向下一直通到远处的蒙特莱普雷。突然吉里安诺的左眼感觉到一丝闪光，就像有人划了一根火柴，他猛然从白日梦中惊醒，一把拉住驴子，并示意阿斯帕努停下。

从三十码开外的灌木丛中走出三个陌生人。图里·吉里安诺看见了他们的黑色军帽和镶白边的黑色军服。他觉得自己真笨，绝望与羞愧的感觉油然而生：他们被抓住了。三个人端着枪走向他们，行进过程中逐渐散开。其中两个人很年轻，脸红扑扑的，硬边军帽歪戴在后脑勺上，样子很滑稽。他们把冲锋手枪的枪口对着这一边，神情认真，还有点沾沾自喜。

中间的那个宪兵年纪大些，手里拿着步枪。他的脸上坑坑洼洼，还有几道伤疤。他的帽檐一直拉到了眼睛上方，袖子上戴的是士官臂章。吉里安诺刚才看到的闪光就是从这支步枪枪管反射的阳光。那士官用枪口对着吉里安诺的胸膛，脸上露出狰狞的笑。吉里安诺看见这狞笑后，立刻由绝望变成了愤怒。

这个手持步枪的士官步步进逼，他的两个同伴也逐渐靠上前来。图里·吉里安诺此时已高度警惕。那两个持冲锋枪的年轻人并不可怕，他们大大咧咧地朝驴子走来，没有把眼前这两个人放在眼里。他们挥手让吉里安诺和皮肖塔从驴子旁边走开，其中一个人把冲锋手枪放进枪套，掀开驴子背上的伪装竹帘。他看见这批货的时候，不由自主地吹了一声贪婪的口哨。他没有注意到此时阿斯帕努已经向他靠近。但是手持步枪的那个士官却看见了。他大喊了一声："你，小胡子，快走开。"阿斯帕努向后退了两步，退到离吉里安诺较近的地方。

那个士官靠近一步。吉里安诺密切注视着他的一举一动。那张麻脸显得很疲惫，但那双眼睛却炯炯有神。只听见他说："好了，年轻人，那块奶酪很不错啊，刚好配我们营里的通心粉，只要你说出那个卖主的名字，我们就让你们骑着毛驴回家。"

他们没有理睬他，他等了一会儿，他们还是没有搭理他。

最后，吉里安诺平静地说："如果你能让我走，我就给你一千里拉。"

"你可以用里拉去擦屁股，"那士官说道，"好了，把证件拿出来，如果证件有问题，我就让你先用你的证件擦屁股。"

侮辱的语言和黑白边的制服让吉里安诺顿时怒从心头起，那一刻他知道他不会让这些人把他抓走，也不会让他们抢走他的东西。

图里·吉里安诺拿出自己的证件，朝这个士官走去。他希望走到那支步枪的弧形线之内。他知道自己的身体比大多数人都灵活，他愿意孤注一掷。可是对方用步枪示意他后退并说："把它扔在地上！"吉里安诺只好照办。

皮肖塔在吉里安诺左侧五步远的地方。他知道他的朋友心里在想什么，知道他衬衣下面掖着一把手枪，于是就设法吸引那士官的注意。他身体前倾，手摸着别在后腰上刀鞘里的那把刀，故意傲慢地说：“中士，如果我们把那个农民的名字告诉你，你还要我们的证件干什么？交易可不是这样做。”他稍事停顿后语气讥讽，“我们知道宪兵从来是说话算话的。”他说“宪兵”这个词的时候满是憎恶。

手持步枪的士官朝皮肖塔那边走了几步，然后停下来。他冷冷地一笑，平端着枪对他说：“还有你，花花公子，你的证件。你是不是像你的驴子一样没有证件？这只驴子的胡子也比你的好看。”

那两个人年轻宪兵哈哈笑起来。皮肖塔的眼睛突然一亮。他朝士官方向又迈了一步。“是的，我没有证件，我也不认识什么农民，这些东西是我们在路上捡的。”

这个愚蠢鲁莽的对抗行动没有奏效。皮肖塔原想等这个士官靠近，进入他的攻击距离。可是这人却向后退了几步，笑了笑说：“一顿鞭子可以灭灭西西里人的傲慢。”他停了一下又说，“你们两个，给我躺在地上。”

“鞭子”泛指使用皮鞭或者棍子的体罚。吉里安诺知道，蒙特莱普雷有些人在贝兰伯兵营里就受到过这样的拷打。他们回家的时候，有的腿被打残，有的头肿得像西瓜，有的内脏被打坏，从此丧失劳动能力。绝对不能让宪兵这样来对待他。吉里安诺单膝着地，好像准备躺下，一只手撑在地上，另一只手放在腰带上，准备随时从衬衣下面拔出手枪。此刻，这片开阔地已笼罩在黄昏前的薄雾中，远处小树林上方的太阳已沉到山后。他看见皮肖塔骄傲地站在那里，对中士兵的命令充耳不闻。他们肯定不会因为偷运一块奶酪就开枪打他。他可以看见两个年轻宪兵的手在发抖。

就在这时候，后面传来了骡叫声和急促的骡蹄声，下午跟在他们后面的那个商队此刻也进了这片开阔地。骑在马上的那个领队肩上挎着一支短筒猎枪，穿了一件厚实的皮夹克，看上去体型庞大。他从马上跳下来，从口袋里掏出一大沓里拉，对手持步枪的宪兵说："看来这一次你逮住了几条小沙丁鱼。"显然他们相互认识。这个手持步枪的人第一次放松了警惕，欣然接受了送给他的钱。两人相视一笑，似乎全然忘记了这两个被逮住的人。

图里·吉里安诺慢慢地向靠他最近的那个宪兵移动，皮肖塔则悄悄地朝最近的灌木丛移动。两个宪兵都没有注意，吉里安诺用前臂砸过去，把一个宪兵打倒在地，然后冲着皮肖塔大喊："快跑！"皮肖塔钻进了竹林，吉里安诺则跑向小树林。剩下的那个宪兵惊慌失措，抑或是太无能，没有及时掉转枪口。快钻进小树林的吉里安诺异常兴奋，他纵身跃起，钻进两棵粗壮的大树中间隐蔽起来。与此同时，他从衬衣下面拔出枪来。

他的判断没错，那个手持步枪的士官最危险，只见他把手中那一沓钱扔在地上，掉转枪口，非常冷静地开始射击。他无疑击中了目标，吉里安诺的身体像一只死鸟似的落在地上。

吉里安诺听见枪声的同时感到一阵剧烈疼痛，好像遭到了木棍的重击。他摔在两棵树之间的地上，想挣扎着站起来，但失败了。他双腿麻木，不听使唤。他把身体蜷缩起来，手上依然抓着枪。他看见那个士官得意地举起步枪在空中晃动。这时候吉里安诺感到裤子里全是血，热乎乎、黏糊糊的。

扣动扳机的那一刹那，图里·吉里安诺感到的只是震惊：他们为了一块奶酪就向他开枪射击。所有的人都这样做，因为这一个小小的错误，他们就残酷无情地毁了一个家庭的主心骨。他母亲会哭一辈子的。现在他身上血流如注，他还从来也没有伤害过任何人。

他扣动扳机后，看见那支步枪落地，士官的白边黑帽子飞到半空，身体连同那受了致命伤的脑袋软瘫下来，摇摇晃晃地倒在石头地上。用手枪在这样的距离射击命中率很低，但是吉里安诺觉得子弹好像是他用手推出去的，使它像匕首一样击穿了那个人的眼睛。

对方的一把冲锋手枪开始射击，但子弹射偏了，嗖嗖声像小鸟的鸣叫，紧接着是一阵死寂，就连嗡嗡飞的小昆虫也停了下来。

图里·吉里安诺就势滚进了灌木丛，看见敌人的脸被打得血肉模糊，他心中产生了希望。他并不是一点力气也没有。他想挣扎着爬起来，这一次他成功了。他开始跑，但是只有一条腿能够向前迈，另一条腿只能在地上拖着。他的大腿根发热，而且黏糊糊的，鲜血浸透了他的裤子。他觉得看东西有些模糊，觉得自己突然穿过一片有亮光的地方。这时他担心自己绕了个圈儿又回到那片开阔地，所以想往回跑。他的身体开始向下栽倒——不是倒向地面，而是栽进了略带红色的黑色深渊，这时候他知道自己怕是永远起不来了。

空地上的年轻宪兵松开扣住冲锋手枪扳机的手指，嗒嗒的枪声停了下来。那个走私犯从地上爬起来，手里拎着那沓钱，把它递给另一个宪兵。那个宪兵却用手枪指着他说："你被捕了。"

走私犯说："现在这些钱你们可以对半分了，放我走吧。"

两个宪兵看了看倒在地上的士官。毫无疑问他死了，他的眼睛和眼窝被子弹打烂，伤口流出黄色带泡沫的液体，一只壁虎已把触角伸进他的伤口。

走私犯说：“我到后面去找他，他已经受伤。我把他尸体拖回来，你们两个就成英雄了，让我走吧。”

另一个宪兵把图里扔在地上的身份证件捡起来大声读道：“萨尔瓦多·吉里安诺，蒙特莱普雷镇。”

“现在找他已经没有必要，”另一个宪兵说道，“当务之急是向总部报告。”

“胆小鬼。”走私犯说。他想把短筒猎枪从肩上放下来，可是看见宪兵正恶狠狠地看着他。他的话侮辱了他们。为此，他们让他把士官的尸体搭在他的马背上，一起步行到兵营去。走之前他们拿走了他的枪。两个宪兵惊慌失措，他真希望他们不要因为紧张而走火误杀他。除此之外，他没有更多的担心。他和蒙特莱普雷的罗科菲诺上士很熟。他们以前就打过交道，今后还会继续打交道。

在这段时间内，他们谁也没有想到皮肖塔。不过他们所说的话都被他听见了。他手上握着刀，躺在一个长满高草的坑里。他在等他们来找图里·吉里安诺，他打算对其中一个人进行伏击，割断他的脖子，然后把他的枪拿到手。此刻他怒火中烧，甚至消除了对死亡的恐惧。他听见那个走私犯主动要求把吉里安诺的尸体拖回去的时候，就把那个人的面孔深深地印在了脑子里。听到他们撤退不再追捕他的时候，他甚至感到遗憾。他们把他的驴子拴在商队后面的时候，他十分苦恼。

他知道吉里安诺受了重伤，需要帮助。他绕过开阔地，穿过小树林，跑到他的同伴刚才消失的地方。灌木丛中看不出有人的迹象，于是他沿着来时的路往回跑。

还是没有看见图里的踪影。他爬上一块巨大的岩石，其顶端凹陷形成一个坑，在这个石头坑中间有一汪几乎变黑了的血。在岩石的另一面是一长溜黏稠、鲜红的血迹。他继续往前跑，突然惊讶地发现吉里安诺四仰八叉地倒在前面的路上，手上还握着那把枪。

他跪在地上，把手枪拿过来，别在自己的腰上。这时候图里·吉里安诺的眼睛睁开了。这双眼睛里充满了仇恨，令人望而生畏，但是它们越过阿斯帕努·皮肖塔，看着远方。皮肖塔心里的一块石头落了地，眼泪都快掉下来了。他想赶紧把他扶起来，但是他身体太弱了。“图里，起来试试看，我来帮你。”皮肖塔说。吉里安诺用双手撑着地把身体抬起来。皮肖塔用一只手臂托起他的腰，他感到手上又热又粘。他把手抽出来，撩起吉里安诺的衬衣，看见他腰部有个大口子，不禁大惊失色。他把吉里安诺靠在一棵树上，立刻脱下自己的衬衣，用它塞住伤口止血，然后把两只袖子在腰上扎紧。他一只胳膊搂着图里的腰，另一只手抓住他的左手，把它高高举起，这样就使他们两个人保持了平衡。他小心翼翼地挪着脚步，架着吉里安诺在小路上慢慢往山下走。从远处看，他俩似乎是在边跳舞边下山。

蒙特莱普雷的人们希望圣罗沙利狂欢节能给他们的小镇带来奇迹，而图里·吉里安诺却没能过上这个狂欢节。

他没能参加可以稳拿第一的射击比赛，没能参加用木棒或皮鞭攻击对方头部的马术比赛，也没能看见紫、黄、绿三色火箭在满天星斗的夜空爆炸构成的绚丽图案。

他还没来得及尝杏仁糊糖，形状做得像胡萝卜、竹笋和西红柿，甜得让人浑身酥麻；他也从来没有吃过武士形状的棉花糖，武士的形象全都来自关于罗兰、奥利维和查理大帝的传奇故事，它们的糖制宝剑上镶着薄荷糖做成的红宝石和水果粒做的绿宝石，孩子们拿回家后放在床边，充满遐想地进入梦乡。在家里，姐姐的订婚宴缺了他如期进行。

那只驴子和奇骡的交配没有成功，所以不会有后代。蒙特莱普雷的公众非常失望。多年以后他们才知道，这次狂欢节的奇迹降临在了那个牵驴子的年轻人身上。

第五章

圣方济各会修道院的院长正在进行晚间巡视，督促那些偷懒、无能的修道士们干活。他检查了圣物作坊的仓库，检查了为附近几个镇供应硬皮面包的面包房。他观察了农产品园，检查了装满橄榄、西红柿、葡萄的竹筐，看它们光滑的表面上有没有伤痕。修道士们个个忙得像小精灵，但却不像小精灵那么开心。实际上他们很沉闷，丝毫没有为上帝效劳必须具备的愉悦感。院长从长袍里掏出一根长长的黑色方头雪茄，在修道院内四处漫步，这样到吃晚饭时能有个好胃口。

就在这时候，他看见阿斯帕努·皮肖塔拖着图里·吉里安诺进了修道院的大门。守门人想把他们挡在大门外，但是皮肖塔用手枪顶着他的光头，吓得他跪在地上做起最后的祈祷。皮肖塔把浑身血迹斑斑、几乎奄奄一息的吉里安诺放在院长面前的地上。

院长身材瘦高，五官小巧得像猴子——塌鼻梁，棕色纽扣一样的小眼睛。他年过七十，从容优雅，精力充沛，头脑和过去一样好使。墨索里尼上台之前，他受雇于黑手党的绑匪，为他们写过讲究的绑架信。

现在，他的修道院是黑市操纵者和走私贩私者的大本营，这是包括农民和当局在内尽人皆知的，但是他的非法活动却从来无人干预。因为他是神职人员，人们觉得他为这个地区提供了精神指导，得到一些物质回报是理所当然的。

看见两个浑身是血的农民歹徒擅自闯进圣弗朗西斯教堂圣地的时候，曼弗雷迪院长并不感到吃惊。实际上，他非常熟悉皮肖塔。他曾利用这个年轻人干过一些走私和黑市买卖的勾当。他们一个是上了年纪的神职人员，一个是涉世不深的年轻人，然而双方都惊奇地在对方身上发现了一个共同点——那就是狡诈——这使他们很高兴。

院长先安慰了看门的修士，然后对皮肖塔说："唔，亲爱的阿斯帕努，你在干什么？"皮肖塔把扎在吉里安诺伤口上的衬衣捆捆紧。院长惊讶地发现他脸上悲痛的神情；他没有想到这个年轻人也会有这样的情感。

皮肖塔再次看着那个大伤口，知道他的朋友现在是命悬一线。他怎么把这个消息告诉图里的父母亲呢？他害怕玛丽亚·隆巴尔多会伤心。可是现在，还有更重要的事情。他必须说服院长让吉里安诺在修道院里躲一躲。

他直视院长的眼睛。他想传达的信息不是直接的威胁，而是想让对方明白，如果他拒绝，就会多一个可怕的敌人。"这是我的表兄萨尔瓦多·吉里安诺，也是我最亲密的朋友，"皮肖塔说，"你也看得出来，他处境非常不幸，用不了多久警察就会漫山遍野地找他。也会找我。你是我们唯一的希望。我请求你把我们藏起来，再请一个医生。你为我干这件事，你就有了一个永久的朋友。"他特别强调了“朋友”这个词。

院长仔细地听着他所说的每一句话。他完全明白。他曾经听说过吉里安诺是个勇敢的年轻人，在蒙特莱普雷颇受尊敬，善于射击和捕猎，而且少年老成。就连黑手党也对他另眼相看，认为他是一个可以招募的对象。唐·克罗切有一次到修道院来进行社交和事务访问时，曾对院长提起过他，说经过调教他可能成为很有用的人。

他仔细看了看这个昏迷不醒的年轻人，几乎可以断定这个人需要的不是藏身之地，而是葬身之地；需要的不是医生，而是为他进行最后祈祷的神父。答应皮肖塔的这个请求几乎无须冒任何风险，因为即使在西西里，把一具尸体藏起来也不算犯法。但是他不想让这个年轻人知道，他帮这个忙几乎毫无价值。他问：“他们为什么要搜捕你们呢？”

皮肖塔有些犹豫。如果院长知道死了一名警察，就有可能拒绝向他们提供藏身之地。但是如果他对即将到来的搜捕行动毫无准备，他可能感到震惊并出卖他们。皮肖塔决定把事情原原本本地告诉他，于是很快把事情的经过说了一遍。

院长垂下眼皮，为那个下了地狱的灵魂感到痛苦。他仔细地检查了昏迷不醒的吉里安诺。扎了衬衣的伤口还在往外渗血。也许就在他们说话的时候，这个可怜的年轻人就会死去，这样一来所有问题就会一了百了。

作为圣方济各会的修士，院长不乏基督教的博爱之心，可是在这种可怕的岁月里，他不得不考虑这种恻隐之心可能带来实际的物质上的后果。如果他提供了庇护但这个年轻人还是死了，结果只会对他有好处。当局只要见到他的尸体就满足了，而他的家人也会对他感激不尽。如果吉里安诺能够康复，他的感恩之情也许更有价值。如果一个人受了重伤还能开枪打死警察，卖给他一个人情是非常值得的。

当然他也可以把这两个小坏蛋交给警察，警察很快就会把他们处死。那样有什么好处呢？当局对他不会比现在更好。他们现在掌权的这个地区对他来说早就很安全了，他需要的是篱笆墙另一侧的朋友。出卖这两个年轻人只能使他在农民中树敌，并与这两家人结仇。院长还不至于愚蠢到这种地步，认为他这件法衣能保护他免受必然会随之而来的仇杀。此外，他也看透了皮肖塔，这个年轻人还要走很远才能踏上通往地狱之路。不，绝不能对西西里农民的仇恨掉以轻心。他们是真正的基督教徒，永远不会亵渎圣母玛利亚的雕像，可是如果为了复仇，他们会用短筒猎枪打死违反“缄默规则”的教皇。任何人都必须遵守这种保持缄默的古老规则。在这片土地上有许许多多耶稣像，但是谁也不相信打不还手，“宽恕”是懦夫的借口，西西里农民不知道什么叫怜悯。

有一点院长是确信无疑的，皮肖塔永远不会背叛他。在一次走私过程中，院长安排人把皮肖塔抓起来进行审问。审讯者是巴勒莫警察局的，不是宪兵那些笨蛋。无论审讯人员暗示或是单刀直入发问都没能让皮肖塔开口，他始终缄口不言。审讯者把他放了，告诉院长他是一个可以信赖的年轻人，可以把重要的事情交给他去做。打那以后，院长对阿斯帕努·皮肖塔刮目相看，他还经常为他的灵魂祈祷。

院长用两个手指捏着他那干瘪得只剩下皮包骨的嘴吹了声口哨。几个修士匆忙跑过来，院长让他们把吉里安诺抬到修道院一个比较偏远的厢房里。那是院长的特别住处，战争期间他曾经把一些从意大利军队逃跑的富农的儿子藏在那里。接着他派了个修士到五英里外的圣吉塞皮贾托村去请医生。

皮肖塔坐在床边，抓着图里·吉里安诺的手。图里的伤口已不流血，眼睛也睁开了，但是目光呆滞。皮肖塔眼里噙着泪水，没敢说话。他擦了擦图里冒汗的前额，发现他的皮肤有点发紫。

一个小时后，医生赶到。在赶过来的路上，他看见大批宪兵正在山坡上搜索，所以当他看见自己的朋友、修道院院长把一个受伤的人藏在这里，他丝毫没有感到意外。这不关他的事；警察和政府的事管它干什么呢？修道院长是西西里人，他需要帮助。院长经常在星期天给他送一篮子鸡蛋，圣诞节前还给他送过一桶酒，复活节前又给他送去一只羊羔。

医生对吉里安诺进行检查，并为他包扎了伤口。子弹打穿了他的腹部，可能还打坏了部分重要脏器，肝脏肯定受到了创伤。由于大量失血，这个年轻人面如死灰，全身皮肤白里透紫。伤者嘴巴四周出现了一个白圈，医生都知道这是死亡的第一先兆。

他叹了口气后对院长说："我已经尽力而为。血已经止住，不过他的失血量超过了全身血液总量的三分之一，这种情况通常是非常危险的。要给他保暖，给他喝点牛奶，我给你一点吗啡。"他非常遗憾地看了看躺在那里的吉里安诺那副强壮的身板。

皮肖塔小声问道："我怎么跟他的父母亲说？他还有救吗？"

医生叹了口气。"你想怎么说就怎么说吧。他受的是致命伤。小伙子看上去身体很强壮，所以他也许能多活几天，但是最好不要抱什么希望。"他看见皮肖塔极度绝望的眼神和院长如释重负的表情，讥诮道，“当然，在这块神圣的地方，总是有出现奇迹的可能。”

院长和医生走了出去。皮肖塔俯身去擦他朋友额头上的汗，惊讶地发现吉里安诺眼神中的一丝嘲弄，他暗棕色的眼睛有一道银边。皮肖塔的身体又向下俯了些。图里·吉里安诺在小声说话，说得非常吃力。

“告诉我母亲，我会回家的。”图里说。接着他做了一件皮肖塔今生永远不会忘记的事。他突然伸出双手抓住皮肖塔的头发。这双手非常有力；垂死的人双手绝对不会这样有力。他把皮肖塔的头向下压了压，“听我的话。”吉里安诺说。

赫克特·阿多尼斯接到吉里安诺父母给他打的电话，第二天上午他就到了蒙特莱普雷。不过他很少住在自己的房子里。年轻时他就讨厌这个出生地，尤其排斥狂欢节。那样的装饰使他感到沮丧，那些缤纷绚丽的装点似乎是掩饰小镇贫困的恶作剧。在狂欢节期间，他总是要忍受一些侮辱——醉酒的人讥笑他的身高，女人对他投去鄙夷的微笑。

他比所有人都懂得多也无济于事。他们非常傲气，每家的房子都漆得跟他们父辈的一样，可是他们不知道房子的色彩暴露了他们的血统。他们不仅从自己的祖先那里继承了血缘，也继承了房子的色彩。若干个世纪前，诺曼人把房子漆成白色，希腊人总是使用蓝色，阿拉伯人用各种粉色和红色，犹太人使用黄色。现在他们都认为自己是意大利人或西西里人。一千年来，血缘已经混杂了，已经不能根据他的相貌来判断房主人的种族，如果你对一幢黄色房子的主人说他们祖先是犹太人，你的肚子可能就要挨上一刀。

阿斯帕努·皮肖塔家的房子是白色的，可是他看上去却像阿拉伯人。吉里安诺家房子的主色调是希腊蓝，从相貌上看，图里·吉里安诺是典型的希腊人，可是他却具有诺曼人那样强健的大骨架身材。显而易见，各种血统已经混杂，形成了具有某种奇怪而危险特征的西西里人，这也是促使阿多尼斯今天到蒙特莱普雷来的原因。

贝拉大街的每一个角落都有两个表情严肃的宪兵，他们手持步枪和冲锋手枪，处于戒备状态。狂欢节的第二天已经开始，可是很奇怪，小镇的这一片地方却几乎没有人来，街上也没有小孩玩耍。赫克特·阿多尼斯把车停在吉里安诺家房前的便道上。两个宪兵以怀疑的目光看着他，等他走出汽车，看见他那么矮小，两人不觉哑然失笑。

皮肖塔打开门把阿多尼斯领进去。吉里安诺的母亲和父亲在厨房里等着，桌上的早餐是冷香肠、面包和咖啡。玛丽亚·隆巴尔多比较平静，因为她很疼爱的阿斯帕努安慰她说她儿子会康复的。与其说她很害怕，倒不如说她很生气。吉里安诺的父亲并没有显露出悲伤，而是显得很骄傲，因为他儿子证明自己是个男子汉——他还活着，而他的敌人却死了。

皮肖塔讲了事情的来龙去脉，试图安慰他们。他避重就轻地提了一下吉里安诺的伤势，至于他怎么勇敢地把吉里安诺背进山下的修道院，他没有多说。但是阿多尼斯知道，带着一个受伤的人在崎岖山路上行走三英里，对于身材瘦小的皮肖塔来说会有多么艰难。同时他还觉得皮肖塔对于吉里安诺的伤势说得轻描淡写。他感到情况不妙。

“宪兵怎么会知道这么多情况，都找到这儿来了？”他问道。皮肖塔把吉里安诺交出自己身份证件的事告诉了他。

吉里安诺的母亲哭着说：“图里为什么不让他们把奶酪拿走？他为什么要动手呢？”

吉里安诺的父亲厉声对妻子说：“你想让他干什么？告发那个可怜的农民？那样是给家族的荣誉抹黑。”

赫克特·阿多尼斯对两个人的话感到很惊讶。他知道吉里安诺的母亲比他父亲还要强壮、暴躁，但是她开口就示弱，他父亲反而异常强硬。而皮肖塔，也就是阿斯帕努这个小伙子——谁能想到他如此勇敢地拯救自己的同伴，把他送到安全的地方，现在还冷静地对吉里安诺的父母隐瞒他们儿子的伤势。

吉里安诺的父亲说：“要是他没有把身份证交出去就好了。我们的朋友们都会作证，说他就在小镇的街上。”

吉里安诺的母亲说：“不管怎么说，他们都会逮捕他。”说着她就哭起来，“现在他只能躲在深山老林里了。”

赫克特·阿多尼斯说：“我们一定不能让院长把他交给警察。”

皮肖塔不耐烦地说：“他不敢。他知道即使穿着修士的法袍，我也会把他吊死。”

阿多尼斯审视着皮肖塔，这个年轻人有不怕死的劲头。阿多尼斯知道伤害一个年轻人的自尊是不明智的。警察永远不能理解的是，老人历尽生活的磨难，即使受到侮辱，也不会去计较另一个人的非难，可是一个年轻人却无法承受这样的侮辱。

他们是在向赫克特·阿多尼斯求助，况且他以前就帮助过他们的儿子。阿多尼斯说："如果警方知道他在那里，修道院院长就没有办法了。在有些事情上，他也不是没有受到过怀疑。我想如果你们同意，最好还是请我的朋友克罗切·马洛先生出面向院长求情。"

他们非常惊讶地发现阿多尼斯认识唐·克罗切，不过皮肖塔却对他报以会心的微笑。阿多尼斯不客气地对他说："你在这里干什么？他们会认出你并把你抓起来的。他们已经掌握了你的相貌特征。"

皮肖塔鄙弃地说："那两个家伙吓得屁滚尿流，连自己的亲妈都认不出来了。有十几个人会为我作证，证明我昨天就在蒙特莱普雷。"

赫克特·阿多尼斯摆出一副咄咄逼人的职业姿态。他对吉里安诺的父母说："你们不能去看儿子，也不能把他在什么地方告诉任何人，包括你们最要好的朋友。到处都有警方的线人和密探。阿斯帕努只能在晚上去看图里。一旦他能走动，我就把他安排到另一个镇上去住，等这阵风头过去之后再说。还有，要有点钱，事情就好打点，图里就能回家。不要为他担心，玛丽亚，要保重自己的身体。还有你，阿斯帕努，一有什么情况就告诉我。"

他拥抱了吉里安诺的母亲和父亲。他临走的时候，玛丽亚·隆巴尔多还在哭。

他还有许多事情要做——最重要的是给唐·克罗切传个话，以确保图里的藏身之处万无一失。谢天谢地，罗马的政府没有悬赏提供杀害警察线索的人，否则修道院院长就会像出手宗教文物那样尽快把他出卖的。

图里·吉里安诺一动不动地躺在床上，他听见医生亲口宣布他受的是致命伤，但是他相信自己是不会死的。他觉得自己的身体仿佛悬在空中，他既感不到疼痛，也感不到恐惧。他是绝对不会死的，他并不知道这是大量失血引起的欣快症。

白天，有个修士照顾他，喂他喝牛奶。晚上，院长陪医生来看他。皮肖塔夜里来，握着他的手，陪伴他度过难熬的漫漫长夜。两个星期之后，医生宣布出现了奇迹。

图里·吉里安诺的坚强意志让伤口愈合，补回了失去的血液，被钢铁子弹打穿的内脏也恢复好了。神志模糊的时候，他梦想着未来的辉煌，他感觉到一种新的自由：从现在起他可以不再为自己所做的任何事情负责。社会的法律和严格的西西里家规再也无法约束他了，他可以为所欲为，血淋淋的伤口使他成了一个无罪的人。这一切都源自那个愚蠢的宪兵，他竟然为了一块奶酪就向他开枪。

在养伤的这几个星期，他一遍遍地回想着过去的日子：他和同村的人聚集在小镇广场上，等着被挑选到大庄园里去打一天零工，他们所得的报酬连肚子都填不饱，而那有权力的人总是一副“爱干不干”的鄙视神情。不公正的粮食分配使辛苦了一年的人依然处于贫困之中。穷人受到专横的法律惩罚，而富人则可以逍遥法外。

他发誓伤愈之后一定要伸张正义。他将不再是一个听天由命的软弱青年。他将从体力上和思想上武装自己。有一件事他是可以肯定的：在这个世界上，他决不会再示弱，不会像他面对圭多·昆塔纳或者向他开枪的警察时那样了。过去那个图里·吉里安诺已经不复存在。

过了一个月，医生建议他再休养四个星期，增加一些锻炼，所以吉里安诺穿上修士的衣服在修道院内散步。院长开始对这个年轻人产生了兴趣，经常陪他一起散步，讲他年轻时到遥远的地方旅行的故事。赫克特·阿多尼斯给院长送来一笔钱，感谢他为穷人祈祷；唐·克罗切对院长说，他对这个年轻人很感兴趣，于是院长对吉里安诺就更加另眼相看了。

吉里安诺亲眼目睹了这些修士的生活，感到非常惊讶。在一个民众几乎食不果腹的地方，出卖苦力一天只能挣到五十分钱，而圣弗朗西斯修道院的修士却生活得像王公贵族。这座修道院实际就是一座富庶的大庄园。

他们拥有一座柠檬园，粗壮的橄榄树几乎和耶稣同龄，他们有小竹园，此外还有一家肉铺，屠宰的牲畜都是他们自己饲养的羊和小猪。小鸡和火鸡就一群一群地散养在院子里。修士们每天吃面的时候都要吃肉，还要喝酒。酒是他们自酿的，就放在巨大的地窖里。他们的烟瘾很大，抽的烟都是用酒从黑市上换来的。

不过他们干活都很卖力。白天干活时，他们都光着脚，把长袍掖起来露出膝盖，额头上汗水直淌。为了防晒，他们的光头上戴着奇形怪状的美国软边帽，有黑色的，也有棕色的。这些帽子是院长用一桶葡萄酒从某个军政府采购官员那里换来的。修士们戴帽子的方式也五花八门，有些人像街头流氓那样把帽子的软边放下，有些人把软边竖上去形成一道槽，把香烟插在里面。后来院长开始讨厌这些帽子，于是除了在地里干活之外，其他时间就不准他们戴了。

在第二个月里，吉里安诺也像个修士一样了。院长感到惊讶的是，他在地里干活很卖力，帮助其他修士把沉重的、装着水果和橄榄的篮子扛进棚子里。吉里安诺的体力不断恢复，他也很喜欢干活，喜欢显示自己的力气。他们把他的篮子装得满满的，他连膝盖也不弯一下。院长为他感到自豪，告诉他在修道院待多久都可以，还说他是上帝创造的真正的男人。

这四个星期，图里·吉里安诺过得很开心。毕竟他已经从奄奄一息中恢复过来，他正在自己的头脑中编织美梦和奇迹。他很喜欢这个老院长，因为院长对他绝对信任，还把修道院的许多秘密告诉了他。这个老头儿还吹嘘说，修道院的所有产品都直接拿到黑市上去卖，而不是上缴国库。但是酒除外，酒是留着给修士们自己喝的。夜晚在修道院里有很多人赌博，还有不少人酗酒，甚至女人也被偷偷地带进来，但是院长对这一切都睁一只眼闭一只眼。“现在是困难时期，”他对吉里安诺说，“承诺的天堂遥不可及，人们现在必须有点乐趣。上帝会宽恕他们的。”

一个雨天的下午，院长带吉里安诺参观修道院一边的仓库，那里面有大量的圣人遗物，是一些技术娴熟的老修士制作的。像许多店主一样，院长也抱怨时运艰难。“战前，我们的生意很好，”他叹了口气，“这个仓库里的库存从不会超过一半。看看我们这里有什么神圣的宝贝吧，鱼骨是出自耶稣变出的那些鱼，权杖是摩西前往迦南途中使用过的。”他停下来，满意地看着吉里安诺脸上惊讶的表情，接着他那张瘦削的脸皱了起来，邪恶地露齿一笑。他用脚踢了踢一堆木棍，几近兴奋地说，“这个东西曾经卖得很好，是我们的主蒙难的十字架，几百个呢。这个箱子里装的是你所知道的所有圣人的遗骨碎片。在西西里，每家每户都有圣人遗骨碎片。在一个特别的储藏室里，我们有十三条圣安德鲁的手臂，三个施洗者约翰的头，七领圣女贞德穿过的盔甲。到了冬天，我们的修士就去远方推销这些东西。”

图里·吉里安诺哈哈大笑起来，院长看着他微微一笑。不过吉里安诺心里想的是：穷人总是上当受骗，甚至被那些指引他们通往救赎之路的人欺骗。这也是应当谨记的一个重要事实。

院长还给他看了一个大澡盆，里面是巴勒莫的红衣主教赐予的大纪念章，三十块耶稣蒙难后使用的裹尸布，还有两尊黑色圣母玛利亚雕像。听到这里，图里·吉里安诺的笑声突然停住了。他告诉院长他母亲有一尊黑色圣母玛利亚雕像，那是她从小姑娘的时候就一直珍藏的宝贝，是传家宝。那会不会也是一件赝品呢？院长慈祥地拍拍他的肩膀，告诉他一百多年来他们的修道院一直在用上好的橄榄木进行复制，即使复制品也是有价值的，因为毕竟复制的数量有限。

院长觉得，把神职人员这些小罪过悄悄告诉一个犯了杀人罪的人不会有什么坏处。不过，他对吉里安诺不表态的沉默感到不安，于是采取守势说：“不要忘了，我们这些献身上帝的奴仆也必须生活在这个世俗世界中，这个世界上的俗人并不相信要等待上天堂后的回报。我们也都有家庭需要救济和保护。我们的许多修士都很穷，出身很贫寒，而且我们知道他们也是普通百姓。在这样的艰难时期，我们不能让自己的兄弟姐妹和亲人去忍饥挨饿。神圣的教会也需要我们的帮助，它必须捍卫自己免受强敌伤害。共产党人和社会党人是被误导的自由主义者，必须和他们斗争，这也是需要钱的。虔诚的信众对教会来说是莫大的安慰。信众需要我们的圣物，这不仅满足了他们自己心灵上的需要，也给我们提供了打败那些异教徒所需要的经费。假如我们不向他们提供这些东西，他们就会浪费钱去赌博、酗酒、嫖妓。你说是不是？”

吉里安诺点点头，然后微微一笑，他被这个伪善的人弄得一头雾水。院长看见他的微笑后颇感恼火，他原本以为这个杀人犯会礼貌地回应，因为他为他提供了庇护，把他从死亡的边缘拉了回来。即使出于感恩，他也应该真心作出礼貌的反应。这个走私犯、杀人犯、乡巴佬、公子哥儿图里·吉里安诺应当表现出更多的理解，更像一个基督教徒才是。院长不客气地说：“不要忘了，我们真正的信仰在于我们相信奇迹会发生。”

“是啊，”吉里安诺说，“我真心诚意地认为，你们的责任就是帮助我们发现奇迹。”他说这句话时毫无恶意，而且说得很风趣，是真的想使他的恩人高兴。而且他也只能这样说才不至于笑出声来。

院长高兴起来，慈爱随之回归。这小伙子不错，在过去几个月里，他很喜欢他的陪伴，他心里感到宽慰，因为图里欠他很大的人情，他绝不会不知感激。他早就表现出高尚的心灵，而且每天都用语言和行动表明他对院长的尊重和感激。他不像歹徒那样心狠手辣。如今的西西里，穷人、告密者、强盗……各类罪人比比皆是，这个小伙子会怎么样呢？院长思忖：一个人只要杀过人，碰上同样的情况就会再次杀人。院长认为，唐·克罗切应当点化图里·吉里安诺走上正确的人生道路。

有一天，吉里安诺躺在床上休息的时候，院长带来一位不速之客。院长介绍说这是他的好朋友本杰明诺·马洛神父，说完就离开了。

本杰明诺神父非常关心地说："年轻人，我希望你的伤已经痊愈。院长大人告诉我这真是一个奇迹。"

吉里安诺彬彬有礼地说："上帝的慈悲。"本杰明诺神父虔诚地低下头，好像受益者就是他自己似的。

吉里安诺仔细打量着他。这个牧师从不下地干活。他的法袍连边都特别干净，他的脸虚胖发白，他的手细嫩柔软。不过他看起来倒是慈眉善目的，像耶稣一样与世无争的表情，充满基督徒的恭谦。

本杰明诺神父的声音也是那样温柔和蔼。他说道："我的孩子，我愿意听你的忏悔，并施你圣餐。你忏悔赎罪之后，就能以纯洁的心灵走进世界。"

图里·吉里安诺心里在揣摩这个牧师，这个人具有令人崇敬的权力。"原谅我，神父，"他说，"我现在还没有做好忏悔的准备。如果我这时候进行忏悔，那将不是出自内心的。感谢你为我祈福。"

神父点点头说："是啊，那将使你罪上加罪。不过我还想提请你做另外一件事，也许它在这个世界上比较切实可行。我的兄长唐·克罗切让我问问，你是否愿意到维拉巴去，到他那里去避避风头。你会得到较高的报酬，当然了，你也知道，只要你得到他的保护，当局绝对不敢再伤害你。"

吉里安诺非常吃惊，他所干的事情已经传到了唐·克罗切那里。他知道自己必须小心了。他痛恨黑手党，不愿意和他们纠缠不清。

“这真是荣幸之至啊，”他说道，“我感谢你和你的兄长，但是我必须和家里人商量商量，我必须顺从父母的意愿，所以暂时恕我不能领你的情。”

他看到牧师一脸惊讶，在西西里有谁会拒绝接受唐·克罗切的保护？于是他又补充了一句：“也许过几个星期，我会有不同的想法，那时候我就到维拉巴去找你们。”

本杰明诺神父回过神来，他举起双手对主表示感谢。“上帝保佑你，我的孩子，”他说道，“家兄的大门永远为你敞开。”他在胸前画了个十字，随后就辞别了。

图里·吉里安诺知道现在他该离开了。那天晚上阿斯帕努·皮肖塔来看他，吉里安诺告诉他要做哪些准备工作，好让他回到外面的世界中去。他发现自己像变了个人似的，他的朋友也发现了。皮肖塔听到他的指令后二话没说，但他知道这将使他自己的生活也发生深刻的变化。最后吉里安诺告诉他：“阿斯帕努，你可以和我在一起，你也可以和你的家人待在一起。你觉得该怎么做就怎么做。”

皮肖塔微笑着说：“你觉得我会让你一个人独享那些乐趣和荣耀吗？让你在大山里玩耍，而我却赶着毛驴去干活，或者去摘橄榄？那我们还有什么友谊可言？我们从小就在一起玩耍，一起干活，我能让你一个人在大山里生活吗？只有等你自由地回到蒙特莱普雷，我才能回去，所以不要再说傻话了。我四天之后来接你，我需要一点时间完成你让我做的事。”

在随后的四天里，皮肖塔忙得不可开交。他找到了那个骑马的走私犯，就是他主动提出追捕受伤的吉里安诺。这人姓马尔库齐，是个远近闻名的恶棍，在唐·克罗切和圭多·昆塔纳的庇护下进行大规模走私活动。他的叔叔马尔库齐是一个黑手党头目。

皮肖塔发现马尔库齐经常从蒙特莱普雷到海堡去。皮肖塔认识给马尔库齐家喂养骡子的那个农民，当他发现骡子不在地里，而被送到靠近小镇的一个谷仓的时候，他打赌马尔库齐第二天又要跑一趟了。黎明时分，皮肖塔就来到马尔库齐的必经之路上蹲守。他带了一支短筒猎枪。这是许多西西里家庭的必备之物。这种杀伤力很强的散弹枪在西西里很普通，经常被用来搞暗杀。墨索里尼清除黑手党的时候，曾下令所有石头墙的高度都不得超过三英尺，以免搞暗杀的人利用石墙进行伏击。

皮肖塔决定干掉马尔库齐，不仅因为这个搞走私的家伙想主动帮助警察杀死受伤的吉里安诺，而且因为他还以此为荣在他的朋友面前炫耀。干掉这个家伙对于其他可能背叛吉里安诺的人也是一个警告。此外，他知道马尔库齐肯定会携带武器，而那些武器也正是他所需要的。

皮肖塔没有等太长的时间。马尔库齐带着轻装上阵的骡子去海堡的黑市运货。他骑在领头的骡子身上，沿着一条山间小路走下来。他有点麻痹大意了，不是把步枪端在手里，而是把它挎在了肩上。他看见皮肖塔站在小路上挡住他的去路时，并没有感到惊讶。他的眼前不过是个又矮又瘦的小青年，留着一撮时髦的小胡子，不过使他感到恼火的是对方那副笑容。等皮肖塔从上衣里面抽出短筒猎枪的时候，马尔库齐才如梦方醒。

他恶声恶气地说："你弄错方向了吧？我的货还没有去运呢。这些骡子是受友中友保护的。放聪明一点，另外找个主儿吧。"

皮肖塔轻声说："我只想要你的命。"他冷酷地笑了笑，"几个月前你想在警察面前当英雄，不记得了吗？"

马尔库齐想起来了。他看似不经意地把骡子掉转到一侧，其实是不让皮肖塔看见他的手。他迅速把手滑到腰带位置拔出手枪，同时猛拉缰绳转身准备射击，可是随着短筒猎枪的枪声，他从骡鞍上应声倒下，摔在地上。他最后看见的是皮肖塔的微笑。

皮肖塔感到一阵残忍的满足感。他俯身站在马尔库齐的尸体旁，对着他的脑袋补了一枪。他把死者手上的手枪拿过来，把他身上背的步枪取下，然后掏出他上衣口袋里的步枪子弹放进自己的口袋。接着他迅速开枪把四只骡子逐一打死，以警告那些可能向吉里安诺的敌人提供帮助的人，哪怕是间接的帮助。他站在小路上，双臂抱着短筒猎枪，肩上挎着缴获的步枪，腰里别着那支手枪。他没有丝毫恻隐之心，他为自己的凶残感到高兴。虽然他热爱自己的朋友图里，但是他们在许多方面都表现得格格不入。虽然他承认图里的领导地位，但是他总觉得自己应当表现出同样的勇敢和智慧，从而证明自己无愧于他们之间的友谊。现在，他也完成了成人礼，走出了社会的怪圈，和图里一起站到了这个怪圈之外。他的行动把自己和图里永远捆绑在了一起。

两天之后，就在晚饭前，吉里安诺已经做好了离开修道院的准备。他和聚集在餐厅里的修士们拥抱，感谢他们的善意，修士们也都非常舍不得他走。他从来没有参加过他们的宗教仪式，没有为自己的杀人行为忏悔或后悔过，不过有些修士在未成年之前也犯有类似的罪行，所以不会轻易批评别人。

院长把吉里安诺送到修道院大门口时，皮肖塔已在那里等着。院长赠送了一件纪念品给吉里安诺作为离别留念。那是一尊黑圣母玛利亚雕像，是吉里安诺母亲玛丽亚·隆巴尔多那尊雕像的复制品。吉里安诺把雕像放进皮肖塔带来的一只美国生产的绿色帆布包里。

皮肖塔不屑地看着院长和吉里安诺道别，他知道院长是个走私犯，是黑手党的秘密成员，也是奴役手下那些可怜修士的监工。皮肖塔无法理解院长此刻的离别之情，他想不到吉里安诺的人格力量不但赢得了他的爱慕、友情和尊重，也征服了像院长这样德高望重的人。

院长的情感是出自真心，也包含着私心。他知道这个年轻人会成为西西里岛一个不可小觑的人物，他觉得这就像看见有圣缘的人一样。图里·吉里安诺的感激是发自内心的。院长不仅救了他的命，而且教了他许多东西，与他愉快地相处，院长甚至把自己的藏书馆给他使用。吉里安诺特别喜欢院长的诡诈，这是生活中一种重要的平衡，有好有坏，但是坏事不那么明显，这种平衡推动着生活的发展。

院长和图里·吉里安诺相互拥抱。图里说：“你对我恩重如山。今后无论你需要什么帮助，尽管告诉我。只要你开口，我一定照办。”

院长拍拍他的肩膀。“基督教是施恩不图报的，”他说，“回到上帝指引的路上来吧，我的孩子，要回报他的恩德。”不过这已经是他的口头禅了。他深知年轻人的无知，图里会不顾一切地满足他的要求的。他不会忘记吉里安诺的承诺。

吉里安诺把那只帆布包背在自己的肩上，没有让皮肖塔帮忙。他们并肩走出修道院的大门，再也没有回头看一眼。

第六章

在接近德奥拉山山顶一块突出的峭壁边缘，吉里安诺和皮肖塔俯瞰着山下的蒙特莱普雷。小镇在他们下方几英里的地方，随着夜幕降临，家家户户的房子里都露出了灯光。吉里安诺甚至觉得他能听见小镇广场上大喇叭里播放的音乐。晚饭之前，喇叭里总是向在街上溜达的人转播罗马电台的小夜曲。

但是在大山里，空间是具有欺骗性的。从山上走下去到镇里需要两个小时，从山下走上来却需要四个小时。吉里安诺和皮肖塔从小就在这里玩耍，他们对山上的每一块岩石、每一个洞穴和每一条隧道都了如指掌。比安卡洞就在这块悬崖上，那是他们最喜欢去的地方，里面的空间比蒙特莱普雷任何一幢房子都大。

图里·吉里安诺心想，阿斯帕努出色地执行了他的命令，在山洞里存放了睡袋、平底锅、几箱弹药，还有几袋食品和面包。有一个木箱子里放的是手电筒、提灯和刀子，还有几桶煤油。他笑起来。“阿斯帕努，我们可以在这里长住了。”

“先暂时待在这里，”阿斯帕努说，“宪兵如果要找你，第一个来的就是这个地方。”

"那些胆小鬼只敢白天来，"图里回答说，"夜里我们是安全的。"

群山已笼罩在黑暗之中，可是夜空却星光闪烁，所以他们能够清楚地看见对方。皮肖塔打开那只帆布包，从包里取出武器和衣服。图里·吉里安诺开始一步一步、举行仪式般地武装自己，他脱下修士长袍，穿上鼹鼠皮做的裤子，然后穿上一件有许多口袋的大羊皮上衣。他在腰带上别了两把手枪，然后把一支冲锋手枪插在上衣里面，这样比较隐蔽，而且可以随时取用。他把一条子弹带系在腰上扣好，又往上衣口袋里放了几梭子子弹。他接过皮肖塔递给他的刀，把它放在刚刚穿上的军用皮靴里，然后将一把微型手枪塞进羊皮上衣翻领下面绳编的枪套里。他把所有的枪支和弹药都仔细检查了一遍。

那支步枪他就公然斜挎在肩上。在终于装束齐备之后，他对皮肖塔微微一笑。皮肖塔仅背着一把短筒猎枪，他把小刀插在背后的刀鞘里。"我觉得自己像没穿衣服一样，"皮肖塔说，"你身上带那么多钢铁玩意儿还能走路吗？你要是摔倒了，我可扶不动你。"

吉里安诺依然在微笑，就像一个孩子相信自己的诡计得逞之后的窃笑。武器和弹药的重量压得他身上那个大伤疤隐隐作痛，但是他需要这样的疼痛，因为这使他感到一种赦罪的解脱。"我做好了两手准备，不是与家人见上一面，就是与敌人狭路相逢。"他对皮肖塔说。两个年轻人踏上从德奥拉山山顶通向蒙特莱普雷那条蜿蜒而漫长的小路。

他们在缀满繁星的天幕下行走，身上的装备足以抵抗死亡和敌人，图里闻到远处果园里飘来的柠檬清香以及野花的扑鼻香气，感到一种从未有过的静谧。面对不期而遇的仇敌，他再也不会那样无可奈何，再也不必质疑自己的勇气。他以坚强意志战胜死神，让受重伤的身体得以康复，他相信自己的身体一定能反复经受这样的磨难。他相信等待他的是一番宏图伟业，像神奇的中世纪英雄那样，在取得了辉煌的胜利之后，才会走向漫长的人生尽头。

他永远不会离开这些大山和橄榄树，也不会离开西西里。对于自己未来的荣誉，虽然他只有一个模糊的想法，但却从来没有怀疑过。他将不再是一个贫穷的农家少年，不再害怕宪兵、法官以及日益腐朽的法律。

此刻他们已经走出大山，踏上了通往蒙特莱普雷的道路。他们路过一个神龛，神龛中的圣母玛利亚手抱孩子，身上那件蓝色石膏长袍就像月光下闪烁的海面。空气中弥漫着果园散发的香甜味，使吉里安诺如痴如醉。他看见皮肖塔弯腰摘了一个在夜晚的空气中发出甜味的仙人果。他由衷地热爱这个救过他性命的朋友，这种感情植根于他们共同度过的童年。他想与他分享自己的神奇力量。他们绝对不会无声无息地死在西西里的一个山坡上，他们的命运不会如此。吉里安诺兴奋地大喊起来："阿斯帕努，阿斯帕努，我相信，我相信。"接着便从最后一截山坡跑下去，从耶稣和其他死难圣贤的神龛前跑过去，离开了幽灵般的白色山岩。皮肖塔在他身边奔跑，并发出阵阵笑声。他们一起跑上通向蒙特莱普雷那条洒满月光的道路。

山路尽头是一片牧场，百米开外就是贝拉大街上那些房子的后墙。在这些墙后边是每家每户种植西红柿的菜园，有的园子里还有一棵橄榄树或者柠檬树。吉里安诺家园子的篱笆没有上锁，两个年轻人悄悄溜进去后，发现吉里安诺的母亲正在等他们。她跑向吉里安诺张开的双臂，泪水像断线的珠子直往下掉。她热烈地亲吻儿子并小声说："我的心肝，我的儿子。"图里发现自己站在月光下，有生以来第一次没有回应母亲的爱。

这时已近午夜，月光依然皎洁。他们匆匆走进屋内，以免被监视的人看见。窗户上的百叶窗帘是放下的，吉里安诺和皮肖塔两家的亲戚都分布在各条街上望风，只要发现巡逻警察就会随时通报。屋子里，吉里安诺的朋友和家人等着为他庆贺。他们摆了一桌可以与复活节大餐媲美的酒席。今晚他们与他相聚，今后他就要生活在大山里了。

吉里安诺的父亲与儿子拥抱，并用手拍拍他的后背表示赞赏。在场的有他的两个姐姐，还有赫克特·阿多尼斯，此外还有一个叫拉韦内拉的邻家妇女，是个约摸三十五岁的寡妇。她丈夫叫坎德列里亚，是个赫赫有名的土匪，一年前因被人出卖，遭到警察伏击。她成了吉里安诺母亲的挚友。但是看见她出现在聚会中，吉里安诺颇为惊讶，只有他母亲才会邀请她。一时之下，他弄不清是为什么。

吃饭时，他们频频举杯，为吉里安诺接风，好像他刚从国外度长假回来。不过他父亲想看看他的伤口。吉里安诺把衬衣从裤子里拉出，露出了一块肉红色的大伤疤，伤口四周的组织依然呈现出枪伤造成的青紫。他母亲伤心得哭起来。吉里安诺微笑着对她说："难道你愿意看到我蹲大牢，留下受杖刑的疤痕？"

吉里安诺很熟悉眼前这个场面，觉得它就像他儿时经历的最高兴的日子一样，但他觉得自己与他们之间已然有了很大的距离。桌上都是他喜欢吃的，有墨鱼、番茄酱汁粗通心面、烤羊羔、一大碗橄榄果、初榨纯橄榄油调制的红绿色拉、竹篓瓶装酒，总之，西西里产的好东西应有尽有。吉里安诺的父母亲讲述了他们在美国生活的那段童话般的经历。赫克特·阿多尼斯则大谈西西里历史上的辉煌：加里波第[1]和红衫军，西西里晚祈祷事件[2]。历史上，最早压迫西西里人的是罗马人，随后是摩尔人、诺曼人、法国人、德国人、西班牙人。西西里的历史充满了辛酸！它从来就没有自由，劳动力被贱卖，流血冲突是家常便饭。

所以现在没有一个西西里人相信政府、法律和社会的内在秩序，因为这些都是用来奴役他们的。这些年来，吉里安诺一直在听这样的故事，把它们深深地印在了脑子里。然而今天他才意识到自己可以改变这种状况。

他注视着边喝咖啡边抽烟的阿斯帕努。即使在这种欢聚时刻，阿斯帕努的嘴角也总是挂着讥讽的微笑。吉里安诺知道他在想什么，也知道他以后会说什么：你只要愚蠢一点，被警察开枪打伤，然后你就杀人，触犯法律，你的亲人就会表现出对你的爱，把你当成天上来的圣人。不过，他觉得阿斯帕努是他唯一的贴心人。

还有那个叫拉韦内拉的女人。他母亲请她来干什么？她又为什么要来呢？他看出她那张轮廓分明的漂亮脸庞，乌黑的眼眉，暗红

1 Caribaldi（1807—1882），意大利统一运动领导人，加里波第在乌拉圭流亡期间曾组建过一支意大利红衫军团。

2 Sicilian Vespers，1282年西西里人反对安茹王朝的查理一世对当地统治而发动的一场起义。

的嘴唇，不过在这间烟雾缭绕的房子里，她的双唇显得有些发紫。她身上是西西里寡妇常穿的宽松黑长袍，所以看不出她的体态。

图里·吉里安诺不得不把在四岔路口发生的枪击事件一五一十地告诉他们。他父亲此时已有几分醉意，听到警察被打死的时候，大声吼叫着表示赞赏。他母亲则一言不发。他父亲说那个农民来找他来要驴子，他对那个农民说："得了吧，你失去的不过是驴子，我失去的可是儿子啊。"

阿斯帕努说："是驴找驴呀。"

大家都笑了。吉里安诺的父亲继续说道："这个农民听说一个警察被打死了，非常害怕，也不讨要驴子了，因为他害怕受到杖刑。"

图里说："他会得到赔偿的。"

最后，赫克特·阿多尼斯大致讲了帮助图里的计划。吉里安诺的父母要抵押土地，筹措资金赔偿死者家属。阿多尼斯本人将捐赠一笔钱，但是这一切要等到对方怒气平息之后，让唐·克罗切向政府官员和死者家属施压。这毕竟算是个偶然事故，双方都没有真正的恶意，只要死者家属和政府一些要员合作，就可能上演一出闹剧。唯一不利的就是杀人现场的那张身份证。但是一年之后，唐·克罗切就能使它从被告的档案中消失。更重要的是，图里·吉里安诺这一年不能出事。他必须隐身匿迹于大山之中。

图里·吉里安诺耐心地听着每一个人的意见，时而微笑，时而点头，丝毫没有表露他心中的不悦。他们认为他还是两个月前狂欢节时的图里。他脱下羊皮上衣，取下身上携带的武器，把枪放到桌子下面，堆在自己的脚旁边。但是这并没有引起他们多大的注意，那块难看的大伤疤也没有起到什么作用。他们压根儿没有想到，身体的创伤会使一个人的思想发生如此巨大的变化，图里已经不再是他们所熟悉的那个年轻人了。

在这个房子里，他眼下是安全的。此刻那些可以信赖的朋友们正在街上望风，监视宪兵的营房，随时准备给他们通风报信。这是一幢几百年前用石头建造的房子，窗户孔有一英尺深，上面有厚实的木制活动挡板，还上了锁。木门非常结实，还用铁条进行了加固。房子里一点亮光也透不出去。即使敌人突然来袭，也不可能很快冲进来。不过图里·吉里安诺还是觉得自己处境很危险。这些可亲的人想让他回到以前的生活，劝他成为一个农民，放下自己的武器，不要反抗自己的同胞，把束手无策的他交给法律。此刻，他必须狠心对待他爱的人。以前这个年轻人的梦想一直是获得爱而不是力量。可是这一切都发生了变化，现在他清楚地认识到他要先变得强大起来。

他彬彬有礼地对赫克特·阿多尼斯以及其他人说："亲爱的教父，我知道你说这番话是出于对我的关爱。可是我不能让父母为了帮我摆脱困境而失去他们那点可怜的土地。在场的各位也不要过于为我担心。我已经是个大人了，必须为自己的粗心大意付出代价。我打死了一个宪兵，但我不想让任何人替我负担赔偿金。不要忘了，我只是私运了一点奶酪他就开了抢。当时我觉得自己反正快死了，那就以牙还牙，否则我是绝对不会向他开枪的。现在这一切都过去了。下一次我肯定不会轻易开枪。"

皮肖塔咧嘴一笑说："不管怎么说，在大山里更有意思。"

但是吉里安诺的母亲不觉得好笑。大家都看见了她的惊恐神情和充满忧虑的眼睛，她绝望地说："不要去当土匪，不要去打劫穷人，他们的日子已经够惨的了。不要去当强盗。让拉韦内拉跟你说说她丈夫当年过的是什么日子吧。"

拉韦内拉抬起头，两眼盯着吉里安诺。她那含情脉脉的脸着实使他吃了一惊，好像是在吸引他的注意。她用眼睛大胆地看着他，几乎是在向他发出邀请。先前他只觉得她是个年纪比自己大的女人，现在他感受到她身上的性魅力。

她开口说话的时候，嗓音嘶哑，充满了感情。她说："我丈夫当年就待在你想去的地方，他过着野兽般的生活。无时无刻不提心吊胆。总是那样。他吃不下饭，无法入睡，任何风吹草动都会使他从床上跳起来。他把枪放在床边，但是就这样也没有用。我们的女儿生病的时候，他偷着去看她，可是他们早就在那里等着了。他们知道他心地善良，担心女儿。他们开枪打死了他，就像打死街上的一条狗。他们弯下身子看着他，还当着我的面哈哈大笑。"

吉里安诺看见皮肖塔咧嘴一笑。那个赫赫有名的土匪坎德列里亚，心地善良？他杀过六个告密的嫌疑人，他打劫富裕的农民，勒索贫苦农民的钱财，整个小镇人心惶惶。可是他的妻子对他的看法却截然不同。

拉韦内拉没有注意到皮肖塔的笑。她继续说道："我把他埋了，一个星期之后又埋了我女儿。他们说她得的是肺炎，但我知道她是心碎了。我记得清清楚楚，我进山去看他的时候，他总是受冻挨饿，有时候还生病。只要能过一个诚实农民的生活，他什么都愿意放弃。最糟糕的是，他的心肠变得像橄榄核那么硬。他已经失去了人性，但愿他能够安息。所以说，亲爱的图里，不要这么傲气。

你遭到不幸，我们愿意帮助你，不要变成我丈夫生前那个样子。”

房间里鸦雀无声。皮肖塔脸上的笑容不见了。吉里安诺的父亲小声说，农场没有了他也高兴，那样他早上还可以睡睡懒觉。赫克特·阿多尼斯双眉紧锁，低头看着桌上的台布。他们谁都没有说话。

一阵急促的叩门暗号打破了沉寂。这是一个望风者发出的信号。皮肖塔走过去和那个人说了几句话，回来时向吉里安诺打了个手势，要他拿起武器。“宪兵的兵营里灯火通明，”他说，“一辆警察的面包车封锁了贝拉大街通向小镇广场的出口。他们已经做好突袭这幢房子的准备。”他停顿了一下，“我们必须马上离开。”

图里·吉里安诺十分冷静地准备离开，大家都目瞪口呆。他母亲扑向他的怀抱，他拥抱她的时候已把羊皮上衣抓在手里。他和其他几个人告别，而且很快就全副武装起来，把上衣穿好，步枪挎在肩上。他从容不迫地站在那里对大家微笑，然后对皮肖塔说：“你可以先留下来，然后到山上去找我，也可以现在就跟我走。”皮肖塔二话不说，径直走到后门口，把门打开。

吉里安诺最后拥抱了母亲一下。母亲情不自禁地在他脸上吻了吻说：“躲起来吧，不要鲁莽行事。让我们来帮助你。”说话间，他已经摆脱了母亲的双臂。

皮肖塔走在前面，穿过田野，来到上山的斜坡处。吉里安诺打了个呼哨，皮肖塔收住脚步，等他赶上来。上山的路清晰可见。望风的人刚才告诉他，说这个方向没有警察巡逻。走四个小时山路，到比安卡洞就安全了。如果宪兵敢在黑暗中追赶他们，那他们也未免太大胆，太愚蠢了。

吉里安诺问道："阿斯帕努，宪兵的兵营里有多少人？"

"十二个人，"皮肖塔说，"还有那个上士。"

吉里安诺笑起来。"十三是不吉利的数字。他们就这几个人，我们跑什么？"他停下来，说了一声"跟我来"。

他在前面领路，两人折回田野，先向前走了一段，然后再度进入蒙特莱普雷镇。他们横穿贝拉大街进入一条昏暗狭窄的小巷，从比较安全的地方注视着吉里安诺家的房子。他们蹲在阴影处等着。

五分钟后，他们听见一辆吉普车沿贝拉大街开过来的声音。车上挤了六个人，包括那个上士。其中两个人立即钻进小巷去堵后门。上士带领三个人走到前门，使劲敲了敲门。与此同时，一辆带顶棚的小卡车在吉普车后停下，从车上跳下两个宪兵，端着步枪对街面实行警戒。

图里·吉里安诺把一切都看在眼里，觉得很有意思。警察的袭击是基于这样的设想：目标根本不可能实施反击，面临占优势的对手，他们唯一的选择就是避其锋芒。也就是在这时候，图里·吉里安诺确立了一条基本原则，那就是，在受到追捕时，一定要处于能进行反击的位置，不论力量强弱多悬殊，也许差距大了反而更好。

这是吉里安诺的第一次有预谋的行动，他发现如果开枪射击，他很快就能控制局面。当然他不能向在前门的上士和另外三个人开枪，因为子弹可能打进屋子里，打伤在自己家里的人。但是他可以轻而易举地干掉那两个在街上担任警戒的家伙，还有两辆车上的司机。只要他想，就能趁上士和另外三个人进入他家的时候把这几个人干掉。那样，上士他们就不敢出来，他和皮肖塔就可以从容地穿过那片田野。至于那几个用面包车封锁大街出口的警察，他们是远水救不了近火。况且不接到命令，他们也不会擅自来到街上。

不过此刻他还不想开枪，这只是他的一次设想，他特别想看一看上士是如何动作的，因为这个人是他未来的主要对手。

这时候，吉里安诺的父亲打开了前门，上士粗暴地抓住老人的手臂，把他拽到门外的街道上，大声命令他在那儿等着。

在意大利宪兵中，上士是宪兵中军衔级别最高的士官，通常是驻小镇的小分队队长。由于这种身份，他成了当地社区的重要成员，能与镇长和教区的神父平起平坐。他没有想到吉里安诺的母亲会堵住他的去路，当着他的面朝地上吐唾沫表示蔑视。

他和他手下三个人就强行进入，对房子进行搜查，自然也招来吉里安诺母亲的大声辱骂和诅咒。房子里的人都被押到街上进行盘问；几家邻居房子里的男男女女都被带到外面，他们没有一个不骂警察的。

由于对房子的搜查毫无结果，上士就对这些人进行盘问。吉里安诺的父亲大为惊讶。他问上士："你觉得我会告发我的儿子吗？"被赶到街上的人齐声大喊，表示对他的支持。上士下令让吉里安诺家里的人都回到房子里去。

在小巷的阴影中，皮肖塔对吉里安诺说："他们很走运，你母亲那里没有我们的武器。"吉里安诺没有回答。他的血直往头上涌。他极力控制着自己。上士挥起警棍向人群中一个男人打过去，因为那个人竟敢指责他们粗暴对待吉里安诺的父母。另外两名宪兵开始随意抓人，把蒙特莱普雷的居民押上在一旁等候的卡车，一路用木棍打，用脚踢，全然不顾他们恐惧和反抗的呼喊。

突然，有一个人站到大街上，独自面对宪兵。他猛地向上士扑去，随即便是一声枪响，那人应声倒在石子路上。一名妇女尖叫着从房子里跑出来，扑在倒在地上的丈夫身上。图里·吉里安诺认得她；她是他们家的老朋友，总是给他妈妈送新烤制的复活节蛋糕。

图里轻轻拍了拍皮肖塔的肩膀，轻轻说了声“跟我来”，随即顺着狭窄弯曲的街道跑向位于贝拉大街另一端的镇中心广场。

皮肖塔拼命大喊：“你到底要干什么？”紧接着他就不吱声了。因为他突然明白了图里脑子里想的是什么。那辆卡车装满了被抓的人，必须开到贝拉大街尽头才能拐弯返回贝兰伯兵营。

图里在一条与贝拉大街平行的昏暗街上跑着，他觉得自己像神一样无形。他知道敌人想不到，也不可能想象得到他在干什么。他们以为他跑进深山躲起来了。他感到一阵狂喜，他要让他们知道随便搜查他母亲的家是要受到惩罚的，他们必须三思而后行，不能再冷血地开枪杀人。他要逼他们尊重他的邻居和家人。

他跑到广场的另一侧，广场上只有一盏路灯，借助灯光他可以看见堵在贝拉大街口的那辆警察面包车。难道他们觉得这样的陷阱就能抓住他？难道这就是他们的聪明才智？他钻进另一条小街，绕到广场大教堂的后门。皮肖塔跟在他后面，进去之后，他们跃过祭坛栏杆，不约而同地在祭坛上停了一下。许多年以前，当神父给蒙特莱普雷的人做星期天弥撒、举行圣餐仪式的时候，他们曾在这里当过他的祭坛助手。虽然他们随时准备射击，但却不由自主地跪下，笨手笨脚地在胸前画了起十字。一时之下，头戴荆冠的基督蜡像、身穿蓝袍的镀金圣母石膏像以及一排排其他圣像的力量使他们的战斗激情受到了挫伤。他们穿过一小段通道跑到橡木大门旁，刚好在射程之内。他们跪下，做好射击准备。

封锁贝拉大街的面包车向后倒车，让那辆装着被捕群众的卡车进入广场掉头往回开。就在这时候，图里·吉里安诺推开教堂的大门，对皮肖塔说："朝他们头顶上方开枪。"与此同时，他用冲锋手枪瞄准那辆面包车的车胎和发动机开了火。发动机发生爆炸，面包车起火燃烧，广场骤然间被火光照亮。在前排座位上的两个宪兵像散了架的木偶，连滚带爬地从车里跑出来，惊慌失措，无法应对突袭。身边的皮肖塔用步枪向那辆卡车的驾驶室射击。图里·吉里安诺看见司机跳出来，倒在地上不动了。另一个武装宪兵从车上跳出来，皮肖塔再次开火。第二个警察也应声倒下。图里转过身正准备责备皮肖塔，突然机枪的扫射打烂了教堂的彩色玻璃窗，红宝石般的玻璃碎片飞溅到地上。图里意识到已经不可能手下留情了。阿斯帕努是正确的。他们必须干掉那些人，否则就会被那些人干掉。

吉里安诺拉了拉皮肖塔的手臂，回身穿过教堂，从后门跑出去，在蒙特莱普雷幽暗弯曲的街上向前跑。他知道今天晚上已经来不及帮助那些被抓的人逃跑了。他们溜出小镇的最后一道墙，穿越几片开阔的田野，一直跑到布满巨大白色石头的斜坡，才觉得到了安全地带。等他们到达卡马拉塔山脉的德奥拉山山顶，已是破晓时分。

一千多年前，斯巴达克斯在这里隐藏了一支奴隶武装，并率领他们与罗马军团作战。站在德奥拉山山顶，看着喷薄欲出的太阳，图里·吉里安诺心中充满了年轻人的喜悦，庆幸自己逃脱了敌人的追捕。他将永远不会再对另一个人俯首帖耳了。他要决定谁应该活着、谁应该死。他毫不怀疑自己做的一切都是为了西西里的光荣与自由，是行善而不是作恶。只有为了正义事业，为了帮助穷人，他才会出手。他要赢得每一场战斗，他要赢得被压迫者的爱戴。

他那时才二十岁。

第七章

唐·克罗切·马洛出生在维拉巴村，他日后使这个小地方成了西西里最繁荣、最有名的小镇。他的家人笃信宗教，原本打算让他去做天主教的神父，给他取名克罗切菲索，只有最虔诚的父母才会给孩子取这种宗教色彩很浓的名字。然而，西西里人并不觉得这有什么讽刺意味。年轻时的他身材细长，很不情愿地在庆祝复活节的宗教剧里扮演耶稣的角色，并因为扮相虔诚而赢得人们的称赞。

克罗切·马洛长大成人时适逢世纪之交。他不愿意服从任何人，走私、敲诈、偷窃的勾当他都敢干。最糟糕的是，他竟然让同村的一个女孩怀孕了，但是他不肯娶这个像抹大拉一样的少女，他宣称他们被剧中狂热的宗教情绪迷住了心窍，所以他应当得到原谅。

女孩的家里认为这种解释太狡猾，不能接受，要求他迎娶他们的女儿，否则他只有死路一条。克罗切·马洛非常高傲，不可能跟一个名声不好的女孩结婚，于是他跑进了山里。当了一年土匪之后，他幸运地和黑手党取得了联系。

“黑手党”在阿拉伯语中的意思是“庇护所”，是公元十世纪撒拉森人统治西西里时带进来的。历史上，西西里人先后遭受罗马人、罗马教廷、诺曼人、法国人、德国人和西班牙人的压迫。这些人建立的政府奴役贫苦的劳动阶层，剥削劳动，奸污妇女，杀害当地的领导者，即使是富人也没能幸免。西班牙人的天主教宗教法庭剥夺了他们的财富，因为他们是异教徒。于是黑手党作为一个复仇性的秘密帮会出现了。如果皇家法庭拒绝对一个强奸农妇的诺曼贵族进行判决，一伙农民就会以暗杀手段除掉那个贵族。如果警察头头用恐怖刑具“卡塞塔”拷打小偷，他们就会干掉那个头头。久而久之，农民和穷人中那些意志坚定者就自发组织起来，成立了有组织的帮会。这个帮会得到了民众的支持，实际上成了第二政府，具有更强的势力。在出现纠纷的时候，谁也不会去找官方的警察局，而是去找当地黑手党的首领，请他来进行调停。

西西里人不会向当局告发黑手党所做的任何事情，否则就犯了弥天大罪。他们会保持沉默，这种缄默被称为“缄默规则”。数百年来，这个做法逐渐扩大为绝不向警方提供有关犯罪的任何信息，即使他自己是这种犯罪的受害者。民众断绝了与政府执法机构之间的所有联系，他们甚至对自己的孩子说，如果有陌生人来问某个村庄或者某个人的家怎么走，不要告诉他们。

几个世纪来，黑手党一直统治着西西里。它的存在朦胧虚幻，当局从来也搞不清它的势力有多大。第二次世界大战之前，西西里岛上从来没有人说过“黑手党”这个词。

唐·克罗切逃进深山五年之后，成了妇孺皆知的“合格的人”。也就是说，他是一个可以信赖的人，让他去除掉一个人，不会引起多少麻烦。他是个“受尊敬的人”，经过一番安排之后，他回到自己的故乡——位于巴勒莫以南四十英里的维拉巴镇。其中一项安排就是给那个被他坏了名声的姑娘家一笔损失费。这后来竟被说成是他的慷慨大方，其实这恰恰证明他很有心计。那个怀孕的女孩已经被送到美国的亲戚家，为了给她遮丑，就说她是个年轻寡妇，不过她的家人依然耿耿于怀，因为他们毕竟是西西里人。唐·克罗切是个老练的杀手、残酷的绑匪，而且是令人畏惧的黑手党的成员，但即便是这样，他也无法保证那个受到侮辱的家庭不会对他进行报复，这是名誉的问题，如果不是那笔赔偿金，他们非除掉他不可。

克罗切·马洛的慷慨大方与谨慎小心为自己赢得了“唐”的尊称。四十岁的时候，他就成了黑手党举足轻重的人物，派系之间最棘手的纠纷会请他来裁定，最野蛮的仇杀会请他来解决。他通情达理、足智多谋，天生擅长交际，不过最重要的是，见到流血的事，他连眼睛都不眨一下。在西西里的黑手党中，他成了尽人皆知的“和事唐”，大家的事业都兴旺发达起来；那些顽固分子都被明智地做掉了，唐·克罗切成了个有钱有势的人物。就连他的弟弟本杰明诺也当上了巴勒莫红衣主教的秘书，但血浓于圣水，这个胞弟把自己的第一忠诚献给了哥哥唐·克罗切。

唐·克罗切结婚后生了个儿子，他把这个儿子视为掌上明珠。当时他还不那么谨慎、谦逊。他策划了一场内部夺权，使他在西西里一举成名，也使罗马社会高层对他刮目相看。这次事变起源于夫妻间的一桩小事——连历史上的伟人也不得不忍耐的小事。

唐·克罗切之所以能与一个望族人家的女儿结婚，是因为他在黑手党的地位。这家人花一大笔钱捐了个贵族，认为这样他们的血统也就高贵起来。结婚几年之后，妻子开始对他不恭敬。他知道不能容她这样下去，要采取异乎寻常的办法。血统高贵的妻子开始对唐·克罗切浑身上下都感到不满意，他愚蠢、乡里乡气、沉默寡言、不修边幅、动辄粗暴地发号施令。她还记得当唐·克罗切宣布向她求婚的时候，其他求婚者就全都销声匿迹了。

当然，她并没有以非常明显的方式对他表现出不恭敬，因为这里毕竟不是英国或者美国，而是西西里。不过这位唐极为敏感。他很快就发现妻子并不崇拜他脚下的这片土地，这就足以证明她对他的不恭。他决心赢得她的忠心，并让她一辈子忠于自己，这样他才能够全力以赴地干自己的事业。他绞尽脑汁，终于想出了一个只有马基雅维利才能想出来的计划。

意大利国王要到西西里来看望自己的忠实臣民，而这些臣民的确堪称忠实。所有的西西里人都痛恨罗马政府，也都害怕黑手党。他们热爱君主制，因为这个制度延续了他们的家族，而这个家族是由血缘关系、圣母玛利亚和上帝组合而成。为恭迎国王驾临，岛上准备举行盛大的庆祝活动。

国王到达西西里的第一个星期天，就在巴勒莫大教堂参加了弥撒。他将给西西里岛上古老的贵族奥洛尔托亲王的儿子当教父。国王至少已经有了一百个教子，其中不乏元帅、公爵以及法西斯政党强力人物的儿子。这些都是加强王室和政府行政长官之间关系的政治行为。国王的教子自然而然就成了王室的骑士，而且这一殊荣能从授予他们的证书和饰带得到证明。此外，他们还将获得国王赠送的小银杯。

唐·克罗切做好了准备。他在参与庆典的人群中安插了三百个人。他的兄弟本杰明诺是主持庆典活动的神父之一。奥洛尔托亲王的儿子接受了洗礼，自豪的父亲得意洋洋地走出教堂，把孩子高高举起。人群中爆发出欢呼声。奥洛尔托亲王是绅士阶层中民怨较少的，他身材瘦长、相貌堂堂，在西西里似乎也算个人物了。

就在这时候，唐·克罗切手下的一帮人拥进教堂，堵住了国王的出路。国王身材矮小，胡子长得比头发还密。他穿着一身漂亮的骑士服，活像一个玩具兵娃娃。尽管他表面上派头十足，实际上心地十分善良，所以当本杰明诺神父把另一个襁褓中的婴儿塞进他怀中的时候，他一时不知如何是好，但也没有提出质疑。拥进来的那些人根据唐·克罗切的指示，把国王和他的随行人员以及主持仪式的巴勒莫红衣主教分隔开来，这样他们就无法进行干预。本杰明诺神父赶紧把附近洗礼盘中的圣水洒在孩子身上，然后从国王怀里抱过婴儿，把他递给了唐·克罗切。唐·克罗切的妻子跪在国王面前，高兴得不住地擦眼泪。他们只有这个儿子，现在国王成了他们儿子的教父。她已别无他求。

唐·克罗切开始发福，瘦削的脸上开始长肉，面颊变成红褐色，那高高的鹰钩鼻子仿佛成了他攫取权力的触角，卷曲的头发变成了铁丝网般的灰白色。他的身体像气球似的鼓了起来，眼下出现了眼袋，就像脸上长了两大块青苔。他的权力也随着身上的肉在不断增长。他似乎长成了一尊刀枪不入的金刚。他好像是个没有缺点的人，他从来不发怒，也从来不表现出贪婪。他的情感疏离，从来没有表现过爱意。他意识到自己的责任重大，就连和妻子同床或者贴在她胸脯上的时候，他都从来没有说过自己的恐惧。他是真正的西西里之王，但是他的儿子——他的继承人——却受到宗教社会改革的严重影响，移民去了巴西，去教化并拯救亚马孙河流域野蛮的印第安人。唐·克罗切感到很没面子，从此再也没有提过儿子的名字。

墨索里尼执政初期，唐·克罗切对他很不以为然。在对墨索里尼进行了仔细的观察之后，他得出的结论是，这个人既没有谋略，也没有勇气。如果这样的人也能够统治意大利，那么他唐·克罗切就理所当然地能够统治西西里。

可是灾难降临了。墨索里尼上台几年之后，把邪恶的目光转向了西西里和黑手党。他意识到这不是一伙衣衫褴褛的贼寇，而是一个真正的内部政体，控制着他的帝国的部分地方。他认识到，历史上黑手党一直在密谋反对罗马政府。尽管过去一千年中，西西里的统治者都力图铲除它，但均以失败而告终。这个独裁者发誓要把他们永远消灭。法西斯既不相信社会的民主，也不相信社会的法制。只要他们认为是对国家有利的事，他们就会无所顾忌地去做。简而言之，他们运用了唐·克罗切·马洛的一套办法。

墨索里尼派他的心腹切萨雷·莫里部长出任西西里的地方行政长官，赋予他极大的权力。莫里一到任，就终止了西西里所有法院的司法权，并置西西里的一切法律条文于不顾。他向西西里派来大批部队，下令说他们可以先开枪后盘查。他把整个村庄的人抓起来流放。

在墨索里尼实行独裁统治之前，意大利是没有死刑的，这就使他在对付黑手党的问题上处于不利地位，因为黑手党把处死一个人作为它的主要强力手段。行政长官莫里到任后，一切都发生了变化。坚守“缄默规则”，承受可怕的“卡塞塔”酷刑的黑手党成员遭到枪杀。所谓的同案犯都被流放到地中海上那些与世隔绝的荒岛上。一年之后，西西里岛的人口减少了十分之一，黑手党的领导力量被摧毁。成千上万的无辜百姓也被这张大网网住，并蒙受了不白之冤，而罗马当局对此却无动于衷。

唐·克罗切喜欢民主的公平规则，他被法西斯的行为激怒了。他的朋友和同伴都因编造的罪名而入狱，因为他们非常聪明，不可能留下任何犯罪证据。许多人是因人告密而坐牢的，告密的人无须出庭作证，所以根本找不到他们，更无法去与他们讲理。司法的公平到哪里去了？法西斯分子已经倒退到宗教法庭和国王神权的时代。唐·克罗切从来就不相信王的神权。他说任何有理智的人都不会相信这一点，除非其他的选择被四匹野马撕成了碎片。

可是法西斯的做法更加残酷，他们竟然使用中世纪的刑具“卡塞塔”。这是一种可怕的箱式刑具，长三英尺，宽两英尺，用来对付死扛硬撑的人确有奇效。在“卡塞塔”酷刑之下，就连那些最顽强的黑手党成员也难以管住自己的舌头，就像英国女人管不住自己的贞操一样。唐·克罗切义愤地夸口说，他从来不使用任何形式的拷打来折磨人。杀人灭口就足够了。

唐·克罗切就像一条大鲸鱼，潜到了西西里地下的浑水之中。他进入一家修道院，在院长曼弗雷迪的庇护下乔装成方济各会的修士。这两个人长久愉快地相处，克罗切以不识字为荣，可是他早年刚刚干绑票生意的时候，也得请院长为他写必要的勒索信。他们相互之间从不欺瞒。他们发现双方的爱好相同——荡妇、美酒和高难度的偷盗。克罗切经常带着院长去瑞士，除了看病，就是品味那个国家奢侈的平静。和西西里充满危险的快感相比，那里的生活是闲适、愉快的。

第二次世界大战开始后，墨索里尼已无暇关注西西里的事情。唐·克罗切立即抓住这个良机，悄悄地与幸存的黑手党成员建立起联系，向被流放到潘泰莱里亚岛和斯特龙博利岛的老牌黑手党忠实成员送去了希望，还主动帮助被行政长官莫里囚禁的黑手党骨干的家属。

唐·克罗切知道，他的希望最终将有赖于盟国的胜利，为了这个结局，他必须竭尽全力。他和地下游击组织取得联系，指示属下帮助被击落的盟国飞行员。所以，唐·克罗切在这一关键时刻为自己的未来作了准备。

1943年7月美军入侵西西里，唐·克罗切及时向他们伸出了援手。这支军队中不是有许多西西里的同胞吗？难道他们不是西西里移民的后代吗？难道西西里人应当替德国人打西西里人？唐·克罗切的手下人劝说几千个意大利士兵擅离职守，躲到黑手党为他们准备的隐蔽地点。克罗切本人亲自与美军的秘密特工取得联系，带领攻击部队穿越各个山口，使他们能够从侧翼袭击德国人战壕中的重炮。结果，美军大大提前完成了任务，且损失很小，而在西西里岛另一侧实施攻击的英军不仅遭到重大伤亡，而且进展缓慢。

这时的唐·克罗切已经六十五岁，身材庞大，但却亲自带领一帮黑手党潜入巴勒莫市区，绑架了该市的德军城防司令。在美军突破前沿，进入该市之前，他们一直躲在城里。意大利南部的美军最高司令长官在给华盛顿的文电中称赞唐·克罗切为“黑手党将军”。在随后的几个月中，他在美军参谋军官中成了知名人士。

美国在西西里岛的军管首长是阿方索·拉庞托上校。他以前是新泽西州的资深政客，被直接任命为上校军官，为承担此项工作受过专门训练。他为人和蔼可亲，知道如何处理政治问题。他的军政府中的参谋军官也是按照这个标准选定的。美国军管政府总部由二十名军官和五十名士兵组成，其中许多人都具有意大利血统。唐·克罗切像对待亲兄弟一样热诚地欢迎他们，对他们表现出极度的忠诚和关爱，不过在朋友面前，克罗切却称他们为“信奉基督的羔羊”。

但是美国人常说，唐·克罗切“言而有信”。阿方索·拉庞托上校任命唐·克罗切为他的首席顾问，与他的关系非同一般。上校经常到他家里去吃饭，而且吃到那些熟悉的饭菜时总是赞不绝口。

上校要解决的第一个问题是任命西西里岛上所有小镇的镇长。以前的镇长全被关进了美国人的监狱，因为他们都是法西斯分子。

唐·克罗切向他推荐了曾经被法西斯囚禁的黑手党骨干。这些人的档案中明确地记载着因抵抗当局的目标和利益而受到法西斯政府折磨和关押的历史，所以他们的罪名被认为是莫须有。唐·克罗切让妻子做了非常可口的鱼和意大利面条，在餐桌上向上校讲了许多动人的故事，说他的朋友们（包括那些杀人和偷窃的人）如何坚持自己所信仰的公正和自由的民主原则。上校听了非常高兴，因为他一下子就发现了在他领导下管理民众的理想人选。在一个月的时间里，西西里西部的大多数小镇都有了镇长，而且这些人都是在法西斯监狱中找到的最坚定的黑手党成员。

对美国军队来说，这些人发挥了出色的作用。在被占领的地区，美军只要留下少数人来维持秩序。欧洲大陆的战争仍在继续，在美军的后方没有出现破坏活动，也没有发现间谍活动。普通民众从事的黑市交易被限制在最低状态。阿方索·拉庞托上校因此荣膺一枚特别勋章，并晋升为陆军准将。

唐·克罗切的黑手党镇长们严厉执行反走私法，不断派出宪兵在各条道路和山口进行巡逻。这一点与过去别无二致。而且这都是唐·克罗切的指令。政府的巡视员让固执的农民把粮食、橄榄和葡萄按官方确定的价格卖到政府的定点仓库——当然，这些东西都将以配给的方式供应西西里的民众。为了确保这一点，唐·克罗切从美军那里借来卡车，把这些食品运送到巴勒莫、蒙雷阿莱和特拉帕尼这几座饥饿的城市，还有锡拉库扎、卡塔尼亚，甚至大陆城市那不勒斯。美国人对唐·克罗切的效率赞叹不已，给他颁发了书面奖状，表彰他为美国武装部队服务的事迹。

但是唐·克罗切不能拿这些奖状当饭吃，他目不识丁，看不懂也体会不到乐趣。阿方索·拉庞托上校的友好姿态填不饱他那巨大的肚子。他不想依靠美国人的感激或者上帝对美德的恩赐过日子，他认为自己为人类和民主所做的许多好事都应当得到报偿。这些满载货物的美国卡车上的司机都持有上校签署的官方道路通行证，他们按照唐·克罗切的指示把车开到不同的目的地。这些货物被卸载到唐·克罗切在蒙特莱普雷、维拉巴和帕尔蒂尼科等小镇上的私人仓库。然后他和同伙再把这些东西以五十倍的官方价格在生意兴隆的黑市上出售。就这样，他加强了与那些东山再起的主要黑手党首领的关系。他认为贪婪是人类最大的弱点，所以他把自己得到的好处与他们共同分享。

他不是一般意义上的慷慨大方。阿方索·拉庞托上校收到了一些贵重的礼品，如古董雕像、绘画和古代宝石。这些都是唐·克罗切送的。他对美国军管政府小分队人员就像对待自己的儿子。他像溺爱孩子的父亲一样给他们送礼物。这些军人是特别挑选出来的，他们理解意大利人的特点和文化，许多人的祖上就生活在西西里，他们也对他的关爱进行了回报。他们给他签署特别通行证，精心保养借给唐·克罗切使用的卡车。他们去参加他的社交聚会，因为在那里他们可以结交一些漂亮的西西里姑娘，坠入温暖的情网，这也是西西里人特点的另一方面。他们被接到这些西西里人的家里，吃到与自己移居美国的母亲做得一样可口味的饭菜，其中许多人甚至追求起黑手党成员的女儿来。

唐·克罗切·马洛已经做好了东山再起的一切准备。西西里各地的黑手党骨干都欠了他的人情。他低价收买了岛上一口人工水井，靠卖水就能大赚一笔。他垄断食品，每一个水果店、肉食品店、餐厅的咖啡吧，甚至流动乐队都是他的勒索对象。他还控制了汽油，而汽油的唯一来源是美军。他向贵族们的大庄园提供监管人，打算在适当时机以低价购买他们的土地。他准备重新建立墨索里尼上台之前他已经具备的权势。他决心再次成为家财万贯的大亨。正如人们所说的，在未来的岁月里，他将把整个西西里放进他的橄榄油压榨机。

唐·克罗切有一块真正的心病。他的独生子像中了邪似的一心只想积德行善。他的弟弟本杰明诺神父又不能成家。克罗切无法把自己的帝国传承给血亲中的任何人。他外柔内刚的劝说无法奏效，而与他沾亲带故的、年轻的黑手党骨干中还没有他可以信赖的铁腕人物。

唐·克罗切的人看上了年轻的萨尔瓦多·吉里安诺，曼弗雷迪院长也确认了吉里安诺的潜力。这个年轻人的英雄故事在西西里越传越神。克罗切从中嗅出了治愈自己这块心病的良方。

第八章

逃离蒙特莱普雷的第二天清晨，吉里安诺和皮肖塔来到德奥拉山上那个藏身洞穴的后面，在水流湍急的小溪中洗了个澡。他们带着枪来到悬崖旁边，在地上铺上一条毯子，躺在那里欣赏黎明的粉色霞光。

比安卡洞很深，尽头是一堆大石头，几乎堆到了洞顶。图里和阿斯帕努小时候曾经从石缝中钻过去，发现了一条直通大山另一侧的暗道。这条通道早在基督降生之前就有了，是当年斯巴达克斯的军队为躲避罗马军团挖成的。

悬崖下方就是蒙特莱普雷镇，小得像个玩具村庄，有几条紧贴山崖的白垩石羊肠小道通向这个悬崖。初升的太阳正把金色的阳光洒向蒙特莱普雷镇那一幢幢灰色石屋。

早晨的空气非常清新。地上的仙人果清凉甘甜，图里随手摘了一个，慢慢地放进嘴里咬了一口，可以清除口腔中的异味。再过几个小时，火热的太阳就将把它们变成棉桃似的干果。长着昆虫般细腿和圆鼓鼓大脑袋的壁虎爬到他手上。它们虽然样子可怕，但是却不伤人。他把它们轻轻地掸开了。

阿斯帕努在擦枪，图里注视着下面的小镇。目力所及处，他看见一些小黑点。那是人们走出小镇到自己的小块土地上去劳作。他想找到自己家的房子。很久以前他和阿斯帕努曾经在自家的屋顶插上西西里和美国的旗帜。这两个聪明活泼的孩子被人们称赞为爱国者，他们没有吭气，其实真正原因是：当他们在附近山头玩耍的时候，一眼就能看见这幢房子——确保与成人世界的联系。

他突然想起十年前的一件事情。村里的法西斯官员命令他们把吉里安诺家房顶上的美国旗拿下来。两个孩子非常生气，他们把美国旗和西西里旗都拿了下来，藏在了比安卡洞，就埋在大石堆附近。

吉里安诺对皮肖塔说："注意那些小道上的动静。"说罢他就进入洞里。即使过了十年，吉里安诺还清楚地记得埋旗子的地方——石堆右下角，他们当时把大石头下的土挖掉，东西放进去后把土填了回去。

那个地方已经长出一层薄薄的暗绿色青苔。吉里安诺用皮靴在地上踢了踢，然后用一块小石头在地上挖起来。没用几分钟时间，他就把那两面旗挖了出来。美国旗已经成了一块破布，裹在它里面的西西里旗则保存得比较好。吉里安诺把旗子展开，鲜红和金黄色还像他小时候看到的一样鲜艳，而且上面一个洞眼都没有。他把它取出来，笑着对皮肖塔说："你还记得这个吗，阿斯帕努？"

皮肖塔惊讶地看着这面旗，接着也笑起来，不过显得更加激动。"这是命运，"他大喊一声，从地上跳起来，把那面旗从吉里安诺手里夺了过去。他拿着旗子走到悬崖边，朝着下面的小镇挥舞。此刻他俩是心照不宣。吉里安诺从悬崖边上拔起一棵小树。他们在地上挖了一个小洞，把小树放进去，用石头把树支撑起来，然后把那面旗帜挂在上面，让所有的人看见它在自由地飘扬。最后，他们坐在悬崖边等待着。

到中午时分，他们才看见通向他们那段峭壁的土路上出现了一个骑着毛驴的人。

持续观察了一个小时后，他们才看见那只驴子上了山脊，沿着上山的路走来。皮肖塔说："真见鬼，骑驴的人比驴还小。肯定是你的教父阿多尼斯。"

吉里安诺听出了皮肖塔话音中的鄙弃。皮肖塔这个人身材瘦削、精干、体态匀称，但对生理缺陷有一种恐惧心理。他患有肺结核，有时候还咳血，他觉得很恶心，倒不是因为这会危及生命，而是因为这会破坏他的完美形象。西西里人喜欢根据一个人的生理缺陷给人起绰号。有一次皮肖塔的一个朋友戏称他"纸肺"，皮肖塔操起小刀就要捅他，要不是吉里安诺有力气，差点就要弄出人命来。

吉里安诺顺着山坡向下跑了几英里之后，躲到一块巨大的花岗岩石后面。这是他和阿斯帕努小时候玩的一种游戏。等阿多尼斯从他身边的小道上走过去，他突然从藏身的石头后面走出来，用短筒猎枪对着阿多尼斯大喊一声："站住！"

接下来还是小时候的游戏。阿多尼斯慢慢转过身，并以此掩盖拔枪的动作。可是吉里安诺笑起来，因为他已经走到那块大石头后面，只有那把短筒猎枪的枪管在阳光下熠熠闪光。

吉里安诺大声说："教父，我是图里。"等阿多尼斯把枪插回腰间的皮带上，卸下身上的背包后，吉里安诺才把短筒猎枪的枪口放低，从岩石后面走出来。他知道赫克特·阿多尼斯腿短，从牲口背上下来比较困难，想上前帮他一把。可是当他走上那条小道的时候，教授已经很敏捷地从毛驴背上下来了。他们相互拥抱，吉里安诺牵着驴子，两人一起向上，朝峭壁方向走去。

“年轻人啊，你彻底回不了头了，”赫克特·阿多尼斯以教授的口吻说道，“昨天晚上又死了两个警察。这已经不再是玩笑了。”

他们来到悬崖壁的时候，皮肖塔跟他打了个招呼。阿多尼斯说：“我一看见这面西西里旗，就知道你们在这里。”

皮肖塔露齿一笑，兴奋地说：“图里和我，还有这座山已经脱离了意大利。”

赫克特·阿多尼斯瞪了他一眼。这个以自我为中心的年轻人，自以为很了不起。

“整个小镇都看见了你们的旗帜，”阿多尼斯说，“包括那个宪兵上士。他们会上来把它拿走的。”

皮肖塔带着几分傲气说：“总是这种老师教训学生的口吻。欢迎他们到我们的旗子这儿来，不过他们来了只能看见这面旗子而已，晚上我们非常安全。天黑之后宪兵要是敢离开营地，那就成奇迹了。”

阿多尼斯没有理他，随即把毛驴背上的包打开。他给了吉里安诺一副高倍望远镜、一个急救箱、一件干净衬衣、几件内衣、一件毛衣、一个剃须包，里面有他父亲的刀片，此外还有六块肥皂。他说：“这些东西你们在上面都用得着的。”

吉里安诺拿到望远镜非常高兴，这是未来几个星期他最需要的东西。他知道那些肥皂是他母亲过去一年中积攒下来的。

在另外一只包里有一大块撒了胡椒粉的颗粒状奶酪、一个长面包、两张大圆饼——其实就是烤面包，里面塞了熏香火腿、白干奶酪，上面还放了几个煮鸡蛋。

阿多尼斯说："这两张饼是拉韦内拉送的。她说她丈夫在山里的时候，她总是为他做这种饼。一张饼可以吃一个星期呢。"

皮肖塔狡黠地笑着说："这种饼是越陈越香啊。"

两个年轻人坐在青草丛中，用手掰下一些面包。皮肖塔用小刀切下几片奶酪。由于草丛中昆虫太多，他们把食品袋放在一块大花岗岩的顶上。他们往下走了一百英尺，在一条清澈的小溪边喝了一些水，然后在一个能看见峭壁下面情况的地方坐下来休息。

赫克特·阿多尼斯叹了一口气。"你们两个人都很得意啊，不过这可不是闹着玩的。他们要是抓住你们，就会把你们毙掉。"

吉里安诺平静地回答说："我要是抓住他们，也会把他们毙掉。"

赫克特·阿多尼斯听见这话非常震惊。相互谅解的希望已经没有了。"不要这么冲动，"他说道，"你还是个孩子。"

吉里安诺看着他，过了很长时间才说："我不是孩子了，因为一块奶酪，他们已经能朝我开枪了。你指望我逃走？让家人挨饿？而我像度假一样在山上等着你给我送食物？他们来杀我，我就杀他们。你呢，我亲爱的教父，我小时候，你不是跟我们讲过西西里农民的悲惨生活吗？压迫他们的人是罗马政府的税官、贵族、地主，这些有钱人付给我们的工钱少得可怜，我们拿到手的钱连生活都难以为继。我和蒙特莱普雷的两百来个人到劳务市场去找活干，他们挑选劳工的时候就像在挑选牲口。他们说，干一个上午活儿给一百里拉，你们爱干不干。大部分人只好去干。西西里的斗士除了萨尔瓦多·吉里安诺，还会是谁呢？”

赫克特·阿多尼斯现在真的慌了：做个逃犯已经很糟糕了，做个革命者就更加危险。“这在文学作品中看看也就罢了，”阿多尼斯说，“可是在现实生活中，这会让你早早地走进坟墓。”他顿了一下，“那天晚上你们的英雄壮举有什么用呢？你们的邻居现在还被关在监狱里呢。”

“我会解救他们的，”吉里安诺平静地说。他看见阿多尼斯脸上的惊讶表情。他希望得到教父的赞同、帮助和理解。看得出教父还把他当成一个心地善良的农民。“你必须理解我现在的处境。”他略作停顿。他能不能开诚布公地说出自己的想法呢？他的教父会不会认为他狂妄自大？不过他还是继续往下说，“我并不害怕死。”他朝赫克特·阿多尼斯微微一笑——教父对这孩子般的微笑曾经非常熟悉和喜欢。“真的，我自己也很吃惊，我不害怕被人杀掉，因为对我来说这不太可能发生。”他哈哈大笑起来。“他们的军警、他们的装甲车、他们的机关枪、整个罗马，我都不害怕，我可以打败他们。西西里有很多土匪，帕萨藤珀，还有泰拉诺瓦，他们就不怕罗马。他们能做的，我也能做。”

赫克特·阿多尼斯感到好笑，同时也感到焦虑。难道是吉里安诺身上的伤影响了他的大脑思维？难道他现在与亚历山大、恺撒、罗兰这些谱写新历史的人物一样了？如果不是坐在深山幽谷中与挚友高谈阔论，那么英雄人物的梦想始于何时呢？不过他还是漫不经心地说：“不要再提什么帕萨藤珀和泰拉诺瓦，他们已经被抓了，就关在贝兰伯兵营的牢房里，再过几天就要移送到巴勒莫去了。”

吉里安诺说：“我要营救他们，我希望他们感谢我。”

他说这句话的严肃神情使赫克特·阿多尼斯感到震惊，但却使皮肖塔非常高兴。他俩都因为吉里安诺的变化而感到惊讶。他俩一直都很喜欢他，也敬重他。作为一个年轻人，他品格高尚，非常沉稳。这是他们第一次感觉到他对力量的渴望。

赫克特·阿多尼斯说：“感谢？帕萨藤珀把送他一头毛驴的叔叔都杀了。”

“那么我必须教教他感谢这个词的含义，”吉里安诺说着顿了顿，“现在，我想求你一件事。先仔细考虑，如果你拒绝，我仍然是你忠诚的教子。不要考虑你是我父母亲的好朋友，也不要考虑你多么喜欢我。是你教导我要热爱西西里，我求你的这件事就是为了西西里。在巴勒莫给我当眼线吧？”

赫克特·阿多尼斯对他说：“你是让我这个巴勒莫大学的教授成为你们匪帮的成员。”

皮肖塔不耐烦地说：“这种事在西西里不足为奇，因为这里的每个人都和友中友有某种联系。除了在西西里，还有什么地方的历史学和文学教授会带手枪呢？”

赫克特·阿多尼斯仔细打量着这两个年轻人，同时在考虑如何作答。他可以轻易地答应，然后把这种承诺置之脑后。他也可以轻易地拒绝，答应只能作为朋友，时而提供一些帮助，就像他今天这样。毕竟这出闹剧不可能持续太长时间。吉里安诺可能会在交战中被杀或者被人出卖。他可以移居美国，这样问题就解决了。想到这一点，阿多尼斯颇有几分伤感。

赫克特·阿多尼斯想起了很久以前的一个夏日，一个和今天很相似的日子，当时图里和阿斯帕努顶多只有八岁。他们坐在吉里安诺家的房子和大山之间的牧场上等着吃晚饭。赫克特·阿多尼斯给图里带去一口袋书，其中有一本是《罗兰之歌》，他当时还读给他们听了。

这首诗阿多尼斯几乎能背下来。在西西里，每个识字的人都喜爱这首诗，每个不识字的也都喜欢这个故事。在小镇和乡村演出的木偶剧团都把它作为主打节目，西西里的每辆马车上都画着这个传奇故事中的人物。查理大帝有两个伟大的骑士罗兰和奥利维，他们杀死了大批萨拉森人，保护他从法兰克撤离。阿多尼斯讲述了他们在伟大的龙塞斯瓦列斯战役中是如何共同战死的——奥利维三次请求罗兰吹响号角，让查理大帝的军队回兵营救，而骄傲的罗兰拒绝了。等萨拉森人在数量上占压倒优势的时候，罗兰吹响了大号，但为时已晚。查理大帝杀回来营救他的爱将，发现他们已经战死，他们的四周躺满了萨拉森人的尸体，他难过得直扯自己的胡须。阿多尼斯记得吉里安诺激动得热泪盈眶，但奇怪的是，阿斯帕努的脸上却露出了不屑的神情。这两个孩子中，一个认为这是人生中最壮烈的时刻，另一个却认为死在异教徒手中很不光彩。

当时两个孩子从草地上爬起来，跑进屋里去吃晚饭。图里的一只手臂搂着阿斯帕努的肩膀，阿多尼斯看见这个姿势后微微一笑。这是罗兰扶着奥利维，这样他们两人才能在冲上来的萨拉森人面前站着死。罗兰临死的时候把他的铁护手指向蓝天，一个天使把它从他的手里接了过去。那首诗以及那个传奇故事都是这么说的。

那是一千年前的事了，但现在的西西里和那时一样遭受着不幸：橄榄树林、炙热的平原、基督徒早期在路边修建的神龛、数不清的十字架上处死的斯巴达克斯领导下造反的奴隶。现在，他的教子也将成为这样的英雄。但这个年轻人却不明白：要改变西西里，就需要有一座道德的火山的爆发，才能点燃这片土地。

阿多尼斯看着他们，只见皮肖塔仰面朝天躺在草地上，吉里安诺那双黑棕色眼睛一动不动地看着他，脸上露出微笑，仿佛在说他知道教父在想什么。这时，阿多尼斯觉得眼前的景象发生了奇妙的变化。他们仿佛是两尊大理石雕像，超凡脱俗。皮肖塔成了花瓶上的一个雕像，他手上的壁虎是一条毒蛇，在早晨的阳光中，一切都雕刻得栩栩如生。皮肖塔像个危险人物，带给这个世界的是毒药和匕首。

萨尔瓦多·吉里安诺，也就是他的教子图里，在这只花瓶的另一面。他像希腊阿波罗神那样俊美，浑身肌肉发达，眼白清晰，几乎像个盲人。他面部表情开朗而坦诚，具有传奇英雄般的率直。阿多尼斯提醒自己不要夹带个人情感，吉里安诺有着决心成为英雄少年的表情。他的身体就像地中海边的雕像那样充满阳刚，大腿粗壮、背部肌肉发达。他的体形像美国人，比大多数西西里人的个子高，块头大。

皮肖塔在孩童时期就比较滑头。吉里安诺总是相信人性善，也为自己的真诚而自豪。当年赫克特·阿多尼斯经常想，等两个孩子长大之后，皮肖塔会成为领头人，吉里安诺将成为他的追随者。其实他本该知道：相信自己的美德比相信自己的狡诈更加危险。

皮肖塔讥讽的语气惊醒了赫克特·阿多尼斯的白日梦。“请你答应吧，教授，我是吉里安诺团伙的副手，不过，我手下没有可以指挥的人。”他咧着嘴笑了笑，“我愿意从小角色干起。”

阿多尼斯没有被他的话激怒，可是吉里安诺的眼睛里却闪着怒火。不过他还是平静地说：“你的答复是什么？”

赫克特·阿多尼斯说：“好吧。”作为教父他还能说什么呢?

接下来，吉里安诺告诉阿多尼斯回蒙特莱普雷之后要干些什么，并把自己第二天的计划大致说了一下。听到这个年轻人的大胆而且疯狂的计划，阿多尼斯再次感到吃惊。然而当吉里安诺把他扶上毛驴的时候，他还是弯下腰来亲了亲自己的教子。

皮肖塔和吉里安诺目送骑着毛驴的阿多尼斯沿通向蒙特莱普雷的小路渐渐远去。“他的个子这么矮小，”皮肖塔说，“我们小时候玩抓土匪游戏的时候，他倒是很合适的。”

吉里安诺转过身轻声对他说：“我们小时候你的笑话也有趣多了。我们谈正经事的时候，你就要正经一些。”当晚睡觉之前，他俩相互拥抱了一下。“你是我的兄弟，”吉里安诺说，“记住这一点。”接着他们就裹上毯子，度过了最后一个默默无闻的夜晚。

第九章

黎明前，天还黑漆漆的，图里·吉里安诺和阿斯帕努就起来了，因为宪兵可能在天亮前摸黑对他们实施突然袭击，当然这种可能性不大。头天晚上已经很晚的时候，他们看见从巴勒莫来的一辆装甲车和两辆吉普车开进贝兰伯兵营进行增援。夜间，吉里安诺几次从山坡上下去侦察，静听有没有人攀缘峭壁的声音——对这样的防范措施，皮肖塔很不以为然。他对吉里安诺说："要说我们小时候，那还真是天不怕地不怕呢。你觉得那些懒鬼宪兵会摸着黑，拿自己的性命来冒险，甚至错过在软和的床上睡个好觉？"

"我们要培养良好的习惯。"图里·吉里安诺回答说。他知道总有一天他们会碰上强劲的对手。

图里和阿斯帕努都把枪放在毯子上仔细检查。接着，他们吃起拉韦内拉做的饼，喝上一两口阿多尼斯留下的酒。那块饼又辣又香，吃到肚子里热乎乎的，给他们补充了能量。他们用树枝和石头在悬崖边上垒起一道矮墙，然后待在矮墙后面，用望远镜观察小镇和山路上的动静。皮肖塔负责警戒，吉里安诺则把子弹压进枪膛里，并把几盒弹药装进羊皮夹克的口袋。他的动作非常仔细，不紧不慢。他把所有的给养都埋进地下，搬来几块大石头压在上面。对于这些细节的检查，他从来不相信任何人。就在这时候，皮肖塔看见那辆装甲车离开了贝兰伯兵营。

“你说得对，”皮肖塔说，“那辆装甲车不是朝我们这里来，而是开向海堡平原方向。”

他们相视而笑。吉里安诺一阵暗自得意。毕竟对付警察并不那么难，就像玩小孩子的游戏，只要有小孩子那点儿聪明就行了。那辆装甲车将在那条道路的转弯处消失，然后兜个圈子进入山里，来到他们所在悬崖的后面。当局肯定知道那条暗道，认为他们会从那里逃跑，这样他们就会自投罗网，直接撞上装甲车，撞到他们的机枪口上。

一个小时之内，宪兵会派一个小分队从奥拉山的侧面爬上来，对他们展开正面攻击，把他们赶出来。警察以为他们是行事鲁莽的青年，是头脑简单的土匪，这对他们来说倒是十分有利。他们插在悬崖边的红黄两色西西里旗恰恰可以说明他们的粗心和冒失，警察也许就是这么想的。

一个小时后，一辆运兵车和一辆吉普车从贝兰伯兵营开出。坐在吉普车上的是罗科菲诺上士。这两辆车不紧不慢地开到奥拉山的山脚，十二名手持步枪的宪兵跳下车，部署在几条通向斜坡的小路上。罗科菲诺上士脱下有饰带的帽子，用它指着他们头顶上方、在悬崖边飘扬的那面金红两色旗帜。

图里·吉里安诺此刻正从树枝掩体后面通过望远镜进行观察。他有些担心停在山另一侧的装甲车。他们会不会派人从那个山坡爬上来？不过那些人要爬上来也得好几个小时，现在不可能靠近他们。他暂时将他们抛在脑后，对皮肖塔说："阿斯帕努，我们还是比较聪明的，否则我们今天晚上就不能回家，不能像小时候那样去见妈妈、吃面条了。"

皮肖塔笑起来。"还记得吧，我们从来就不喜欢回家？不过我得承认，这样更有意思。我们是不是干掉几个？"

"不，"吉里安诺说，"开枪打他们头顶上方。"他想起前天夜里皮肖塔没有服从他的命令，"阿斯帕努，听我的，没有必要杀他们，这样的杀戮没有任何意义。"

他们耐心地等了一个小时。吉里安诺把他的短筒猎枪从树枝形成的屏障后面伸出去开了两枪。令人惊讶的是，那一排信心十足的人就像蚂蚁一样迅速散开，消失在草丛中。皮肖塔用步枪打了四发子弹。宪兵开始还击，山坡上有好几个地方冒出了青烟。

吉里安诺放下手中的短筒猎枪，拿起望远镜。他看见上士和他手下的中士在进行无线电联络。他们会与大山另一侧的装甲车联络，提醒他们土匪就要逃跑了。他抓起短筒猎枪，又打了两枪，然后对皮肖塔说："该走了。"

他们两人朝悬崖较远处爬去，爬到行进的宪兵看不见他们的地方，然后从布满大石头的斜坡上滑下去。下滑五十码后，他们站起来，把武器拿在手里，猫着腰沿山坡向下跑。吉里安诺偶尔停下来，通过望远镜观察那些攻击者。

宪兵仍在向峭壁方向开火，不知道这两个土匪已经绕到了他们的侧面。吉里安诺在前面，沿着大石头间的隐蔽通道进入一片小树林。稍事休息之后，他们又开始迅速而悄无声息地沿着小路向下跑。不到一个小时，他们就来到大山和蒙特莱普雷之间的那片开阔地。他们绕到小镇的另一端，那地方处于他们和那辆运兵车之间。他们把武器掖在上衣里，就像下地干活的农民一样，大摇大摆地穿过那片开阔地。他们来到贝拉大街的北端，从离贝兰伯兵营只有一百码的地方进入蒙特莱普雷。

这时候，罗科菲诺上士正命令手下人继续沿山坡向插着那面旗帜的悬崖逼近。山上已经有一个小时没有开枪还击了，他想那两个土匪肯定已沿着秘密通道逃跑，而且现在正从大山的另一侧下山，朝那辆装甲车方向自投罗网去了。他想把网收起来。他的手下人又用了一个小时才到达那个悬崖的边沿，扯下那面旗帜。科洛菲诺上士走进那个洞穴，把那些大石头推向一边，打开那条秘密通道。他派手下人进入那条洞穴走廊，到山的另一侧与装甲车会合。当他发现猎物已经逃跑时，他大为震惊，立即把人分成搜索和警戒小组，相信他们会把逃犯从洞里赶出来。

赫克特·阿多尼斯完全按照吉里安诺的指示作准备，在贝拉大街的北侧停放了一辆画满古代传说故事的大车。就连车轮辐条和轮辋上都画着身穿盔甲的小人，这样车轮一转动，这些小人就像打仗一样翻滚起来。车辕上漆着鲜红的纹饰，上面还点缀着一些银色。

这辆大车就像一个从头到脚都文了身的人一样。两个车辕之间套着一头懒洋洋的白骡子。吉里安诺跳上驾驶座，朝车里看了看。车上装满了大竹篓坛装酒，少说也有二十坛。他把短筒猎枪塞到一排坛子后面，接着朝大山方向瞥了一眼，看见那面旗帜还在飘扬，但其他什么动静也没有。他笑着看了看阿斯帕努。“现在是万事俱备，”他说道，“去展示一下你的身手吧。”

皮肖塔做了个严肃但可笑的敬礼动作，随即把上衣扣子扣上，遮住那把手枪，然后朝着贝兰伯兵营的大门走去。他边走边留心通向海堡平原的那条路，看有没有装甲车从山里往回开。

坐在驭手座上的图里·吉里安诺看着皮肖塔，见他慢慢穿过开阔地，走上通向兵营大门那条石板路。接着他看了看贝拉大街。他能看见自己家的房子，但是房子前面没有站人。他原以为也许能看见母亲的。有一幢房子前面坐着几个人。他们的餐桌和酒瓶就放在阳台下面的阴凉处。他突然想起脖子上挂着的望远镜，赶紧松开皮带，把望远镜放进大车后面。

在兵营大门口站岗的年轻宪兵顶多只有十八岁。一看他那红扑扑的面颊和光溜溜的脸，就知道他是意大利北方省份的人。那镶着白边的黑色警服穿在他身上显得松松垮垮，根本不合身。那顶有饰带的军帽戴在他头上，使他看上去活像个木偶或小丑。那张稚气未脱、弯弯的嘴上还叼了一支烟，这显然是违反规定的。皮肖塔慢慢朝他走去，内心不由得产生一股莫名其妙的鄙弃。尽管过去几天出了不少事，可是这家伙却没有把步枪端在手上。

这个卫兵眼里看见的是一个邋遢的农民，但却留着与身份不相称的漂亮小胡子。他没好气地吆喝起来："嘿，说你呢，你这家伙，知道这是什么地方吗？"他的步枪仍然在肩上挎着。如果这时候皮肖塔想割断他的脖子，简直易如反掌。

但是皮肖塔没有这样做。他尽量忍住笑，装出对这个傲慢的臭小子卑躬屈膝的样子。他说："求你啦，我想见上士。我有一个非常重要的情报。"

"你可以把它交给我。"卫兵说。

皮肖塔忍不住了。他以嘲弄的口吻说：“你也能给赏钱吗？”

卫兵被他的粗鲁吓了一跳，不屑一顾但谨慎地说：“就算你告诉我耶稣再次降临，我也一个子儿都不会给你。”

皮肖塔咧嘴一笑。“比这个消息好多了。我知道图里·吉里安诺又到了哪里，就是把你的鼻子打出血的那个人。”

卫兵将信将疑地说：“他妈的，在这个国家里头，西西里人从什么时候开始与法律为伍了？”

皮肖塔向前凑了凑说：“我是有条件的，我已经申请加入宪兵队，下个月我就去巴勒莫参加考试。谁知道呢，也许我们俩很快就要穿同样的制服了。”

卫兵看着皮肖塔，露出较为友好的神情。许多西西里人都当了警察，这倒是真的。这是一条脱离贫困的路子，而且手里还有一点儿小权。有一个众所周知的笑话，说西西里人不是沦为罪犯就是当了警察，但是无论在哪一边，他们造成的危害是不分上下的。这时候皮肖塔不禁感到好笑，因为他竟然说自己想当警察。他是一个花花公子，拥有一件巴勒莫生产的绸衬衣，只有傻瓜才会穿那种带白杠的黑制服和那顶有编织带和硬帽舌的帽子。

“你最好还是三思啊。”那卫兵说道。他不想让每个人都沾上这样的好事，“工资少得可怜，要不是从走私犯那里拿点好处，我们大家都要饿肚子了。这个星期，我们营有两个人，他们是我的朋友，都被那个该死的吉里安诺给杀了。西西里的农民总是傲慢无礼，你想到镇上去理发，他们连路都不肯给你指。”

“我们用杖刑教训教训他们，让他们懂点儿礼貌。”皮肖塔神秘兮兮地说，“给我来支烟吧？”好像他们已经是同事一样。

皮肖塔感到高兴的是，那卫兵暂时的善意已烟消云散。“给你一支烟？”卫兵一听火冒三丈。他简直不相信自己的耳朵，“上帝啊，我凭什么要把烟给一个西西里的人渣？”这下他终于把枪从肩上取了下来。

皮肖塔觉得心中一股恶气油然而生，恨不得一下扑上去割断这小子的喉咙。“因为我可以告诉你们到哪儿去找吉里安诺，”皮肖塔回答说，“你们的人太笨，在山上搜索连一只壁虎也找不到。”

卫兵显得很茫然。他被这家伙给弄糊涂了。从这个人要提供的情报来看，他觉得最好还是向他的上司报告一下。他有一种预感，觉得这人很狡猾，弄不好会使他倒大霉。他把大门打开，端着枪朝皮肖塔晃了晃，示意他进入贝兰伯兵营。他背对着街道。这时候，还在一百码开外的吉里安诺已把骡子踢醒，让它拉着车走上通向兵营大门的石板路。

贝兰伯兵营占地四英亩，有一幢很大的办公楼，附带L形的翼楼，是关押犯人的牢房。办公楼后面是宪兵的营房，能容纳一百号人，营房中特别划出一块地方作为上士的个人寓所。大楼右侧的车库其实是个牲口棚。由于机动车辆在山里无用武之地，宪兵小分队有一支进行山地运输的骡马队，现在这里依然被当作牲口棚用。

在最后面是弹药仓库和军需仓库。两个仓库都是波纹钢结构。兵营的四周有一道七英尺高的铁丝网，外加两个岗楼，但是这些东西已经有好几个月不用了。这座兵营是墨索里尼时期建造的，对黑手党开战后进行了扩建。

皮肖塔走进大门时，先看看有没有危险迹象。岗楼上空无一人，院子里也没有武装游动哨。这个兵营里很平静，看起来像个被遗弃的农场。车库里没有车辆；实际上整个兵营里都看不见什么车辆。皮肖塔感到吃惊，也担心随时可能有车辆返回。他简直不敢相信上士居然这么傻，兵营里一辆车也不留。他真想告诫图里，他们可能随时遇到回营地的宪兵。

在年轻卫兵的押送下，皮肖塔走进办公楼宽阔的大门。这是个很大的房间，虽然天花板上的吊扇在转动，但却不足以驱散房间里的热气。在房间的显著位置有一张加长了腿的大办公桌，它的四周有一排栏杆，里面放着办事人员用的小办公桌。一些长条木凳靠四周摆放。房间里几乎没有人，只有那张大办公桌前面坐着一个下士。跟那个年轻卫兵相比，他显得全然不同。办公桌上金灿灿的姓名牌上写着“卡尼奥·西尔韦斯特罗下士”。他身材魁梧，膀大腰圆，脖子粗壮，脑袋硕大。从耳朵到那轮廓分明的下巴有一道粉红的伤疤，那是一块亮闪闪的失去机能的组织。他的嘴唇上方有两撇浓密的胡须，就像一对张开的黑色翅膀。

西尔韦斯特罗佩戴着下士袖标，腰里别着一把大手枪。糟糕的是，当卫兵报告了皮肖塔的来意之后，下士满腹狐疑，根本不相信。下士操着一口西西里方言对皮肖塔说：“你是个撒谎的混蛋。”可是他话音未落，就听见大门外传来吉里安诺的叫声。

“嘿，宪兵，想喝酒吗？要不要酒？”

皮肖塔对吉里安诺的腔调佩服之至：嗓音嘶哑，土里土气，要不是本地人，就听不懂他那种富农趾高气扬的话。

下士非常恼火，大吼起来：“那个家伙在嚷嚷什么？”说着大踏步地走出门去，卫兵和皮肖塔紧随其后跟了出去。

那辆彩绘的大车和那头白骡子就在大门外。图里·吉里安诺打着赤膊，宽阔的胸膛上汗水直淌，正用手晃着一个酒坛子。他脸上挂着乡下人憨厚的笑容，整个身子傻乎乎地歪着。他的这副模样顿时打消了下士的疑虑。这个人身上不可能藏着武器。他醉醺醺的样子，一口土里土气的西西里腔调。下士松开按在枪上的手，卫兵也把枪口放低了一些。皮肖塔向后退了一步，随时准备从上衣下面把枪拔出来。

“我有一车酒要送给你们。”吉里安诺又扯着大嗓门嚷起来。他用手擤了擤鼻子，然后随手把鼻涕甩进大门里。

“这酒是谁让你送的？”下士问道。但是他人却向大门口走去，吉里安诺知道他会把大门打开，让车子进去的。

“是我父亲让我把酒送到上士这里来的。”吉里安诺说着眨了眨眼。

下士目不转睛地看着吉里安诺。毫无疑问，这酒是某个农民送的礼，目的是让他做一点走私买卖。下士心里嘀咕起来：作为一个真正的西西里人，为了表示送礼的诚意，这个人的父亲应该亲自来送。不过他只是耸了耸肩。“把东西从车上卸下来送进营房去吧。”

吉里安诺说：“我可不负责卸东西。这我不干。”

下士再次起了疑心。他的直觉向他发出警告。吉里安诺察觉到这一点，就从大车上爬下来，只要一伸手就可以从车后把短筒猎枪拿出来。不过他首先搬起一坛竹篓装的酒说：“我这里给你们送来二十坛美酒。”

下士冲着兵营的宿舍喊了一声之后，两个年轻的宪兵跑出来；他们的上衣扣子还没扣，帽子也没戴，而且两个人谁都没带武器。

吉里安诺站在大车上，把酒坛子塞到他们手上，还塞了一个坛子给那个带枪的卫兵。那卫兵想不拿，吉里安诺扯着嗓门愉快地说：“想喝酒就动手搬。”

现在三个卫兵都抱着酒坛子，腾不出手来干别的了。吉里安诺迅速观察现场。正是他所希望的。下士是唯一手上没拿东西的，不过皮肖塔就站在他身后。吉里安诺向山坡方向看了看，去搜山的人还没有任何返回的迹象。他朝通向海堡的路上看了看，看不见那辆装甲车的影子。贝拉大街上，孩子们依然在玩耍。他把手伸进车里，抽出那把短筒猎枪，对准大惊失色的下士。与此同时，皮肖塔也从上衣下面拔出手枪。他用手枪顶着下士的后背说：“不许动！不然就用铅弹把你的大胡子剃光。”

吉里安诺用枪对着那三个吓呆了的宪兵说：“你们抱着这些坛子到房子里去。”那个带枪的卫兵抱着坛子，把步枪丢在地上。他们三人往房子里走的时候，皮肖塔从地上捡起那支步枪。进了办公室后，吉里安诺津津有味地拿起那个姓名牌。“卡尼奥·西尔韦斯特罗下士。请把钥匙交出来。所有的钥匙。”

下士的手按着枪上，瞪了吉里安诺一眼。皮肖塔把他的手向前一推，下了他的枪。下士转过身冷冷地、恶狠狠地盯着他看了一眼。皮肖塔微微一笑，说了声“对不起了”。

下士转过脸对吉里安诺说：“小伙子，快逃走吧，去当个演员，你很有两下子。不要再干这个营生了，你是绝对跑不掉的。天黑之前上士和他带去的人就会回来，你就是跑到天边，也会被缉拿归案。好好想想吧，年轻人，沦落到成逃犯、人头被悬赏是什么滋味儿。我会亲自去抓捕你，而且对于人脸我是过目不忘。我会查出你的名字，你就是躲到地底下，我也能把你挖出来。”

吉里安诺冲他笑了笑。不知怎么的，他有点喜欢这个人。他说：“如果你想知道我的名字，为什么不问一问呢？”

下士以嘲弄的神情看了他一眼。“你会像个大傻瓜似的告诉我吗？”

吉里安诺说：“我从来不说谎，我姓吉里安诺。”

下士下意识地伸手去摸腰里的枪，可惜刚才已经被皮肖塔给卸了。这种本能的反应使吉里安诺更喜欢他了。这个人有勇气，还有责任感。其他几个宪兵都吓得魂不附体了：这就是杀了他们三个战友的萨尔瓦多·吉里安诺，他没有理由不杀他们。

下士仔细看着吉里安诺的脸，记住了他的模样，然后慢慢地、小心翼翼地从办公桌的抽屉拿出一大串钥匙。他之所以这样，是因为吉里安诺用短筒猎枪紧紧地顶着他的后背。吉里安诺接过钥匙，把它们扔给皮肖塔。

“把关押的人全都给放了。”他说道。

在办公楼用作监狱的侧翼楼的一间大牢房里，关押着十个老百姓，都是吉里安诺逃跑那天夜里从蒙特莱普雷抓来的。在一间单独的小牢房里，关押的是本地两个有名的土匪帕萨藤珀和泰拉诺瓦。皮肖塔打开他们的牢门时，他们喜出望外，跟着他来到那间办公室。

被抓的蒙特莱普雷的老百姓都是吉里安诺家的邻居。他们拥进办公室，围绕在吉里安诺四周，以拥抱的方式对他表示感谢。他没有拒绝，但始终保持着警惕，眼睛一直盯着那几个被抓住的宪兵。邻居们看见他的战果都很高兴，他让这些可恶的家伙威风扫地。他是好样儿的。他们告诉他说，上士下令对他们执行杖刑，但是下士凭借个人威信和据理力争，说这种做法会引起民愤，影响到军营的安全，最后有效地阻止了这种惩罚。第二天上午他们将被转送到巴勒莫，接受地方治安官的法庭调查。

吉里安诺把短筒猎枪的枪口对着地面，因为他怕万一走火伤着周围的人。这些邻居的年纪都比较大了，他还是小孩子的时候就认识他们。他像以前一样，跟他们说话的时候特别注意分寸。“欢迎你们跟我上山，”他说道，“你们也可以到西西里的其他地方投亲靠友，等当局恢复理智之后再说。”他等了等，一片沉默。两个土匪——帕萨藤珀和泰拉诺瓦——没有与众人站在一起。他们十分警惕，大有一触即发的态势。帕萨藤珀是个矮胖子，相貌丑陋，脸上是儿时生天花留下的麻子，嘴唇厚得难看。乡下的农民都称他“野兽”。泰拉诺瓦的身材瘦小，像个雪貂，不过长得小巧玲珑，并不难看，嘴角上翘，自由地露出微笑。帕萨藤珀是个典型的西西里土匪，生性贪婪，尽干些偷盗家畜、杀人越货的勾当。泰拉诺瓦曾经是个辛勤劳动的农民，因为两个税收官员来没收他准备参加比赛的一只肥猪，他就把他们杀了，然后把猪杀了给家人与亲友分享，随后当了土匪。后来这两个人联起手来。他们之所以被抓到这里，是因为有人告密，被捕时两人正躲在柯里昂一片庄稼地上的废弃仓库里。

吉里安诺对他们说：“你们俩已经别无选择。我们一起上山吧。如果你们愿意，可以在我手下干，当然也可以另立门户。不过今天我需要你们的帮助，你们俩也确实欠我一个小小的人情。”他微笑着对他们说，想让他们入伙的要求听起来比较客气。

没等两个土匪作出回答，那个宪兵下士就采取了一项疯狂的对抗行动。也许是他西西里人的自尊受到了挫伤，抑或是他天生野兽般的狂暴性格，或者只是由于被拘押的两个有名的土匪就要逃脱这一事实，他勃然大怒，突然从离吉里安诺只有几步远的地方一个箭步蹿上前来，其动作之快令人瞠目结舌。

与此同时，他拔出藏在衬衣下面的一把小手枪。吉里安诺抬起短筒猎枪的枪口准备开火，可是为时已晚。下士的手枪已经举起，枪口离吉里安诺的头部只有两英尺，子弹随时都会直接射入他的脸部。

所有的人都惊呆了。吉里安诺看见对准他脑袋的那把枪。枪的后边是下士那张因愤怒而涨红的脸，脸部的肌肉像蛇的身体一样在收缩。不过那把手枪似乎是慢慢举起来的。眼前的情景就像在噩梦中向下坠落，不停地坠落，但他心里却明白这只是一场梦，自己是永远坠不到底的。下士扣动扳机前的一刹那，吉里安诺觉得异常平静，甚至毫无惧色。下士扣压扳机时，他眼睛都没有眨一下，反而向前挪了一步。撞针发出很大的金属声响，它撞击到枪膛里的一颗哑弹。说时迟，那时快，皮肖塔、帕萨藤珀和泰拉诺瓦三人一拥而上，把下士重重地压在下面。泰拉诺瓦一把抓住手枪，把它夺了过来，帕萨藤珀抓住他的头发，准备用手指去抠他的眼睛，皮肖塔拔出的刀子即将扎进他的喉咙。这一切恰好被吉里安诺及时看见。

吉里安诺平静地说：“不要杀他。”说着把他们从仰面朝天、毫无还手之力、正在等死的下士身上拉开。他向下一看，惊讶地发现他们几个人在盛怒之下于刹那间造成的肢体损伤。下士的一只耳朵几乎被扯了下来，伤口处鲜血淋漓，右胳膊已经被拧得变了形，一只眼睛正在流血，眼睛上还耷拉着一大块皮。

下士依然毫无惧色。他正躺在那儿等死。吉里安诺突然产生了恻隐之心。是这个人让他面对生死考验并证明他是不会轻易死掉的；同样还是这个人证明了死神的软弱无能。吉里安诺把他从地上拉起来，使大家颇为惊讶的是，他很快拥抱了下士一下，接着装成只是帮他站直的样子。

泰拉诺瓦检查了一下手枪。“你这个人的命真大呀，”他对吉里安诺说，“只有这一颗是哑弹。”

吉里安诺伸出手要那把枪。泰拉诺瓦有些犹豫，不过还是递给了他。吉里安诺转身对下士说：“放老实点儿。”他的语气比较友善，“你和你们的人都不会有事的。我向你保证。”

下士没有回答，因为他受伤后头晕眼花，体力不支，他似乎没听懂吉里安诺说的是什么。帕萨藤珀小声对皮肖塔说：“把你的刀给我，我来把他结果了。”

皮肖塔说：“这里只有吉里安诺可以发号施令，其他人都得听他的。”皮肖塔一本正经地说，其实他不想让帕萨藤珀注意到他也早就想干掉这个家伙了。

那几个被抓来的蒙特莱普雷的老百姓很快就匆匆离开了。他们不愿意成为一场屠杀宪兵事件的目击证人。吉里安诺把下士和他的几个伙伴带进侧翼的监狱，把他们锁进一间大牢房。接着他就领着皮肖塔、帕萨藤珀和泰拉诺瓦搜查了贝兰伯兵营的其他建筑。他们在武器仓库里发现了步枪、手枪、冲锋手枪以及成箱的弹药。他们拿了许多武器挂在身上，并把一箱箱弹药装上大车，然后又到生活区拿了一些毛毯和睡袋。皮肖塔还把两套宪兵的制服扔到车上，因为它们以后说不定能派上用场。大车上装满战利品之后，吉里安诺坐到驭手座上准备出发，其他三个人手持武器，行走时相互保持着一定距离，以便应对任何不测。他们迅速沿着通向海堡的道路前进。经过一个多小时，他们来到赫克特·阿多尼斯借大车的那个农户家。他们把得来的战利品埋在他家的猪圈里，接着用从美军后勤供应库里偷来的橄榄绿色油漆把他的大车全部刷了一遍。

晚饭前，罗科菲诺上士带领搜索组返回兵营。此时虽然太阳已经下山，可是晚霞却把半边天染得通红。看见手下人被关在自己的牢房里，罗科菲诺上士气得满脸通红，红得不亚于天空的晚霞。他立即派出那辆装甲车，到各条道路上去搜寻那几个无法无天的歹徒，而此时的吉里安诺已经回到大山里的藏身地点。

意大利所有的报纸都在显著位置刊登了这则消息。三天前，两名宪兵被打死的消息也是报纸的头版新闻，而吉里安诺那时只是西西里凶残的亡命之徒。这一次就全然不同了。他智勇双全，用计谋战胜了国家警察，解救了遭到不公正待遇的朋友和邻居。巴勒莫、那不勒斯、罗马和米兰的记者纷至沓来，在蒙特莱普雷镇采访图里·吉里安诺的家人和朋友。有一张照片上，图里的母亲拿着他的吉他，说他弹得棒极了（不完全是事实，他刚能弹出点调儿来）。他以前的同学都说他读了很多书，送了他一个“教授”的绰号。报纸发现这一点如获至宝：一个西西里的土匪竟然还能看书识字。他们还提到他的表弟阿斯帕努·皮肖塔，因为他纯粹是出于对他的友情才跟他一起逃亡的。他们好奇一个人如何能激发出别人这样的忠诚。

报上刊登了一张他十七岁时的照片，让报道具有无法抗拒的魅力，他相貌英俊，具有地中海男子的阳刚之气。但是，意大利人最喜欢的，也许还是他宽宏大量地饶了那个曾经想杀死他的下士。这和西西里流传甚广的一出木偶戏极其相似，比戏剧要好，因为木偶从来不流血，也不会被子弹打得血肉模糊。

只有一件惋惜的事：吉里安诺决定放走帕萨藤珀和泰拉诺瓦这两个歹徒，而与这两个歹人为伍也许意味着他闪亮的骑士形象会受到玷污。

只有米兰的报纸指出萨尔瓦多·“图里”·吉里安诺杀死了三个警察，同时建议采取特别措施将其缉拿归案，不能因为他人长得帅气、读过许多书、会弹吉他就饶恕他的罪行。

第十章

唐·克罗切现在已经充分注意到图里·吉里安诺，而且十分钦佩他。真是个英武的青年啊！“英武”在西西里方言中并没有“黑手党”的意思，而是指以自己特有的形式表现出的非常之美，如一张英俊的脸、一棵挺拔的树、一个俊俏的女子。

唐·克罗切觉得这个年轻人能成为他的得力助手，一员战将。眼下吉里安诺是个麻烦，不过他没有太在意。被关押在蒙特莱普雷的两个土匪，一个是令人害怕的帕萨藤珀，一个是机灵的泰拉诺瓦。警方是得到他的首肯，与他商量后才把他们抓起来的。但是，这些他可以宽容大度，既往不咎。唐绝对不会让怨恨损害自己未来利益的。现在他要仔细盯着图里·吉里安诺的一举一动。

吉里安诺待在山里，他并不知道自己的名气与日俱增。他正忙于谋划壮大自己的力量。他首先要解决的问题是如何对待泰拉诺瓦和帕萨藤珀。他仔细询问了他们被抓的经过，认为他们是遭到背叛，被人告密。他们两人发誓说手下的人都很忠诚，许多人死于警方的伏击。吉里安诺经过缜密考虑后得出的结论是，黑手党扮演了这伙人的保护神和联络员的角色，但却将他们出卖了。他把这个结论说给这两个人听，可是他们根本就不相信。友中友绝对不会违背神圣的“缄默规则”，因为这是他们的安身立命之本。吉里安诺没有坚持自己的意见，反而正式邀请他们入伙。

他解释说他不只是为了生存，而是为了成为一支政治力量。他强调说他们不会去打劫穷人。相反，他们要把得来的东西分一半给蒙特莱普雷镇四周一直到巴勒莫郊区的穷人。泰拉诺瓦和帕萨藤珀仍将管理自己的旧部，但现在要服从吉里安诺的指挥。没有吉里安诺的同意，他们不能擅自进行任何打劫钱财的活动。他们联合之后将纵横于巴勒莫市、蒙雷阿莱市以及蒙特莱普雷、帕尔蒂尼科和柯里昂周围的乡村地区。他特别叮嘱他们要对宪兵主动出击。他说怕死的不是他们这些绿林好汉，而是那些在野外执行任务的警察。这两个人听了他的大胆计划后着实感到惊讶。

帕萨藤珀是守旧的土匪，干点奸淫掳掠、勒索杀人的事。他立刻开始打起自己的算盘，如何才能在这样的联手中得到好处，怎样才能干掉吉里安诺，夺取他的那份财物。泰拉诺瓦比较喜欢吉里安诺，非常感激他的救命之恩，心里想着如何为这个富有才华的年轻人出谋划策，帮助他走上比较谨慎稳妥的道路。这时吉里安诺看着他们，脸上露出淡淡的微笑，好像看透了他们的心思，觉得他们的想法很有意思。

阿斯帕努·皮肖塔对自己这位挚友的远大抱负不仅非常了解，此刻更是深信不疑。如果图里·吉里安诺说自己能做成一件事，皮肖塔就相信图里一定能做成。此时他正在洗耳恭听。

灿烂的朝阳给群山罩上了一层金色。他们三人如痴如醉地倾听吉里安诺：他们要领导这场战争，让西西里人变成自由的人民，吉里安诺谈到他们如何去领导这场斗争，给西西里人以自由，让穷人过上好日子，把黑手党、贵族阶层和罗马的势力摧毁。要是换个人，他们准会笑他是痴人说梦，但是他们没有忘记，而且任何人只要看见都不会忘记的场面：宪兵下士举起手枪对着吉里安诺的脑袋。吉里安诺在等待下士扣动扳机时所露出的镇定眼神，还有他那认为自己绝对不会死的信心。在手枪哑火之后，他对下士表现出的恻隐之心。这些都是一个相信自己死不了的人才有的举动，这迫使旁人也相信他的信仰。所以现在他们凝视着这个英俊的年轻人，被他的俊美、勇气和纯真所折服。

第二天上午，吉里安诺带领阿斯帕努·皮肖塔、帕萨藤珀和泰拉诺瓦沿一条山路下山，准备到离卡斯特尔维特拉诺镇不远的平原地区去。他很早就下来看了地形。他和他们三个人都打扮成劳工的模样。

他知道运送食品去巴勒莫市场的卡车车队肯定会从这里经过。问题是怎样才能让那些卡车停下来。为了防止遭到劫持，那些车都开得很快，而且司机还随身携带了武器。

在离卡斯特尔维特拉诺镇不远处，吉里安诺让他的人隐蔽在路旁的灌木丛中，自己则坐在一块非常显眼的白色大石头上。下地干活的人愣愣地看着他，看见他携带的短筒猎枪后，赶紧匆匆走开。吉里安诺担心被认出来。这时他看见路上过来一辆画着传奇故事图案的大车，只有一头骡子在拉车。赶车的老人吉里安诺认识。他是西西里乡村地区专业的车夫。他出租马车，把附近村庄里的竹子送到镇上的工厂去。很久以前他去过蒙特莱普雷，替吉里安诺的父亲运过东西。吉里安诺走到路中间，右手拎着的短筒猎枪来回晃动着。这个车夫认出了他，不过依然不动声色，只是朝他眨了眨眼。

吉里安诺用小时候的方式与他打招呼，喊了他一声“叔叔”。“祖·佩皮诺大叔，”他说道，“今天是我们两个人的幸运日，我能让你发财，你来这里帮我减轻点儿穷人的负担。”他看到这个老人的确特别高兴，不禁哈哈笑起来。

老人没有答话，只是用眼睛盯着他，表情木然地等着。吉里安诺爬到车上，在他的身边坐下。他把短筒猎枪放进车里看不见的地方，接着又兴奋地笑起来。有了祖·佩皮诺，今天肯定是他的幸运日。

吉里安诺觉得心旷神怡，秋高气爽，远处群山秀丽，他的三个手下正隐蔽在灌木丛中，用枪封锁了道路。他把自己的计划向祖·佩皮诺作了解释，老人只是听着，一言不发，毫无表情。最后吉里安诺说把从卡车上卸下的食品给他装满一大车作为回报，祖·佩皮诺这才嘟嘟囔囔地说：“图里·吉里安诺，你从来就是个优秀、勇敢的年轻人，善良理智、慷慨大方、有同情心。你长大成人之后也没有变。”这时候吉里安诺想起来了，祖·佩皮诺是个喜欢使用花哨词语的老派西西里人。“这个忙，还有其他的忙我都帮定了。替我问候你父亲，他应该为有你这样一个儿子而自豪。”

中午时分，路上出现了三辆满载食品的卡车。这个车队出现在通往帕尔蒂尼科平原那条路的拐弯处时，不得不停下来，因为路被一堆大车和骡子完全堵住了。这可是祖·佩皮诺的杰作。这个地区的所有车夫都欠他的人情，而且都听他的。

最前面那辆卡车的司机按响喇叭，缓缓向前行驶，结果碰到离他最近的一辆大车。车上的人转过脸恶狠狠地瞪了他一眼，于是他立即把车停下，耐心地等待。他知道这些车夫虽然干着卑微的营生，但在面子问题上，在与机动车争抢道路使用权的问题上却态度强硬，弄不好会一刀把他捅死，然后嘴里哼着小曲扬长而去。

后面两辆车跟着也刹车停下。司机从车上下来。其中有个司机是西西里最东边的人，另一个是外乡人，也就是说来自罗马。这个罗马人一只手拉开上衣拉链，朝那些车夫走过去，怒气冲冲地大声让那些该死的骡子和车子把路让开，另一只手却一直放在上衣里。

吉里安诺从大车上跳下来。他没有伸手去拿车里的那支短筒猎枪，也没有拔出腰里那把手枪。他向隐蔽在灌木丛中等候的人打了个手势，他们手持武器冲到路上。泰拉诺瓦向最后那辆卡车走去，为的是不让它跑掉。皮肖塔从路边的斜坡上冲下来，直接来到那个罗马司机面前。

帕萨藤珀此刻比其他人更激动。他把第一辆车的司机从车上拽下来，推倒在吉里安诺的脚下。吉里安诺伸手把他扶起来。这时候，皮肖塔把最后那辆车的司机押了过来。那个罗马人把空着的手从上衣里抽出来，脸上的怒气也随之消失。吉里安诺微笑着，以真诚的善意说："今天你们三个人真交了好运。你们不必长途跋涉去巴勒莫了。我的车夫会替你们卸车，并把食品分给这一地区的穷人，当然了，这要在我的监督之下进行。我向你们做个自我介绍，我是吉里安诺。"

三个驾驶员连忙赔不是，态度变得很和善。他们说他们并不急着要走。他们有的是时间。实际上，现在是他们吃午饭的时间。他们在车上很舒服。天气也不太热。这确实是一次难得的机遇，是他们的运气。

吉里安诺看出了他们的恐惧。“不用担心，”他说道，“那些靠自己辛勤劳动挣钱的人，我是不杀的。我手下的人干他们的活，你们和我一起吃午饭，然后你们就回家去，把你们的好运气告诉你们的老婆孩子。如果警察询问，你们尽量少说一点，这样我会感谢你们的。”

吉里安诺停下来。不能让这些人蒙羞或者记仇，这对他来说非常重要。让他们回去说受到了良好的对待，这一点也很重要。因为以后还会有其他人。

卡车司机都被带到路边一块大石头旁的阴凉处，他们没等搜身就主动把手枪交给了吉里安诺。那些车夫们卸车的时候，他们乖乖地坐着。那些人装完大车之后，还有整整一卡车东西没有动，因为他们的车已经装满了。吉里安诺让皮肖塔和帕萨藤珀随同那辆卡车的司机一起上车，并告诉皮肖塔把粮食分发给蒙特莱普雷的农业劳工。吉里安诺本人和泰拉诺瓦负责在卡斯特尔维特拉诺地区和帕尔蒂尼科地区发放。事后他们将在奥拉山山顶上那个洞穴会合。

这次行动使吉里安诺开始赢得整个乡村地区的支持。哪个土匪会把自己得来的东西分给穷人？第二天，意大利所有报纸都刊登消息，报道了这个罗宾汉式的强盗。只有帕萨藤珀抱怨说这一整天算是白辛苦了。皮肖塔和泰拉诺瓦明白，他们赢得的是数以千计的反对罗马当局的支持者。

但是他们不知道的是，这些货物原本都是运往唐·克罗切的仓库的。

才过了一个月的时间，到处都有了给吉里安诺通风报信的人——告诉他哪个富商带着黑市赚来的钱上了路；某些贵族的生活习惯、少数与警察高层有来往的坏蛋。有传闻说阿尔卡莫公爵夫人有时会向别人炫耀自己的珠宝。据说一年中的大部分时间，这些珠宝都放在巴勒莫一家银行的金库里，有时候为了参加宴会，她就把它们取出来戴。吉里安诺觉得这是一笔大买卖。为了了解更多的情况，他派阿斯帕努·皮肖塔到阿尔卡莫庄园作进一步打探。

阿尔卡莫公爵和夫人的庄园在蒙特莱普雷西南二十英里的地方。四周有围墙，大门口有武装警卫把守。公爵还向友中友支付“租金”，以确保他家的牲口不被盗，房屋不遭窃，家庭成员不被绑架。在一般情况下，这足以对付普通犯罪，他比梵蒂冈的教皇还安全。

十一月初是西西里各大庄园采收葡萄的时候，为此它们要从附近的村庄雇佣劳工。皮肖塔到镇广场报了名，被带到阿尔卡莫公爵的庄园去干活。第一天的活就很累，是把一串串紫黑色的葡萄装进筐子里。在葡萄园干活的有一百多号人，有男有女，还有小孩，他们边干活还边唱歌。中午由东家提供一顿丰盛的户外午餐。

皮肖塔独自坐在一边，观察着其他人。他看见一个年轻女子从城堡里端出一盘面包。她模样俊俏，但脸色苍白，显然是个难得在太阳底下干活的人。此外，她比其他妇女要穿得好。不过给皮肖塔印象最深的，还是她脸上那轻蔑的神情和不屑与其他劳工接触的做派。他听说这个姑娘是公爵夫人的贴身女佣。

皮肖塔立刻意识到找她比找其他任何人都管用。吉里安诺知道皮肖塔的为人，曾经叮嘱他在打探情况的过程中，千万不要招惹那里的妇女，但是皮肖塔认为吉里安诺太不切实际，太不了解这个世界的行为方式。这个猎物太有价值了，而且这个姑娘也实在太漂亮了。

等她第二次端着盘子出来的时候，皮肖塔把盘子从她手中接过来，替她端着。她吃了一惊。他问她叫什么名字，她没有告诉他。

皮肖塔放下盘子，一把抓住她的手臂，假装很生气地对她笑了笑。“我问你话的时候，你要回答我。如果不回答，我就把你扔进那个大葡萄堆里去。”接着他哈哈大笑，表明自己是在开玩笑。他对她露出了非常迷人的微笑，以特别温柔的声音说：“你是我在西西里看见的最漂亮的姑娘。我太想跟你说话了。”

女佣觉得他令人畏惧，但也讨人喜欢。她看见他腰里挂着一把寒光闪闪的砍刀，还注意到他的行为举止，好像他也是一位公爵似的。现在她的兴致上来了，说她名叫格拉齐耶拉。

当天干完活之后，皮肖塔来到城堡的后厨房，大胆地敲开了门，要找格拉齐耶拉。开门的是个老太太，听明来意之后很客气地说：“用人是不许会客的。”说完她就“砰”的一声把门关上了。

第二天，皮肖塔又接过格拉齐耶拉手上的盘子，并悄悄地对她说收工以后想见见她。他抚摸着她的手臂，而后把一只小巧的金手镯套在她手腕上。她答应天黑以后溜出来，在没有人的葡萄园里和他见面。

当晚，皮肖塔穿上那件在巴勒莫定做的绸衬衣。剪下的葡萄堆成了座座小山，他就在这些小山形成的峡谷中等着她。格拉齐耶拉走到他跟前，被他一把揽在怀里。她仰起嘴等着他来吻。他用嘴唇轻触她的唇，同时把一只手伸向她的两腿之间。她扭动身子想挣脱，但被他紧紧地搂住了。他们吻得更深了。他掀起她的毛料裙子，惊讶地发现她的内衣竟是绸子的。皮肖塔心想，她肯定是从公爵夫人那里借的。她的胆子还真大，有点像个小偷。

他把她拉到事先铺好的毯子上，与她一起躺下。她激情地吻着他。隔着绸内裤，他感觉到了她的反应，于是迅速把她的内裤拉下，用手触摸那温暖湿润的地方。他们继续亲吻的时候，她解开他的皮带扣，他顺势把裤子褪到脚踝，翻身趴在她身上，把手移开，突然格拉齐耶拉一声尖叫，随即软瘫地躺着不动了。皮肖塔心想，妈的，她来得也太快了。不过转念一想觉得这样也好。他的主要目的是获取情报，自己的满足可以等以后再说。

他们紧紧相拥，并用毯子裹住自己的身体。他告诉她说他正在挣些钱，准备将来上巴勒莫大学，还说家里人希望他成为一名律师。他想让她觉得她的收获不小。接着他问了她一些有关她本人的问题，诸如喜不喜欢自己的工作、其他用人怎么样，并逐步把话题转向她的女主人公爵夫人。

格拉齐耶拉把阿斯帕努的手拉回她的两腿中间，接着告诉他公爵夫人穿上华丽的衣裳并佩戴珠宝首饰的时候是多么漂亮，而她格拉齐耶拉是夫人的心腹，夫人不穿的、款式过时的衣服就给她穿。

“我想看看你穿上你家女主人最好的衣服是什么样子。她的珠宝首饰也允许你戴吗？”

“呃，平安夜的时候，她总要拿一根项链给我戴。”正如吉里安诺猜想的那样，圣诞节期间，珠宝是在家里的。现在他还剩下一个问题要了解，可是她突然骑在他身上，把毯子往上拽到自己的肩膀。阿斯帕努顿时觉得难以自制。毯子滑落到一边，裙子也被向上掀起，从格拉齐耶拉的头上脱下。两个人激情荡漾，翻滚到旁边的葡萄堆里。事毕之后，两人疲惫的身体上沾满了黏糊糊的葡萄汁和他们自己的体液。

阿斯帕努说："户外的空气当然是很新鲜的了，不过我什么时候才能到房子里去，跟你好好地做一次爱呢？"

"公爵在家的时候不行。他到巴勒莫去之后，家里要宽松得多。下个月过圣诞节前，他要出去好几个星期。"

阿斯帕努微微一笑。既然需要的信息已全部弄到手了，他的精力就集中到眼前的事上来了。他扑在格拉齐耶拉身上，再次把她按倒在毯子上，疯狂地跟她做爱，把她弄得心醉神迷，有点害怕。他做得恰到好处，让她更加期待下个月见到他。

圣诞节前五天，吉里安诺、帕萨藤珀、皮肖塔和泰拉诺瓦赶着一辆骡车在阿尔卡莫庄园的大门前停下。他们装扮成家道殷实的小地主，一身狩猎者的行头。这是他们用袭击卡车的战利品在巴勒莫买来的：灯芯绒裤子、红色羊毛衬衣，厚重的猎装上衣，口袋里装了好几盒子弹。两个门卫挡住了他们的去路。由于是大白天，他们并没有警惕，枪都挎在肩上。

吉里安诺大步流星地朝他们走过去。他手上没有武器，一把手枪藏在他那件赶车人的粗布外套里面。他朝门卫毫无拘束地笑了笑。"二位，"他说道，"我叫吉里安诺，是来给你们漂亮的公爵夫人恭贺圣诞节的，希望她能布施一点，接济接济穷人。"

听见吉里安诺这个名字后，两个门卫吓愣了。他们刚把枪从肩上取下，帕萨藤珀和泰拉诺瓦的冲锋手枪已经对准了他们。皮肖塔夺走了门卫的枪，把它们扔进车里。帕萨藤珀和泰拉诺瓦留在大门口监视两个门卫。

去公爵的大宅要穿过一个石头铺成的大院子。院子一个角上有几只鸡，正围着一个给它们撒食的年老女佣。在宅邸那边，公爵夫人的四个孩子正在花园里玩耍，一个穿黑布裙的家庭女教师在监护着他们。吉里安诺沿着一条路朝大宅走去，皮肖塔与他并肩而行。皮肖塔的信息是准确的，院子里没有其他警卫人员。花园那一边种了一大片蔬菜和橄榄。地里有六个人正在干活。他按下门铃，顺手一推，正好碰上前来开门的女佣格拉齐耶拉。看见皮肖塔从正门进来，她着实吓了一跳，赶紧往旁边一让。

吉里安诺和颜悦色地说："不要紧张，告诉你家女主人，是公爵派我们来的，我们有正事，必须当面跟她讲。"

格拉齐耶拉虽然将信将疑，还是把他们领进了起居室。正在那里看书的公爵夫人挥手让女佣退下。她对这两个不速之客有点恼火，不客气地说："我丈夫出去了。你们有什么事？"

吉里安诺一时语塞。他被这座富丽堂皇的房子惊呆了。他从没见过这么大的房间，而且房间的形状竟然不是方的，而是圆的。巨大的法式落地窗上挂着金色的窗帘。头顶上方的天花板向上形成一个穹隆，上面装饰着小天使壁画。到处都是书——沙发上、小咖啡桌上，还有靠墙的一些地方。墙上挂着巨幅油画，硕大的花瓶随处可见。在庞大的沙发椅和长沙发前面的茶几上摆放着各式金银盒子。这个房间足以容纳一百个人，可是现在里面只有这个身穿白色丝绸的孤独女人。阳光和空气从窗户里透进来，花园里孩子们的嬉戏声也从窗户传了进来。吉里安诺生平第一次懂得了什么是财富的诱惑力，金钱可以创造出怎样的美。他不想以任何粗暴残酷的手段毁掉这种美。他要做他必须做成的事，但又不愿意让这么美的地方留下创伤。

公爵夫人在耐心地等待他的回答。她惊讶地发现眼前这个青年竟然具有如此英俊的阳刚之美。她看得出他很喜欢这个房间的富丽堂皇，但却没有注意她的美丽容貌，这使她有点恼火。可惜他只是个农民，明显与自己的社交圈子无缘，因为在她的世界里稍许来点没有邪念的调情也不算过分。这些想法使她说的话比平时更富有魅力："年轻人，真对不起，如果是与庄园有关的事情，你最好下次再来。我丈夫这会儿不在家。"

吉里安诺看了她一眼。他产生了些许敌意，是一个贫穷男人对一个富有女人的敌意，因为眼前这个女人凭自己的财富和社会地位表现出某种优越感。他礼貌地鞠了一个躬，看见她手指上戴着一枚特别漂亮的戒指，就以讥讽的卑躬语气说："我是来找您的，我叫吉里安诺。"

可是他的讥讽对公爵夫人不起作用，因为她对自家用人的奴颜婢膝已经习以为常了。她反倒觉得他这种态度是很自然的。她是一个有教养的女性，她的兴趣在文学和音乐，对西西里的日常事务毫无兴趣。她很少看当地的报纸，觉得这些报纸是野蛮人的。所以她很客气地说："很高兴认识你。我们在巴勒莫见过面吗？也许在剧场里？"

阿斯帕努·皮肖塔饶有兴致地看着眼前的这一幕，哈哈笑起来；他走到落地窗前，以便堵住从那里进来的用人。

皮肖塔的笑声引起吉里安诺一阵不快，可是公爵夫人的无知却使他觉得更加有趣。他直言不讳地说：“我亲爱的公爵夫人，我们从未谋面。我是个强盗。我的全名叫萨尔瓦多·吉里安诺。我认为自己是西西里的斗士，今天我来见你的目的，是请你把你的珠宝捐赠给穷人，让他们也能够欢度圣诞节，庆祝基督诞生。”

公爵夫人不可思议地微微一笑。这个年轻人不可能对她有什么恶意，他的容貌和身材勾起她内心前所未有的欲望。听到他话语中的威胁，她反而感到十分有趣。她会在巴勒莫的社交聚会上把这个故事讲给别人听。所以她坦诚地笑了笑说：“我的珠宝在巴勒莫银行的金库里。这幢房子里的现金你都可以拿去。我还要祝福你。”在她的一生中，还没有人怀疑她说过谎。即使小时候，她也从来不说谎。这是她生平的第一次。

吉里安诺看着挂在她脖子上的钻石，知道她这是在说谎。他很不情愿地做了他不得不做的事情。他向皮肖塔点点头，皮肖塔把手指放在牙齿之间打了三声呼哨。不一会儿，帕萨藤珀就出现在落地窗前。他的身材矮胖，丑陋无比。他那张凶煞神似的刀疤脸只有在木偶戏中才看得到。他的面部很宽，几乎没有额头，浓密蓬松的黑发和两道突出的眉毛，看上去活像个大猩猩。他朝公爵夫人笑了笑，露出一口黄牙。

第三个强盗的出现终于使公爵夫人感到毛骨悚然。她取下脖子上的项链，把它交给吉里安诺。“这下你满意了吧？”她问道。

“没有，”吉里安诺回答说，“我亲爱的公爵夫人，我这个人心很软。不过我的朋友们性格就不同了。我的朋友阿斯帕努虽然长得帅，却像他让人心碎的小胡子一样残酷无情。站在落地窗前面的那个人，虽说是我的部下，但也会使我做噩梦。不要逼我让他们出手。他们会像老鹰一样进入你家的花园，把你的孩子抢到山上去。现在还是把其余的钻石都乖乖地拿出来给我吧。”

公爵夫人惊慌失措地跑进自己的卧室，几分钟后端出一箱珠宝。她的脑子反应很快，先藏起几件价值不菲的珠宝，然后才拿着箱子出来，把它递给吉里安诺。吉里安诺很有礼貌地向她表示感谢。接着他对皮肖塔说：“阿斯帕努，公爵夫人也许忘了点儿什么东西。到她卧室去看看。”皮肖塔几乎不费吹灰之力就发现了被藏起的珠宝，随即把它们拿到吉里安诺面前。

这时吉里安诺已经打开了那只珠宝箱。他看见这么多贵重的宝石，高兴得心怦怦直跳。他知道这一箱珠宝足够蒙特莱普雷全镇的人吃上好几个月，何况这些珠宝都是公爵用压榨劳工血汗得来的钱买的。就在公爵夫人两手不安地绞在一起的时候，吉里安诺注意到她戴在手指上的绿宝石戒指。

“我亲爱的公爵夫人，”他说道，“你怎么能这么愚蠢呢？你骗了我，想把这些珠宝藏起来。我以为只有那些小里小气的农民才会做这种事，因为他们的财富是累死累活积攒起来的。你怎么能为了两件珠宝就用自己和四个孩子的生命来冒险呢？这些珠宝你是不会心疼的，就像你那个公爵丈夫不会心疼他头上那顶帽子一样。好了，不要大惊小怪，把你手指上戴的那枚戒指给我。”

公爵夫人哭了。“亲爱的年轻人，”她说道，“请把这个戒指给我留下吧。它值多少钱，我就给你多少钱。这是我丈夫送给我的订婚礼物，失去它我会心碎的。”

皮肖塔再次哈哈笑起来，他是故意的，他害怕图里会发善心把戒指给她留下。那颗祖母绿可是价值连城呢。

不过吉里安诺没有发善心，他不客气地抓住公爵夫人的手臂，把那枚戒指从她颤抖的手上褪了下来。皮肖塔这一辈子都忘不了吉里安诺当时的眼神。他很快向后退了一步，把那枚戒指套在自己的小指上。

吉里安诺看见伯爵夫人脸色通红，眼泪汪汪。他又变得彬彬有礼起来。他说："为了不忘记你，我永远不会把这枚戒指卖掉——我留着自己戴。"公爵夫人想看看他脸上是不是带有讥讽的神情，但是没有发现。

对图里·吉里安诺来说，这是一个神奇的时刻。当他把戒指套在自己手指上的时候，他感到这是权力的转移。这枚戒指使他与自己的命运紧紧联系起来了。这是他从富人世界夺取权力的象征。这枚镶着金边的墨绿色宝石仍然散发着一个漂亮女人身上的香水味，它在她手上已经戴了许多年，他夺来了永远不属于他的那种生活的一丝气息。

唐·克罗切仔细地听着，一句话也没有说。

阿尔卡莫公爵当面向唐·克罗切抱怨。难道他没有向友中友交过"佣金"？他们不是保证他家不会受任何形式的偷盗吗？这是什么世道？过去是没有人敢这样干的。唐·克罗切准备怎样找回那些珠宝？公爵已经向当局报了案，不过他知道这没什么用，也许还会引起唐·克罗切的不快。不过倒是可以得到一些保险赔付。也许罗马政府会认真对待吉里安诺这伙土匪。

唐·克罗切心想，的确是时候对付吉里安诺了。他对公爵说：“如果我找回你的珠宝，你会支付珠宝价值四分之一的费用给我吗？”

公爵顿时火起来。“首先，我支付的租金，就是要你保护我和我的财产安全。可是，你没有尽到自己的责任，还要我来支付赎金。如果你这样做交易，怎么能赢得客户的尊重呢？”

唐·克罗切点点头。“我必须承认你言之有理。可是萨尔瓦多·吉里安诺是一股自然的力量，是上帝降下的灾难。你肯定不能指望友中友保护你不受地震、火山爆发、水灾的伤害。我向你保证，到时候吉里安诺会被制服的。但是你想一想：你支付赎金，由我来安排。今后五年你将得到保护，而无须再向我支付一般的租金，我保证吉里安诺不再袭击你家。我和他都认为你会吃一堑长一智，把这些贵重的东西放在巴勒莫银行的金库里，他不会再去打扰你的。女人太幼稚了——她们不知道，世上的男人在追求物质财富时欲望有多强，胃口有多大。”他略作停顿，先让公爵脸上的微笑逐渐消失，然后才接着说，“如果你算一算，在今后五年的乱世中，你的整个庄园要交多少租金，你就会发现这次不幸事件并没有给你造成多大的损失嘛。”

公爵仔细想了想。唐·克罗切说的没错，麻烦的事还在后面。可是尽管免交今后五年的“租金”，为那些珠宝缴纳赎金毕竟不是个小数目；谁敢说唐·克罗切还能再活五年，或者说他就能够制服吉里安诺？不过，这是现在最好的办法了。这样可以防止夫人在未来几年内再甜言蜜语地骗他去买珠宝，这就能省下一大笔钱。他不得不再卖掉一块地，但他祖上有好几代人都卖过地，而且为了弥补自己的愚蠢行为都付出过代价，何况他手上还有几千英亩土地呢。公爵同意了。

唐·克罗切召见了赫克特·阿多尼斯。第二天阿多尼斯就去找了他的教子。他坦白直接地说明了自己的来意。“你就是把珠宝卖给巴勒莫的小偷，也卖不出好价钱来，”他说，“即使那样也要时间，圣诞节前你肯定拿不到钱，我知道你希望拿到现钱。此外，你还能赢得唐·克罗切的好感，这对你来说非常重要。不管怎么说，你已经让他丢了面子，如果你这次帮他个忙，他会对你既往不咎的。”

吉里安诺对他的教父笑了笑。唐·克罗切对他有没有好感，他并不在乎，毕竟铲除这个西西里黑手党龙头老大才是他的梦想。他已经派人到巴勒莫，去为这次抢来的珠宝寻找买家，很明显那将是一个艰苦而又漫长的过程，所以他同意克罗切的提议，但是他不肯交出那枚祖母绿戒指。

阿多尼斯离开之前，终于不再扮演吉里安诺的文学老师的角色了，他第一次亲口说出了西西里生存的现实。“我亲爱的教子，”他说道，“我比任何人都钦佩你的素质。我喜欢你的崇高思想，我希望这里也有我的一份功劳，可是现在我们必须面对生存问题，你永远不可能和黑手党抗衡。在过去的一千年里，他们就像数百万只蜘蛛，编织起一张笼罩了西西里全部生活的大网。盘踞在这张大网中央的是唐·克罗切。他很赏识你，想跟你交朋友，共享荣华富贵。不过有时候你必须遵从他的意志。你可以建立自己的帝国，但是必须建在他这张网里。有一件事毋庸置疑——你不能直接跟唐·克罗切作对，否则历史将帮助他把你摧毁。”

就这样，那些珠宝终究物归原主了。吉里安诺把从珠宝上得来的钱留下一半，分给了皮肖塔、帕萨藤珀和泰拉诺瓦。他们都看见了他手上戴的那枚祖母绿戒指，但是什么也没说，因为卖珠宝的钱他分文没有要。

吉里安诺决定把剩下的那一半钱分给为大户人家放牧的劳工、老寡妇、孤儿，以及他身边所有的穷人。

大部分钱他都是通过中间人分发的，可是有一个大晴天，他往自己的羊皮上衣口袋里塞了好几沓里拉，还用帆布口袋装了满满一袋钱。他决定带着泰拉诺瓦走访从蒙特莱普雷到皮亚尼-德格雷西之间的村庄。

在一个村子里，有三个几乎揭不开锅的老太太，他给了她们每人一沓里拉。她们流着泪吻他的手；另一个村子里，有个人因无力偿还抵押贷款即将失去农场和土地，吉里安诺给他留下了足以偿还这笔贷款的钱。

他还收购了一个村里的面包食品店，把钱付给老板之后，把面包、奶酪和面点分发给了所有的村民。

在另外一个镇上，他接济了一个病儿的父母，使他们有钱带孩子去巴勒莫的医院看病，有钱支付当地医生上门出诊的费用。他还参加了当地一对年轻人的婚礼，送给他们一笔数目不小的礼金。

不过，他最喜欢做的，还是把钱分给那些衣衫褴褛的孩子。在西西里各个小镇的街上，这样的孩子随处可见，很多孩子都认识吉里安诺。他把一沓沓的钱分给聚在他身边的孩子们，叫他们把钱拿回家去交给自己的父母，然后目送他们高高兴兴地跑回家去。

他决定天黑前回去看看自己的母亲，不过这时他剩下的钱已经不多了。在穿过自家后边一块空地时，他碰到一个小男孩和一个小女孩。他们哭哭啼啼的，说父母给他们的钱没有了，是被宪兵拿走的。听到这个小小的悲剧，他觉得很有意思，就把身上的两沓钱拿出一沓给了他们。接着他让小女孩带了一张条子给她父母，因为她长得很漂亮，他不想让她回家受到责罚。

对他怀有感激之情的不仅仅是这个小女孩的父母亲。在博尔盖托、柯里昂、帕尔蒂尼科、蒙雷阿莱以及皮亚尼-德格雷西镇，人们开始称吉里安诺为“蒙特莱普雷王”，以此表达对他的忠诚。

唐·克罗切少拿了公爵五年的保护费，但他内心却很高兴。他告诉阿多尼斯说，公爵将支付的珠宝赎金为其总价值的百分之二十，但他实际向公爵收取的却是百分之二十五，而这百分之五就进了他自己的腰包。

他更高兴的是，他早就看出吉里安诺不是等闲之辈，他对自己所作出的准确判断感到洋洋得意。果然是个正直的年轻人。谁能料到这个年轻的人如此敏锐、理智，听从长者的劝诫？而这一切都出于能保护他自己利益的冷静智慧，这一点克罗切自然是佩服之至，毕竟，谁愿意跟一个傻瓜打交道呢？是的，这个龙头老大认为图里·吉里安诺会成为他的得力助手，到适当的时候，他就把他收养为心爱的义子。

图里·吉里安诺清楚地看透了这些阴谋诡计。他知道他的教父是真心实意地在为他的利益着想。但这并不意味着他就应该相信这个老人的判断。他知道自己的羽翼尚未丰满，还不是黑手党的对手，他确实需要他们的帮助。但是从长远来看，他不能抱任何幻想。如果按教父的话去做，他就会成为唐·克罗切的附庸，这是他决计不会干的。眼下他只能等待时机。

第十一章

吉里安诺的队伍现在有了三十个人，有帕萨藤珀和泰拉诺瓦的旧部下，还有吉里安诺从狱中解救的蒙特莱普雷的平民百姓。尽管他们都是清白无辜的，但他们知道罗马政府不会轻易放过他们，他们仍然是被追捕的目标。他们宁可和吉里安诺一起被追捕，也不愿意在孤立无援的情况下束手就擒。

四月里一个晴朗的早晨，吉里安诺的眼线从蒙特莱普雷送来消息说，有一个人要来打听入伙的事情，看来是个危险人物，也许是警方的密探。他在中央广场等候。吉里安诺派泰拉诺瓦带四个人到蒙特莱普雷去查一下。如果那人是密探，就干掉他，如果是个有用的人，就留着他。

午后不久，泰拉诺瓦回来向吉里安诺复命说："我们把那个家伙带来了，我们觉得在枪毙他之前，你也许想见他一下。"一看见这个身穿传统西西里农民装束的壮汉，吉里安诺就哈哈笑起来。"唔，老朋友，你以为我会忘记你这张脸吗？这一回你带的子弹是不是要好一点？"

原来这个人是宪兵下士卡尼奥·西尔韦斯特罗。在那次著名的劫狱事件中，他曾经用手枪对着吉里安诺的头部开枪。

西尔韦斯特罗那张带着几道刀疤的脸显得很坚定。不知怎么的，吉里安诺还挺喜欢他这张脸，内心对他尚存几分仁慈，因为此人曾经帮助证明他是不会死的。

西尔韦斯特罗说："我是来入伙的。我对你们可能是个宝。"他以自豪的语气说，就像要赠送礼物一样。这种姿态也很对吉里安诺的胃口。他让西尔韦斯特罗接着往下说。

那次劫狱事件后，西尔韦斯特罗下士被送交巴勒莫的军事法庭，受到玩忽职守的指控。他的上士冲着他大发雷霆，先对他进行了一番仔细盘问，然后对他提出指控。说来也怪，引起上士怀疑的是下士对吉里安诺开枪时的情景。一颗哑弹竟然是造成对方饶他不死的原因。上士说他明知那是一颗不能伤人的哑弹，却把它装进枪里，还说整个的反抗都是在故意演戏，劫狱计划是西尔韦斯特罗下士帮助吉里安诺制订的，还派卫兵帮助他们劫狱成功。

吉里安诺打断他的话问道："他们凭什么说你应该知道那是哑弹呢？"

西尔韦斯特罗看上去有点不好意思。"我应当知道，我是步兵军械保管员，是个行家。"他神情严肃地耸了耸肩，"这是我的失误，没错。他们让我做文职工作，结果我疏忽了本职责任。但是我对你们很有价值，我可以当军械保管员，为你们检查和维修所有的武器，你们的弹药会得到妥善保管，军火仓库绝不会发生爆炸；我可以改进武器，这样你们就可以更好地在山地上使用。"

"告诉我后面发生的事。"吉里安诺说。他在仔细打量这个人，这可能是一个在他们当中安插奸细的计划，看得出皮肖塔、帕萨藤珀和泰拉诺瓦根本就不相信这个人。

西尔韦斯特罗继续说道："他们都是些笨蛋，是吓破了胆的女人。上士知道自己太蠢，营地里关了这么多人，他却把大多数人带上了山。宪兵把西西里看成一块被占领的外国土地。我反对这种态度，于是就上了他们的黑名单。巴勒莫当局想保他们的上士——毕竟他出了问题他们也有责任。他们为保颜面，决定对外宣称这次事件是因为贝兰伯兵营内部有奸细，而不是被有勇有谋的人劫狱。他们没有让我上军事法庭，要求我主动辞职。他们说这样就不会有歧视，可是我太了解他们了，我这一辈子也别想谋求公职了。我别无长技，但还算个西西里的爱国者。于是我就考虑——我还能干点什么呢？我对自己说——我去找吉里安诺吧。"

吉里安诺派人到伙房去拿食物，接着就和手下几个头领商量。

帕萨藤珀嗓音粗哑、非常肯定地说："他们把我们看成什么样的傻瓜了？把他毙掉，然后把他的尸首扔下悬崖。我们的队伍里不需要宪兵的人。"

皮肖塔看出吉里安诺又一次被下士骗了。他知道他的朋友会感情用事，所以就小心翼翼地说："这很可能是个阴谋，即便不是，又何必要冒这个险呢？我们将来会时时刻刻提心吊胆，随时随地会产生怀疑。为什么不把他打发走呢？"

泰拉诺瓦说："现在他知道了我们的营地，看到了我们的一些人，而且知道了我们的人数。这些都是很有价值的情报。"

吉里安诺说："他是个真正的西西里人，他这么做是出于一种荣誉感，我不相信他会扮演一个密探的角色。"他看到他们都对他的天真付之一笑。

皮肖塔说："不要忘了，他曾经想杀了你。他被我们抓住的时候，身上还藏了一把手枪，仅仅是出于气愤，而且在根本逃不掉的情况下，他还想杀你。"

吉里安诺心想，这正是他对我有价值的地方。他大声说："难道这不正好证明他是一个正直的人吗？他被打败了，但是觉得就是死也要拼一下。留下他有什么危害呢？他只是一个普通成员，我们不用信任他。我们会密切注意他。我本人也会特别注意他。等到时机成熟，我们就考验他一下，如果他真是宪兵的奸细，那他肯定会拒绝。把他交给我吧。"

当晚，他对西尔韦斯特罗说他已经是他们的成员了，后者仅仅说了一句："无论什么事情，你都可以放心地让我去做。"他知道吉里安诺又一次从死亡的边缘救了他。

复活节那天，吉里安诺回了一趟家。皮肖塔反对，说警察可能会布设陷阱。对西西里的土匪来说，复活节是个传统的死亡节日。警察希望密切的家庭纽带会促使土匪下山，悄悄地回家看望亲人。但是吉里安诺的眼线送来消息说，上士本人将到大陆去探家，贝兰伯兵营有一半人获准到巴勒莫去欢度复活节。为了确保安全，吉里安诺决定多带几个人。复活节前的一个星期六，吉里安诺悄悄地回到蒙特莱普雷。

几天前他就捎话给他母亲说要回家看看，母亲给他准备了一桌酒菜。那天晚上他睡在自己小时候睡的床上，第二天早晨，他母亲去参加弥撒，吉里安诺陪她一起去了教堂。他带来的六个保镖也回镇上看望了亲人，不过他们受命时刻跟在吉里安诺的身边。

吉里安诺和他母亲从教堂出来的时候，六个保镖和皮肖塔正在等他。阿斯帕努说话的时候脸气得煞白。“图里，有人把你出卖了。上士从巴勒莫带了二十个人来抓你。他们包围了你母亲的房子，以为你在家里。”

吉里安诺顿时对自己的鲁莽和愚蠢行为感到一阵恼火，下决心永远不再这样麻痹大意。这倒不是因为上士带了二十个人就能在她母亲的房子里抓住他。他的保镖会伏击他们，不可避免会有一场血战，那样就破坏复活节回家的意义。基督复活的日子不应是破坏和平的日子。

他与母亲吻别，让她回家后不要有顾虑，告诉警察说她在教堂就和儿子告别了，这样她就不会被指控为同谋。他让她不要担心，说他和他的人弹药充足，很容易就能脱身，甚至连交火都用不着。宪兵是不敢跟着他们进山的。

吉里安诺率领手下人离开的时候，警察连他们的影子都没有看见。那天晚上在山上的营地，吉里安诺询问了皮肖塔。上士怎么可能知道他这次下山的事？告密者是谁？要全力查清。“这是你的特别任务，阿斯帕努，”他说道，“如果有一个，也就可能还有其他人。花多长时间或者花多少钱我都不在乎，但是你必须查个水落石出。”

皮肖塔从小就不喜欢蒙特莱普雷那个长得像狒狒的理发匠弗里塞拉。他给人理发的时候要根据他自己当天的心情。有时候他理的发相当时髦，有时候却像是在恶作剧，还有的时候理出来的头土得就像乡巴佬。他不断变换给人理发的发式，声称自己是个艺术家。

见到比他地位高的人，他就跟人家套近乎，见到地位与他相当的人，他就显得神气十足。对待小孩子，他像典型的西西里人一样喜欢开恶劣的玩笑，这也是岛上人不太讨喜的一面。他会用剪刀夹他们的耳朵，有时候把他们的头发理得像光溜溜的桌球。皮肖塔带着残忍的快意向吉里安诺报告说，理发匠弗里塞拉是警方的密探，是他破坏了“缄默规则”。显然复活节那天上士带人包围他家不是偶然，他肯定得到了密报，图里只提前了二十四小时告诉家里，上士怎么可能得到这个情报呢?

皮肖塔利用自己在村里的线人确认了上士在这二十四小时内的行动。只有吉里安诺的父母知道他要回来，他随意问了问他们，看是不是他们无意中走漏了风声。

玛丽亚·隆巴尔多很快就觉察出他的用意，她对他说：“我没有对任何人说过，就连对邻居也没有说过。我一直待在家里准备饭菜，好让图里美美地吃上一顿复活节大餐。”

就在儿子要回来的当天上午，吉里安诺的父亲到弗里塞拉那里去理了发。老人有点虚荣心，他想儿子图里难得回蒙特莱普雷家里一趟，到时候自己要显得精神一些。

弗里塞拉给他理发修面，像往常一样开了个玩笑：“先生不是要到巴勒莫去跟什么年轻女人幽会吧？不然就是要接见罗马来的什么人？”他弗里塞拉要让吉里安诺先生英俊得可以接见“国王”。

皮肖塔想象着当时的情景：吉里安诺的父亲面带神秘兮兮的微笑，低声嘟哝说一个人只有在感到满意的时候才会有绅士风度。但是知道自己儿子的声名大振，被称为“蒙特莱普雷王”的时候，他有点得意忘形了。也许老人是在其他时候去的，而理发匠在图里回去的当天知道了这个情况，于是就作出了这种非常简单的判断。

罗科菲诺上士走进理发店，他每天都要来修面。理发匠似乎没有跟这个警察说任何可能转达情报的话。可是皮肖塔很肯定。他派出探子到理发店去，整天坐在那里，在弗里塞拉摆在路边上的小桌子上和他打牌。他们一起喝酒，谈论政治，对过往的朋友大呼小叫。

几个星期以来，皮肖塔的探子收集了更多的情报。弗里塞拉在替人修面和理发的时候总爱吹口哨，曲调出自他所喜欢的一出歌剧。有时候那个椭圆形大收音机里放着罗马买来的唱片，每次给上士修面，都是这样的场景，而且他总会弯下身子，贴在上士耳边悄悄说几句话，如果不是对他有所怀疑，他看上去只不过是一个对顾客恭敬的理发师。可是皮肖塔派来的人注意到上士所付的里拉，那张钱是叠起来的，弗里塞拉把它放进了白大褂里面那件马甲上的表袋里。这名探子和他的帮手走到理发匠面前，逼他把那张钞票拿出来看看。那张钞票的面值是一万里拉。弗里塞拉发誓说这是支付他过去几个月的工钱，他们假装相信了他的话。

皮肖塔当着泰拉诺瓦、帕萨藤珀和西尔韦斯特罗下士的面拿出了他的证据。他们此刻都在山上的营地，吉里安诺走到一段可以俯瞰蒙特莱普雷的悬崖边，凝视着下面的小镇。

自从吉里安诺记事的时候起，理发匠弗里塞拉就一直是这个小镇的一部分。他小时候行坚信礼之前曾经找弗里塞拉理过发，还得到他送给他做纪念的一枚小银币。他认识理发匠的妻子和儿子。弗里塞拉会在街上大声和他开玩笑，而且总是问候他的父母亲。

可是现在弗里塞拉破坏了“缄默规则”。他向敌人告密，他是警察雇用的眼线。他怎么能这么愚蠢呢？吉里安诺现在该拿他怎么办呢？在激烈的战斗中杀死执行任务的警察是一码事，冷血地处决一个父辈的长者是另一码事。图里·吉里安诺才二十一岁，这是他第一次在伟大的事业中迈出残忍而必要的一步。

他转身对着其他几个人。“弗里塞拉是看着我长大的。你还记得吗？阿斯帕努，我小时候他给我喝过冰镇柠檬汁。也许他只是嘴碎，跟上士闲扯，并没有真的向他提供情报。这和我们告诉他我要回镇上去，然后他向警察告密不同。也许他只是说了自己的想法，然后拿了钱，因为那些钱是人家主动给的。有谁会不拿呢？”

帕萨藤珀眯起眼睛看着吉里安诺，就像鬣狗看着一只正在死去的狮子，盘算着时机是否已经成熟，能不能冲上去撕它一块肉下来。泰拉诺瓦轻轻地摇摇头，嘴角露出淡淡的微笑，就像听小孩在讲愚蠢的故事。只有皮肖塔作出了回答。

“他是有罪的，就像神父逛妓院一样。”

“我们可以给他一个警告，”吉里安诺说，“我们可以让他站到我们这边来，在对我们有用的时候，利用他向当局提供假情报。”他话一出口就知道自己这样做是错的，他再不能这样了。

皮肖塔气愤地说：“照你这么说，为什么不送他一件礼物、一袋粮食或者一只鸡呢？图里，我们的性命和山里所有弟兄的性命都取决于你的勇气、你的意志、你的领导。如果你原谅了弗里塞拉这个叛徒，一个违背‘缄默规则’的人，我们怎么能够服从你的领导呢？如果友中友内部出现这种情况，即使没有这么多证据，他的心肝早就被挂在理发店门口的柱子上了。如果你这次放过他，那么每个贪婪的告密者都会知道他可以告一次密而不受惩罚。我们可能就死在这些‘一次’的一次之中。”

泰拉诺瓦理智地说：“弗里塞拉是一个愚蠢的狒狒，贪婪狡诈。他平时只是个令人讨厌的人，可是现在他是个危险人物。放他一马是太欠考虑了——他没有那种悟性，是不会改邪归正的。他以为我们不会动真格的，其他人也会这样想。图里，在蒙特莱普雷镇，你压制了黑手党的活动。他们的成员昆塔纳虽然说话不谨慎，但是行动非常谨慎。如果你放过弗里塞拉，不把他处死，黑手党会认为你软弱，进一步挑战你；宪兵会变得大胆，不那么害怕你，那就更加危险。就连蒙特莱普雷的人也会看不起你。不能让弗里塞拉活着。”说最后这句话时，他自己也颇有些遗憾。

吉里安诺若有所思地听他们说着。他们言之有理。他意识到帕萨藤珀脸上的表情，而且知道他心里在想什么。只要让弗里塞拉活着，帕萨藤珀就绝对不可信任。现在不可能回到查理大帝时代去当一个武士，也不可能回到金缕地以决斗的方式解决问题。必须处死弗里塞拉，而且要造成最大限度的恐惧。

吉里安诺有了一个想法。他转身面对西尔韦斯特罗下士问道：“你怎么看？上士肯定跟你谈起过他的告密者。理发匠是不是有罪？”

西尔韦斯特罗耸耸肩，面部毫无表情。他没有说话。他们都意识到他不说话是一种有骨气的表现，是为了不背叛以前信任他的人。他不回答也是一种表态，实际是告诉他们理发匠肯定和上士有来往。可是吉里安诺必须弄清楚。他微笑着对下士说：“现在是证明你对我们忠诚的时候了。我们都去蒙特莱普雷，而且将由你在公共广场亲自处死弗里塞拉。”

阿斯帕努·皮肖塔钦佩他朋友的狡猾，吉里安诺总是让他感到惊讶。他的行为历来光明正大，但他设下的陷阱连伊阿古也会佩服。他们对西尔韦斯特罗已渐渐了解，认为他为人正直，处事公平，可以信赖。如果他不能确定理发匠是否有罪，他是绝对不会答应去行刑的，无论这样做要付出多大的代价。皮肖塔看见吉里安诺脸上的微笑——如果下士拒绝他，理发师就将被判定无罪，不会受到惩罚。

下士捋了捋浓密的小胡子，然后看着大家的眼睛说："弗里塞拉理发的技术太差，就凭这一条他就该死，早上我会做好准备的。"

黎明时分，吉里安诺、皮肖塔、前下士西尔韦斯特罗下山前往蒙特莱普雷。帕萨藤珀已于一小时前带领一个十人小分队先出发，封锁通向小镇广场的所有街道。泰拉诺瓦留下负责看管营地，万一他们遇到大麻烦，他就随时率领大队人马进镇增援。

一大早，吉里安诺和皮肖塔就进了广场。石子铺就的街道和两旁狭窄的人行道上有不少积水，一些孩子正在那个高高的平台上玩耍。很久之前，在那个命定的日子里，那只驴和母骡就是在这个平台上交配的。吉里安诺让西尔韦斯特罗把小孩赶出广场，不让他们看到即将发生的事情。西尔韦斯特罗吹胡子瞪眼，吓得孩子们像小鸡一样四散逃出广场。

吉里安诺和皮肖塔拿着机枪走进理发店的时候，弗里塞拉正在给当地一个有钱的地主理发。理发匠以为他们是来绑架他的顾客，于是像要展示礼物一样赶紧掀开那人身上的布，狡黠地笑了笑。这个地主原先是个老派的西西里农民，是靠向意大利军队出售牛羊而发家的。他傲气十足地站了起来。可是皮肖塔挥手让他靠边站，对他露齿一笑说：“你还没有那么多钱来支付我们的开价，不值得我们费心。”

吉里安诺高度警惕，眼睛一直盯着弗里塞拉。他看见理发匠手上依然拿着剪刀，就对他说：“把剪刀放下。要你去一个地方，但不是去为别人理发。现在出去吧。”

弗里塞拉放下剪刀。他想挤出一丝笑容，那张狒狒似的宽脸变得像小丑一样滑稽。“图里，”他说道，“我没有钱，我的店才开门，我是个穷人。”

皮肖塔一把抓住他那浓密的胡须，把他从店里拉到铺着石子的街道上。西尔韦斯特罗正在外面等着。弗里塞拉跪在地上大声喊道：“图里，图里，你小时候我给你剃过头。你还记得吗？我老婆会饿死的，我儿子是个弱智。”

皮肖塔能看出吉里安诺在犹豫。他踢了理发匠一脚说：“你告密之前就该想到这些了。”

弗里塞拉哭起来。“我从来没告过图里的密，我向上士报告过一些偷羊的人，我以老婆孩子的名义发誓。”

吉里安诺看着跪在地上的这个人。这时他感到自己的心都要碎了，他知道他要做的是彻底毁灭这个人。但他以柔和的语气说：“给你一分钟时间，向上帝祈祷吧。”

弗里塞拉抬起头，看了看身边的三个人，没有看出丝毫的怜悯。他低头默默做了个祈祷，然后抬起头对吉里安诺说：“不要让我的老婆孩子挨饿。”

“我答应你，他们会有吃的。”吉里安诺说，接着他转身对西尔韦斯特罗下达命令，“杀了他。”

西尔韦斯特罗看着眼前的场面感到有几分恍惚。但是听到这个命令之后，他扣动了冲锋手枪的扳机。几发子弹把弗里塞拉的身体打得弹起来，滑向湿漉漉的石子路另一侧。暗红色的血从没有水的石头缝隙中流过，把一些小蜥蜴冲了出来。广场上一阵长长的寂静。接着皮肖塔单膝跪在尸体旁，把一张方方的白纸别在死者的胸口。

上士赶来的时候，发现的唯一证据就是这张纸。商店店主们说他们什么也没看见。他们当时正在商店后面忙活。有的说他们当时正在观察奥拉山山顶美丽的云彩。弗里塞拉的顾客说听见枪声的时候他正在脸盆那边洗脸，根本没有看见杀手的脸。尽管如此，谁是凶手已经一目了然。弗里塞拉尸体上的那张白纸上写着：

这就是背叛吉里安诺的下场。

第十二章

大战结束了，可是吉里安诺的战争才刚刚开始。在两年的时间里，萨尔瓦多·吉里安诺成了西西里大名鼎鼎的人物。他主宰着西西里岛的西北部。蒙特莱普雷镇成了他那块地盘的心脏。他控制着皮亚尼-德格雷西、博尔盖托和帕尔蒂尼科，还有那个充满杀气的柯里昂，当地居民的凶悍在西西里都是出了名的。他的势力范围即将延伸到特拉帕尼，现在已经威胁到蒙雷阿莱以及西西里的首府巴勒莫。罗马的新一届民主政府悬赏一千万里拉要他的人头，吉里安诺一笑置之，继续充满自信地在许多城镇活动。偶尔他甚至还到巴勒莫的几家餐厅用餐。离开之前他总要在盘子底下压一张字条，上面写道："这是为了证明图里·吉里安诺想到哪儿就能到哪儿。"

吉里安诺把卡马拉塔山脉的纵深地带变成了自己固若金汤的堡垒。他对山里的所有洞穴和秘密通道都了如指掌。他觉得在这里他是不可战胜的。他特别喜欢观赏蒙特莱普雷的景色以及蔓延至特拉帕尼和地中海的帕尔蒂尼科平原。在远处大海的映衬下，薄暮变成了蓝色，他可以看见希腊神庙的废墟、橘子林、橄榄园以及西西里西部的稻谷。透过望远镜，他可以看见那些上了锁的路边神龛，那里面是积满尘垢的圣人雕像。

他率领人马下山，到尘土飞扬的道路上打劫政府的车队，掠抢在铁路上运行的火车，抢富婆的珠宝首饰。每逢宗教节日，那些赶着彩绘图案大车的农民都对他和他的手下人表示敬意，起初那些人还很害怕，后来就对他们充满了尊重和热爱。他把抢劫来的东西分给他们，无论是牧人还是劳工，大家都得到过他的好处。

他的耳目遍及整个乡村地区。夜晚孩子们做祷告时，总要祈求圣母玛利亚“保佑吉里安诺不受宪兵的伤害”。

这一片乡村地区养活了吉里安诺和他的人。这里有橄榄林和橘子林，还有葡萄园。这里有许多羊群。当他的人来抢几只羊的时候，牧羊人把头转开装作没看见。在这样的地形上，吉里安诺的行动好像幽灵，完全融入了西西里蓝天和地中海相互照映的蔚蓝之中。

山里的冬天漫长而寒冷，可是吉里安诺的队伍在不断壮大。到了夜间，卡马拉塔山脉的山坡上和山谷里，燃烧的篝火有几十堆。他的人借助篝火的亮光在擦拭武器，缝补衣服，在附近的山间小溪中洗衣服。在准备集体晚餐时，有时会发生争执。西西里的每个村庄有一套烹饪方法：在做墨鱼和鳗鱼时选用的配料不同，做番茄汤所放的调料也不一样。就连在香肠要不要蒸的问题上也有分歧。倾向于用刀杀人的人喜欢洗衣服，绑匪喜欢烹调和缝纫，抢劫银行和火车的人总喜欢擦枪。

吉里安诺要求大家都挖防御壕沟，建立覆盖范围很大的监听哨，这样就不至于遭到政府军的突然袭击。有一天，在挖壕沟的时候，他们挖到一副巨大的动物骨架，大得超出了他们的想象。那一天，赫克特·阿多尼斯来，给吉里安诺带来一些供他学习的图书，因为现在吉里安诺对世界上所有的东西都感兴趣。他看的书涉及科学、医药、政治、哲学以及军事技术。每隔几个星期，赫克特·阿多尼斯就给他带来好几袋图书。吉里安诺把他带到那副动物骨架出土的地方。阿多尼斯看见他们茫然的样子之后微微一笑。“我不是给了你许多历史书吗？”他对吉里安诺说，“一个对人类过去两千年历史一无所知的人，是一个在黑暗中生活的人。”他停顿了一下。阿多尼斯说话的嗓音很动听，是一个教授授课时的声音。

“这个骨架是迦太基的汉尼拔使用的战争机器的遗骸。两千年前，他率领军队翻越这些大山去进击罗马帝国。这是他的一头经过训练、用于作战的大象的骨架。在这个大陆上以前并没有大象，所以罗马军队肯定被吓得不轻。可是这些大象并没有给汉尼拔带来什么优势。罗马人终究战胜了他，把迦太基人打得一败涂地。这些山里的鬼魂太多了，被你发现了一个。你想想，图里，总有一天你也会成为一个鬼魂的。”

吉里安诺确实思考了整整一夜。想到自己有一天也会成为历史上的幽灵，他觉得挺高兴。如果自己被人杀害，他希望最好是死在这个大山里。他居然突发奇想，想到自己受了伤，爬进千万山洞中的一个并从此消失，直到后来被人偶然发现，就像汉尼拔的这头大象一样。

这年冬季，他们多次变换营地。他们的队伍有时一分散就是几个星期。他们寄宿在亲戚家、友好的牧人家或者睡进贵族人家又空又大的谷仓里。这个冬季的大部分时间，吉里安诺都在看书，进行策划，还多次与赫克特·阿多尼斯促膝长谈。

初春，吉里安诺和皮肖塔来到通向特拉帕尼的公路上。他们看见路上有一辆大车，车的侧面画着最新的传奇故事。他们第一次看见上面画着吉里安诺的故事。画面是俗气的大红色，画的是吉里安诺正躬身从公爵夫人手上摘下祖母绿戒指。画面的背景人物是端着机枪的皮肖塔，正在威胁几个吓破了胆的武装人员。

也正是在这一天，他们第一次同时扎上了特制的腰带——金质的腰带扣呈矩形，上面蚀刻的图案是一只翱翔的老鹰与一只雄踞的狮子。这两根腰带扣是他们的军械师西尔韦斯特罗打造的。他把它们送给了吉里安诺和皮肖塔。这成了他俩在这支队伍中领导地位的象征。吉里安诺总是系着它，而皮肖塔只有与吉里安诺在一起的时候才系，因为他经常化装到城镇与乡村去，有时甚至还进入巴勒莫。

到了夜晚，回到山里，吉里安诺把皮带取下来，仔细把玩着这个金质腰带扣。左侧的雄鹰像个身披羽毛的人，右侧的雄狮蹲坐着，它的前爪——与鹰的双翼一起——支撑着一个金丝圈，看起来就像在共同转动一只世界之轮。他对这只狮头人身的造型特别感兴趣。空中之王与地面之王一起被蚀刻在质地较软的黄金上。吉里安诺认为那只鹰是他自己，那只狮子是皮肖塔，而那个圆圈则是西西里。

几百年来，绑架富人一直是西西里的家庭手工业。绑匪通常都是黑手党的恶棍，他们在绑架之前先送上一封信。这种先礼后兵的做法避免了非常麻烦的细节安排，迫使对方提前支付赎金。这就像直接支付现金进行批发就可以打折一样，可以折扣掉一笔数量可观的赎金，因为这样做免除了令人头疼的绑架的细节安排。实际上，绑架名人的事远非人们想象的那么简单。这不是那些贪得无厌、非职业绑匪或浮躁懒惰、游手好闲的无能之辈干得了的；绝对不能采用美国人那种鲁莽轻率、自杀式的做法，他们败坏了这个行当的名声。在西西里，就连“绑架[1]”这个词也不用，因为除非连成人一起绑来，没人会只绑架一个小孩索要赎金。你怎么说西西里人都可以：天生的罪犯，杀人如麻，像土耳其人一样狡猾奸诈，他们的社会落后时代三百年……但是有一点却是无可辩驳的：西西里人爱护儿童，不，他们简直把儿童看成了偶像。所以在西西里没有“绑架”的说法。他们会“邀请”某个富人前去做客，就像去住豪华酒店一样，但他必须支付房钱和饭钱，否则他们是不会放他走的。

在过去几百年中，这个“家庭手工业”形成了一套规矩。价钱总是可以商量的，黑手党可以充当中间人。对愿意合作的“客人”，他们从来不施用暴力。对请来的“客人”，他们尊重有加，以头衔相称，如“亲王”“公爵”“大人”等，即便有些土匪不怕灵魂受罚，把大主教抓来，也要尊其为“主教大人”。跟议会议员说话，他们都敬称其为“尊敬的”，虽然这些混蛋才是尽人皆知的大盗。

这是谨慎的做法，历史证明这种做法卓有成效。只要人质的尊严得到了维护，一旦被放了之后，他就不会有报复的念头。有一个经典的例子：一个公爵被释放后，带领宪兵到他所知道的匪徒藏身之地，把他们抓起来后，他还替他们支付辩护律师的费用。虽然他

1 绑架（kidnap）英文直译是“诱拐儿童”。

们因此被判了刑，公爵却出面求情，要求把他们的刑期减少一半。这是因为他们当时对他特别关照，特别有礼貌，公爵说，即使在巴勒莫的上流社会，他也没有见过如此得体的行为举止。

相反，如果人质受到虐待，被释放后就会不惜重金追踪他的绑架者，有时支付的酬金甚至超过他曾经支付的赎金。

可是在一般情况下，如果双方的行为方式比较文明，经过一番讨价还价，人质就会被释放。西西里的有钱人逐渐认为，这是他们为了生活在自己喜爱的这片土地上而缴纳的非官方税。由于他们向官方政府纳税甚少，他们情愿以基督徒的忍让来承受这一不快。

稍加强迫就可以使那些横下心来拒绝或者进行无休止讨价还价的人最终作出让步。但这时也许需要砍掉一只耳朵或者一根手指。通常这种做法足以使大家恢复理智。比较惨也极少见的情况是，交还一具已被肢解或被子弹打烂的尸体，在以前还有在尸体上戳许多刀留下一个十字的情况。

但是“邀请客人”也是颇费心机的。首先要对目标进行一个时期的观察，以期将暴力降到最小的程度。在此之前，要准备好五六个藏身地点，备足所需物品，配备看守人员，因为谈判可能会拖较长时间，而且当局也可能会搜寻受害者，这些都是不难理解的。这种事情非常复杂，不是业余人士干得了的。

吉里安诺进这一行的时候，决心只盯住有钱的西西里人。实际上，他的第一个对象就是西西里最有钱有势的贵族奥洛尔托亲王。此人不仅在西西里拥有一些大庄园，而且在巴西还拥有一个真正的王国。蒙特莱普雷大多数人家的土地——他们的农场和房屋——都是他的。从政治上来说，他是最有影响力的幕后人物。罗马政府的司法部长与他关系密切，意大利前国王是他儿子的教父，唐·克罗切是他在西西里所有庄园的监管人。毫无疑问，奥洛尔托亲王付给唐·克罗切的巨额酬金还包括保护费，用来保护他个人免遭绑架和刺杀，保护他的珠宝和牛羊免遭偷盗。

身居城堡的奥洛尔托亲王非常安全。守卫城堡围墙的有唐·克罗切雇用的人，此外还有守门人以及他的私人保镖。此刻他正准备度过一个平静而愉快的夜晚，用那架巨型望远镜观察星辰。那架望远镜是这个世界上他最喜欢的东西。突然在通往观测台的盘旋楼梯上传来沉重的脚步声。接着大门被冲开，四个衣着粗野、手持枪械的人冲进这个狭小的空间。亲王丢下那些无辜的星星，转过脸面对他们，并用手臂护住望远镜。当他看见泰拉诺瓦那张雪貂似的脸之后，不由得默默地向上帝祷告起来。

泰拉诺瓦彬彬有礼地对他说："大人，我奉命前来恭请您上山和图里·吉里安诺一起度假，您要缴纳上山的食宿费用，这是我们的规矩，不过您会受到像新生儿一样的良好照顾。"

亲王想掩饰自己的恐惧。他鞠了个躬，阴沉着脸问："我能带一些药品和衣服吗？"

泰拉诺瓦说："我会派人来取的，我们现在得要动作快一点，宪兵很快就会来的，不过他们不是我们邀请参加这个小聚会的对象。现在请下楼，您先走，别想逃跑。四处都是我们的人，即使是亲王也没有子弹跑得快吧。"

在围墙一个偏僻的边门旁，有一辆阿尔法-罗密欧和一辆吉普车在等候。奥洛尔托亲王和泰拉诺瓦上了那辆阿尔法罗密欧，其他人全部跳上那辆吉普车，随即这两辆车就飞速驶上通往山里的那条路。它们从巴勒莫开出半小时后，在离蒙特莱普雷不远的地方停下来，所有的人都下了车。在一个供奉着圣母玛利亚神像的路边神龛前，泰拉诺瓦跪下，用手在胸前画着十字。亲王也是个教徒，他也想跪下祈祷，但还是极力控制了这种冲动，因为他担心这会被看成是软弱的表现，或被看成是他在乞求这些人不要伤害他。这五个人略略分开成星形，亲王处于中心位置。他们开始沿着一条陡峭的斜坡前行，最后走上一条进入峰峦叠嶂的卡马拉塔山山脉的狭窄小路。

他们连续行走了几个小时，其间亲王几度累得要求休息一下，陪同他的几个人都有礼貌地应允了。后来他们坐在一块巨大的花岗岩石前吃晚餐。他们吃的有白面包、粗面包、一大块奶酪以及一瓶酒。泰拉诺瓦与包括亲王在内的几个人一同分享。他有些抱歉地说："对不起，没什么好的给你吃。等我们到了营地之后，吉里安诺会用热餐招待你，也许是鲜美的炖兔子肉。我们有个厨师原先是巴勒莫一家餐厅的。"

亲王很礼貌地表示感谢，然后津津有味地吃起来，而且比他平常在丰盛的晚餐桌上的胃口还好。这番运动使他胃口大开，他多少年都不曾有过这种饥饿感了。他从口袋里掏出一包英国香烟让大家抽。泰拉诺瓦和他的手下人连声道谢，每人拿了一支，贪婪地抽起来。亲王特别注意到，他们并没有把这包香烟据为己有。所以他鼓起勇气说了一句："有些药我是必须服的。我有糖尿病，每天要用胰岛素。"

泰拉诺瓦表现出的关心着实使他吃惊。"你为什么不早说呢？"泰拉诺瓦说，"我们当时可以多等一会儿嘛。不过，不管怎么说，你不用担心。吉里安诺会派人去弄的，到早上你就能有了。

我向你保证。”

“谢谢你。”亲王说了一声。泰拉诺瓦瘦小的身体就像一只小灵犬，总是乖巧地蹲着，精力非常集中。他那张雪貂似的脸带着微笑，随时准备听从招呼。不过他也像一把刀片：既可以为人所用，也可能使人丧命。

接着他们继续前行。泰拉诺瓦走在星形队形的顶端，但他常常走回来与亲王聊上几句，说他们保证不会伤害他。

经过一番攀爬之后，他们终于到了一座大山的山顶。那里地势平缓，还有三堆篝火，在靠近悬崖的地方摆着一些野餐用的桌子和竹椅。吉里安诺正坐在一张桌子边上，借助美国军用干电池灯的灯光看书。他的脚边有一只装着书的帆布口袋，上面爬了很多壁虎。空气中传来持续不断的响声，亲王听出那是无数昆虫发出的嗡嗡声。吉里安诺似乎丝毫未受这声音的干扰。

吉里安诺从桌子边上站起来，彬彬有礼地迎接亲王。他身上丝毫没有猎人对待猎物的气势。不过他脸上却露出好奇的微笑，因为他在思考自己究竟走出了多远。两年前他还是个贫穷的农民，如今他居然把西西里血统最高贵、最有钱的人抓来听候他的发落。

“你吃饭了吗？”吉里安诺问，“为了让你在我们这里过得更愉快一些，你还需要些什么？你得和我们待上一段时间。”

亲王承认自己饿了，还解释说他需要胰岛素和一些药品。吉里安诺朝悬崖下面喊了一声，他手下一个人立刻沿着小路跑上来，手里端着一罐热腾腾的炖肉。吉里安诺让亲王详细写下所需药品的名称。他说：“我们有个卖药的朋友在蒙雷阿莱。无论我们什么时候去，他都会给我们开门。明天中午你就有药了。”

等亲王吃完之后，吉里安诺领他走下斜坡，进入一个小山洞。洞里有个用稻草打的地铺，上面还放着床垫。两个跟在他们后面的土匪都拿着毯子，亲王惊讶地发现他们甚至还拿着白床单和一个鼓鼓的大枕头。吉里安诺注意到他的惊讶神情，随即说："你是一位尊贵的客人，我会竭尽全力让你在这儿愉快地度过一个不长的假期。如果我手下的人对你有什么不恭，请你告诉我。他们都得到严格的指示，要完全尊重你的地位以及你作为西西里爱国者的名誉。现在好好睡一觉，你明天需要运用全部的体力，因为我们要长途跋涉。赎金通知已经发出，宪兵将大批出动进行搜索，所以我们必须走得离这儿远远的。"

亲王对他的好意表示感谢，接着就问赎金要多少。

吉里安诺哈哈大笑。他那年轻的笑声和稚气未脱的英俊面容使亲王非常高兴。可是听到吉里安诺的回答之后，那股高兴劲儿立刻荡然无存。"你们政府悬赏一千万里拉买我的人头，如果赎金达不到这个数目的十倍，对大人您将是个侮辱。"

亲王吃了一惊，他不无讥讽地说："我希望我的家人能像你这样看得起我。"

"这个还可以商量。"吉里安诺说。他走了之后，两个土匪替他把床铺好，然后就坐到洞口外面去了。虽然虫子的声音不绝于耳，奥洛尔托亲王却睡了一个多年未曾有过的好觉。

吉里安诺忙了一个晚上。他派人到蒙特莱普雷去拿药品；他当时谎称去蒙雷阿莱，对亲王没有说实话。接着他派泰拉诺瓦去修道院找曼弗雷迪院长。他希望请院长出面主持赎金的谈判，当然，他知道院长也必须通过唐·克罗切才能出面。不过院长是一个最佳的中间人，而唐·克罗切也将得到自己的那份佣金。

谈判过程将是漫长的，而且各方都知道一亿里拉这样的数目是不可能全额支付的。奥洛尔托亲王很有钱，但是从以往的经验来看，第一次开价一般不会是实价。

奥洛尔托亲王被绑架的第二天过得非常愉快。他们进行了一次并不艰辛的长途跋涉，来到大山深处一座被遗弃的农舍。吉里安诺俨然是一所舒适大宅的主人，好像一个殷实的财主因国王突然御驾光临那样感到荣幸。目光敏锐的吉里安诺看见奥洛尔托亲王在为自己那身衣服的现状而苦恼。看着那套花了大价钱精工制作的英国式西服被磨破，他感到非常惋惜。

“你真的那么在意穿在皮肤外层的衣服吗？”吉里安诺毫无鄙弃之意，坦诚而好奇地问道。

亲王历来喜欢说教，现在他们两个人有的是时间。于是他跟吉里安诺大谈了一通面料上乘、做工考究、穿着得体的衣服如何能够提升一个人的气质，他自己就是个例子。他谈到伦敦的裁缝，说他们非常势利，把意大利的公爵比作共产党人。他谈到各种不同的面料、高超的手艺以及多次试穿所花的时间。“我亲爱的吉里安诺，”奥洛尔托亲王说，“这并不是钱的问题，不过圣罗沙利知道我花在这套衣服上的钱足以使西西里的一家人过上一年，而且还能给他们的女儿办嫁妆。但是我必须去伦敦。我必须花几天时间和裁缝在一起，听任他们的摆布。这是一种不愉快的经历。所以这套衣服被弄成这样我很惋惜。这是无法替代的。”

吉里安诺非常同情地打量着亲王，接着问道：“为什么你和你们这个阶层的人把奢华的衣着，对不起，或者说把得体的穿着看得这么重要？就连现在，在大山里，你还扎着领带。我们进了这个房子后，我注意到你把上衣扣子扣上了，好像有个公爵夫人等着要见你似的。”

奥洛尔托亲王虽然政治上守旧，而且像西西里的大多数贵族一样，丝毫没有经济公正感，可是对下层人士却有一种认同感。他觉得他们和自己一样也是人，凡是为他干活、举止得体、比较本分的人，他都不会亏待他们。在他的城堡里，仆人都喜欢他。他对待他们就像对待自己的家庭成员。他们过生日的时候总能收到他送的礼物，每逢节日他总要款待他们吃一顿。在举行家宴的时候，只要没有客人在场，站在桌子旁伺候的用人就可以参加这个家庭的讨论，就贵族家庭的问题发表自己的意见。这种情况在意大利并不少见。下层阶级的人只有在为自己的经济权利作斗争的时候，才会受到残酷的对待。

此时此刻亲王对吉里安诺也是这种态度。他觉得把他抓来的这个人是他的仆人，只不过是想分享他的生活，一个非常有钱有势的人那种令人羡慕的生活。亲王突然意识到，他可以把被绑架的这段时间变得对自己有利，这样他也不至于白白地支付赎金。但是他知道他必须非常谨慎，必须既不屈尊俯就，也要最大限度地发挥自己的魅力。他知道自己必须坦率、真诚，尽可能不要持怀疑态度。在这种情况下，他不能指望得到更多的东西，因为吉里安诺可能从弱势突然转变成强势。

于是奥洛尔托亲王认真、坦诚地回答了吉里安诺的问题。他笑着说：“你为什么要戴那枚祖母绿戒指，还有那个金皮带扣呢？”

他等待对方回答，可是吉里安诺只是笑了笑。亲王接着说："我娶了一个比我还有钱的女人。我有权力，也有政治责任。我在西西里有不少庄园，我通过妻子在巴西买了一座更大的庄园。在西西里，只要我把手从衣服口袋里拿出来，就会有人来吻。即使在罗马，我也有很高的声望。因为在那座城市里，金钱万能。大家的眼睛都会看着我。我觉得很奇怪——我什么也没做，何以会如此呢？但这是我要保持的，而且必须保持，因为我不可能让这样一个公众人物出丑。就连外出打猎的时候，即使我穿得像个村野陋夫，也必须保持贵族的形象，要像个外出打猎的有钱有地位的人。有时候我非常羡慕像你和唐·克罗切这样的人，把权力印在自己的头脑里，放在自己的心上。你们的权力是靠自己的勇气和智慧获得的。我去伦敦找最好的裁缝，基本上为的也是这个目的，这是不是很可笑？"

听了这番精辟的侃侃而谈，吉里安诺不由得哈哈大笑起来。实际上，吉里安诺感到有意思的是，他们两个人竟然在一起吃饭，在一起谈论西西里长期以来的磨难以及罗马政府的软弱无能。

亲王以前听说过唐·克罗切希望让吉里安诺跟他干，于是想从中撮合一下。"我亲爱的吉里安诺，"他说道，"你怎么不和唐·克罗切联手共同治理西西里呢？他有长者的智慧，你有年轻人的理想。毫无疑问，你们两个人都是热爱西西里的。对我们大家来说，未来是个危险的时代，在这样的时代，你们为什么不能联手呢？现在战争已经结束，世事正在发生变化。共产党人和社会党人都希望削弱教会的力量，摧毁血缘关系。他们竟敢说政党的责任感比热爱自己的母亲、照顾自己的兄弟姊妹还重要。如果他们赢得大选并且把这些政策付诸实施，那怎么办？"

“他们永远不可能赢，”吉里安诺说，“西西里人永远不会投他们的票。”

“不要说得这么肯定，”亲王说，“你还记得西尔维奥·费拉吗？他是你儿时的朋友。像西尔维奥这样的好小伙子应征去当兵打仗，回来的时候却成了深受激进思想影响的人。这些激进思想的鼓吹者承诺提供免费的面包、免费的土地。无知的农民就像毛驴一样，跟着挂在前面的胡萝卜走。他们很可能把票投给社会党人。”

“我不喜欢基督教民主党人，但是我会不遗余力地防止社会党人执政。”吉里安诺说。

“只有你和唐·克罗切可以确保西西里的自由，”亲王说，“你们必须联手。唐·克罗切把你看成他的儿子一样——他是真心喜欢你。而且只有他才能防止你和黑手党发生严重冲突。他理解你在做自己必须做的事；我也这样理解。不过即使现在这样，我们三个人也可以合作，共同维护我们的命运。否则，我们都将走向失败。”

图里·吉里安诺不由得生气。有钱人竟然如此傲慢！他以极具杀伤力的平静语气说：“你的赎金问题还没有谈妥，你就提出要建立联盟。你的命也许还保不住呢。”

那天夜里，亲王觉睡得很不好。不过吉里安诺并没有表现出进一步的恶意，在随后的两个星期里，亲王过得很有收获。由于每天的运动和新鲜空气，他的健康状况大为好转，他的体质也增强了。虽然以前他一直比较瘦，腰部依然聚集了不少脂肪，现在这些脂肪已经消失。从身体状况来说，他的感觉从来没有像现在这么好。

他在精神上也非常愉快。有时候他随便走一走，吉里安诺不在，只有他和看护他的人在一起，他就只好和那些大字不识、没有文化的人交谈。他们的品行让他刮目相看。这些土匪中大多数人很有礼貌，淳朴而有尊严，而且一点也不愚钝。他们对他总是以公爵相称，对他的要求总是给予方便。他以前从来没有和他的西西里同胞有如此近距离的接触，他发现他对自己的故土和人民产生了新的感情。最后谈成的赎金为价值六千万里拉的黄金，通过唐·克罗切和曼弗雷迪院长来支付。在释放他的前一天晚上，吉里安诺为他举行了一次宴会，他手下的几个头领和二十个最重要的成员出席作陪。为了庆祝这一时刻，他们从巴勒莫弄来香槟，大家都祝贺他即将获得自由，因为他们都逐渐喜欢上了他。最后，亲王祝酒说："我曾经在西西里最高贵的人家做过客，但是我从来没有受到如此盛情的款待，没有见过如此的殷勤好客，也没遇到过像这里的大山中如此有礼貌的人。我睡觉从来没有睡得这么好，我吃饭也从来没有吃得这么香。"他稍事停顿，接着又笑着说，"买单的费用是高了些，但是从来好货就不便宜嘛。"这句话引来一阵笑声，其中尤以吉里安诺的笑声最为响亮。可是亲王注意到，皮肖塔脸上没有一丝笑容。

大家都为他的健康干杯，并举杯为他祝福。这将成为亲王终生难忘的夜晚，成为一次愉快的记忆。

第二天早晨是个星期天，亲王被送到巴勒莫的大教堂。他进入教堂参加了清晨的弥撒，并作了感恩祈祷。他穿的衣服和他被绑架那天的一模一样。为了给亲王一个惊喜，同时也为了表达对亲王的敬意，吉里安诺把他的英式西服送到罗马，请最好的裁缝进行了织补和清洗。

第十三章

西西里的几个黑手党老大要求面见唐·克罗切。唐·克罗切是首领的首领，但实际上他并不直接领导其他人。他们各有各的领地。黑手党很像中世纪的王国：实力强大的“王公”们纠集在一起，支持势力最强大的那个成员进行战争，公认此人为名义上的统治者。但是与古代王公们一样，他们的支持是要国王争取到的，他们要战利品作为奖赏。唐·克罗切不是靠武力领导其他人，而是靠他的智慧、领袖气质以及平生所受到的“尊敬”。他把大家不同的利益集中起来，变成共同的利益，使所有人都能受益。

唐·克罗切与这些人打交道必须非常谨慎，因为他们都有自己的私人武装，有暗杀、绞杀、投毒的人，还有用可怕的短筒猎枪直接杀人的枪手。他们在这个方面的力量与他旗鼓相当，所以克罗切才想把图里·吉里安诺拉到自己的门下，让他统领自己的武装。这些人生来就很聪明，其中有些人是西西里地区最狡猾的。对于克罗切扩展自己的势力，他们并没有嫉妒，他们相信他，也信赖他。但是智者千虑，也难免会有失误。他们认为克罗切对吉里安诺的执著是他大脑严密结构中唯一一环失误。

唐·克罗切安排了一场豪华午宴招待六位头领，地点就在巴勒莫的安全性与保密性较好的尤姆波尔托饭店的花园里。

首领中最厉害和坦率的是比萨奎诺镇的唐·夏诺。他同意代表其他人发表意见，话说得很客气但毫不留情面，这也是黑手党高层会议的规矩。

“我亲爱的唐·克罗切，”唐·夏诺说，“你知道我们大家都很敬重你。你使我们和我们的家人获得了新生。你对我们恩重如山，我们说出实话完全是为了你好。图里·吉里安诺这个土匪的势力已经太大了。我们过分抬举了他。这小子乳臭未干，根本不把我们放在眼里。他从受我们保护的那些声名显赫的委托人那里抢劫珠宝，从最富有的地主那里抢走橄榄、葡萄和谷物。现在他终于对我们表现出不恭，我们不能坐视不管了。他明知奥洛尔托亲王受我们的保护，却偏偏绑架了他。可是你还在继续迁就他，继续向他示好。我知道他实力强大，可我们不是比他更强大吗？如果我们再容忍下去，他不是就会变得更加肆无忌惮？我们一致认为现在是时候解决这个问题了。我们必须采取一切可能的措施来削弱他的力量。如果我们对他绑架奥洛尔托亲王的事置之不理，我们就会成为整个西西里的笑柄。”

唐·克罗切点点头，似乎对这番话表示赞同，但却没有吱声。在场地位最低的圭多·昆塔纳以近乎哀求的语气说：“我是蒙特莱普雷的镇长，是友中友的一员，这大家都知道，可是没人来找我进行仲裁或者主持公道，也没有人给我送礼。蒙特莱普雷镇在吉里安诺的控制之下。他容我住在那里，为的是不得罪你们各位。可是我没法生存，也没有任何权力，我只是个傀儡。只要有吉里安诺在，友中友就无法在蒙特莱普雷立足。我并不害怕这个年轻人。在他还没有当土匪之前，我见过他。我不觉得是他一个值得害怕的人。如果大家同意，我准备除掉他。我已经制订了计划，只要你们批准，我就去执行。”

卡尔塔尼塞塔镇的唐·皮杜和皮亚尼-德格雷西镇的唐·阿尔扎纳点头表示赞同。唐·皮杜说：“有什么为难的呢？凭我们的力量，我们可以把他的尸体送到巴勒莫大教堂，然后像参加婚礼一样去参加他的葬礼。”

维拉穆拉镇的唐·马尔库齐、帕尔蒂尼科的唐·布奇拉以及唐·阿尔扎纳也都表示赞同。现在，他们就等着唐·克罗切表态。

唐·克罗切抬起大脑袋。他说话的时候，那张长着大鼻子的脸依次看了看每个人。“我亲爱的朋友们，你们所说的我也有同感，”他说道，“但是我觉得你们低估了这个年轻人。他的才智超越了他的年龄，而他的勇敢不亚于在座的你我，想杀掉他可不容易。而且我觉得将来还可以利用他，不单单是为了我自己，也是为了我们大家。共产主义的鼓吹者正在鼓动西西里人，他们狂热地期待出现第二个加里波第，所以我们一定不能让他们把吉里安诺变成他们的救星。如果让这些野蛮人来统治西西里，后果我就不必多说了。我们必须劝说他与我们一起战斗，我们的地位还不巩固，还不能用暗杀的办法推翻他的势力。”他先是叹了口气，接着喝了口酒，咽下嘴里的面包，动作优雅地用餐巾擦了擦嘴。“给我这个面子吧，让我最后再劝劝他，如果他拒绝，那你们就去做你们必须要做的事。我三天之后给你们回话，让我去作最后一次努力，争取达成一个理智的协议。”

第一个点头表示同意的是唐·夏诺。不管怎么说，有哪一个理智的人会这么沉不住气，不能等三天再杀人呢？等他们走了之后，唐·克罗切派人把赫克特·阿多尼斯请到他维拉巴镇的家里。

唐·克罗切态度强硬。“我对你的教子已经忍无可忍了，”他对这个小个头的阿多尼斯说，“现在他不跟我们合作就是跟我们作对，绑架奥洛尔托亲王是对我直接的侮辱，但是我愿意既往不咎。他毕竟还年轻，我记得自己像他这个年纪的时候也是这么血气方刚的。我一直这么说，在这一点上我很钦佩他。相信我，我很器重他的才干。如果他愿意帮助我，我会非常高兴。但是他必须认清自己的位置。我们还有其他一些首领，他们就不那么钦佩他，也不那么理解他。我是没有办法阻挡他们的。你去找你的教子，把我的话转告他。最晚明天，你把他的回话告诉我。我不能再等了。”

赫克特·阿多尼斯害怕了。“唐·克罗切，我知道你是大人大量。图里过于任性，年轻人都太相信自己的力量。他现在还没有到山穷水尽的地步，如果他向你们宣战，我知道他是赢不了的，但是那样会造成十分可怕的损失。我们能不能答应给他一点什么好处？”

这个龙头老大说：“我向他保证，他在黑手党会有一个很高的地位，他会赢得我的忠诚和关爱。毕竟他不能一辈子待在山里。他总有一天会想要回到社会中，在自己家人的怀抱中过着合法的生活。等那一天来到的时候，我将是西西里唯一能保证他获得赦免的人。能这样做将是我最大的快乐。我的话是真心实意的。”唐·克罗切说这话的时候，不容你不相信他，也不容你拒绝他。

赫克特·阿多尼斯到山里去见吉里安诺的时候，心里非常矛盾，也非常害怕，他决定和他的教子打开天窗说亮话。他希望吉里安诺理解他们两个人之间的爱是第一位的，甚至高于他和唐·克罗切的结盟。他到达的时候，在靠近悬崖的地方已经摆好了椅子和折叠桌。只有图里和阿斯帕努坐在那里。

阿多尼斯对吉里安诺说："我必须跟你单独谈。"

皮肖塔气恼地说："小个子，图里可从来不对我保密。"

阿多尼斯没有理会他的侮辱，他平心静气地说："如果图里愿意，他可以把我跟他说的话告诉你，这是他的事，但是我不能告诉你，我担不起这个责任。"

吉里安诺拍了拍皮肖塔的肩膀。"阿斯帕努，让我们两个单独待着吧，如果是应该让你知道的事，我一定告诉你。"皮肖塔迅速站起身来，瞪了阿多尼斯一眼，随即走开了。

过了好一阵儿，赫克特·阿多尼斯才开始说话。"图里，你是我的教子，打你小时候起，我就一直很喜欢你。我当过你的老师，给你书看，你变成土匪，我帮助过你。在这个世界上，你是少数几个让我觉得活着很有意义的人。可你却默许你的表弟阿斯帕努侮辱我。"

吉里安诺难过地说："除了我的母亲和父亲，我最信赖的人就是你。"

"还有阿斯帕努，"赫克特·阿多尼斯满是责备地说，"他变得太残暴了，你还能相信他？"

吉里安诺看着他的眼睛，脸上露出平静而诚恳的表情，这使阿多尼斯不得不佩服。"是的，我必须承认，我更信任阿斯帕努，但是从小我就爱你，是你用书本和智慧解放了我的思想。我知道你用自己的钱接济了我的父母，在我遇到麻烦的时候，你是我真正的朋友，但是我知道你和友中友纠缠不清，我想这也许是你今天来找我的原因。”

阿多尼斯又一次对他教子的直觉感到钦佩，他把情况向图里作了说明。“你必须和唐·克罗切和解，”他说道，“法兰西国王、两西西里王国的国王、加里波第，甚至墨索里尼，都没有能够完全铲除黑手党，你不要指望能打赢他们。我恳求你与他们和解。开始的时候你必须服从唐·克罗切，不过谁也不知道你未来的地位。我所说的，以我的名誉和你母亲的性命保证——她是我们两个都热爱的人，唐·克罗切相信你的能力，真心喜欢你这个人。你将成为他的继承人，他的义子。但是这次你要按他的规矩来。”

赫克特·阿多尼斯可以看出图里被这一番话打动了，而且在认真考虑他的话。他充满爱意地说：“图里，想一想你母亲。你不可能在山里过一辈子，每年用几天时间冒着生命危险去看她。有唐·克罗切，你就有希望得到赦免。”

这个年轻人前思后想了一阵，接着慢慢严肃认真地对他的教父说：“首先我要谢谢你的一片好意，这个条件非常诱人。可是现在我决心要解放西西里的穷人，我认为黑手党和我的目标不一样。他们服从于有钱人和罗马政客，而这些人是我的死对头。我们走着瞧吧。当然，我绑架了奥洛尔托亲王，触犯了他们，但是我依然让昆塔纳活着，因为我瞧不起他。我容忍唐·克罗切是出于对他的尊敬。把这一点告诉他。还有，告诉他我祈祷有朝一日我们会变成平等的伙伴，我们的利益将不再发生冲突。至于他的那些头领，他们想干什么就悉听尊便，我不害怕他们。”

赫克特·阿多尼斯把这一番话告诉唐·克罗切的时候，心情非常沉重。唐·克罗切点点他那狮子般的脑袋，好像这全在他的意料之中。

在随后的一个月中，有过三次暗杀吉里安诺的行动。第一个行动的是圭多·昆塔纳。他像波吉亚家族的人一样计划周密。吉里安诺下山时经常走的一条路的两旁是茂盛的草地，昆塔纳把一大群羊赶到了草地上，三个看守羊的人外表与普通牧羊人无异，都是柯里昂本地人，而且都是昆塔纳的老朋友。

有大约一个星期时间，每当这几个牧羊人看见吉里安诺从路上过来的时候，都要很有礼貌地跟他打招呼，而且按照传统请求吻他的手。吉里安诺和他们进行友好的交谈，牧羊人经常是他这支队伍的临时成员，而且他一直在发展新的成员。每次外出他几乎都要带保镖，所以他并没有意识到自己有危险。经常跟他出来的是阿斯帕努，因为他一个人至少能顶两个。这些牧羊人身上都没有带武器，再说了，他们穿的衣服很单薄，也藏不了武器。

这几个人把短筒猎枪和子弹带都绑在羊肚子下面，并把这些羊混在羊群中。他们想等吉里安诺单独一个人或者带保镖不多的时候下手。可是皮肖塔对这个突然出现的羊群和这几个牧羊人的友善行动产生了怀疑，于是通过自己的耳目了解情况，有人认出这几个人是昆塔纳雇用的杀手。

皮肖塔当机立断，带领十个亲信把这三个牧羊人包围起来。他对他们严加盘问，问他们这个羊群的主人是谁，他们替人放羊有多长时间了，他们的老家在哪里，他们的父母亲和妻子儿女叫什么名字。这几个人的回答似乎很坦率，但是皮肖塔有证据证明他们在撒谎。

搜查结果发现武器藏在羊身上，被羊毛掩盖着。皮肖塔本想把抓住的这几个人处决掉，但是吉里安诺没有同意，因为毕竟他们的行动未遂，而且真正的罪魁祸首是昆塔纳。

他要这几个牧羊人把羊群赶到蒙特莱普雷去，到镇上的主要广场大声吆喝：“快来领取礼物吧，是吉里安诺送的！每户领一只羊，这是吉里安诺的祝福。”只要有人说要，他们就必须替人家宰羊剥皮。

“记住了，”皮肖塔对这几个牧羊人说，“我要你们像巴勒莫最可爱的女店员那样尽职尽责，就像你们能得到一笔佣金似的。另外代我向圭多·昆塔纳问好，并向他致谢。”

唐·夏诺的行动没有进行精心策划。他派了两个人去秘密贿赂帕萨藤珀和泰拉诺瓦，要他们反对吉里安诺。可是他无法理解的是，像帕萨藤珀这样残暴的人怎么会忠于吉里安诺。这一次吉里安诺还是不同意杀人。不过帕萨藤珀用棍子把这两个人狠狠揍了一顿，然后才把他们放回去。

第三次行动又是昆塔纳指使的，这一次吉里安诺失去了耐心。

蒙特莱普雷镇新近来了个神父，是个游方修道士，身上有多处圣痕。一个星期天的早晨，他在当地教堂做完弥撒祈祷后，向众人展示了身上的圣伤。

这个神父姓多达纳，他高高的个子，有一副运动员的身板，脚蹬一双有裂痕的皮靴，身穿黑色长袍，走路步履轻快。他的头发浅黄中透着白色，虽说年纪不大，但脸上却布满了皱纹，呈现核桃般的褐色。不到一个月，他就成了蒙特莱普雷镇的传奇人物，因为他不辞艰辛地工作：帮助当地农民收割庄稼，批评那些在街上调皮捣蛋的孩子，到生病的老年妇女家中走访，让她们忏悔自己的罪过。有一个星期天，在弥撒祈祷之后，他站在教堂外面，等玛丽亚·隆巴尔多·吉里安诺走过来时，他挡住她问他能为她儿子做点什么，对此，她丝毫没有感到意外。

“你肯定在为他那不死的灵魂担心，”多达纳神父说，“下次他来看你的时候，你来叫我过去，我要听他忏悔。”

玛丽亚·隆巴尔多虽然是个教徒，但对神父却没有好感。不过这个人给她的印象不错。她知道图里肯定不会进行忏悔，不过也许他会喜欢一个对他的事业有同情心的神父。她对神父说她会把话带给儿子的。

多达纳神父说：“我甚至愿意到山里去帮助他，这个你也告诉他。我唯一的使命就是拯救那些可能下地狱的灵魂，一个人做什么是他自己的事。”

一个星期后，图里·吉里安诺回来探望母亲。她敦促他去见见这个神父，做一次忏悔。也许多达纳神父会施给他圣餐。如果他忏悔了自己的罪过，她心里会好受些。

图里·吉里安诺很感兴趣，这反而使她母亲感到惊讶。他同意跟这个神父见面，并让阿斯帕努·皮肖塔跟他去教堂，再护送他回家。多达纳神父的出现果然证实了吉里安诺的怀疑：此人的行动干练，像个习惯动武的人，精力十分充沛，对吉里安诺的事业太过同情。

多达纳神父说：“我的孩子，我将在你的卧室单独听你忏悔，然后施你圣餐，我的东西全带来了。”他拍了拍夹在腋下的木箱，“你的灵魂将和你母亲的一样纯洁，如果你一旦遭遇不幸，你会直接进入天堂。”

玛丽亚·隆巴尔多说：“我去为你和这位神父准备咖啡和吃的。”说罢她就去了厨房。

“你可以在这里听我忏悔。”图里·吉里安诺笑着说。

多达纳神父看了阿斯帕努·皮肖塔一眼。“你的朋友必须离开这个房间。”他说道。

图里哈哈大笑。“我的罪过是公开的，每一家报纸上都登过，除了一件事之外，否则我的灵魂是纯洁的——我必须承认我这个人生性多疑，我想看看你胳膊下面夹的箱子里有什么东西。”

“施圣餐用的圣饼，”多达纳神父回答说，“我来拿给你看。”他开始打开那只木箱，而就在这时候皮肖塔的手枪已经顶住了他的后脑勺，吉里安诺从神父手上接过箱子。这时他们相互看着对方的眼睛，吉里安诺把那只箱子打开，在天鹅绒的衬垫上，赫然出现在眼前的是一支烤蓝冲锋手枪。

皮肖塔看见吉里安诺按捺住内心的怒火，脸气得煞白，一圈清晰的眼白也变黑了。

吉里安诺把箱子关上，抬头看着神父。“我想我们应当一起去教堂祈祷，”他说道，“我们为你做一次祈祷，我们也为昆塔纳做一次祈祷，我们将祈求上帝驱除昆塔纳心中的邪恶，还有你心中的贪婪。他答应给你多少钱？”

多达纳神父并不担心——其他没有成功的杀手都被轻易释放了。他耸耸肩，而后笑了笑。“政府的悬赏之外再给五百万里拉。”

“价钱不低啊，”吉里安诺说，“你想赚钱，这我不怪你。可是你欺骗了我母亲，这是我不能容忍的。你真是神父吗？”

“我？”多达纳露出鄙弃的神情，“从来都不是，不过我想没人会怀疑我的。”

他们三个人一起沿着街道往前走。吉里安诺拎着那只木箱，皮肖塔跟在后边。他们走进教堂后，吉里安诺让多达纳神父在祭坛前跪下，从木箱里拿出那支冲锋手枪。“给你一分钟时间祈祷吧。”吉里安诺说。

第二天早晨，圭多·昆塔纳起床后准备去咖啡馆喝早咖啡。他打开屋子的门，一个巨大的黑影挡住了清晨的阳光，他吓了一跳，紧接着一个巨大的、粗制滥造的木十字架倒向屋子里，险些把他砸倒。钉在十字架上的，是被子弹打成蜂窝的多达纳神父的尸体。

唐·克罗切在默默地反思这些失败。他已经警告过昆塔纳，要他必须尽好镇长的职责，否则蒙特莱普雷镇就得自生自灭。吉里安诺显然已经忍无可忍，他也许会对黑手党发动一场全面的战争。从吉里安诺的报复行动中，唐·克罗切看到了一个胜利者的自信。只有最后一次机会了，而且必须成功。唐·克罗切知道现在到了他必须最终表明立场的时候了。明知道这样不明智，他也十分不情愿，但还是找来了他最信赖的杀手，这个人叫斯特凡·安多里尼，人称“魔鬼修士”。

第十四章

蒙特莱普雷兵营里宪兵已经增加到一百多人，吉里安诺难得潜回镇上与家人共同度过一个夜晚，每次他都担心会遭到宪兵的突然包围与袭击。

有一天晚上，在听父亲讲述他的美国往事时，吉里安诺萌生了一个想法。当时他父亲老萨尔瓦多一边喝酒，一边跟一个知心老友交谈。这个人也在美国待过，后来和他一起回到西西里，他们都善意地指责对方当时太蠢。这个人名叫阿尔菲奥·多里奥，是个木匠。他提醒吉里安诺的父亲说，刚到美国的那几年，他们还没有给黑手党教父唐·柯里昂干活。那时他们被雇用去修建一条巨大的河底隧道，他们还争论起来，一个说隧道是通新泽西的，一个说是通长岛的。他们回想起在河水流淌的河底作业时那种恐怖的感觉，害怕万一隧道坍塌，河水灌进来，他们就会像老鼠一样被淹死。突然，吉里安诺有了个想法。这两个人，加上一些可靠的帮手，可以挖一条地道，从他父母家一直通到只有一百码开外的山脚下。地道出口可以隐藏在那一片巨大的花岗岩石中，入口可以隐藏在家里的壁橱或者厨房的炉子下面。如果这件事能办成，那么吉里安诺就可以来去自由了。

两个老人告诉他这是不可能的，但是他母亲听到这个想法后欣喜不已，因为这样一来，在寒冷的冬天，她儿子就可以偷偷地回家，在他自己的床上睡觉了。阿尔菲奥·多里奥说，就算能保住密，能够帮忙的人也很有限，而且这只能在晚上干，挖这样一条地道需要花的时间太长了。还有其他一些问题。比如，他们挖出来的土倒在哪里才不会引起别人注意？再说了，这里的土层中石头太多。如果在地下碰到大块的花岗岩怎么办？如果被请来帮忙的人中有人把地道的事说出去了怎么办？这两个老人之所以持反对意见，主要是考虑到至少要花上一年的时间。吉里安诺注意到，他们反复说这个问题，是因为他们内心深处觉得他活不了那么长时间。他母亲也意识到这个问题。

她对两个老人说："我儿子请你们做的是能够救他命的事情，如果你们太懒，不想干，那就我来干。我们至少可以试一试。除了浪费一点劳动力，还会有什么损失呢？即使当局发现了地道，那又能怎么样？我们完全有权在自己的土地上挖。我们可以说我们在挖地窖准备放蔬菜和酒。想一想吧，这条地道将来也许能救图里的命。难道花这一点力气不值得吗？"

赫克特·阿多尼斯当时也在场，他说他去弄一些挖掘地道的书和必要设备。他还提出了一个使大家都很高兴的想法：挖一条通贝拉大街另一幢房子的小暗道，万一地道口暴露或被人告密，就用它作为备用出口。这条暗道先挖，由两位老人和玛丽亚·隆巴尔多来。这样别人就不会知道，而且挖的时间也不会太长。

在确定哪一幢房子最可靠的问题上，他们讨论了很长时间。

吉里安诺的父亲建议选阿斯帕努·皮肖塔父母的房子，但是吉里安诺立即表示反对。那幢房子太容易引起怀疑，而且会受到严密的监视。那里面住的亲戚太多，所以知道的人就会太多。再说，阿斯帕努和家里人关系不好。他生父去世后母亲改嫁，为此阿斯帕努从来没有原谅过她。

赫克特·阿多尼斯主动提出通到他家的房子，可是那地方有些远了，而且吉里安诺也不想牵连他的教父，因为一旦地道被发现，房主人肯定会遭到逮捕。他们考虑了其他的亲戚，但都被否定了。最后吉里安诺的母亲说："只有一个人。她一个人独居，就在这条街往下的第四家。她丈夫被宪兵打死了，她对他们恨之入骨。她是我最好的朋友，而且她特别喜欢图里。她是看着图里从小长大的。图里在大山里度过了整整一个冬天，她也送去了食物，她是我真正的朋友，我充分信任她。"

她略作停顿后接着说："拉韦内拉。"自打开始讨论，他们就在等她说出这个名字。从一开始，拉韦内拉就是他们头脑中唯一合乎逻辑的人选。因为他们是西西里的男人，不能提出这样的建议。如果事情传出去，她从此就会声名狼藉。她是个年轻寡妇。这样一来，她就等于把自己的隐私和自己本身交给了一个年轻男子。谁能相信她没有失德？在西西里这个地方，没有哪个男人会跟这样一个女人结婚，甚至没有人会尊重她。虽然拉韦内拉比吉里安诺至少要大十五岁，可是她还不到四十岁，她长得不算漂亮，但还有几分姿色，她的眼睛中闪烁着欲望的火。不管怎么说，她是一个女人，而他是一个男人。有了这条地道，他们就可以单独在一起，因此他们肯定会成为情人。西西里人相信，一个男人和一个女人无论年龄相差多大，只要单独在一起，都没法克制自己。所以，把地道通到她的家里，也许有一天能救图里·吉里安诺的命，可是她肯定要落一个坏名声。

吉里安诺洁身自好，这使大家都感到担心，不过他本人还不理解这一点。这种情况在一个西西里男子的身上极为少见，他太拘谨了。他手下的人是巴勒莫妓院的常客，阿斯帕努·皮肖塔的风流韵事臭名远扬，泰拉诺瓦和帕萨藤珀都是穷寡妇的情人，经常会接济她们一些东西。即使有了吉里安诺的警告在先，帕萨藤珀收服女人的手段还是更像强奸犯，而非追求者。吉里安诺下令说手下人只要强奸妇女，就会被枪毙。

出于这些原因，他们才等吉里安诺母亲把她这位朋友的名字说出来。而当她说了之后，他们都感到有些惊讶。玛丽亚·隆巴尔多·吉里安诺是个保守的信徒，如果年轻女孩无人陪伴在镇子的广场上散步，她就会毫不犹豫地说她们是婊子。他们不知道玛丽亚·隆巴尔多所了解的内情：拉韦内拉由于难产，加之没有适当的医疗保健，已经失去了生育能力。他们不可能知道，玛丽亚·隆巴尔多已经认定，拉韦内拉可以用最安全的方式给她儿子带来最大的快乐。她的儿子是个土匪，当局悬赏要他的人头，很容易被女人出卖。他年纪轻，精力充沛，需要有一个女人——一个年纪大一些、没有生育能力的女人，而且不会提出结婚的要求，这有什么不好？谁愿意跟一个土匪结婚呢？她有过自己的悲惨经历，她的丈夫被人在她的眼前枪杀。这将是一个很好的安排。只是拉韦内拉的名声会受影响，所以这个决定必须由她自己作出。如果她同意，那说明她心甘情愿地认了。

几天以后，吉里安诺的母亲向她提出这个要求的时候，她惊讶地发现拉韦内拉自豪而兴奋地答应了。这也验证了她的怀疑，那就是她的朋友喜欢图里。玛丽亚·隆巴尔多眼里闪着感激的泪花，把拉韦内拉拥在自己的怀里，心想那就听天由命了吧。

四个月后，这条支线地道完工。主干地道要再用一年时间才能完成。每隔一段时间，吉里安诺就在夜里悄悄地回到镇上，看望自己的家人，每次母亲都给他准备一顿丰盛的饭菜，吃完这顿热饭之后，他就在那张温暖的床上好好睡一觉。快到春天的时候，吉里安诺发现有必要使用那条支线地道了。有一天，一支几乎全副武装的宪兵队在贝拉大街上巡逻。吉里安诺的四个保镖就隐蔽在附近的房子里，他们已经做好了战斗准备。但是巡逻队走过去了。尽管如此，他们还是害怕巡逻队会对吉里安诺的家杀个回马枪。于是图里·吉里安诺从父母亲卧室的出入口钻进了地道。

支线地道入口盖着一块木板，上面覆了一英尺的土加以伪装，这样挖主干地道的人就不会知道还有另外一条地道。吉里安诺不得不先把土挖掉，然后搬开那块木板。又过了十五分钟，他才从狭小的地道爬到拉韦内拉家的房子下面。它的出口在厨房，出口上面摆了一只很大的铁炉子。吉里安诺用约定的暗号敲了敲活动门板，然后静静地等待。接着他又敲了几下。他从来不害怕子弹，可是他害怕这样的黑暗。终于头顶上方传来轻微的响声，接着活动门板被提了上去。但是由于那只炉子压着，门板不能平着向上提。吉里安诺只好从露出的那个开口挤上去，最后是肚皮紧贴着拉韦内拉家厨房的地面爬出来的。

虽然已是深夜，拉韦内拉依然穿着那件不合身的黑色连衣裙。

这还是她丈夫三年前死的时候，她为他服丧的丧服。她光着脚，没有穿长筒袜。吉里安诺从地上爬起来的时候，看见她腿上的皮肤是那样的白皙，与她那张被晒得黝黑的脸和她头上乌黑、粗糙浓密的头发形成了巨大的反差。他第一次注意到，她的脸不像镇上大多数年纪较大的妇女那么宽，而是略呈倒三角形。虽然她的眼睛呈深褐色，但却矍铄有神，这是他以前从来没有注意到的。她的手上端着一铲烧得通红的煤，好像随时准备把它倒进洞口似的。现在她平静地把煤放进炉子，盖上炉盖，但她的神情有点紧张。

吉里安诺安慰她说："有一支巡逻队在街上转悠，等他们回营房之后我就走，不过别担心，外面有我的朋友。"

他们在等待。拉韦内拉给他倒上咖啡，两人闲聊起来。她注意到他不像她丈夫当年那样心慌意乱。他没有透过窗户向外看，听见街上有突然响动时并没有张皇失措，他似乎特别放松。她并不知道这是他专门训练出来的，因为他听说过有关她丈夫的事，而且他也不想让自己的父母，尤其是自己的母亲感到紧张。他表现出的自信使她很快就忘了他所处的危险，他们一起聊着镇上发生的细小琐事。

她问他是否收到了她时不时地给他往山里捎去的食物。他向她表示感谢，说他和他的伙伴们都争抢她送来的食物，仿佛是在争抢东方三博士的礼物，他们对她的厨艺赞不绝口，但是他没有其他粗俗的笑话讲给她听。他们说如果做爱和做饭一样厉害，那她就是个宝了。这时候他也在仔细端详着她，她不像平常那样对他那么友好，她也没有表现出在外人面前的那种温柔。他心想自己是否冒犯了她。当危险过去之后，他准备离开的时候，他们两人都非常拘谨。

两个星期之后，吉里安诺又去了她家。这时候冬季即将结束，可是山上依然是风雪弥漫，路边那些上了锁的神龛上因下雨而滴着水。在山洞里的时候，吉里安诺美滋滋地想着母亲的饭菜、热水澡以及他儿时房间的那张床。除了这些奢望之外，使他感到惊讶的是，他竟然想到拉韦内拉皮肤白皙的腿。夜色降临之后，他吹口哨召集了保镖，就上路去蒙特莱普雷。

家人见他回来非常高兴。母亲立即动手做他最喜欢吃的菜，同时还给他烧水洗澡。父亲刚给他倒了一杯茴香酒，这时一个眼线到他家来报告，几支宪兵巡逻队正在包围小镇，上士将亲率突击小分队从贝兰伯兵营出发，准备对吉里安诺家实施突然袭击。

吉里安诺打开壁橱活动板进入地道。由于下雨，地道里的稀泥沾了他一身，穿越地道花了较长时间，而且很不容易。等他爬到拉韦内拉家厨房的时候，他已经是满身泥浆，脸也成了黑的。

拉韦内拉看见他这副模样后哈哈大笑。在吉里安诺的记忆中，她还是第一次这样笑。“你像个摩尔人了。”她说道。一时之下，他感到像孩子似的受到了伤害。也许是因为在西西里的木偶剧中摩尔人总是坏蛋的缘故。也许他被看成了一个坏蛋而不是一个落难的英雄。抑或是她的笑使得他内心想接近她的欲望无法实现。她发现她不知哪个地方伤了他的自尊。“我来把铁皮浴盆里倒上水，你可以把身上洗洗干净，”她说道，“我丈夫的一些衣服你可以穿，我来把你的衣服洗一洗。”

她原来以为他不会同意，以为在这样危险的情况下，他会很紧张，不敢洗澡。她丈夫来看她的时候就有些草木皆兵，所以从来不脱衣服，也从来不把枪放在手够不着的地方。可是吉里安诺冲她笑了笑，脱下大衣，解下枪，把它们搁在她放柴火的木箱子上。烧几锅水灌浴盆要不少时间。在烧洗澡水的时候，她给他冲了杯咖啡，同时不断打量着他。她觉得他像天使一样英俊，而且她觉得自己没有看错。她痛苦地回忆着：她丈夫当年也很英俊，可是他被打死了，被子弹打得惨不忍睹。喜欢一个男人的脸是不明智的，尤其是在西西里。她当时哭得很伤心，但她的内心深处却暗暗涌动着一股巨大的解脱感。一旦他成了土匪，死是必然的。每天她都在焦虑地等待，希望他死在大山里或者某个很远的地方。可是他却被打死在她的眼前。打那以后，她就再也没有能够摆脱一种耻辱感，不是因为他是个土匪，而是因为他死得不光荣，死得不英勇。他向宪兵投降了，祈求他们饶恕，但是他们当着她的面把他杀害了。感谢上帝，她女儿没有看见父亲被害的惨状，这也算是基督的一点怜悯。

她注意到图里·吉里安诺正看着她，脸上露出所有心动的男人特有的神情。这一点她太了解了，她丈夫的手下人脸上经常有这样的神情。但是她知道图里不会勾引她，既是出于对他母亲的尊重，也是对她的尊重，因为这条地道对她来说已经算是一种牺牲。

她离开厨房，走进那间小起居室，好让他一个人洗澡。像这样赤身裸体、附近还有个女人的情况使他感到一阵冲动。他洗得特别认真，然后穿上她丈夫的衣服。那条裤子有点短了，衬衣的胸围也紧了些，所以最上面一颗纽扣他就没有扣。她放在附近火炉上暖着的毛巾比破布还破，他觉得身上还没擦干。他第一次意识到她是多么的穷困，所以他决定通过母亲接济她一点钱。

他大声告诉拉韦内拉说他已经穿好衣服了，于是她回到厨房。

她上上下下看了他一遍后说："你的头还没有洗呢，你头发里可以藏壁虎了。"她话说得很不客气，但却充满了热情，这样他就不会不高兴了。她像老奶奶似的用手摸着他乱蓬蓬的头发，然后抓住他的手臂把他领到水池前。

吉里安诺觉得头上被她摸过的地方暖烘烘的。他很快把脑袋放在水龙头下，她用水冲了冲他的头发，然后用厨房里的黄肥皂在他的头发上擦了一遍；她没有别的肥皂。在给他洗头的时候，她的身体和腿轻轻地碰到了他，他觉得一阵冲动，真想用手去抚摸她的乳房和柔软的腹部。

拉韦内拉替他把头发洗完之后，让他坐在厨房里的一张黑色珐琅漆的椅子上，用一条粗糙破烂的深棕色毛巾使劲揉他的头发。他的头发很长，一直披到衬衣领子上。

"你看上去就像电影里无赖的英国贵族，"她说道，"我必须替你把头发剪一剪，但是不能在厨房里剪，头发会飘进我的锅里，把你的饭弄脏，到另一个房间去吧。"

她的严肃样子使吉里安诺感到好笑。她在扮演一个姨妈或者母亲的角色，防止表现出任何不适宜的温柔。他意识到这种做法背后的性意味，所以他非常谨慎。他在这个问题上没有经验，也不想显得傻乎乎的。这就像他在大山里打游击一样，只有一切都对他有利的时候，他才会投入战斗。这里的地貌还没有经过侦察。在过去一年中，他指挥过战斗，杀过人，原先那孩子般的恐惧现在已显得非常可笑，所以如果被一个女人拒绝，也不至于伤害到他的自我。尽管他在这方面洁身自好，他也和朋友们到巴勒莫去逛过妓院，不过那还是在他当土匪之前，现在他要有一个首领的尊严，当然作为一个浪漫英雄，他也不会再去干那种事了。

拉韦内拉领着他走进那间小起居室，房间里杂乱地放了一些充填家具以及黑色清漆桌面的小桌子，这些小桌上放着她死去的丈夫和孩子的单独或者合影照片，还有的是拉韦内拉与她家人在一起的照片，椭圆黑边的相框已经有点泛深棕色。吉里安诺惊讶地发现年轻、快乐的拉韦内拉真是个美人儿，特别是穿着漂亮的衣裙时。一张她穿着深红色连衣裙的照片让吉里安诺心动不已。一时间他想到了她的丈夫为了给她买这些好东西必然犯下的许多罪恶。

“别看那些照片了，”拉韦内拉苦笑着说，“那时候我觉得这个世界会让我得到幸福。”他意识到她带他到这个房间来的目的之一，就是让他看这些照片。

她用脚把一张小圆凳从房间的角落里踢出来，让吉里安诺坐在上面。她从一个做工精美、装饰着金线的小皮箱里拿出剪刀、剃刀和梳子——这是一个圣诞节的时候，她丈夫坎德列里亚从他的受害者那里拿回家来的。接着她走进卧室，拿出一块白布披在吉里安诺的肩膀上。她还拿来一只木碗放在身边的桌子上。这时候有一辆吉普车从她家房子旁边开过去。

“要我替你把枪从厨房拿过来吗？”她问道，“那样你会安心一点儿吗？”

吉里安诺平静地看着她，显得镇定自若。他不想让她受惊。他们都知道一辆吉普车的宪兵正要去突袭吉里安诺的家。但是有两点他是知道的：如果宪兵到这里来，想进入那扇闩着的门，那么皮肖塔和他率领的几个人就会立即把他们消灭。还有，他离开厨房前，已经把炉子压在活动门上面，从下面是推不动的。

他轻轻抚摸着她的手臂。“不，”他说道，“枪我是用不着的，除非你想用这把剃刀抹我的脖子。”他俩都笑起来。

她开始替图里·吉里安诺剪头发。她剪得非常仔细，动作不紧不慢，用手抓起一捋头发，剪掉一截，放进那只碗里。吉里安诺静静地坐着。他凝视着房间的墙壁，修剪头发的声音就像在给他施催眠术。墙上挂着拉韦内拉的丈夫、大土匪坎德列里亚的几张大照片。吉里安诺心想，所谓大，也只不过是在西西里这个小地方而已。他年轻好胜的心已经在把自己与她死去的丈夫相比了。

照片上的卢蒂诺·坎德列雷亚也是个英俊男子。他高高的额头，精心修剪的栗色卷发。吉里安诺心想，不知道这头发是不是他妻子给他剪的。他嘴唇上方那两撇骑士式的胡须使他显得有点老气，其实他被宪兵打死的时候才三十五岁。那张椭圆照片上的脸慈祥地向下看着，似乎是在祝福。只有从眼睛和嘴巴才能看出他的残暴。然而，他的脸上也有一股无可奈何的表情，好像知道自己必然会落个怎样的下场。那些振臂反抗世界、用暴力与谋杀手段强抢豪夺、满足自己私欲的人，那些试图用自己定下的规矩统治社会的人，必然会突然之间死于非命，他自然也不例外。

那个木碗里亮棕色的头发越来越多，堆得像个小鸟窝。吉里安诺感觉到拉韦内拉的腿紧紧地靠着他的后背，她身上的热气也透过粗布裙子传了过来。她走到他正面给他剪前额上的头发时，站得离他的腿远远的，可是当她必须身体前倾的时候，她丰满的胸部几乎碰到了他的嘴唇。她浓郁的体香使他的脸上暖烘烘的，就像面对着一团火。墙上的那些照片都被挡住了。

她扭动丰满的臀部，把另一捋头发放进木碗。有那么一阵儿，她的大腿蹭着他的手臂。即使隔着黑粗布裙，他也能感觉到她那润滑的肌肤。他正襟危坐，身体像磐石一样纹丝不动，她靠他靠得更紧了。为了克制自己不去掀她的裙子、抱她的大腿，他打趣地说："我们是参孙和大利拉[1]吗？"

她突然向后退了几步，眼泪不由自主地哗哗流下来，这着实使他吃了一惊。他不假思索地用手抓住她的身体，把她拉向自己的身边。她慢慢把手伸出去，把银剪刀放在装满头发的木碗里。

这时候他的双手已伸进她黑色的丧裙下面，抓住她温暖的大腿。她弯下身，张开嘴含住他的嘴巴，就像要把它吞下似的。这开始的柔情就像一秒钟的火花，顷刻点燃了她三年守寡所积蓄的激情，而他那青年男子的情欲也突然迸发出来，因为除了花钱逛过妓院，他还从来没有享受过女人的温情。

吉里安诺生平第一次失去了所有的理智，到了忘乎所以的地步。拉韦内拉的身体是那样富有肉感，那激情就像一盆火，烤得他的骨头都有热感。他没有想到她的乳房会如此丰满，寡妇的黑裙把它们巧妙地掩盖并保护起来，他觉得一股热血涌上了头。接着他们就躺在地板上，一边脱衣服，一边做起爱来。她不断痛苦地低声呼唤着"图里、图里"，但他什么话也没有说。他完全沉浸在她身体的气息、热情和肉感之中。完事之后，她领他进了卧室，又云雨了一番。他无法相信自己在她身体上得到的快乐，对欲望的屈服让他感到沮丧，唯一使他欣慰的是，她更加溃不成军。

---

1 Samson and Delilah，《圣经・旧约》中的人物，大利拉诱使参孙说出他力量的源头是头发，让人在他熟睡后剃去了他的长发，出卖了他。

他睡着之后，她低下头，久久地看着他的脸。她要把这张脸印在脑子里，她害怕无法再活着见到她。她记得丈夫死之前他们最后一次睡觉的那个晚上，他们做完爱之后，她就转身背对着他入睡了，打那以后她就再也没有他脸上那种甜蜜表情的记忆了。她当时之所以背对着他，是因为她看见丈夫那种紧张的样子觉得受不了。他在家的时候，怕遭到围捕，所以根本睡不着，她从床上起来去做早饭或者干别的事情，他就会惊恐地跳起来。这时候，她真佩服吉里安诺的平静，她喜欢他这个样子。她喜欢他，因为他跟她丈夫不同，他没有把枪带上床，也没有做爱中途还去听听可疑动静，此外他不抽烟，不喝酒，也不说自己心中的恐惧。他说话温文尔雅，但却能够毫无畏惧、集中精力来享受快乐。她悄悄地从床上爬起来，而他却依然纹丝不动地躺着。她等了一会儿，然后走出房间，到厨房去为他做她最拿手的好菜。

早晨他是从前门离开她家的，他若无其事地走出去，不过他的上衣里面还是掖着枪的。他说他不回家和母亲告别了，请她到他家跟他妈妈说一说，让她知道他很安全。对于他的大胆，她着实感到害怕，不过她不知道他在镇上有一支小小的武装，也没有注意到他出门之前先把门打开等了一会儿，这是为了通知皮肖塔，以便随时消灭经过这里的宪兵。

她略带羞涩地和他吻别，这使他很感动，接着她小声说："什么时候再来看我？"

"每次只要我来看我母亲，过后就来看你，"他说，"上山之后，我每天晚上都会梦见你。"她听见这句话高兴极了，因为她给了他快乐。

她一直等到中午才到吉里安诺家里去看他母亲。玛丽亚·隆巴尔多一看她的脸就知道发生了什么。拉韦内拉看起来年轻了十岁。她那深棕色的眼睛炯炯有神，双颊透着玫瑰红色，而且四年来第一次没有穿黑裙子。这是一条带花边、配丝绒腰带的裙子。姑娘们穿上这样的裙子是为了告诉母亲她们有了意中人。玛丽亚·隆巴尔多的感激之情油然而生，她感谢这个朋友，感谢她的忠诚、她的勇气，同时对自己的计划成功实现感到满意。对她儿子来说，这是个极好的安排，因为这个女人永远不会背叛他，永远不会对他说她怀孕了。虽然隆巴尔多很爱自己的儿子，但她并没有产生嫉妒。如果说有，那只是因为拉韦内拉说她做了最拿手的食物，撒着饱满花椒粒的兔肉奶酪馅饼，图里一口气吃了足够五个人吃的分量，还说自己一辈子也没吃过比这个更好吃的东西。

第十五章

即便是在人们相互残杀就像西班牙人斗杀公牛那样凶残的西西里，柯里昂人发起疯来还是让大家感到恐惧。不和的两家人可以因为一棵橄榄树发生争吵而杀人，邻里间会因为从公用小河中取水多少而互相残杀，一个男人还会因爱招来杀身之祸——比如说他以不尊重的目光看着某个人的妻子或女儿。即使头脑冷静的黑手党，也没有能摆脱这样的疯狂。在柯里昂，不同人手之间曾经也是打得你死我活，是唐·克罗切让他们停战的。

在这座小镇，斯特凡·安多里尼得了个诨名叫“魔鬼修士”。

唐·克罗切把他从柯里昂找来，命令他加入吉里安诺的队伍，取得他们的信任。他要和他们待在一起，等待唐·克罗切给他下达进一步行动的指令。与此同时，他必须把吉里安诺的实力以及帕萨藤珀和泰拉诺瓦对他的忠诚程度等情报送给他。由于皮肖塔的忠诚是毫无疑问的，他只要掂量一下这个年轻人的弱点就行了。如果遇到适当的时机，安多里尼就要动手杀了吉里安诺。

斯特凡·安多里尼并不惧怕大名鼎鼎的吉里安诺。他长了一头红发——这在意大利极为罕见——他以为自己可以不受道德准则的约束。他认为自己聪明过人，就像一个赌徒认为自己的一套办法永远不会失手一样。

他挑选了两个还是学徒的年轻杀手和他一同前往。这两个人还没有被接纳为黑手党成员，但却希望享有这份荣耀。他们背着背包和短筒猎枪，进入吉里安诺经常出没的大山里，果然被皮肖塔率领的流动巡逻队撞上了。

皮肖塔不动声色地听着斯特凡·安多里尼的叙述。安多里尼对他说，宪兵和国家警察在找他，因为在柯里昂有一个鼓吹社会主义的人遭到谋杀。这确实是真的，不过有一点安多里尼没有说，那就是警察和宪兵都没有任何证据，只是想找他询问情况。在唐·克罗切的影响下，这样的询问会很温和，不会刨根问底。安多里尼还对皮肖塔说，这两个年轻人被当作同谋，也是警察追捕的对象，这也是真的。可是在讲述过程中，他感到越来越不安。皮肖塔的神情，好像正看着一个老熟人，又好像是一个知道很多事的人才有的表情。

安多里尼说他进山是希望跟随吉里安诺。接着他打出了自己的王牌，他得到了吉里安诺父亲的同意。他，斯特凡·安多里尼，是唐·维托·柯里昂的堂弟。皮肖塔点点头，听安多里尼继续往下说。唐·维托·柯里昂出生在柯里昂村的安多里尼家族。他的父亲被杀时，他还是个孩子，但也受到追捕，于是他就逃亡美国，后来成了那里的黑手党龙头老大。他当年回西西里找那些杀父凶手报仇的时候，斯特凡·安多里尼还是他的手下。他后来到美国拜访唐·柯里昂，领到了赏金。那时，他遇到了吉里安诺的父亲，他在柯里昂长岛的新家当泥瓦匠。他们成了朋友。这次进山之前，他去了蒙特莱普雷，得到了老萨尔瓦多·吉里安诺的祝福。

皮肖塔在听他讲述的时候，脸上露出若有所思的表情。他不相信这个满头红发、一脸杀气的家伙，他也不喜欢一个赤发鬼——西西里的叫法——领着两个跟班的架势。

皮肖塔对安多里尼说："我带你去见吉里安诺，不过在他跟你说话之前，你的短筒猎枪要一直背在肩上，没经过允许别随便取下来。"

斯特凡·安多里尼咧嘴一笑，极其和蔼地说："不过我认识你，阿斯帕努，我相信你。把短筒猎枪从我肩上拿去，你的人也可以把我手下的枪拿走，等我们跟吉里安诺说清楚之后，我相信他会把武器还给我们的。"

皮肖塔说："我们可不是给你们驮武器的牲口，还是你们自己背着吧。"他领着他们在山里行进，最后来到吉里安诺选在悬崖边可以俯瞰蒙特莱普雷的隐蔽地点。

分散在悬崖附近的五十多个人正在擦拭武器、维修装备。吉里安诺坐在一张桌子边上，通过望远镜向远处眺望。

在把新来的人带过去之前，皮肖塔先跟吉里安诺作了汇报。他把所有的情况说了一遍，然后说："图里，我觉得他有点'霉味儿'。"这是西西里人用来形容告密者的说法。

"你觉得你以前见过他？"吉里安诺问道。

"也许是听说过这个人，"皮肖塔说，"不知怎么的，我总觉得有点眼熟。不过红头发的人比较少，我应当记得他。"

吉里安诺平静地说："你是听拉韦内拉说的。她管他叫'赤发鬼'，她并不知道他是安多里尼。她也跟我说起过他，他参加过她丈夫的队伍，一个月之后，她丈夫就遭到了宪兵的伏击，并且被打死了。拉韦内拉也不信任他，说这个人鬼得很。”

西尔韦斯特罗朝他们走来。“不要相信那个红头发的家伙，我在巴勒莫总部的时候，经常看见他私下去拜访宪兵的指挥官。”

吉里安诺说：“去蒙特莱普雷把我父亲带上山来，在这段时间要派人看住他们。”

皮肖塔派泰拉诺瓦去把吉里安诺的父亲接上山，然后走到那三个坐在地上的人面前。他弯下腰，拿起斯特凡·安多里尼的武器。有好几个人把他们围在中间，就像群狼围住倒在地上的猎物。“如果我现在不让你们保管自己的武器，你们不会介意吧？”皮肖塔笑着问道。斯特凡·安多里尼似乎有点惊讶，接着露出一脸苦笑，他只是耸了耸肩。皮肖塔把短筒猎枪扔给身边的一个人。

稍后，他让手下人做好准备，然后伸手去拿安多里尼那两个小老弟身上的短筒猎枪。其中一个并非出于恶意，而是出于害怕，推了皮肖塔一把，接着就把手放在那把枪上。皮肖塔就像蛇突然吐出芯子一样迅速亮出一把刀，一个箭步冲上去，用手中的刀割开了那人的喉咙。一股殷红的鲜血喷进山上清新的空气中，那家伙一头栽下去。皮肖塔两腿叉开，身体前倾，紧接着又是一刀，结果了他的性命。随后他连续踢了几脚，把尸体踢进一条溪谷。

吉里安诺队伍中的其他人这时全都端着枪站起来。坐在地上的安多里尼把双手高高举起，以哀求的目光向四周看了看。另一个跟班急忙出手去抓枪，想把它取下来。站在他身后的帕萨藤珀高兴得咧嘴一笑，把手枪里的子弹尽数射进了他的脑袋，枪声在大山里回响，所有的人都愣住了。安多里尼脸色苍白，吓得直打哆嗦。帕萨藤珀握着手枪。这时候，悬崖边传来吉里安诺平静的声音："把尸体处理掉，把红头发绑在树上，等我父亲来了再说。"

他们把两个死人用竹网包裹起来，抬至一道深深的石罅旁，把他们扔下去，然后按照旧的迷信说法，扔了许多石头下去，说是可以压住臭气。这是交给帕萨藤珀的任务，不过他是先掏出他们身上所有的东西之后，才这样把他们埋葬掉的。吉里安诺经常抑制自己对帕萨藤珀的厌恶情绪，因为无论如何晓之以理，也无法使这个野兽变成骑士。

过了将近七个小时，到天黑之后，吉里安诺的父亲才来到营地。斯特凡·安多里尼被从树上放下来，带进点着煤油灯的山洞。吉里安诺的父亲看见安多里尼的样子后非常生气。

"这个人是我的朋友，"他对自己的儿子说，"在美国的时候我们都为教父干活。我告诉他可以来你这儿入伙，还说他会受到很好的对待。"

他握着安多里尼的手说："真对不起，我儿子肯定对你产生了误会，或者听到了有关你的什么谣传。"他停顿了一下，感到很难受。看见他的老朋友安多里尼怕成这样，几乎站都站不住了，他心里很不是滋味。

安多里尼心想自己是死定了。这一切都让他揣摩不透。他等着后脑勺上挨枪子儿，紧张得脖子上的肌肉都疼了。想到自己过于轻率，低估了吉里安诺，他几乎都要哭了。两个跟班这么快就被杀了，他吓坏了。

吉里安诺的父亲意识到，他朋友安多里尼的生死完全掌握在自己儿子的手中。他对儿子说："图里，我很少求你为我做什么。如果你跟这个人有什么过不去，那就饶他一次，放他走吧。在美国的时候，他对我很好，你受洗礼的时候，他还给你送了礼物。我很信任他，而且非常珍视和他的友情。”

吉里安诺说：“你已经证明了他的身份，他将受到贵客的待遇，如果他愿意留下，成为我们的一员，那我们欢迎。”

吉里安诺派人用马把父亲送回蒙特莱普雷，好让他在自己家的床上好好睡一觉。父亲走后，他跟斯特凡·安多里尼进行了单独谈话。

“我知道你和坎德列里亚的事，”吉里安诺说，“你曾经去投奔坎德列里亚，不过你是唐·克罗切的卧底。一个月之后，坎德列里亚就被打死了。他的老婆认识你，根据她跟我讲的情况，我不难明白到底发生了什么。我们西西里人善于破解阴谋诡计方面的谜团。一股又一股的土匪消失了。政府变聪明了，聪明得令人惊讶。我在山里每天都在想巴勒莫的政府——他们之前可没有这么聪明。后来我了解到，罗马的司法部长和唐·克罗切暗中勾结。我们，也就是你和我，都知道这两个人当中，出谋划策的是唐·克罗切。所以，是唐·克罗切在为罗马当局铲除这些土匪。接着我就想，很快就要轮到唐·克罗切的奸细来找我了。我左等右等，心想怎么这么长时间还没有动静。因为，说得谦虚一些，抓我的赏金可是最贵的。今天我从望远镜里看见了你们三个人，我想：哈哈，又是这个赤发鬼，看见他我很高兴。可是我同样也要杀了你，我不想使我父亲难受，所以你的尸体得失踪。”

斯特凡·安多里尼顿时一阵火大，竟然忘了害怕。他高声大喊：“你要欺骗你父亲？你还有脸说自己是西西里人的儿子？”他朝地上吐了一口唾沫，“那就杀了我，直接下地狱去吧。”

皮肖塔、泰拉诺瓦和帕萨藤珀也感到很惊讶，不过这种事他们以前见得多了。虽然吉里安诺信守诺言，为自己说话算话而自豪，而且总是为别人说公道话，但他也会突然变卦，做出在他们看来很恶劣的举动。并不是因为他们反对他杀掉安多里尼——他可以杀掉一百个、一千个安多里尼，但是他居然违背他对自己父亲许下的诺言，欺骗他父亲，这在他们看来是不能原谅的。只有西尔韦斯特罗表现出理解地说：“他不能因为父亲心软而置我们大家的生死于不顾。”

吉里安诺平心静气地对安多里尼说：“向上帝祈祷吧。”他向帕萨藤珀打了个手势，“给你五分钟时间。”

安东里尼头上的红发像猪鬃一样竖了起来。他发疯似的大声说：“在杀我之前，你先问问曼弗雷迪院长。”

吉里安诺以惊异的目光看着他。这个红头发的家伙振振有词地说：“你曾经对院长说你欠他的情，还说他要你做什么都可以。”对自己的这项承诺，吉里安诺记得很清楚，可是这个人是怎么知道的呢？

安多里尼接着说：“我们一起去找他，他会求你饶我一命的。”

皮肖塔以鄙弃的语气说：“图里，派个人带信去，一个来回，又要花一天的时间。难道这个院长对你的影响比你父亲还大？”

吉里安诺又一次使他们感到吃惊。“把他的手臂捆起来，脚也用绳子拴住，这样他就只能走，不能跑。给我十个保镖，我亲自把他押送到修道院去。如果院长不求我免他一死，那就让他做最后一次忏悔。然后我再把他宰了，把尸体交给那里的修士去埋葬。”

日出时分，图里·吉里安诺已经领着一帮人来到修道院大门口。他看着准备下地干活的修士们，嘴角上浮现出一丝微笑。就在两年前，他不也是穿着棕色修士长袍，戴着美国软边帽，与这些修士一起下地干活的吗？他记得这有多好笑，当时谁能想到他现在会变得如此残暴？他怀念起在地里干活的平静时光。

院长亲自到大门口来迎接。被押来的人向前走了几步，瘦高个儿、身穿黑色长袍的院长有些犹豫，接着张开了双臂。斯特凡·安多里尼扑上前去拥抱老院长，在他左右面颊上吻了吻，而后说：“神父，这些人要杀我，只有你能救我。”

院长点点头。他向吉里安诺伸出双臂，吉里安诺上前来与他拥抱。现在吉里安诺什么都明白了。安多里尼那一声“神父”不是一个人称呼神父的语气，而是儿子称呼父亲的语气。

院长说：“把他的命交给我，就当是一次恩惠。”

吉里安诺解开安多里尼手臂上和脚上的绳子，然后说：“交给你了。”

安多里尼瘫倒在地上，恐惧从他身上突然消失后，他反而变得非常虚弱。院长用他那弱不禁风的身子把他扶起来。他对吉里安诺说：“到我的饭堂里去。我请你的人吃一顿饭，我们三个人可以谈谈该怎么办。”他转身对安多里尼说：“我亲爱的孩子，你还没有脱离危险。唐·克罗切知道后会怎么想？我们必须在一起商量，否则你走投无路。”

院长有个专门喝咖啡的小房间。他们三人舒舒服服地坐下后，有人为两个年轻人送来奶酪和面包。

院长转过身，苦笑着对吉里安诺说："我有许多罪孽，这就是我造的一个孽。我是这个人的父亲，当时我还年轻。啊，没有人能理解一个西西里教区神父的冲动。我没有抑制这样的冲动。这件丑闻被掩盖起来，他的母亲跟安多里尼家族的一个人结了婚。我花了很多钱，这才能在教会中得到提拔。可是上天的嘲弄谁也无法预测，我儿子长大之后成了杀人犯，这是我不得不背的一个十字架。当然我还有很多其他的罪过。"

院长转身对着安多里尼，说话的语气也发生了变化："我的孩子，仔细听我说。我给了你第二次生命。知道你首先应当忠于谁吗？现在你要效忠吉里安诺。

"你已经不能再回到唐·克罗切那里去了。他会产生疑问：为什么图里杀了另外两个人，却单单饶你不死？他会怀疑你背叛了他，那样你就必死无疑。你必须向唐·克罗切彻底坦白，但是要求留在吉里安诺身边。你会给他提供信息，维系友中友和吉里安诺的联系。我会亲自去找他，跟他说这样做的好处，我还要告诉他你忠于吉里安诺，但这不会对他不利。他会相信你要背叛这个曾经饶你不死的人。但是我告诉你，如果你不忠于吉里安诺，我将永远诅咒你下地狱。你将带着你父亲的诅咒走进坟墓。"

他接着对吉里安诺说："现在我要请你再帮我一个忙，我亲爱的图里·吉里安诺，让我的儿子加入你的队伍，他将为你战斗，按照你的吩咐去做，我发誓他会效忠你的。"

吉里安诺仔细考虑了他的这番话。他认为经过一段时间他肯定可以赢得安多里尼的爱戴，而且他知道这个人对他父亲，也就是院长，是一片忠心的。他背叛的可能性比较小，而且也是可以防范的。在他的队伍采取行动的时候，斯特凡·安多里尼可以成为一个很好的头领，而且是获取唐·克罗切帝国情报的有价值的来源。

吉里安诺问："那你跟唐·克罗切怎么说呢？"

院长停了片刻没有说话。"我亲自去跟他说，我在那里是有影响力的，以后你会明白的。现在你愿不愿意收下我儿子？"

"愿意，我可以向你发誓，"吉里安诺说，"不过，如果他背叛我，即使你祈祷，也赶不上他下地狱的速度。"

斯特凡·安多里尼一直生活在缺少信任的世界，这也许是多年来他脸上总是杀气腾腾的原因。他知道在未来的岁月里，他会像表演空中飞人的马戏团演员，在死亡线上东摇西摆，没有哪一边是安全的。他感到欣慰的是，吉里安诺人性中的怜悯使他免于一死。但他也没有抱任何幻想，图里·吉里安诺是唯一使他感到害怕的人。

从这一天起，斯特凡·安多里尼就成了吉里安诺队伍中的一员。在未来几年，他以自己的凶残和宗教虔诚赢得了一个诨名——魔鬼修士，并因此名扬西西里。他对宗教的虔诚就是他每星期去参加的弥撒活动。他通常去的是本杰明诺当神父的维拉巴镇。在忏悔的时候，他向神父泄露了吉里安诺队伍的秘密，这些秘密将由神父转告唐·克罗切。但是，吉里安诺规定他不能说的秘密他都没有说。

第三部

/1950年，迈克尔·柯里昂

第十六章

那辆菲亚特离开特拉帕尼镇的环城路，驶上与沙滩平行的公路。迈克尔·柯里昂和斯特凡·安多里尼来到一座别墅，它比大部分别墅要大，别墅外还有三间房屋，四周有一道围墙，只有朝沙滩一侧有个缺口。别墅大门口有两个警卫，迈克尔看见大门里面有个胖胖的男人，穿一身与周围环境不很协调的衣服：运动上衣、宽松的休闲裤、一件编织的圆开领衫。等待开门的时候，迈克尔看见那人宽宽的脸上露出了笑容，这个人竟然是彼得·克莱门扎。

克莱门扎是迈克尔·柯里昂父亲手下的主要亲信。他从美国到这里来干什么？迈克尔上次看见他的时候，就是命案发生的那晚，是克莱门扎安置了那把他用来杀警督和索洛佐的枪。他还记得当时克莱门扎脸上那可怜和悲伤的神情，那是两年多以前的事了。现在克莱门扎看见迈克尔真是喜出望外。他把他从那辆小小的菲亚特车上拉下来，紧紧地拥抱了他一下。

“迈克尔，看见你真是太好啦。我等了好多年，就是想告诉你，我为你感到骄傲，你干了一件了不起的事。现在你的麻烦已经过去，再过一个星期，你就要和家人团聚了，他们要为你摆宴接风呢。大家都在等着你，米奇。”他用强劲的臂膀搂着迈克尔，兴致勃勃地看着他的面孔，还作出了自己的评估。眼前这个人已经不只是个战争中的年轻英雄了。在西西里的这段时间，他已经从一个毛头小伙子长成了男子汉。也就是说，迈克尔脸上表现出西西里人那骄傲而又含蓄的神情，原先的稚气已经荡然无存。迈克尔已经可以在家族中获得他应得的地位了。

迈克尔看见克莱门扎高大魁梧的身躯和轮廓分明的大脸庞，心里非常高兴。他询问了家里的情况。他父亲遇刺后身体已经恢复，但健康状况不太好。克莱门扎忧伤地摇摇头。“任何人身上被打出窟窿都是麻烦事，无论你恢复得多好。不过这已经不是你父亲第一次遇刺了。他就像一头公牛，他会没事的。桑尼被打死了，这才是对他和你母亲最大的伤害。太残忍了，米奇，他们用机枪把他打成了碎片。这太过分了。他们根本就用不着这么干，太可耻了。不过我们也正在制订计划。回家之后，你父亲会告诉你的。听说你就要回去了，大家都很高兴。”

斯特凡·安多里尼朝克莱门扎点点头，显然他们以前见过面。他和迈克尔握握手，说他要告辞了——他必须回蒙特莱普雷去处理一些事情。“无论你听到什么，”他说道，“都要记住这一点，我将永远忠于图里·吉里安诺，他可以永远信任我。如果他遭到背叛，背叛他的人肯定不会是我。”他有点口吃，但充满诚意，“我不会背叛你们。”

迈克尔相信他的话。“你是不是过来休息一下，吃点东西或者喝点儿什么？”他问道。

斯特凡·安多里尼摇摇头。他钻进那辆菲亚特，把车开出大门，那两扇大门随后就立即关上了。

克莱门扎领着迈克尔穿过开阔地，朝别墅主建筑走去。围墙四周以及直接连着大海的沙滩上都有武装流动哨在巡逻。有一个小型码头向前伸展，远方就是非洲海岸线。码头上停泊着一艘悬挂意大利国旗的大型摩托艇。

别墅里有两个身穿黑衣的干瘪老太婆，她们的皮肤被太阳晒得黝黑，头上围着的头巾也是黑色的，浑身上下没有一点光鲜的地方。克莱门扎吩咐她们端一碗水果送到迈克尔的卧室去。

卧室的露台面向蓝色的地中海。早晨的阳光照在海面上，似乎把大海从中间分成了两块。远处的水天线上，扬起鲜亮的蓝红风帆的渔船就像水面上的浮球在上下波动。露台上有一张小桌，上面铺着一块厚厚的深褐色台布，摆了一壶浓咖啡和一坛红葡萄酒。他俩在桌边的椅子上坐下。

“你好像很疲劳，”克莱门扎说，“先睡一会儿，然后我再把详细情况告诉你。”

“我可以睡上一会儿，”迈克尔说，“不过首先你要告诉我，我母亲好吗？”

“她很好，”克莱门扎回答说，“她正等你回家呢。桑尼已经不在了，我们不能让她失望，要不然她真的受不了。”

迈克尔又问道：“我父亲呢？他是不是完全康复了？”

克莱门扎笑起来，笑得很难看。“他没事了，五大家族很快就会知道了。迈克，你父亲期盼着你回去。他都为你安排好了，我们不能让他失望。所以不要为吉里安诺的事情太伤脑筋——如果他来，我们就带他一起走；如果他继续胡来，我们就让他留在这里。”

“这些都是我父亲的意思？”迈克尔问道。

克莱门扎说：“每天都有信使飞往突尼斯，我乘船过去和他交谈。这是我昨天接到的指令。原本是想让唐·克罗切帮助我们的，这是我离开美国的时候你父亲跟我说的。可是你知道你昨天离开巴勒莫之后，那里发生了什么？有人企图暗杀克罗切。他们从花园翻墙进去，杀了四个保镖。不过克罗切躲过了一劫。那么这究竟是怎么回事呢？”

迈克尔说：“天哪。”他想起了唐·克罗切在饭店四周采取的防范措施，“我想那是我们的朋友吉里安诺干的。我希望你和我父亲能知道自己在干什么。我太累，脑子转不动了。”

克莱门扎站起身，拍拍他的肩膀。“米奇，睡一会儿吧。等你醒来的时候，你能见到我哥哥。一个了不起的人，就像你父亲一样，也很潇洒，很厉害，他是这个地方的老大，不要管什么克罗切。”

迈克尔脱下衣服就上了床，他已经有三十多个小时没合眼了，可是他的大脑中思绪起伏，不让身体休息。虽然放下了厚厚的木制百叶窗，他依然能感觉到早晨就已火辣辣的太阳，空气中浮动着浓郁的花香和柠檬树的清香。他在思考过去几天中发生的事情。皮肖塔和安多里尼的行动怎么能如此自由？在一个最不当的时机，吉里安诺为什么认定唐·克罗切是他的敌人？这样的错误有悖于西西里人的特点。这个人已经在山里当了七年土匪，想必已经当够了，他肯定希望过好一点的生活——在这里是不可能的，但在美国没问题。他肯定有这样的计划，否则他不会让已经怀孕的未婚妻先去美国。他的思路清晰起来，这些谜团的答案是：吉里安诺准备进行最后的一搏。他并不害怕死在自己的国家。各种策划和阴谋很快会见分晓，而他迈克尔是被蒙在鼓里的，所以必须谨慎从事。他迈克尔·柯里昂可不想死在西西里。在这个特定的传奇里，他是个局外人。

迈克尔一觉醒来，推开这间大卧室的百叶窗，看见了在朝阳中熠熠生辉的白色石砌阳台。从阳台往下看，波光粼粼的地中海像蓝色的地毯一直伸向水天相接的地方。海面泛出道道深红，出海的渔船正淡出他的视野。他盯着这些渔船看了一会儿，全然陶醉在大海和海岸线北边埃里切巍峨峭壁的美景之中。

房间里摆满了制作粗糙的家具，有一张桌上放着一只蓝色搪瓷脸盆和一罐子水，一条棕色毛巾搭在椅子上，墙壁上画着各位圣人和怀抱小基督的圣母玛利亚。迈克尔洗过脸后走出房间。这时，彼得·克莱门扎已在楼梯下面等他。

“啊，你看上去好多了，米奇，”克莱门扎说，“先好好吃一顿，这样就有力气了，接下来我们就可以谈正事了。”他把迈克尔领进厨房。他们在一张长木桌边上坐下，一个穿黑衣服的老妪像变魔术似的出现在炉子旁边，倒了两杯浓咖啡给他们端了过来，接着又变魔术似的端来一盘鸡蛋和香肠放在桌上，还从烤箱里拿来一大块皮色焦黄的圆面包。然后她就走进厨房隔壁的房间，对迈克尔的感谢没作任何表示。这时候一个男人走进来，他的年纪比克莱门扎稍大一些，但是跟他长得很像。迈克尔立刻意识到这是彼得·克莱门扎的哥哥唐·多梅尼克·克莱门扎。不过唐·多梅尼克的穿着截然不同。他穿一条黑丝绒长裤，裤脚管塞进一双结实的棕色皮靴里，上身是一件白绸衬衣，袖子带褶，外面套了一件长黑马甲，头上戴着一顶短檐帽。他把右手拿着的鞭子扔进一个角落。迈克尔站起来和他打招呼，唐·多梅尼克·克莱门扎伸出双臂，友好地拥抱了他。

他们一起在桌子边上坐下。唐·多梅尼克那庄重威严的神情使迈克尔想起自己的父亲，他也一样保守礼让。彼得·克莱门扎显然有点怕他哥哥，多梅尼克对彼得则带有几分大哥对举止轻浮的小弟的溺爱。迈克尔既惊讶也感到有趣。彼得·克莱门扎是他父亲在美国最信任、最心狠手辣的手下。

唐·多梅尼克说话的语气严肃，目光炯炯有神。“迈克尔，你父亲唐·柯里昂让我关照你，我感到十分高兴和荣幸。现在你可以解开我心中的谜团了。我这个不中用的弟弟，他说他在美国混得很好，是不是真的？他真有那么厉害？我这个弟弟连杀猪这样的事都干不好。他真是唐·柯里昂最得力的助手？他说他手下指挥着一百个人，这些话我能相信吗？”可是他在说这番话的时候，却深情地拍了拍他弟弟的肩膀。

“都是真的，”迈克尔说，“我父亲总说，要不是你弟弟，他就要去卖橄榄油了。”

他们都大笑起来。彼得·克莱门扎说：“那我就会在监狱中度过我的大半生。他不只是教会我如何用枪，更重要的是教会我如何思考。”

唐·多梅尼克叹了口气。“我只是个穷庄稼汉。我的邻居们找我来商量问题，在特拉帕尼这个地方，他们说我是一个重要人物，这倒是真的。他们认为我‘不忠诚’，因为我不愿意唯唐·克罗切马首是瞻。也许这样做很不明智，也许教父能找到和唐·克罗切较好相处的办法。可是我觉得不可能。我也许‘不忠诚’，但只是对那些不知廉耻的人。唐·克罗切向政府出卖情报，无论理由有多么聪明，我认为这是非常无耻的。传统的方法依然是最好的，迈克尔，你在这儿再待上几天就会明白了。”

“我相信我肯定会，”迈克尔彬彬有礼地说，“我必须感谢你现在给我提供的帮助。”

“我还有些事情要做，”唐·多梅尼克说道，“如果你需要什么，派人来告诉我。”他拿起那条鞭子走了出去。

彼得·克莱门扎说：“迈克尔，你父亲同意帮助图里·吉里安诺离开这个国家，这是出于他对吉里安诺父亲的友谊和尊重。不过你的安全是第一位的。你父亲在这里还有些仇人。我们给吉里安诺一个星期时间和我们联络。如果他不来，你就必须一个人返回美国。这是我接到的指令。我们有一架专用飞机在非洲等候，随时都可以离开，只要你发话就行。”

迈克尔说：“皮肖塔说他很快就会带吉里安诺来见我。”

克莱门扎吹了一声口哨。“你看见皮肖塔了？见鬼，他和吉里安诺都是他们千方百计要找的人，他是怎么下山的？”

迈克尔耸了耸肩。“他有一张由司法部长签发的红边特别通行证。这件事情也使我感到很不安。”

彼得·克莱门扎摇了摇头。

迈克尔继续说道：“那个把我带到这儿来的家伙，安多里尼，你认识他吗，彼得？”

“认识，”彼得·克莱门扎回答说，“在纽约的时候，他是我们的打手，不过吉里安诺的父亲是个正直的手艺人。他们两个人回这里来真是太傻了，可是有很多西西里人都这样，他们总是忘不了在西西里的破烂小房子。这一次我就带回来两个人，来当帮手的。他们有二十年没有回来了。我们在乡村地区散散步，到了靠近艾里切的地方，那个小镇很美，米奇，我们到了田野上，在那里有很多羊，我们在一起喝葡萄酒，后来就想尿尿。于是我们就撒起尿来，尿刚撒完，这两个家伙一蹦三尺高地跳起来，大喊‘西西里万岁’。你还能怎么办？他们就是这种人，西西里人到死都是这样。”

迈克尔说：“是啊，不过安多里尼这个人怎么样？”

克莱门扎耸耸肩。“他是你父亲的表弟，过去五年里他一直是吉里安诺手下的得力干将。不过，他以前是唐·克罗切的人。谁知道呢？是个危险人物。”

迈克尔说：“安多里尼要把吉里安诺的未婚妻带到这儿来，她怀孕了，我们必须把她送到美国去，等她给吉里安诺带来密信，说所选择的路线可行，吉里安诺就来找我们。我答应了，这样行吗？”

克莱门扎吹了一声口哨。“我从来没听说吉里安诺有个女人，没问题，我们可以办到。”

他们走进外面的一个大花园。迈克尔可以看见大门口的警卫，还看见海滩上至少有六个武装人员在来回走动。在一个短码头上停靠着一艘大摩托艇。花园里也有一群人，显然是在等着要见彼得·克莱门扎。大约有二十个人，都是典型的西西里人，身穿沾满尘土的衣服，头戴软边帽，就像唐·多梅尼克的样子，不过显得比较穷。

在花园的一个角落里有一棵柠檬树，树下面放了一张椭圆木桌，桌子四周是几张做工粗糙的木椅。克莱门扎和迈克尔在其中两张椅子上坐下之后，克莱门扎让那些人过来。其中有个人走过来在椅子上坐下。克莱门扎问起这个人的生活状况。他结婚了没有？有孩子了吗？为唐·多梅尼克干活有多长时间了？在特拉帕尼有谁是他的亲戚？他想没想过到美国去发财？对最后这个问题的回答必然是“想过”。

一个穿黑裙子的老妪拿来一大罐加了鲜柠檬汁的酒，接着又端来一个盘子，上面放了许多杯子。克莱门扎给每个面试的人递上一杯酒，再给他一支烟。面试完了，香烟也给完了，那些人都离开了花园。克莱门扎对迈克尔说：“你觉得他们有什么问题吗？”

迈克尔耸耸肩说：“我看他们都一样，都想去美国。”

克莱门扎说：“我们在那边也需要新鲜血液。我们损失了许多人，可能还会损失不少人。每隔五年左右我都要回来，带十二个人回去。我亲自训练他们。先从小事干起——催收欠款、暴力抢劫、警卫任务。我考验他们的忠诚，等我觉得是时候了，我就给他们机会杀人明誓。不过我在这件事情上非常谨慎，他们也知道，一旦过了这一关，今后只要忠心耿耿，这一辈子就能过上好的生活。这里的每个人都知道我是为柯里昂家族来招募人员的，而且每个人都希望跟我见面。不过我大哥先替我进行筛选。没有他的首肯，谁也见不着我。”

迈克尔看了看这座美丽的花园，五颜六色的鲜花、清香扑鼻的柠檬树、从古代废墟中挖来的神像，还有一些新的圣徒造像以及别墅四周玫瑰色的围墙。在这里检验十二个杀手门徒真是太美妙了。

下午四五点钟的时候，那辆小菲亚特又出现在别墅的大门口，警卫挥手让它进来，开车的是安多里尼。他身边坐着一个年轻女子，长长的黑发，椭圆的面庞，跟画像上的圣母玛利亚一样漂亮。她从车上走下来的时候，迈克尔看出她已经有了身孕。虽然她穿着西西里妇女那种宽松衣裙，但颜色却不是黑的，而是很难看的玫瑰色和白色。但是她太漂亮了，所以穿什么衣服也就无所谓了。

迈克尔·柯里昂看见从后座下来的赫克特·阿多尼斯，见他身材那么矮小，心里感到非常惊奇。阿多尼斯走上前来进行介绍。这个姑娘叫尤斯蒂娜。她丝毫没有年轻女子的那种羞涩，虽然才十七岁，可是脸上却露出成熟女人的坚强，好像她早就尝过生活的辛酸。她先把迈克尔仔细打量了一番，然后才向他鞠了个躬作为对引见的回应。她那样看他，好像是想从他脸上看出有什么要阴谋诡计的破绽。

一个老女人把她领到为她准备的房间。安多里尼把她的行李从车上搬下来，她只带了一只小箱子，迈克尔把这只箱子拎到她的房间。

安多里尼开着菲亚特走了，赫克特·阿多尼斯没走。当晚大家在一起吃晚饭。在餐桌上，他们商量了把尤斯蒂娜送到美国的计划。唐·多梅尼克说，到突尼斯的船已经准备就绪，随时待命，一旦吉里安诺来了，他们就立即起航。他笑着说："谁知道他会带些什么乱七八糟的人一起来呢。"

彼得·克莱门扎说他会护送尤斯蒂娜去突尼斯，确保把她送上那架有特别文件的专机，这样她进入美国就没有麻烦了。事情办完后他就回别墅来。

等尤斯蒂娜到了美国，把密信带回来，营救吉里安诺的行动就开始。

在餐桌上尤斯蒂娜话很少。唐·多梅尼克问她，今天已经走了这么远的路，晚上就走行不行。

从她回答问题的神态，迈克尔可以看出她对吉里安诺肯定具有极大的吸引力。她有一双炯炯有神的黑眼睛，还有坚强的西西里女人那刚毅的下颌和嘴巴，说起话来也是那么傲慢。

“旅行比干活要轻松，比躲藏起来更安全，”她说，“我在大山里睡过觉，在田野里和羊群睡在一起，为什么在船上或者飞机上就不能睡觉呢？肯定不会那么冷吧。”她的语气中充满了年轻人的自豪，可是她在端起酒杯这时候，两只手却在发抖。“我只关心图里能不能走掉，他为什么不能跟我一起走呢？”

赫克特·阿多尼斯语气温和地说：“尤斯蒂娜，他不想因为他的在场危及你的安全，他离开要困难得多，必须采取更多的防范措施。”

彼得·克莱门扎说：“那艘船天亮前能送你到非洲，尤斯蒂娜，也许你还是先休息一会儿好。”

尤斯蒂娜说：“不用了，我不累，我太激动了，根本睡不着。我能不能再喝一杯酒？”

唐·多梅尼克把她的酒杯倒满。“喝吧，这对你的孩子有好处，过一会儿还有助于你的睡眠，吉里安诺让你给我们带什么口信没有？”

尤斯蒂娜苦笑着对他说："我有好几个月没有看见他了。他信任的只有阿斯帕努·皮肖塔一个，不是因为他觉得我会背叛他，而是因为我是他的弱点，他们可以利用这一点设陷阱抓他。这都是他从那些浪漫故事中得到的教训，女人的爱是埋葬英雄的坟墓。他认为对我的爱是他最大的弱点，当然他从来也不把自己的计划告诉我。"

迈克尔又了解到吉里安诺的一些情况，他觉得很有意思。如果他的父亲还在西西里，他也可能成为这种人，桑尼也可能成为这种人。"你是怎么遇到图里的？"他问尤斯蒂娜。

她笑起来。"我十一岁的时候就爱上他了，"她说，"那是七年前的事了，也是图里开始逃亡的第一年。在我们那个小村庄里，他已经是个大名鼎鼎的人物。我弟弟和我跟爸爸在地里干活，我爸交给我一沓里拉，让我拿回家给我妈。我弟弟和我当时都还是傻乎乎的小孩子，看见有这么多钱，我们都很激动，就挥动着这些钞票往家跑。在路上有两个宪兵看见我们，就把我们的钱拿走了，看见我们哭，他们还哈哈大笑。我们不知道该怎么办，我们害怕，不敢回家，我们也不敢回到父亲身边。这时候，一个年轻人从灌木丛中走出来。他的个子比大多数西西里男子都高，而且肩膀也宽。他的样子就像我们在战争时期看见的美国兵。他端着一挺机枪，不过他有一双温和的棕色眼睛，人长得很帅气。他问我们：'孩子们，这么美妙的日子，你们哭什么呀。还有你，小姑娘，你一哭就不漂亮了，有谁还会娶你呢？'他哈哈大笑，看得出，无论出于什么原因，他见到我们很高兴。我们把所发生的事情告诉了他，他又笑起来，说我们必须随时提防宪兵，还说这对我们这样的小孩来说是一个很好的教训。接着他给了我弟弟厚厚一沓里拉，要他拿回家交给我们的母亲，另外他还给我写了一张字条，让我带给我父亲。字条上所写的，我现在还记得一清二楚。字条上说：‘不要责备这两个漂亮的孩子，你们老了之后，他们会给你们带来欢乐与安慰。我给他们的钱比你失去的要多得多。记住：从今天起，你和你的孩子们将受到吉里安诺的保护。’我心想这个名字太奇妙了，而且他是用大写字母写的。随后的几个月里我经常梦见这个名字。就是由几个大写字母拼成的‘吉里安诺’。

“我之所以爱他，是因为他以做好事为乐，他在帮助别人之后感到特别的高兴，他到现在还是初衷不改。我总看见他这么高兴，好像他帮助别人能得到比受助者更多的东西。这就是西西里人喜欢他的原因。”

赫克特·阿多尼斯平静地说：“直到吉里斯特拉山口惨案发生。”

尤斯蒂娜目光向下，非常生气地说：“他们仍然喜欢他。”

迈克尔很快问了一句：“那之后你是怎么认识他的？”

尤斯蒂娜说：“我哥哥是他的朋友，我父亲大概也是他的手下，我不大清楚，只有我的家里人和图里的几个头领知道我们结婚了。图里要大家发誓保密，因为他害怕当局会逮捕我。”

餐桌上的人听到这个消息都感到震惊。尤斯蒂娜把手伸进衣服里，拿出一只小钱包，从里面取出一份封得严严实实的乳白色硬纸文件，把它递给迈克尔。可是赫克特·阿多尼斯伸手接过去看起来。接着他对她笑着说：“明天你就能到美国了，我能把这个好消息告诉图里的父母吗？”

尤斯蒂娜脸色绯红。“他们总以为我是为未婚先孕，”她说，“因为这个他们总是看不起我，是的，你可以告诉他们。”

迈克尔说：“你有没有见过或者读过图里藏起来的那份遗嘱？”

尤斯蒂娜摇了摇头。“没有，”她说，“图里从来没有跟我说起过。”

唐·多梅尼克的脸色变得很冷淡，但也有几分好奇。迈克尔心想，他听说过这份遗嘱，但是并不赞成。到底有多少人确实知道呢？当然不是西西里的民众，知道它的人只有罗马的政府成员、唐·克罗切、吉里安诺的家人以及他那一伙核心人物。

赫克特·阿多尼斯说：“唐·多梅尼克，尤斯蒂娜安全抵达美国、送来消息之前，我能不能留在你这里？这样我就可以安排把消息告诉吉里安诺，应当不会超过一个晚上。”

唐·多梅尼克直率地大声说：“那是我的荣幸啊，教授。你想待多久就待多久。不过现在我们大家都该去睡觉了。我们年轻的女士还要长途跋涉，一定要休息一会儿，我年纪大了，也熬不了夜啦。晚安。”他像个充满爱心的大鸟打发大家去休息。他亲自搀扶着赫克特·阿多尼斯的手臂，把他领到一间卧室，并大声命令女佣们照顾好其他几位客人。

第二天早晨，迈克尔醒来的时候，尤斯蒂娜已经走了。

赫克特·阿多尼斯在这里留宿了两个晚上，才等到尤斯蒂娜带来的信，说她已经安全到达美国，阿多尼斯在信中看到了让他放心的暗语。在准备离开的那天早晨，他要求和迈克尔单独谈谈。

两天来迈克尔一直在紧张地期待着，因为他自己也急于回到美国的家中。彼得·克莱门扎说起过桑尼遇害的事，对图里·吉里安诺，迈克尔感到了同样的不祥之兆。在他的头脑中，这两个人慢慢交织在了一起，他们的外貌有点相似，生命力顽强，有能力。迈克尔的年龄与吉里安诺相仿，对吉里安诺的名气很感兴趣，想到他们最终将见面，他真有些迫不及待了。他心想不知吉里安诺到美国之后，父亲会让他干什么。他相信这是他父亲的目的，否则派他把吉里安诺带回去就毫无道理了。

迈克尔和阿多尼斯一直走到了海滩。武装警卫向他们两人敬礼并称呼他们“大人”。两个警卫看见身材矮小、衣着考究的阿多尼斯，没有表露出任何不恭敬的嘲笑。那艘摩托艇已经返回。从近处，迈克尔可以看见它的大小与一艘游艇相仿。艇上的人配备了短筒猎枪和机枪。

七月骄阳似火，平静的蓝色海面像金属一样反射着阳光。迈克尔和阿多尼斯在码头上的两张椅子上坐下。

“我今天上午离开之前，要给你一道最后指令，”赫克特·阿多尼斯轻声说，“这是你能为吉里安诺做的最重要的事情。”

“我一定尽心尽力。”迈克尔说。

“你必须立即把吉里安诺的遗嘱送到美国交给你父亲，”阿多尼斯说，“他知道有什么用，他肯定会让唐·克罗切和罗马政府知道这个东西已经安全到了美国，这样他们就不会伤害吉里安诺，他们会让他安全地移民美国。”

“你带在身上了吗？”迈克尔问道。

小个子冲他诡秘地笑了笑，接着哈哈大笑说：“你已经拿到了。”

迈克尔呆住了，“你肯定搞错了，”他说道，“谁也没有把它给我呀。”

“给了，他们给你了。”赫克特·阿多尼斯说。他亲切地把手放在迈克尔手臂上，迈克尔注意到他的手那么小，就像一个小孩的手。“吉里安诺的母亲玛丽亚·隆巴尔多交给你的。只有她和我知道东西在哪里，就连皮肖塔也不知道。”

迈克尔一脸茫然。“在那尊黑圣母像里面，”赫克特·阿多尼斯说，“那个东西真的在他们家传了好几代人，而且很值钱，可是吉里安诺拿的是个复制品，中间是空的。遗嘱写在很薄的纸上，而且每一页都有吉里安诺的签名，是过去几年中我帮助他写的。还有一些重要文件。图里一直都知道将来可能会发生什么事，所以想做好准备。他是个年轻人，但是很有远见。”

迈克尔笑起来。“他母亲是个了不起的演员。”

“所有的西西里人都是，”赫克特·阿多尼斯说，“我们谁都不信，对任何人都有所保留。当然，吉里安诺的父亲可以相信，但是他可能不太谨慎。虽然皮肖塔从小就是他最忠实的朋友，斯特凡·安多里尼从宪兵手中救过吉里安诺的命，但是时间和酷刑是会让人改变的，所以最好还是不让他们知道。”

“但是，他是信任你的。”迈克尔说。

“我很荣幸，”阿多尼斯轻描淡写地说，“不过你能看出吉里安诺有多聪明了吧？在遗嘱问题上，他只相信我，但是他却把性命托付给了皮肖塔。只有我们两个人都背叛他的时候，他才会失败。”

第十七章

迈克尔·柯里昂和赫克特·阿多尼斯回到别墅后，与彼得·克莱门扎一起坐在柠檬树下。迈克尔迫不及待地想看那份遗嘱，但是赫克特·阿多尼斯说，安多里尼马上就来接他回蒙特莱普雷，迈克尔要等一等，看安多里尼有没有给他带回任何新的消息。

一个小时过去了。赫克特·阿多尼斯看了看自己的手表，脸上露出焦虑的神情。

迈克尔说："也许他的汽车抛锚了，那辆菲亚特已经老掉牙了。"

赫克特·阿多尼斯摇了摇头。"斯特凡·安多里尼是杀手，但是他特别守时，是个靠得住的人。我害怕出了什么事情，他已经晚了一个钟头。我必须在天黑宵禁之前返回蒙特莱普雷。"

彼得·克莱门扎说："我大哥会给你派车和司机。"

阿多尼斯考虑了一下之后说："不，我还是等吧，我必须见到他，这很重要。"

迈克尔说："如果你不在场，我们看看那份遗嘱你不会介意吧？那个雕像怎么打开？"

赫克特·阿多尼斯说："当然——那就看吧。至于打开那尊雕像，其实也没有什么奥秘。它是用坚硬的木料刻成的。图里先把文件放进去，然后把头重新胶合上去。只要把头剁下来就行，如果你看不懂，我可以帮助你，派个用人来叫我，我就过来。"

迈克尔和彼得·克莱门扎一起来到迈克尔的卧室，那尊雕像依然在迈克尔的上衣口袋里，他已经把这件事全忘了。他把圣母像拿出来，两个人凝视着它，雕像的特征完全是非洲式的，可是面部表情却跟西西里每个穷人家里供奉着的白人圣母玛利亚像一样。迈克尔用手掂了掂，雕像很重——谁也不会想到它的中间是空的。

彼得·克莱门扎走到门口，喊楼下一个女佣去厨房把斩肉刀拿上来。那女佣上来之后，盯着房间里看了一会儿，然后才把刀递给克莱门扎。他把门关上，不让那个好奇的女人继续往里看。

迈克尔把黑色圣母雕像放在沉重的木头梳妆台上，一只手抓住嵌在雕像下面的圆形底座，另一只手抓住雕像头的上半部分。克莱门扎小心翼翼地把刀对准雕像的脖子，举起粗壮的手臂，用力猛地一砍，雕像的头被砍下来，滚到了房间的另一侧。从雕像那中空的脖子里露出用灰色软皮包着的一卷纸。

克莱门扎正好一刀砍在接缝上，不然这把刀怎么也砍不断这么硬的橄榄木。他把刀放在梳妆台上，从没有脑袋的雕像中抽出一卷纸。他打开包在上面的软皮，把纸一张张摊开放在梳妆台上。总共有大约十五张极薄的葱皮纸，上面用黑墨水写得密密麻麻的。每一张纸的下面都有吉里安诺龙飞凤舞的签名。里面还有一些盖有官方大印的文件、印有政府部门抬头的信以及盖着公证人印章的文件。由于塞在雕像里的时间太长，这些纸都卷起来了。迈克尔把它们展开弄平，用雕像的身子和头以及那把刀把它们压住。接着他好像要庆祝什么事似的，从床头柜上的坛子里倒了两杯酒，把其中一杯递给克莱门扎。把酒喝完之后，他们就开始看那份遗嘱。

他们用了将近两个小时才看完。

迈克尔对图里·吉里安诺非常钦佩：年轻的理想主义者遭受了这么多的坎坷。迈克尔了解这个世界，可以想象得出吉里安诺为了致力于自己的使命，掩饰着自己的狡黠和计划。迈克尔对吉里安诺的逃离产生了巨大的认同感和责任感。

能够动摇罗马基督教民主党政府的，不是吉里安诺过去七年写的日记，而是一些证明文件。那些大人物怎么会这么愚蠢？迈克尔心想：有一张红衣主教签署的便条，一封司法部长写给唐·克罗切的信，问他用什么办法可以镇压港吉里斯特拉山口的游行，当然其措辞肯定是遮遮掩掩的，但从后来所发生的事实，就可以看出其中的险恶用心。单看这些事都没有什么问题，可是把它们集中起来，就成了金字塔一样确凿的罪证。

有一封信是奥洛尔托亲王写的，信上对吉里安诺千恩万谢，并保证说在罗马基督教民主党政府中所有身居高位的人都向亲王保证，只要吉里安诺按他们的要求去做，他们将尽最大的努力使他得到赦免。在这封信中，亲王声称他和罗马的司法部长已经达成了完全的谅解。

此外还有宪兵高官捉拿吉里安诺的行动计划的副本——这些副本是用来换取吉里安诺所提供的服务。

“难怪他们不想抓吉里安诺，”迈克尔说，“有了这些文件，他就能让他们全完蛋。”

彼得·克莱门扎说："我马上就把这东西送到突尼斯去，明天晚上它就会在你父亲的保险柜里了。"

他拿起没有头的圣母雕像，把这些纸全塞了进去。他把雕像放进自己的口袋，然后对迈克尔说："我们动身吧，如果我现在出发，明天早晨就可以回来。"

他们走出别墅，克莱门扎把那把斩肉刀交给了厨房的一个老妪，她以怀疑的神情把刀检查了一遍，好像要看看上面有没有血迹。他们朝海滩方向走去，却突然发现赫克特·阿多尼斯还在等人。斯特凡·安多里尼还没有来。

这个小个子松开了领带，还脱下了上衣。虽然他在柠檬树的树荫下，汗水还是湿透了那件雪白的衬衫。他也有了些许醉意，花园里那张木桌上的大酒坛已经空了。

他心不在焉地跟迈克尔和彼得·克莱门扎打招呼。"最后的一击开始了，已经过了三个钟头，安多里尼还没有来，我必须到蒙特莱普雷和巴勒莫去，我必须把消息告诉吉里安诺。"

彼得·克莱门扎粗声大气愉快地说："教授，也许是他的车中途抛了锚，或者被其他更紧急的事耽搁了。他知道你在这里很安全，而且会等他。如果他今天不来，你就和我们再待一个晚上。"

可是赫克特·阿多尼斯不断嘟囔着"坏事了，要出事了"，同时恳求他们提供交通工具。克莱门扎让两个人把阿尔法-罗密欧开来，把赫克特·阿多尼斯送到巴勒莫去，并告诉他们一定要在天黑前把车开回别墅。

他们帮助赫克特·阿多尼斯上了车，并告诉他不要担心，遗嘱二十四小时内就能送到美国，吉里安诺会安然无恙的。汽车驶出大门后，迈克尔陪同克莱门扎走到下面的海滩，看着他上了那艘摩托艇，并一直目送那艘摩托艇驶向非洲方向。“我早晨就回来。”彼得·克莱门扎大声说。迈克尔心想，如果吉里安诺选择今天晚上来，不知会发生什么事情。

过了不久他开始用晚餐，伺候他的是两个老妪。晚饭后他沿着海滩漫步，走到别墅属地的边缘，被警卫挡了回来。再过几分钟天就黑了，地中海就像深蓝色的天鹅绒，他可以闻到地平线那一端非洲大陆的气息，除了野花的芬芳，还有野生动物的气味。

在靠近海边的地方，没有昆虫的嗡嗡声，昆虫需要茂密的植被，也需要离海岸较远处带烟尘的热空气。这里几乎就像是一台停止了运转的机器。他站在海滩上，感受西西里夜晚的静谧和美妙。他同情那些提心吊胆在黑暗中奔波劳顿的人们：隐藏在大山深处的吉里安诺，拿着随时可能失效的通行证出入敌人的防线的皮肖塔，在西西里尘土飞扬的公路上寻找对方的阿多尼斯教授和斯特凡·安多里尼，还有跨越蓝黑色大海到突尼斯去的彼得·克莱门扎。唐·多梅尼克·克莱门扎没有回来吃晚饭，他去哪里了？在西西里的夜晚，他们都是一些影子，等他们重新出现的时候，决定图里·吉里安诺生死的舞台也就搭建好了。

第四部

/1947年，唐·克罗切

第十八章

萨伏伊王室的翁贝托二世国王为人谦逊，和蔼可亲，深受人民的爱戴。他赞成全民公投决定意大利是否需要一位名义上的国王。如果人民不需要，他希望能够退位。在这一点上，他很像几位前任，萨伏伊王室的国王都不是野心勃勃的，君主制实际上是议会统治下的民主制。政治专家们相信全民公决会同意保留君主制。

意大利政府指望依靠西西里岛的大部分民意维持现状。这时，岛上最强的两股势力是图里·吉里安诺和唐·克罗切·马洛。前者控制着西西里的西北部，后者以及黑手党控制着西西里的其他地方。吉里安诺没有参与任何政党的竞选计划，唐·克罗切和黑手党则不遗余力地要确保基督教民主党再次赢得大选，并保留君主。

出人意料的是，意大利选民抛弃了君主制，意大利成了共和国。社会党人和共产党人声势浩大，基督教民主党已经摇摇欲坠，濒临垮台。随后的几次大选可能会选出一个唯物的社会主义罗马政府。基督教民主党开始动用所有资源以赢得下一次大选。

最让人感到意外的是西西里。许多属于社会党和共产党的成员被选进了国会。在西西里，工会仍然被看成邪恶组织，许多工业界人士和土地所有者都拒绝和他们打交道。这到底是怎么回事呢?

唐·克罗切非常恼火。他的手下尽心尽力，恐吓了所有乡村地区的村民，但是显然没起任何作用。天主教会派出神父在布道中反对共产党，修女们承诺把面条和橄榄油送给投基督教民主党的选民。可他们没想到花在食物上的上百万里拉打了水漂，狡猾的西西里农民吃了慈善组织的面包，却抛弃了基督教民主党。

司法部长佛朗哥·特雷扎也对他的西西里同胞十分恼火——都是些奸诈之徒，狡猾没给他们带来任何好处，即使穷得连尿盆都没有，他们也为自身的荣誉而骄傲。他拿他们毫无办法。他们怎么能选社会党人和共产党人呢?他们最终会毁了自己的家庭，意大利大教堂里的基督教神明都会被摒弃。现在只有一个人能够解决这个问题，能够应对这场决定意大利政治道路的大选。他派人去请唐·克罗切·马洛。

西西里的农民把选票投给了左翼政党，选择废黜他们敬爱的国王。如果他们知道这些身居高位的人非常恼火，美国、法国和英国等强国都担心意大利会变成俄国的盟友，他们会感到惊讶和滑稽的，不过许多农民压根儿就没听说过什么俄国。

二十年来，西西里的穷人第一次得到民主选举的机会，他们把选票投给了承诺让他们花很少的钱买下自己那一点土地的候选人和政党。

但是，他们不知道选择左翼政党实际上就是选择摧毁自己的家庭结构、选择摧毁圣母玛利亚和神圣的天主教会——在西西里，每家每户的厨房和卧室里都供奉着由红烛照亮的神像。他们也不知道这样投票实际上是要把大教堂变成博物馆，把他们敬爱的教皇从意大利的领土上赶走，如果他们知道这些情况，他们定会感到惊骇不已。

不。西西里人之所以投票，不是为了某一个政党，而是为了得到一块属于自己和家人的土地。在他们心目中，没有什么能比这个更让他们高兴的了。在自己的土地上耕种，把用自己汗水浇灌的劳动果实留给自己和孩子。他们梦寐以求的天堂就是山坡上几英亩可以种植谷物和蔬菜的梯田、一座小小的葡萄园、一棵柠檬树和一棵橄榄树。

司法部长佛朗哥·特雷扎是西西里人，也是一个真正的反法西斯斗士，在逃亡英国之前曾蹲过墨索里尼的监狱。他身材高大，长得像贵族，虽然他的胡须中已经添了几丝花白，他的头发却依然那么乌黑。虽然他是个真正的英雄，但也是个十足难对付的官僚政客。

这位部长在罗马的办公室非常宽敞，里面摆放着很占空间的古董家具，墙上挂着罗斯福总统和温斯顿·丘吉尔的照片。办公室的窗户是彩色玻璃的，窗外是一个小阳台。部长亲自为他的贵客唐·克罗切倒了一杯葡萄酒。

他们坐下来，边喝酒边谈论西西里的政治局势以及即将到来的地方选举。特雷扎部长谈了他的担忧，如果西西里的投票继续出现左倾趋势，基督教民主党就很可能失去对政府的控制，天主教也很可能失去意大利国教的合法地位。

唐·克罗切对这些都没有作出反应。他的嘴在不停地吃，心里不得不承认，与老家西西里相比，罗马的东西好吃得多。他那硕大的脑袋低得几乎贴在盛满块菌拌面条的盘子上了。巨大的上下颌不停地、津津有味地咀嚼。偶尔他也用餐巾擦一擦那两撇稀疏的小胡子。只要用人端上一盘菜，他那大鹰钩鼻子都要凑上去，仿佛要闻一闻是不是有毒。他的两眼不停地在一桌丰盛的菜肴上来回地看。部长在喋喋不休地谈论国家大事，而克罗切则是一言不发。

最后端上来的是一大盘水果、奶酪、一杯咖啡和一杯白兰地。在象征性地喝了一点之后，唐·克罗切准备说话了。在那张不太适合他的椅子上，他挪动了一下硕大的身躯。部长赶紧领他去客厅，因为那里有不少铺垫很厚的扶手椅。他叫一个用人把咖啡和白兰地端进客厅，随后就把他打发走了。部长亲自为克罗切倒了一杯浓咖啡，还递上一支香烟，不过对方没有接。接着部长就准备洗耳恭听，他知道唐·克罗切会说到点子上的。

唐·克罗切目不转睛地注视着部长。对他那贵族的外形、粗笨愚钝的相貌和持重的神情，克罗切都很不以为然。他也看不上部长的胡须，认为那是故作姿态。这个人在罗马可以神气活现，可是在西西里就不行了。不过他可以巩固西西里黑手党的势力。以前轻视罗马的做法是错误的，结果是墨索里尼和法西斯上台。唐·克罗切不抱任何侥幸心理，一个左翼政府会真的实行改革，真的动手铲除黑手党组织。只有基督教民主党政府才会保留使唐·克罗切不受伤害的法律程序，他欣然来到罗马，觉得自己是安抚精神创伤的信仰治疗师。他知道他能够医治他们的心病。

“在下一次大选中，我可以把西西里交给你，”他对特雷扎部长说，“但是我们需要武装人员。你必须承诺不对图里·吉里安诺采取任何行动。”

“这个我不能承诺。”特雷扎部长说。

“这个你必须承诺。”唐·克罗切作出回应说。

部长捋了捋胡小胡子。“这个吉里安诺是什么人？”他很不情愿地问，“他太年轻了，不应当这么残暴，即使是西西里人，也不能这样。”

“啊，不，他是个温文尔雅的年轻人。”唐·克罗切回答说。他没有理会部长脸上讥讽的微笑，也没说他根本没见过吉里安诺。

特雷扎部长摇摇头。“我觉得这不可能，”他说，“一个杀了这么多宪兵的人不能被称为温文尔雅。”

这也是事实。唐·克罗切认为在过去的几年中，吉里安诺一味蛮干，不计后果。自从把多达纳“神父”处死以来，他一直疯狂对待所有的敌人，无论是黑手党还是罗马当局。

吉里安诺开始给报社写信，声称自己统治着西西里西部，罗马政府想干什么就随它的便。他还写信警告蒙特莱普雷、柯里昂和蒙雷阿莱的宪兵午夜之后不许上街巡逻。他的理由是，他的人必须去探亲访友，他不想让他们在睡觉的床上遭到逮捕，不想让他们在走出家门时遭到枪杀，也不希望自己回蒙特莱普雷的时候，在家中遭到类似的命运。

报纸上刊登了这些信件，还乐此不疲地附加特写报道。萨尔瓦多·吉里安诺禁止使用“卡塞塔”酷刑？这个土匪不准警察在西西里的城镇合法巡逻？真不知天高地厚！真是太胆大妄为了！这个年轻人以为他是意大利的国王？一些漫画中，威武的吉里安诺大摇大摆地走进广场，而那些宪兵则躲在蒙特莱普雷的一条巷子里。

当然，蒙特莱普雷的那个上士能做的事情只有一件，每天晚上他都派人上街巡逻。兵营的人数已经增加到一百，但每个夜晚，他的兵营都处于戒备状态，在山区通往小镇的各个路口增哨加岗，防止吉里安诺进行突然袭击。

有一次他派宪兵进山，吉里安诺和他手下的五个头领——皮肖塔、泰拉诺瓦、帕萨藤珀、西尔韦斯特罗和安多里尼——各率领一支五十人的队伍，对他们进行了伏击。吉里安诺毫不留情，打死了六名宪兵。在机枪和步枪的火力面前，其他的宪兵小分队纷纷逃命。

罗马当局大为震怒，但是，吉里安诺这种胆大妄为正是他们可以加以利用的，唐·克罗切要是能让这个黑不溜秋的司法部长相信这一点就好了。

“相信我，”唐·克罗切对特雷扎部长说，“吉里安诺可以为我们所用，我会劝他对西西里的社会党和共产党宣战，他会去袭击他们的总部，压制他们的组织者。他能在军事上助我一臂之力，我和我的朋友们必须做一些不能公开去做的必要的事情。”

特雷扎部长似乎并未对他的建议感到惊讶，不过他盛气凌人地说：“吉里安诺已经是这个国家的丑闻，一个全世界都知道的丑闻。在我的办公桌上有一份陆军参谋长调遣部队镇压他的行动计划。他们悬赏一千万里拉要他的人头，一千名宪兵已经接到通知，准备进入西西里增援现有的宪兵。可是你却要我保护他？我亲爱的唐·克罗切，我希望你能帮助我们抓住他，就像对付其他土匪一样。吉里安诺是意大利的耻辱，大家都认为他应该被除掉。”

唐·克罗切呷了一口咖啡，然后用手指捋了捋胡须。对这个罗马的伪君子，他已经有点不耐烦了。他慢条斯理地摇摇头。“让图里·吉里安诺活着，继续做他的英雄和好事对我们更有价值。西西里的民众非常崇拜他，他们为他的灵魂和安全祈祷。在我那个岛上，没有人会背叛他。他比其他土匪高明得多。我在他的营地安插了间谍，但是他的人格力量如此强大，我都不知道我的人是否忠诚于我。你说的吉里安诺实际上是这样一个人，他能够激发所有人对他的爱戴。如果你派出上千名宪兵和你自己的部队，但是他们失败了——他们曾经失败过——那时候该怎么办？我跟你说吧，如果吉里安诺决定在下一次选举中帮助左翼政党，你将失去西西里，这就意味着你们的党将失去意大利，这一点你肯定也很清楚。”他停顿了好一会儿，目不转睛地看着部长，“你必须和吉里安诺达成妥协。”

“那么要怎样才能达成呢？”特雷扎彬彬有礼地问道。唐·克罗切讨厌他礼貌但傲慢的微笑，虽然这个人是在西西里出生的，但这却是罗马式的微笑。部长继续说道，“我听到可靠的消息，吉里安诺压根儿就不喜欢你。”

唐·克罗切耸了耸肩。“这三年要是他一直怀恨在心，他就不可能活到今天。我和他有联系。赫克特·阿多尼斯博士就是我的人，他是吉里安诺的教父和最信赖的朋友，他将作为我的联系人和吉里安诺进行和解，但是你必须作出实际的保证。”

部长讥讽地说：“我写信给这个我很想抓住的这土匪，告诉他我很欣赏他，然后签上我的大名，你觉得怎么样？”

唐·克罗切最厉害的地方就是不理会别人对他的侮辱和不恭，但是他会把它牢记在心里。他的回答很简单，表情没什么变化。

“不，”他说，“我只要一份陆军参谋长对付吉里安诺的行动计划副本，还有你派一千名宪兵增援西西里岛的命令的副本。我要把它们拿给吉里安诺看，告诉他如果他帮助我们教育西西里的选民，你就承诺不执行这两项命令。这在今后也不会牵连到你——你可以说有个副本被人偷了。我也会对吉里安诺作出承诺：如果基督教民主党赢得下次大选，他就会得到赦免。”

“啊，这不行，”特雷扎部长说，“赦免不在我的职权范围之内。”

“作个承诺并不超出你的职权范围，”唐·克罗切说，“能做到那最好，如果你觉得不可能，我也只能把这个坏消息转告他。”

部长明白了，唐·克罗切在向他暗示他最终还是要除掉吉里安诺的，他们两人不可能在西西里并存，在这些事情上唐·克罗切会承担一切责任，部长不必为这个问题而劳神，作出一些承诺当然没有问题，他只要把两个军事行动的计划副本给唐·克罗切就行了。

部长在仔细斟酌自己的决定。唐·克罗切低下大脑袋轻声说：“如果赦免还是有可能的，那我坚持能够赦免他。”

部长在房间里大步来回走动，考虑可能出现的各种复杂情况。唐·克罗切则正襟危坐，目不旁视。部长说：“我以我的名义承诺赦免他，但是你要知道这个问题现在很棘手。这个丑闻非同一般。如果报纸知道我们两个人见了面，他们会活剥了我，那我就只好回西西里的农场去铲大粪、剪羊毛了。有必要真的给他这两份计划的副本吗？”

“如果不给，那就什么事也办不成。”唐·克罗切说。他的男高音就像一个歌手那样高亢嘹亮，令人心悦诚服，“吉里安诺需要我们两人是朋友的证据，他得到好处才肯为我们服务。我把这些计划给他看，并保证这些计划将不再执行，他可以像以前一样自由行动，不必和军队以及更多的警察作战。我能拿到这些计划就证明了我和你的关系，而这些计划没有实施，就证明了我对罗马的影响力。”

特雷扎部长又给唐·克罗切倒了一杯浓咖啡。“我同意，”他说道，“我相信我们的友谊。不过我担心你的安全，小心为上策。如果吉里安诺做了我们要他做的事情但却得不到赦免，那他肯定会找到你的头上。”

唐·克罗切只点头，没说话。他又呷了口咖啡。部长盯着他，接着说：“在这样的小地方，你们两个人难以共存。”

克罗切微微一笑。“我会给他腾地方，”他说道，“有的是时间嘛。”

“很好，很好，”特雷扎部长说，“要知道，如果我能确保民主党在下次大选中赢得西西里的选票，如果我能够解决吉里安诺的问题，给政府脸上增光，那么我未来的地位会有多高谁都说不准，不过无论有了多高的地位，我也绝对不会忘记你，我亲爱的朋友，我会一直欢迎你的意见的。”

唐·克罗切的庞大身躯在椅子上动了动。他心下思忖：让这个橄榄脑袋的西西里人当意大利总理是否真的值得。不过这个人的愚蠢正好可以为黑手党所用。如果他有二心，除掉他也不难。唐·克罗切以他那特有的诚恳语气说：“我感谢你的友情，我会尽一切努力帮助你的仕途。我们就这么说定了。我明天下午回巴勒莫，如果你能在明天上午把计划副本和其他文件送到我的宾馆，我将不胜感激。至于吉里安诺，如果他完成任务之后你还没有替他争取到赦免，我就安排让他消失。也许让他去美国或者其他不会再给你造成麻烦的国家。”

两人就此道别。特雷扎是西西里人，他相信社会。唐·克罗切则认为罗马的政府和法律是魔鬼用来奴役他的手段。他相信自由，一种属于他自己的自由，这种自由不是任何势力的恩赐，而是源自他从西西里同胞们那里赢得的尊重。他心想，不幸的是，命运把他与图里·吉里安诺对立起来了。吉里安诺最合他的心意，而不是眼前这个虚伪混账的部长。

唐·克罗切回到巴勒莫之后，就派人去请赫克特·阿多尼斯。他把与特雷扎见面的事以及他们达成的协议告诉了阿多尼斯。接着他把政府准备对吉里安诺采取军事行动的计划副本拿给他看。这个小个头显得很沮丧，而这也正是唐·克罗切所希望看到的。

“部长答应我，他不会同意这些计划，也绝不会执行，”唐·克罗切说，“可是你的教子必须尽其所能来影响下一次大选。他必须坚定、强硬，不要那样为穷人担心。他必须考虑自己的命运。他必须明白，和罗马、和司法部长结盟是一次机会。所有的宪兵、警察和法官都归特雷扎管。有朝一日他也许会成为意大利总理。如果是这样，图里·吉里安诺就可以回到家人的怀抱，也许可以在政界谋一个很好的出路。西西里人民爱戴他。但是目前他必须宽宏大量，捐弃前嫌。我希望你能够对他产生影响。”

赫克特·阿多尼斯说：“但是他怎么会相信罗马的承诺呢？图里一直是在为穷人而战斗。他不会做任何对穷人不利的事情。”

唐·克罗切毫不客气地说："吉里安诺肯定不是个共产党。你安排我和他见一次面，我来说服他。我们是西西里最有影响力的两个人。我们为什么不能联手呢？他以前拒绝过我，但是现在时过境迁了。这样做不但是解救我们，也是解救他自己。共产党人会铲除我们，而且对两者都不会手软。一个共产党国家容不得吉里安诺这样的人物存在，也容不得像我这样的坏蛋。我希望和他会面，地点由他定。告诉他，我担保政府作出的承诺。如果基督教民主党赢得下一次大选，他的赦免问题就包在我身上。我以自己的性命和荣誉担保。"

赫克特·阿多尼斯听明白了。如果特雷扎部长背信弃义，唐·克罗切愿意冒险承担吉里安诺的报复。

"我能不能把这些计划拿去让吉里安诺看看？"阿多尼斯问道。

唐·克罗切考虑了一下。他知道如果交给他带去，这些计划就永远拿不回来了，今后它们将成为吉里安诺的强大武器。他对赫克特·阿多尼斯微微一笑。"我亲爱的教授，"他说道，"你当然可以把它们带去。"

图里·吉里安诺在等赫克特·阿多尼斯，同时也在考虑对策。他知道大选和左翼政党的胜利会迫使唐·克罗切来求助于他。

过去四年里，吉里安诺控制着西西里的一角，他给那里的穷人发放了数不清的里拉和粮食，但是只有夺取某种权力，他才能真正帮助他们。

阿多尼斯给他带去的经济学和政治学方面的书使他感到困惑。历史的进程表明，只有左翼政党才是穷人的希望，但在美国是个例外。尽管如此，他也不愿意与他们为伍，他们反对宗教，嘲笑西西里人中世纪式的家族纽带。他知道，为了把他从大山里赶出来，社会党政府会比基督教民主党政府更起劲。

此刻已是夜里。吉里安诺看着他的队伍在山上燃起的点点篝火。他从峭壁上俯瞰蒙特莱普雷，偶尔可以听见村里广场上的喇叭中飘来的音乐声，那是巴勒莫播放的音乐。他可以看见小镇的灯光，它们构成了近乎圆环的几何图案。他在想，阿多尼斯来后，他们先谈正事，然后他就陪教父下山，顺便去看看她的父母和拉韦内拉。这样做他并不害怕。经过三年时间，这一地区的动向都在他的完全控制之下。镇上的宪兵小分队也在他的监控之下，如果他们胆敢靠近他母亲的住房，他会率领足够的人马去消灭他们。现在贝拉大街上就有他的武装支持者。

阿多尼斯一到，图里·吉里安诺把他领进一个放了一张桌子和几把椅子的大山洞。洞里点着几盏美国的军用干电池灯。阿多尼斯拥抱他之后，递给他一小包书，图里非常感激地把书收下。阿多尼斯还给了他一只装着文件的公文包。“我想你会感兴趣的，你应该现在就看一看。”

吉里安诺把文件摊在木桌上。这些文件包括由特雷扎部长签发的从大陆增派一千名宪兵到西西里与吉里安诺匪帮作战的命令。还有陆军参谋总长制订的作战计划。吉里安诺饶有兴趣地看起来。他并不害怕；他只是需要再往深山里去一点就行了。不过这个预警来得很及时。

“这些是谁给你的？”他问阿多尼斯。

“唐·克罗切，”阿多尼斯回答说，“是特雷扎亲自给他的。”这样的消息本应使图里感到惊讶，可是他似乎没有这样的感觉。实际上他只是微微一笑。

“这是威胁吗？”吉里安诺问，“这里的大山深得很。他们派来的人都会被大山所吞没，而我则会在一棵树下吹着口哨慢慢入眠。”

“唐·克罗切想和你见个面。你说在哪里见，他就到哪里，”阿多尼斯说，“这些计划是他用来表示诚意的。他想提个建议。”

图里说：“你呢？我的教父，你也建议我们见面吗？”他密切地注视着阿多尼斯的反应。

“是的。”阿多尼斯的回答直截了当。

图里·吉里安诺点点头。“那么我们就到蒙特莱普雷，在你家里见面吧。你能肯定唐·克罗切会冒这个风险？”

阿多尼斯认真地说：“他为什么不呢？我会对他说保证他的安全。我也要你向我保证，你是一诺千金的，我最相信你。”

吉里安诺双手握着赫克特的手。“我向你保证，”他说道，“谢谢你带来的这些计划，也谢谢你带来的这些书。今天晚上你可不可以给我讲解其中的一本，然后再回去？”

“当然可以。”赫克特·阿多尼斯说。他用那优雅的职业嗓音解释他带来的那些书中的困难章节。吉里安诺全神贯注地听他讲解，还提了一些问题。他们就像回到了许多年之前，就像当年的老师和孩子在一起。

就在那天晚上，赫克特·阿多尼斯建议吉里安诺要保留一份证明文件，上面要记录吉里安诺的队伍所遇到的各种事情，并详细记录他与唐·克罗切以及特雷扎部长的秘密交易。这能给他提供重要的保护。

吉里安诺立刻充满热情。他心想，即使它发挥不了多少作用，即使最后丢失了，也许过了一百年，它会被别的反叛者发现。就像汉尼拔的大象遗骨被他和皮肖塔发现一样。

第十九章

这次历史性的会见发生在两天之后。在很短的时间里，蒙特莱普雷就谣传着唐·克罗切·马洛要来了，要恭恭敬敬地来见他们光荣的英雄图里·吉里安诺。谁也不知道这个秘密是如何外泄的。也许是因为吉里安诺为这次会见采取了特别的防范措施。他的巡逻队进入指定地点，封锁了通向巴勒莫的道路；将近五十个来自蒙特莱普雷的手下都回到他们的亲人那里过夜。

帕萨藤珀受命率领手下人封锁贝兰伯兵营，如果宪兵想出来巡逻，就把他们挡回去。泰拉诺瓦奉命带人控制通向海堡和特拉帕尼的公路。卡尼奥·西尔韦斯特罗下士带领五名优秀的步枪手和一挺重机枪上了房顶，他们用作伪装的是许多蒙特莱普雷人家用来晒西红柿酱的竹架。

傍晚时分，唐·克罗切乘坐的豪华型阿尔法-罗密欧旅行车停在赫克特·阿多尼斯家的房子前面。陪他一同前来的是他弟弟本杰明诺神父。两名武装保镖和司机一起待在车上。在门口恭迎他们的是赫克特·阿多尼斯。他的衣着比平常更讲究，身上穿的是伦敦裁缝量身定做的灰色西装，里面是白得耀眼的衬衫，配的是一条红黑道相间的领带。与他形成强烈反差的唐·克罗切似乎穿得比平常更随便，一条裤子裹住他肥胖的腰，使他看上去就像一只蹒跚而行的大笨鹅。他的衬衣没有领子，最上面的扣子也没有扣，一件质地厚重的黑色上衣随意地敞着，一眼就看见里面一英寸左右宽的白色背带。他脚上穿的是一双薄薄的拖鞋。

本杰明诺神父身穿修士的长袍，头上戴的还是那顶黑色的、圆形平底锅似的帽子。他进门之前先在胸前画了个十字，低声为这幢房子祈福。

赫克特·阿多尼斯这幢房子是蒙特莱普雷最好的，对此他深感骄傲。房子里的家具都是法国进口的，墙上的油画是从意大利当代二流画家的作品中精挑细选后购买的。他的餐具全都是德国货。房子里的女佣是个中年意大利妇女，战前曾在英国受过这方面的培训。他们三人在客厅坐下等吉里安诺的时候，女佣给他们端来了咖啡。

唐·克罗切感到极为安全。他知道吉里安诺不会背信弃义给他教父脸上抹黑。他满心喜悦地期待着会一会这个崛起的新星，同时对这个人的过人之处作出自己的判断。吉里安诺悄然走进这幢房子，就连克罗切也感到出乎意料。石子铺就的街道上没有丝毫响动，也没有开门和关门的声音。可是吉里安诺却突然出现在通向餐厅的拱形走廊里了。他的英俊外表让唐·克罗切一愣。

大山里的生活使他的胸膛变宽，不过也使他的脸庞变窄了。虽然他的脸还是椭圆形的，但双颊凹陷，下巴变尖了。那双酷似雕像人物的眼睛呈棕黄色，带着一圈奇妙的银色，所以眼珠就像镶嵌在眼眶里似的。他的衣着也使他显得很潇洒——贴身的鼹鼠皮裤子，刚刚洗过而且熨烫得平整的衬衫。他上身穿一件赤褐色丝绒猎装，很宽松，里面背着他通常一直带在身上的冲锋手枪。虽然他已经二十四岁，但模样极其年少，看上去还像个大孩子。

公然反抗罗马政府、狡猾甚于友中友、收服凶残的安多里尼、约束帕萨藤珀的暴虐、征服四分之一的西西里、赢得全岛民众爱戴的，居然是这样一个毛头小伙子？唐·克罗切知道吉里安诺英勇过人，不过西西里有许多勇敢的人都早早地进了坟墓，他们很容易成为狡诈背叛的牺牲品。

就在唐·克罗切还在怀疑的时候，图里·吉里安诺做了一件使克罗切内心特别高兴的事，并使他觉得把这个年轻人看作盟友是正确的。吉里安诺走进来之后，直接走到唐·克罗切面前说："请允许我吻你的手。"

这是西西里农民对地位比自己高的人——神父、地主或者贵族——传统的打招呼方式。吉里安诺脸上露出愉快的笑容。不过唐·克罗切清楚地知道吉里安诺为什么要说这句话。这不是为了恭维他这位龙头老大，也不是尊重他这把年纪，而是因为克罗切把自己置身于吉里安诺的地盘，而吉里安诺是对他的信任表示尊敬。唐·克罗切慢慢地站起身，由于这一动作，他那肉嘟嘟的面颊上的颜色变深了。他把吉里安诺拥在自己的怀里。这是一个高尚的年轻人，他想表达对他的爱慕。与此同时他看见赫克特·阿多尼斯的脸上露出得意的笑容——他的教子表现得很有教养。

这时从拱形走廊中走过来的皮肖塔看见了这一幕，严肃的脸上露出了微微笑意。他也是一表人才，英俊出众，但是与吉里安诺的外貌截然不同。由于患有肺病，他的身材和面庞都很瘦。他的皮肤泛着橄榄色，脸上的骨骼显得更加突出。他的头发乌黑油亮，是经过仔细梳理的。而吉里安诺的棕色头发修剪得很短，就像戴着一顶头盔。

图里·吉里安诺料到这样打招呼会使唐·克罗切感到惊讶，不过他自己也很惊异，因为对方完全理解并且彬彬有礼地表示接受。吉里安诺打量着唐·克罗切魁梧的身躯，内心变得更加警觉。这是一个危险人物，不仅是因为他的名声，还有他强悍的样子。他那本该丑陋不堪的大块头身材，似乎散发着热量，这种能量充斥了整个房间。他开口说话的时候，从那硕大的脑袋中发出的声音具有近乎和声的魔力。他开始说服对方的时候也很吸引人，这种结合了真诚、说服力和礼仪的做法在一个做其他事都粗暴无礼的人身上显得异乎寻常。

“这些年来我一直在对你进行观察，而且这一天也是我盼望已久的。现在这一天来到了，你和我意想中的分毫不差。”

吉里安诺说：“我真的感到受宠若惊。”他在琢磨下面该怎么说，而且他知道对方希望他说什么，“我一直希望我们能成为朋友。”

唐·克罗切点点头，开始解释他和特雷扎部长达成的协议。如果吉里安诺帮助“教育”西西里民众在下次大选中正确投票，那么就能找到一个赦免他的途径。吉里安诺可以回到自己家中当一名普通老百姓，不再做土匪。特雷扎部长把进攻吉里安诺的作战计划交给他，这本身就证明了这项协议的真实性。克罗切把一只手举起来，强调他要说的下一个问题。“如果你同意，部长就将否决这些计划。这样就不会有军队的行动，也不会向西西里增派一千名宪兵。”

唐·克罗切看出吉里安诺在全神贯注地听，但对这一切似乎并不感到惊讶。他继续说下去：“西西里的每个人都知道你关心穷人的疾苦。有人也许认为你会支持左翼政党。但是我听说你信仰上帝，因为你毕竟是个西西里人。谁不知道你对母亲的一片孝心？难道你真的希望共产党人治理意大利吗？那样一来教会怎么办，家族怎么办？参加过战争的意大利和西西里的年轻人都受到外国信仰的影响，可是那样的政治说教在西西里是没有市场的。西西里人能找到一条自己的道路，争取更好的命运。你真的希望有一个不允许公民有叛逆意识的强权国家吗？一个左翼政府肯定会发动针对我们两个人的大规模军事行动，因为我们是西西里的真正统治者，难道不是吗？如果左翼政党赢得下一次大选，有朝一日可能会出现的情况是，俄国人来到西西里的村庄，来决定谁可以去教堂。我们的孩子们会被迫去学校学习，而学校里会教他们：摆在第一位的不是我们神圣的父母，而是国家。那样值得吗？不。现在到了每个真正的西西里人奋起对抗国家、保卫自己的家庭和荣誉的时候了。”

这时候突然出现了意想不到的干扰。皮肖塔仍然靠在拱形走廊的墙上。他冷笑着说：“也许俄国人会赦免我们。”

唐·克罗切感到一阵恼火。可是他不露声色，隐忍着对这个傲慢的小胡子的怒气。他仔细地看了看这个人。他为什么要在这种时候吸引别人的注意力呢？他为什么要让唐·克罗切来注意他呢？克罗切思忖，不知这个人能不能派上什么用场。他的直觉从来没有出过差错，他在吉里安诺最信任的这位副手身上嗅到了腐烂的臭气。这也许是因为他的肺病，也许是因为他那玩世不恭的思想。皮肖塔这个人从来不完全相信任何人，因此也不能完全被信任。唐·克罗切在脑子里反复思考了这个问题，然后才作出回答。

“什么时候有外族帮助过西西里？”他问道，“外国人什么时候公正地对待过西西里人？像你这样的年轻人，”他直截了当地对皮肖塔说，“是我们唯一的希望。聪明、勇敢、有荣誉感。一千年来，这样的人都成为了友中友，与压迫者战斗，寻求正义，这也是图里·吉里安诺现在的奋斗目标。现在是我们肩并肩地站在一起保护西西里的时候了。”

吉里安诺似乎对唐·克罗切嗓音的力量无动于衷。他故意直言不讳：“我们一直都反抗罗马政府和他们派来的统治者。他们历来是我们的敌人。可是现在你反而要求我们帮助他们、相信他们？”

唐·克罗切严肃地说：“有时候为了共同的事业，和一个敌人联手是正确的。如果基督教民主党赢得意大利的支持，他们对我们的威胁最小。因此由他们来治理国家符合我们的目标。这个道理还不简单吗？”他稍事停顿，“左翼分子绝不可能赦免你们。这一点是毋庸置疑的。他们太虚伪，太无情，根本不理解西西里人的个性。当然，穷人将得到土地，但是他们能够保住自己种植的庄稼吗？你能想象得到我们的人民在合作社干活的情景吗？老天爷呀，他们现在就因为宗教仪式中圣母玛利亚是穿白袍还是红袍的问题争执不休，互相残杀。”

他冷嘲热讽，但不乏智慧，他想让听众知道他的夸大其词并非空穴来风。

吉里安诺面带笑意地听着，唐·克罗切的出现和他的人格力量赢得了他的尊重，吉里安诺知道将来也许有必要除掉这个人，他十分抗拒这个想法，好像即使是一个想法也是对自己父亲的大逆不道，触犯了深厚的家庭情感。他必须作出决定，这是他成为逃犯之后最重要的决定。

吉里安诺轻声说："我同意你对共产党人的看法。他们不是为了西西里人。"吉里安诺停下来。他觉得现在是让唐·克罗切屈从他的意愿的时候了，"但是，如果我为罗马人做什么肮脏事，我就必须答应给我们的人一定的好处。罗马能为我们做什么呢？"

唐·克罗切喝完了杯中的咖啡。赫克特·阿多尼斯马上站起来替他倒，但是克罗切挥手把他挡住，接着对吉里安诺说："我们待你不薄。安多里尼把有关宪兵动向的情报告诉你，这样你们就可以密切监视他们。他们并没有采取极端的措施把你们从山上彻底清除。但是我知道这还不够。让我为你做一件使我内心感到高兴、同时也使你的父母感到高兴的事吧。你的教父就坐在我们桌边，这里还有你真正的朋友阿斯帕努·皮肖塔，现在当着他们的面我答应你：我将竭尽全力确保你得到赦免，当然还包括你们的人。"

吉里安诺决心已下，但想尽量把这些保证敲定。他说："你说的几乎每一件事情我都同意。我热爱西西里和这里的人民，我虽然是土匪，但是相信正义。我将不遗余力地争取回到自己的家里和父母的身边。可是你怎么能确保罗马实践他们对我的承诺呢？这是问题的关键。你让我做的事很危险。我必须得到回报。"

唐·克罗切略加考虑，缓慢而认真地说："你谨慎点是没错的。可是你手上有我让阿多尼斯教授拿来的那些计划。留着它们作为你和特雷扎部长关系的见证。我会想办法为你找到其他一些文件，这样你就可以派上用场。你给报社写信是出了名的，罗马政府肯定害怕你把文件在报上公开。最后我想说，如果你完成了任务，基督教民主党赢得大选，我保证你能得到赦免。特雷扎部长非常尊重我，他是绝对不会失信的。”

赫克特·阿多尼斯脸上露出激动与喜悦的神情。他想象得出，玛丽亚·隆巴尔多看见儿子不再是逃犯、回到家里时该有多幸福。他知道吉里安诺这样做是必要的，但是他认为吉里安诺和唐·克罗切的反共联盟也可能是这两个人真挚友谊之链上的第一个环节。

连皮肖塔也被龙头老大唐·克罗切关于政府赦免的担保所触动。但是吉里安诺却看出了唐·克罗切的保证存在着很大漏洞。他怎么才能知道这一切是不是唐·克罗切的杜撰？这些计划是不是偷来的？它们是不是早就被部长否决了？他有必要直接面见特雷扎本人。

“这我就放心了，”吉里安诺说，“你亲自担保表明你的善心，证明你是西西里人有口皆碑的‘大善人’。可是罗马政府的背信弃义是出了名的，我们都知道政客都是些什么货色。我想派一个我信任的人去当面聆听特雷扎亲口承诺，并得到他作出承诺的书面文件。”

唐·克罗切颇感吃惊。在整个会面过程中，他一直对图里·吉里安诺抱有好感。他在想如果这个年轻人是他的儿子，会是什么样的情景。啊，他们可以共同治理西西里。他在说“请允许我吻你的手”时，显得何其儒雅。唐·克罗切有生以来难得像那样高兴过。可是现在他意识到，吉里安诺没有接受他的担保，他的热情熄灭了。他知道吉里安诺那双奇特的半闭着的眼睛正盯着他，那奇特的目光中在期待更多的证明和保证。唐·克罗切·马洛一个人的保证还不够。

一阵长长的沉默。唐·克罗切在考虑应当说什么，其他人都在等待。赫克特·阿多尼斯想掩盖他对吉里安诺的失望和对克罗切的恐惧。本杰明诺神父那白白胖胖的脸露出受到侮辱的斗牛犬的神情。唐·克罗切终于开口说话，让大家松了一口气。他猜到了吉里安诺的想法和要求。

“你表示同意，这对我有利，”他对吉里安诺说，“也许我有些自鸣得意。不过还是我来帮你作决定。我首先要说的是，特雷扎部长是绝对不会把任何文件交给你的，因为那样做太危险。但是他会跟你交谈，会把他对我所作出的承诺亲口告诉你。我可以得到奥洛尔托亲王和其他支持我们事业的有影响的贵族成员的信件。我有个朋友更能使你信服——天主教会将支持对你的赦免，巴勒莫的红衣主教向我保证过。等你见过特雷扎部长之后，我将安排你与主教大人见面。他也会当面向你作出承诺。这样你不仅有了意大利司法部长的承诺，而且会有一位红衣主教的神圣承诺，这位主教说不定有一天会成为我们的教皇呢，此外还有我本人。”

克罗切说“还有我本人”这句话的语气是无法用语言来形容的。他的男高音压得很低，仿佛不敢把自己的名字和其他两个相提并论，但是这句“还有我本人”却说得铿锵有力，使人无法怀疑他的承诺的重要性。

吉里安诺笑起来。“我可不能去罗马。”

唐·克罗切说：“那就派一个你绝对信得过的人去。我亲自带他去见特雷扎部长。然后我再带他去见红衣主教。神圣教会的红衣主教的话你是肯定会相信的吧？”

吉里安诺目不转睛地看着唐·克罗切。他的大脑开始发出报警信号。这个龙头老大为什么如此急于要帮助他呢？当然了，他知道哪怕有一千个主教和部长作出了承诺，他也不能亲自去罗马，他绝对不会去冒这个险。那么唐·克罗切希望他派谁做他的使者呢？

“我最信任的人莫过于我的副手了，”他对克罗切说，“你就带阿斯帕努·皮肖塔去罗马，然后再带他去巴勒莫。他喜欢大城市，而且如果他向主教做了忏悔，他的罪也许就会得到宽恕。”

唐·克罗切向后靠回椅子上，并打手势让赫克特·阿多尼斯替他往杯子里续点咖啡。这是他惯用的手法，以此来掩饰自己心满意足和胜利的感觉，好像刚才的事情非常无聊，还不如坐下来喝杯咖啡。可是土匪吉里安诺是一个了不起的游击战士，他的直觉可以解读一个人的动作和想法。他立即感觉到了对方这时满意的心情。唐·克罗切实现了一个非常重要的目标。他万万没有想到的是，唐·克罗切非常希望能够有时间单独和阿斯帕努·皮肖塔在一起。

两天之后，皮肖塔和唐·克罗切一起前往巴勒莫和罗马。唐·克罗切对待他就像对待皇室成员一样。而且皮肖塔的脸型确实很像波吉亚家族的将军恺撒[1]。轮廓分明的面庞、两撇小胡子、亚裔人灰黄发暗的皮肤、一双凶残傲慢的眼睛，虽然炯炯有神，但却以傲慢、怀疑的态度看待世间的一切。

在巴勒莫，他们住在唐·克罗切的尤姆波尔托饭店，皮肖塔受

1　Cesare Borgia（1475—1507），教皇亚历山大六世的私生子，瓦伦蒂努瓦公爵，靠野心、强权和阴谋征服了意大利的许多属地。

到极高的礼遇。为了去罗马会见司法部长，他还买了新衣服。他和唐·克罗切一起在一些高档饭店用餐。接着巴勒莫红衣主教接见了皮肖塔和克罗切。

虽然皮肖塔来自西西里的一个小镇，在天主教的熏陶中长大，但是红衣教主、堂皇的主教宫殿和普罗大众对神权的谄媚并没有让皮肖塔产生敬畏之感。当唐·克罗切吻红衣主教手上的戒指时，皮肖塔以自豪的目光注视着主教。

主教的个子很高，头戴红色贝雷帽，身穿配饰带的大红披风。他的脸很粗糙，还有麻子。尽管唐·克罗切说他可能当教皇，实际他大概连一张选票也得不着，不过他是个老于世故、善于权术的人，一个地地道道的西西里人。

开始总免不了一番寒暄客套。主教一本正经地询问皮肖塔的宗教信仰。他提醒皮肖塔说，一个人在世上无论犯过什么罪，都不要忘记，只要他是个真正的基督教徒，永恒的宽恕就会等着他。

主教向皮肖塔保证了宗教赦免，然后开始切入正题。他对皮肖塔说，西西里的圣教会正处于生死存亡的危急关头。如果共产党人赢得全国大选，谁知道将来会发生什么？宏伟的大教堂将被焚烧一空，然后被改造成机床厂。圣母玛利亚的雕像、耶稣的十字架、所有圣徒的画像都会被扔进地中海。修士们会遭到杀害，修女们会遭到强奸。

听见最后这句话，皮肖塔微微一笑。无论共产党人多么疯狂，哪个西西里人会想到去强奸修女？主教看见了他的微笑。在下次大选之前，如果吉里安诺愿意帮助镇压共产党的宣传，那么他红衣主教本人将在复活节当天亲自布道，赞颂吉里安诺的功德，并请求罗马政府对他网开一面。他们在罗马与部长见面的时候，唐·克罗切可以把这些话转告给部长。

说完这些话之后，红衣主教结束了这次会面并为阿斯帕努·皮肖塔祝福。在离开之前，皮肖塔请求主教给他写一张见面的证明，好让他拿回去交给吉里安诺。主教答应了这一请求。唐·克罗切对这位圣教会主教的白痴行为感到震惊，不过他没有吱声。

在罗马的会见更对皮肖塔的胃口。特雷扎部长没有像红衣主教那样假惺惺地关心世人的宗教世界。他毕竟是司法部部长，而皮肖塔只不过是土匪派来的使者。他向皮肖塔解释说，如果基督教民主党在大选中失败，共产党人将会采取特别措施消灭西西里残存的土匪。诚然，宪兵现在仍然对吉里安诺采取一些军事行动，但那也是例行公事。表面文章还是要做的，否则那些激进的报纸会把天都吵翻了。

皮肖塔打断他说："阁下是不是在告诉我，你们的党绝不可能给吉里安诺以大赦？"

"这比较困难，"特雷扎部长说，"但也不是没有可能。如果吉里安诺帮助我们赢得大选，如果他在一段时间里偃旗息鼓，不再搞绑架和抢劫，恢复自己的名誉，那他也许可以移民到美国待一段时间，得到大家的原谅之后再回来。但是，如果我们赢得大选，有一件事情我是可以保证的。我们不会动真格地去抓他。如果他希望移居美国，我们不会阻止他，也不会劝说美国当局把他引渡回国。"他停顿了一下，"我会尽力劝说意大利总统赦免他。"

皮肖塔依然带着几分笑意说："但是如果我们变成了模范公民，吉里安诺和他手下的人，还有他们的家属吃什么？政府能不能想办法给我们一点补贴？毕竟，我们干的是人所不齿的勾当。”

司法部长见这个土匪竟敢开口向政府要钱，不禁勃然大怒。就在他正要发作的时候，刚才还像个休眠的爬行动物、闭目静听的唐·克罗切，赶紧出来打圆场。

“这是句玩笑话，阁下，”唐·克罗切说，“他还年轻，第一次离开西西里，不懂外部世界严格的规矩。他们的养家问题一点儿也不用你操心。我会亲自与吉里安诺作出安排。”他瞪了皮肖塔一眼，示意他不要再说了。

部长脸上立即浮现出笑容，对皮肖塔说：“唔，我很高兴地看出西西里的年轻人没有变。我以前也这样。我们从不害怕索要我们应得的东西。也许你会喜欢比承诺更加实在的东西。”他把手伸进办公桌，拿出一张红边的薄卡。他把卡扔给皮肖塔说，“这是一张由我亲自签发的特别通行证。你可以在意大利或者西西里自由通行，不会有宪兵找你的麻烦。其价值不亚于跟它等重的黄金。”

皮肖塔鞠了个躬表示感谢，然后把通行证放进上衣口袋贴近胸口的地方。在他们来罗马的途中，他看见唐·克罗切用过这样的通行证。他知道自己得到一样很有价值的东西。但是他又想：如果他带着这张卡被抓住会怎么样？那就会成为震惊全国的丑闻。吉里安诺的二把手持有司法部长签发的特别通行证？这算怎么回事？他迅速开动脑筋想解决这个难题，可是他找不到任何答案。

送这样重要的证件作为礼物表明了部长的诚意和善意。唐·克罗切一路上的盛情款待令人愉快。可是这些都没有能使皮肖塔完全放心。他在离开之前请特雷扎出具一张便条，他可以向吉里安诺交差，证明确实有这样一次会见，但遭到了特雷扎的拒绝。

皮肖塔回到山里之后，吉里安诺问他问得很仔细，让他重复他能记得的每一句话。皮肖塔把红边通行证拿给他看，同时说出自己心中的疑惑：为什么把这样的东西给他？部长签署这样的证件要冒怎样的风险？吉里安诺拍了拍他的肩膀。“你是个真正的兄弟，”他说，“你比我还多疑。可是你对我的忠诚使你没有能够看出最明显的问题。唐·克罗切肯定跟他说过要给你一张通行证。他们希望你专程去罗马，成为他们的情报员。”

“这个狗娘养的，”皮肖塔怒不可遏地说，“我会拿这张通行证回去割断他的喉咙。”

“不，”吉里安诺说，“留着这张通行证。它会对我们有用的。还有一件事。这个签名看起来像是特雷扎的，但它肯定不是。是伪造的。在必要的时候，他们会不承认这张通行证的合法性。假如它还符合他们的目的，他们肯定会说它是记录在案的，还会拿出登记来说明它是由特雷扎签发的。如果他们说这是伪造的，他们就会把记录销毁。”

皮肖塔悟出了其中的道理。他觉得他对吉里安诺要越发另眼相看了，因为吉里安诺不仅坦率、正直，而能够看透敌人的阴谋。他意识到吉里安诺浪漫主义的根基是偏执狂的出色的洞察力。

“那我们怎样才能相信他们会兑现对我们的承诺？”皮肖塔说，“我们为什么要帮助他们？我们可不是搞政治的。”

吉里安诺陷入沉思。阿斯帕努总是愤世嫉俗，而且有些贪婪。他们为分赃的问题争吵过，皮肖塔极力主张他们手下的成员要多分一点。

“我们别无选择，”吉里安诺说，“如果共产党人控制了政府，他们绝对不会对我们实行大赦。目前，基督教民主党、特雷扎部长、巴勒莫的红衣主教，当然还有唐·克罗切，必须是我们的朋友和战友。我们必须挫败共产党人，这是首当其冲的事。我们要和唐·克罗切会面来解决这个问题。”他顿了顿，拍拍皮肖塔的肩膀，“你让红衣主教写了条子，这干得很好。这张通行证将来也有用。”

但是皮肖塔并没有心悦诚服。“我们替他们干那种勾当，”他说，“然后让我们像叫花子一样乞求，等待他们的赦免。对他们我是一个也不相信——他们跟我们说话的时候，把我们当成傻乎乎的女孩儿，如果我们同意和他们上床，他们就把世界许诺给我们。我说我们要为自己而战斗，把我们得来的钱留着，不要分给穷人。我们可以变得很富有，到美国或者巴西过国王一样的生活。这就是我们的解决办法，那样我们也就没有必要指望这些达官显贵了。”

吉里安诺决定把自己的想法如实相告。“阿斯帕努，”他说，“我们必须把赌注压在基督教民主党和唐·克罗切身上。如果我们赢了并且获得赦免，西西里人民将选举我们来领导他们。我们就将赢得一切。”吉里安诺停下来，朝皮肖塔笑了笑，“如果他们愚弄我们，我们也不会怎么样。我们能有多大的损失呢？现在，你仔细听我说。你我二人的想法是一样的。我们最终的敌人是友中友和唐·克罗切。”

皮肖塔耸耸肩。“我们正在犯一个错误。”他说道。

虽然吉里安诺面带微笑，但却在认真思考。他知道皮肖塔喜欢这种流亡的生活。这非常适合他的个性，虽然他非常机敏狡猾，但是缺乏想象力。他不可能高瞻远瞩，看不清当土匪的必然下场正等着他们。

那天夜里晚些时候，阿斯帕努·皮肖塔坐在悬崖边上，点燃一支香烟。可是他感到胸口一阵剧痛，于是把烟掐灭，把半截烟放进自己的口袋。他知道自己的肺结核越来越严重，但是他也知道如果他能在大山里多待上几个星期，他会感觉好些。有一件事使他感到担心，但是他没有告诉吉里安诺。

在去见特雷扎部长和红衣主教的途中，唐·克罗切一直陪着他。每天晚上他们都在一起用餐，唐·克罗切跟他谈了西西里的未来和将要面临的麻烦。过了一段时间，皮肖塔才意识到唐·克罗切是想博得他的好感，想争取他对友中友的好感，巧妙地试图让他相信，唐·克罗切能够给他一个更好的未来。皮肖塔明白对方的用意，但他却丝毫不露声色。不过他对唐·克罗切的好意不太放心。除了图里·吉里安诺之外，他还从来没有害怕过任何人。唐·克罗切一生都在努力获取别人的“尊敬”，因为这是黑手党首领的象征，他使皮肖塔心生恐惧。他担心的唐比他们都要狡猾，而且会出卖他们，有朝一日他们将会死无葬身之地。

第二十章

1948年4月，西西里立法机构的选举对罗马的基督教民主党无异于一场大灾难。由共产党和社会党所组成的左翼政党“人民联盟”获得六十万张选票，而基督教民主党才获得三十三万张选票。其余五十万张选票由保皇党和另外两个小政党所拥有。罗马陷入一片恐慌。在大选之前必须采取极端手段，否则，西西里这个最落后的地区就会在意大利走向社会主义的进程中起到决定性的作用。

在最初几个月，吉里安诺遵守与罗马达成的协议。他撕下反对党的所有招贴广告，袭击左翼组织的总部，冲击他们在柯里昂、蒙特莱普雷、海堡、帕尔蒂尼科、皮亚尼-德格雷西、圣朱塞佩-亚托以及蒙雷阿莱市的集会。他手下的土匪在这些市镇张贴布告，上面用大黑字写着“处死共产党”。他还纵火焚烧了社会主义工人组织的几处公用房屋。但是他的活动开始得太晚，没有能影响地方的选举，不过他不愿意使用暗杀这种极端恐怖的手段。在唐·克罗切、特雷扎部长、巴勒莫的红衣主教和图里·吉里安诺之间有信件往来。他们对吉里安诺的行动不甚满意，敦促吉里安诺把行动升级，以逆转全国大选的局势。吉里安诺把这些信件全都作为证据留了下来。

善用心机的唐·克罗切认为有必要搞一些大动作。他让斯特凡·安多里尼给吉里安诺送去一封信。

西西里岛最左倾叛逆的两个镇是皮亚尼-德格雷西和圣朱塞佩-亚托。多年来，即使在墨索里尼统治时期，他们也把五一节作为革命节日来庆祝。由于5月1日也是圣罗沙利节，他们可以利用宗教庆典作为掩护来搞庆祝，因为法西斯不禁止宗教活动。可是现在，他们在五一节游行活动中公开打出红旗，进行煽动性演说。一个星期之后的五一节活动将是有史以来规模最大的。按照以往的惯例，这两个镇将联合进行庆祝活动，来自西西里各地的代表会带着家人前来庆祝他们最近的胜利。共产党参议员、著名的激情演说家洛考西将发表重要讲演。这是左派为他们在近期选举中取得的胜利而举行的一次正式的庆祝。

唐·克罗切的计划是让吉里安诺袭击并且阻止这场活动。他们要用机关枪朝人群头顶上方开枪，目的是把他们驱散。这是恫吓行动的第一步，是一次家长式的警告，是一种温柔的告诫。共产党参议员洛考西得要明白，当选国会议员并不代表西西里欢迎他，也不代表他能成为圣人。吉里安诺同意这项计划，下令他的头领皮肖塔、泰拉诺瓦、帕萨藤珀、西尔韦斯特罗和斯特凡·安多里尼做好动手的准备。

在过去三年中，庆祝活动都在皮亚尼-德格雷西和圣朱塞佩-亚托之间、以皮祖塔山峰和库梅塔山峰为屏障的一块平地上举行。有两条崎岖的山路在接近山顶处会合。两个镇的人沿山路朝那块台地行进，在此处汇成一股，穿过一个狭窄的通道进入那片平地，然后分散开来搞他们的庆祝活动。这个狭窄的通道叫吉里斯特拉山口。

皮亚尼-德格雷西和圣朱塞佩-亚托的村庄都很穷，人们的房屋经年历久，农作方式非常原始。他们都信奉古训，要本分做人；妇女要保持名节，在户外要侧身而坐。可是西西里岛上最有叛逆精神的人都出自这两个地方。

这两个地方的村庄很古老，大部分房子是石头砌的，有些连窗户都没有，只有带圆铁片的小出气孔。许多人家都把动物养在自己的房间里。镇上面包师的山羊和羊羔就挤在烤炉四周，如果有一块刚烤出的面包掉在地上，通常都会掉在一堆羊粪上。

村上的男人都到有钱的地主家当雇工，每天挣一块钱，有时候挣得还要少，连养家糊口都不够。那些被称作“黑乌鸦”的修女或修士带着一包包通心面和救济衣物来的时候，村民们都要起誓：把选票投给基督教民主党。

可是在1948年4月的地区性选举中，他们却背弃诺言，以一边倒的态势把选票投给了共产党和社会党。唐·克罗切原以为那些地区都在当地黑手党首领的控制之下，出现这种情况使他极为恼火。他公开地说，那里的人对基督教会的不尊重使他感到难过。那些虔诚的西西里人怎么能欺骗那些从事基督教慈善事业、把面包放进他们孩子嘴里的修女呢？

巴勒莫的红衣主教也异常恼火。他曾经专程到这两个地方去做过弥撒，并告诫他们不要把选票投给共产党。他不仅为他们的孩子祈福，甚至还为他们洗礼，可是他们还是背弃了教会。他把这两个地方的神父召到巴勒莫，告诫他们必须为全国大选再努一把力，这不仅符合教会的政治利益，而且能够拯救许多无知的人，使他们的灵魂免下地狱。

特雷扎部长没有感到特别意外。他是西西里人，了解这个岛的历史。这两个镇子的人都是反对西西里富人和罗马专制的高傲勇士。他们率先加入加里波第的红衫军之前就反抗过法兰西人和摩尔人对该岛的统治。皮亚尼-德格雷西的村民是躲避土耳其入侵者而逃亡到西西里的希腊人后裔。这些人依然保留着希腊人的风俗习惯，说希腊语，而且每逢希腊人的节日就穿上古人的服装表示庆祝。但皮亚尼-德格雷西是黑手党的据点，一直是个孳生叛乱的地方。因此特雷扎部长对唐·克罗切的表现非常失望，他没能够教育好他的臣民。但是他也知道操控那两个村镇及其周围乡村选举的是同一个人——社会党的组织者西尔韦奥·费拉。

在第二次世界大战中，西尔韦奥·费拉在意大利军队中服役并立过许多战功，在非洲战役中被授予勋章，后来他被美国军队俘虏，关押在美国的一座战俘营。他在狱中参加了专门为囚犯设计的课程，学习了民主的进程。开始他不太相信他们，后来他们允许他到当地小镇的一家面包房干活，他才真的变了。他非常惊讶地发现美国生活非常自由，努力工作很容易就能得到永久的繁荣，而且下层阶级在不断向上奋斗。在西西里，一个干苦力的农民只希望为自己的孩子提供吃住而已，对未来不可能有什么奢望。

被遣返回到故乡西西里之后，西尔韦奥·费拉狂热地鼓吹美国。他很快发现基督教民主党是富人的工具，于是参加了巴勒莫的社会主义工人学习小组。他渴求知识，酷爱读书，很快吸收了马克思和恩格斯的所有理论，随后就参加了社会党。他被分配到圣朱塞佩-亚托去组建党的俱乐部。

在四年的时间里，他做了意大利北方的煽动者做不到的事。他把红色革命和社会主义翻译成了西西里方言。他使人们深信选举社会党就意味着得到一块土地。他鼓吹说应当瓜分贵族的大庄园，因为贵族并不耕种这些土地。这些土地可以长出小麦喂饱他们的孩子。他劝说他们相信，社会党政府能够消灭西西里社会的腐败现象。不需要为了特殊关照而贿赂官员，不需要给神父送两个鸡蛋来让他帮忙读一封来自美国的信，也不必给镇上的邮差一个里拉确保信能送到。男人们不必再为了一点微薄的工钱廉价出卖自己的劳动力，到公爵和伯爵的土地上干活。不会再有连肚子都填不饱的工资，政府官员将成为人民的公仆，就像在美国一样。西尔韦奥·费拉引经据典来表明官方的天主教提出的是低劣的资本主义，但是他从来没有攻击过圣母玛利亚和值得赞颂的各位圣徒，也没有攻击过对耶稣的信仰。复活节的早晨，在跟邻居打招呼的时候，他使用的是传统的“基督复活了”。星期天早晨他都要去参加弥撒。他对妻子和孩子都是严格按照西西里的方式进行管教，因为他相信所有老的价值观念，认为儿子要绝对孝顺自己的母亲，敬重自己的父亲，并有责任关照最远房的平辈亲戚。

圣朱塞佩-亚托的黑手党老大警告他别走得太远了，对此他只是付之一笑，并豪放地说将来他会欢迎他们的友情，当然他内心很清楚，将来最后一场最艰巨的战斗将是对付黑手党。唐·克罗切几次派专人去找他，想和他达成妥协，都被他打发走了。由于他在战争中以勇敢闻名，由于他得到村里百姓的尊敬，此外他还表明会审慎地与黑手党打交道，所以唐·克罗切决定耐心等待，尤其是在他觉得大选已经胜券在握的情况下。

更重要的是，西尔韦奥·费拉对他的同胞们充满了同情，这种品质的人在西西里的农民中是罕见的。如果他的邻居病了，他就给这家人送去吃的；对生病的孀居老人，他会帮助她们做些力所能及的小事；对那些艰苦谋生、对前途不寒而栗的人，他总是予以鼓励。他宣称社会党会带来新的希望。他用南方的语言进行政治演说时，西西里人特别爱听。他并没有解释马克思的经济学理论，但却充满激情地说，要向那些压迫农民几百年的人讨还欠债。“就像面包对我们来说是甜的一样，”他说道，“我们的血对那些吸吮它的人来说也是甜的。”

西尔韦奥·费拉组织了一个劳动者合作社，吸纳那些不愿到劳务市场去拍卖劳力的人，因为只有接受最低工资的人才能在那里找到工作。他规定了日固定工资，每到收获季节，贵族们都被迫接受这个条件，否则就只好看着自己的橄榄、葡萄和谷物烂掉。这样，西尔韦奥·费拉就成了知名人物。

西尔韦奥·费拉之所以安然无恙，是因为他受到图里·吉里安诺的保护。这也是唐·克罗切没有贸然对他动手的原因之一。费拉出生在蒙特莱普雷。他的品行特征在青少年时期已经非常明显。图里·吉里安诺非常佩服他，不过他们并不是亲密的朋友，一来是年龄上的差距——吉里安诺比他小四岁，二来是西尔韦奥当兵打仗去了。他回来的时候是个立过战功的英雄。他遇上了一个圣朱塞佩-亚托的女孩，他们在那结婚生活。由于费拉在政治上的名气越来越响，吉里安诺就公开说费拉是他的朋友，尽管他们在政治上有很大的分歧。吉里安诺“教育”西西里选民时，下令不许对圣朱塞佩-亚托镇和西尔韦奥·费拉采取行动。

费拉听到这个消息之后，非常明智地带信给吉里安诺表示感谢，说只要吉里安诺发话，他就一定效力。信是通过费拉的父母转交的，他们和其他几个孩子还住在蒙特莱普雷。有一个孩子是个小姑娘，叫尤斯蒂娜，才十五岁。她拿着这封信到吉里安诺家，准备交给他母亲。当时正好吉里安诺回家看望父母，所以亲自收到了这封信。到了十五岁，大部分的西西里女孩都已经发育成熟。她对吉里安诺一见钟情，谁能不爱他呢？他那强健的体魄和敏捷的身姿使她着了迷，她几乎毫无顾忌地看着他。

图里·吉里安诺正和她的父母以及拉韦内拉一起喝咖啡，他问她要不要来一杯。她说不了。只有拉韦内拉注意到她非常漂亮，而且看出她内心的迷恋。吉里安诺没有认出她来，她曾经丢了钱在街上哭，是他给了她钱。吉里安诺对她说："替我谢谢你哥哥的好意，请他不要担心他的父母亲，他们会永远受到我的保护。"尤斯蒂娜很快离开了吉里安诺家的房子，飞也似的跑回自己父母那里。从那时候起，吉里安诺就成了她的梦中情人。他对她哥哥的那份关爱使她感到骄傲。

当吉里安诺同意镇压吉里斯特拉山口的庆祝活动时，他写信给西尔韦奥·费拉，友好地警告他不要参加五一节的活动。他向他保证说圣朱塞佩-亚托的村民不会受到伤害，但是如果他继续从事社会党的活动，就会有危险，那样他就爱莫能助了。他，吉里安诺，永远不会做伤害他的事，但是黑手党决心要铲除西西里的社会党，费拉肯定会成为他们的目标之一。

西尔韦奥·费拉收到信后，没把它当一回事，认为这是吉里安诺在唐·克罗切怂恿下对他进行的又一次恫吓。社会党正在胜利前进，他不会错过一次盛大的庆祝活动，庆祝他们已经取得的胜利。

1948年五一节那天，皮亚尼–德格雷西和圣朱塞佩–亚托两个小镇的居民一大早就起来，沿着山间小路朝吉里斯特拉山口那边的台地进行长距离攀登。走在队伍前面的是几支乐队，是为举行这次活动特地从巴勒莫雇请的。圣朱塞佩–亚托的人自豪地手持红旗，西尔韦奥·费拉在妻子和两个孩子的簇拥下走在这支队伍的最前面。油漆得五彩缤纷的大车装载着做饭的锅、装着面条的大木箱、盛色拉用的大木碗，拉车的马身上插着特别的红色羽毛，披着五颜六色的毛毯。还有一辆大车专门装了一坛坛的酒。另一辆车上装着大冰块，上面放着圆饼状的奶酪、大段大段的萨拉米香肠、揉好的生面团以及烤面包用的烤炉。

走在队伍中的孩子们有的在跳舞，有的在踢球。准备参加短程赛马的男人都在迫不及待地检查自己的坐骑。赛马将是下午最精彩的比赛项目。

西尔韦奥·费拉领着他们镇上的人朝吉里斯特拉山口的狭窄通道前进。皮亚尼–德格雷西镇的人们举着红旗和社会党党旗从另一条路上来和他们会合。两支队伍会合后，人们继续前进，热情洋溢地相互打招呼，谈论镇上的丑闻，合计大选胜利之后，他们能得到什么好处，他们还面临什么危险。尽管有谣言说这个五一节会有麻烦，可他们根本不怕。他们鄙视罗马当局，但他们害怕黑手党，不过他们是不会屈服的。毕竟上次选举中他们摸了这两只老虎的屁股，至今也没发生什么。

到中午时分，平地上已经聚集了三千多人。妇女们开始用小炉子烧水准备和面，孩子们在放风筝，比风筝飞得高的是西西里的小红隼鹰。共产党参议员洛考西正在温习他准备演讲的稿子；由西尔韦奥·费拉率领的一个小组正在用木头搭建主席台，他自己和两个镇上的知名人士都将坐在台上。帮助他干活的人建议他在介绍这位参议员的时候讲得简短一些，因为孩子们都饿了。

就在这时候，山上的空气中传来轻微的啪啪声。西尔韦奥·费拉心想孩子们肯定把鞭炮带上来了。他转过身来看了看。

同一天更早些时候，西西里火热的太阳还未升起，吉里安诺派出两支各有十二个人的队伍，从蒙特莱普雷的山上行进至吉里斯特拉山口。率领这两支队伍的分别是帕萨藤珀和泰拉诺瓦。每支队伍都带了一挺重机枪。帕萨藤珀带领他的人爬到库梅塔山的山坡上，然后仔细地检查了机枪掩体。他向其中四个人详细交代了如何使用机枪。其余的人携带步枪和短筒猎枪分散守在山坡上，防止任何袭击。

泰拉诺瓦和他的人占领了吉利斯特拉山口另一边的皮祖塔山坡。在这个有利地点，他们可以用武器完全控制下面光秃秃的平原和村庄，这样如果宪兵冒险离开营地，他们也能做好应对的准备。

吉里安诺的人在这两座山的山坡上进行观察。他们看见从皮亚尼-德格雷西和圣朱塞佩-亚托两个镇来的人向那个高高的台地长途攀爬。他们当中有几个人的亲戚也在那两支队伍里，但是他们并没有感到良心上的痛苦，因为吉里安诺的指示很明确：机枪子弹要从人群上方飞过，把他们驱散，让他们逃回自己的村子就行了。不能伤到任何人。

吉里安诺原来打算和他们一同前往，并亲自担任指挥，可是离五一节还有七天的时候，阿斯帕努·皮肖塔胸腔大出血。他跑上山回营地的时候，突然口吐鲜血倒在地上，整个人开始往下滚。跟在他身后的吉里安诺以为这又是表弟的恶作剧。他用脚挡住皮肖塔的身体，这时才发现他的衬衣前襟上全是血。起初他还以为阿斯帕努中了黑枪，自己没有听见枪响。他抱起皮肖塔就往山上走。皮肖塔还没有失去知觉，他不停地低声说“把我放下来，把我放下来”，吉里安诺知道这不可能是子弹打的。皮肖塔微弱的声音说明这是内出血，不是金属击穿身体造成的严重外伤。

吉里安诺把皮肖塔放在担架上，带了十个人抬着他到蒙雷阿莱去找一个医生。这个医生经常为他们治疗枪伤，也能保守秘密。医生像往常一样给克罗切汇报工作，把皮肖塔的病情也报告给了他，因为他希望被任命为巴勒莫一家医院的院长，他知道没有唐·克罗切的护佑，这个院长他是当不成的。

他把皮肖塔送进蒙雷阿莱的这家医院作进一步检查，并让吉里安诺留下来等检查结果。

“我明天早晨回来。”吉里安诺对医生说。他让四个人留在医院保护皮肖塔，然后带着其他人到一个手下的家里隐藏起来。

第二天医生告诉他皮肖塔需要一种叫链霉素的药物，这种药只有美国才能买到。吉里安诺想了想，他想让父亲和斯特凡·安多里尼给美国的唐·柯里昂写信，请他们弄一点药过来。他把这个想法告诉了医生，并问医生皮肖塔能不能出院。医生说可以，但必须卧床静养几个星期。

所以吉里斯特拉山口发生袭击事件的时候，吉里安诺正在蒙雷阿莱照顾皮肖塔，为他安排疗伤住的房子。

西尔韦奥·费拉听见鞭炮声后转身时，大脑中同时记录了三件事。第一，他看见一个惊恐万状的小男孩举着手臂。那手臂的末端不是一只抓着风筝线的手，而是一只可怕的、血淋淋的残手，那断线的风筝正飘向库梅塔山的山坡。第二，他辨别出那不是鞭炮声，而是机枪的扫射声，顿时大惊失色。第三，一匹没有骑手的高大黑马在人群中横冲直撞，它的侧面血流如注。这时费拉飞快地冲进人群，去寻找自己的妻子和孩子。

在皮祖塔山的山坡上，泰拉诺瓦从自己的望远镜中看见了这一幕。开始他以为人们是因为恐惧而卧倒在地上。接着他看见的就是中弹倒地后横七竖八、一动不动的尸体。他猛地把机枪手推开。在这挺机枪声音哑了之后，他依然可以听见库梅塔山那边传来的枪声。泰拉诺瓦心想，帕萨藤珀没看见他们的枪口放得太低了，很多人都被打死了。过了几分钟，另一挺机枪也停止了射击。吉里斯特拉山口变得死一般寂静。接着从两个山的山顶上传来人们的哭喊声以及受伤的人和垂死的人发出的惨叫声。泰拉诺瓦打手势让他的人向他靠拢，让他们拆开机枪，然后带着他们绕到山后溜之大吉。他们撤离的时候，泰拉诺瓦在考虑是不是应该回去把这个悲剧向吉里安诺报告。他害怕吉里安诺会立即把他和他带来的人处死。但是他肯定吉里安诺会给他机会进行说明，他和他的人可以对天发誓，他们的枪口是抬高的。他愿意回到总部进行汇报。他想知道帕萨藤珀会不会也想这样做。

西尔韦奥·费拉找到自己的妻子和孩子们的时候，机枪声已经停止。他的家人没有受伤，正慢慢从地上爬起来。他猛地把他们按倒，让他们趴在地上别动。过了十五分钟，他看见一个人骑着马朝皮亚尼-德格雷西奔跑，去向宪兵求救。这个人没有中弹落马，他知道袭击已经结束，这才从地上爬起来。

从吉里斯特拉山口上面那个台地上，数以千计的人哭喊着向山脚下自己的村庄跑去。躺在地上的非死即伤，他们的家人蹲在他们身边哭泣。早晨还自豪地举在他们手中的旗帜，现在被丢弃在地上，旗帜上的暗金色、亮绿色和大红色在中午的阳光下非常耀眼。西尔韦奥·费拉离开自己的家人去帮助那些受伤的人。他挡住一些正在逃离的男人，让他们运送受伤的人。他惊恐地发现死者中有许多孩子，还有一些妇女。他觉得自己已是泪水盈眶。他的导师们，那些相信政治行动的人，都错了。选民永远改变不了西西里。那都是愚蠢的昏话。为了获得自己的权利，他们必须杀人。

是赫克特·阿多尼斯把这个消息告诉了守在皮肖塔病床边的吉里安诺。吉里安诺立即返回山上的总部，留下恢复中的皮肖塔，没有人保护。

他在蒙特莱普雷的悬崖上召集了帕萨藤珀和泰拉诺瓦。

“在你们说话之前我先提醒你们，”吉里安诺劈头就说，“我一定要查出这件事情谁负责，无论需要多长时间。时间拖得越长，处罚就越厉害。如果这是一个简单的错误，那现在就坦白，我保证不会杀你们。”

帕萨藤珀和泰拉诺瓦还从未见过吉里安诺发这么大的火。在吉里安诺问话的时候，他们站得笔直，一动也不敢动。他们发誓说他们是把枪口抬高，朝人群上方开的枪。当他们看见有人被子弹打中后，就马上停止了射击。

接着吉里安诺审问了他们带去的人以及重机枪手。他把这些情况汇总在一起。泰拉诺瓦的机枪射击大约五分钟之后就停了下来。帕萨藤珀的机枪打了大约十分钟。机枪手们都发誓说他们的枪是朝着人群上方打的。他们谁都不愿承认自己可能出了差错或者以任何方式压低了枪管的角度。

吉里安诺让他们走了之后，独自一个人坐着。自打成为土匪以来，他第一次感到无地自容。他在四年多的时间里一直很自豪地说他从来没有伤害过穷人。这种说法现在已经站不住脚了。他屠杀了穷人。在内心深处，他再也不能把自己看成英雄了。接着他反复思考了各种可能性。这可能是一个错误：他的人善于使用短筒猎枪，但是却不熟悉机关枪。从上向下射击，他们有可能把角度搞错了。他相信泰拉诺瓦或帕萨藤珀跟他说的不是假话，但令人尴尬的是，不能排除这样的可能性：他们两人中有一个人或者两个人都接受了贿赂。不过，他刚听到这个消息的时候，就想到在那里进行埋伏的可能还有其他人。

但是可以肯定的是，如果这是蓄意的，那么中枪的人就不止这么多了。那就可能是一次非常可怕的大屠杀。吉里安诺心想，除非这次屠杀事件是为了败坏他的名声。在吉里斯特拉山口发动袭击，谁会想出这样的办法呢？他一时接受不了这样的巧合。

一个无法回避、令他蒙羞的事实是，他被唐·克罗切暗算了。

第二十一章

吉里斯特拉山口的屠杀事件震惊了整个意大利。各家报纸纷纷以醒目的大标题谴责屠杀无辜的男人、妇女和儿童的暴行。在这次事件中有十五人死亡，五十余人受伤。起初人们怀疑这是黑手党干的，而且西尔韦奥·费拉还发表演说，认为罪魁祸首是唐·克罗切。不过这个龙头老大对此早有准备。友中友的秘密成员在法官面前起誓，说他们看见帕萨藤珀和泰拉诺瓦预先设下了埋伏。西西里民众感到奇怪的是，吉里安诺这次为什么不给报纸写信，否认这一令人发指的指控。可是吉里安诺一反常态地保持沉默。

在大选前的两个星期，西尔韦奥·费拉骑自行车从圣朱塞佩-亚托到皮亚尼-德格雷西镇去。他沿着亚托河、贴着山脚骑行，在路上他遇见两个人大声喊他停下来，但是他继续骑，只是回头看了看，那两个人在他身后费力地前行，很快他就拉开了距离，把他们远远地甩在后面。等他进入皮亚尼-德格雷西的时候，那两个人连影子都看不见了。

在社会党社区活动中心，西尔韦奥·费拉与该党周边地区的其他领导人碰头，谈了三个小时。他们谈完之后，已是黄昏时分。他急于想在天黑之前赶回家。他推着自行车穿过中心广场，很高兴地与他认识的几个村民打招呼。突然来了四个人把他围在中间。他认出其中一个人是蒙特莱普雷的黑手党首领，于是松了一口气。他从小就认识昆塔纳，也知道就算是黑手党，在西西里的这个角落活动也要非常小心，因为他们不想得罪吉里安诺，也不想违犯他“不许侮辱穷人”的禁规。所以他微笑着和昆塔纳打招呼说：“你大老远的到这儿来了。”

昆塔纳说：“你好，我的朋友。我们想陪你走走。不要大惊小怪，我们不会伤害你。我们只是想跟你讲讲道理。”

“那就在这儿讲吧。”西尔韦奥·费拉说。他不禁害怕得发抖，就像在战场上感到的那种恐惧一样，他知道自己能够控制这种恐惧，于是告诫自己不要乱来。其中两个人站在他的两侧，紧紧地抓住他的胳膊。他们轻轻地推着他穿过广场。他的自行车向前滑去，随即翻倒在路旁。

费拉看见一些坐在门外的村民发现了他。他们本应该会帮助他，但是吉里斯特拉山口的大屠杀之后，恐怖的气氛笼罩着小镇，人们精神紧绷。他们当中没有一个人出声。西尔维奥·费拉两只脚跟紧紧地顶着地面，想返回社区活动中心。虽然离得比较远，他依然能够看见活动中心门口站着一些他们党的工作者。难道他们看不见他遇上了麻烦？可是没有人离开那个亮着灯的门洞。他大声喊：“救救我！”村里看不见任何动静，他为这些人感到羞耻。

昆塔纳粗暴地推着他向前走。“不要做蠢事，”他说，“我们只想和你谈谈。好了，不要大喊大叫，我们走吧。不要连累你的朋友。”

天几乎全黑了，月亮已经爬上来。他感到有一支枪顶在他的背后，他知道如果他们真想杀他，在广场上就可以动手。而且他们也会杀了来救他的人。他跟着昆塔纳一起朝村子的边缘走去。他们有可能不想杀他；目击者太多了，而且有些人肯定认识昆塔纳。如果他现在就反抗，他们可能会惊慌失措并向他开枪。最好还是等一等，看看他有什么话要说。

昆塔纳跟他说的话似乎很通情达理。“我们想劝劝你，不要再稀里糊涂地搞共产主义那一套了。你指责吉里斯特拉山口事件是友中友干的，我们原谅了你。可是我们的忍耐没有得到回报，我们已经到了忍无可忍的地步。你觉得这样做明智吗？如果你还执迷不悟，你的孩子们就会失去父亲。”

这时候他们已经走出村庄，沿着通向库梅塔山的岩石小道向上走。西尔维奥·费拉绝望地回过头，但是看见后面没有人跟着。他对昆塔纳说：“你会因为像政治这样的小事就杀掉一个人家的父亲吗？”

昆塔纳冷酷地笑道：“我曾经因为有人把唾沫吐在我鞋子上就杀了他。”抓住他双臂的两个人松开了他。这时候西尔维奥·费拉知道厄运将至。他猛然掉头，沿着月光照亮的岩石小路飞跑。

村民们听见了枪声。社会党的一位领导人去找了宪兵。第二天早晨，人们在一条山沟里发现了西尔韦奥·费拉的尸体。当警方询问村民的时候，没有一个人承认看见了什么。谁也没有说起过那四个人，谁也没有说自己认出了圭多·昆塔纳。也许他们的反叛难以控制，但是他们都是西西里人，是不会打破“缄默规则”的。不过还是有人把自己亲眼所见的事情告诉了吉里安诺的人。

由于多种原因的综合，基督教民主党赢得了大选。唐·克罗切和友中友干得非常漂亮。吉里斯特拉山口的大屠杀震惊了整个意大利，但是对西西里人来说，它远非只是震惊——它极大地伤害了他们。曾经打着基督旗号进行助选的天主教会，现在在慈善活动方面谨慎多了。谋杀西尔韦奥·费拉是最后的一击。1948年，基督教民主党在西西里的选举中以压倒优势取胜，这也帮助他们赢得了整个意大利。很明显，在可以预见的未来，他们将进行比较长时间的统治。唐·克罗切是西西里的主人，天主教将成为国教，特雷扎部长将来很可能成为意大利的总理，虽然不是几年之内，但也不会为时太晚。

事情的结果证明皮肖塔是对的。唐·克罗切通过赫克特·阿多尼斯传话说，由于吉里斯特拉山口的大屠杀惨案，基督教民主党已不可能为吉里安诺和他手下的人争取大赦。这是一桩极大的丑闻，而且其政治内幕会再度掀起轩然大波。报纸也会兴风作浪，罢工风潮将席卷整个意大利。唐·克罗切说特雷扎部长现在已无能为力，还说对于一个被指责为屠杀无辜妇女和儿童的人，巴勒莫的红衣主教也爱莫能助。但是他唐·克罗切会继续努力为他争取赦免。不过，他也劝告吉里安诺最好移民到巴西或者美国，他，唐·克罗切会不遗余力地帮助他。

对于这样的背信弃义，吉里安诺似乎无动于衷，而且似乎是逆来顺受，他手下的人都感到惊讶。他带着他们进一步往深山里退却，并要他的头领们安营扎寨的时候相互不要离得太远，这样他发个通知，很快就能把他们召集起来。时间一天天地过去，他似乎也越来越把自己禁锢在一个小天地中。几个星期以来，他的头领们一直在等待他的命令。

有一天早晨他独自一人进深山转悠，连个保镖也没有带，到天黑以后才回来。他站在篝火前面对皮肖塔说："阿斯帕努，去把头领们都请过来。"

奥洛尔托亲王拥有的庄园占地数十万英亩，种植的东西应有尽有——千百年来，西西里一直是意大利的粮仓——有柠檬、柑橘、谷物、竹子、榨油的橄榄、酿酒的葡萄、数不清的西红柿、绿辣椒，还有最正宗的紫茄子，个头有马车夫的脑袋那么大。有一部分土地按照分成的办法租给农民种。奥洛尔托亲王照例会把最好的那部分成果拿走——作为租用农业器械、种子及运输的费用，而且都附带利息。农民能把用辛勤汗水浇灌的成果留下百分之二十五就很幸运了。与那些每天打零工、挣的钱连肚皮都填不饱的人相比，这些农民还算是比较富的。

贵族庄园的土地非常肥沃，但可惜的是很多土地没有耕种，都抛荒了。早在1860年，伟大的加里波第就对农民承诺，要让他们拥有自己的土地。然而现在，奥洛尔托亲王就有成千上万亩闲置的土地。其他的贵族也一样。他们把土地当成现金储备，靠卖地来维系他们骄奢淫逸的生活。

在上次大选中，包括基督教民主党在内的所有政党都承诺要强制推行共享土地的法律。根据这些法律，大庄园中未耕种的土地可以由农民开垦并支付少量的费用。

可是这些法律在实际执行中总是受到贵族的阻挠。他们雇用黑手党头目恫吓那些可能去开垦的人。在开垦那一天，只要黑手党头目骑着马在庄园四周兜兜圈子，就没有一个农民敢去开垦。少数人这样做了，无一例外地都上了暗杀名单，连家中的男性成员也一起遭殃。这种情况已经持续了一个世纪，每个西西里人都知道这个规则。如果一座庄园有黑手党头目做保护人，那里的土地就不会有人去开垦。罗马可以通过一百项法律，但都没有意义。正如唐·克罗切曾经在不经意中对特雷扎部长说的："你们的法律跟我们有什么关系呢？"

大选过后不久，就到了奥洛尔托亲王庄园中未耕种土地可以申请开垦的日子。总共十万英亩土地，而且是由政府装模作样选定的。左翼政党领导人敦促人们去申请开垦。这一天到来的时候，奥洛尔托亲王府邸的大门前聚集了将近五千农民。庄园里搭了一个大帐篷，里面放了桌子、椅子和其他办公用品，政府官员在里面等他们进去登记。有些农民来自蒙特莱普雷镇。

奥洛尔托亲王听从唐·克罗切的建议，雇请了六名黑手党首领做他的土地转租人。那是一个晴朗的早晨，热辣辣的太阳晒得这六个首领背上都冒了汗。他们骑着马在奥洛尔托亲王庄园围墙的四周来回转悠。农民们聚集在耶稣诞生之前就种植的橄榄树下，看着这六个全西西里有名的凶神恶煞。农民们在那里等着，心里害怕，不敢上前，仿佛在期待奇迹的出现。

但是这个奇迹不会是执法队伍。特雷扎部长直接给巴勒莫的宪兵指挥官下命令，禁止所有人员离开兵营。那一天，整个巴勒莫地区连一个穿制服的宪兵都没有。

奥洛尔托亲王庄园围墙外的人群依然在等待。那六个黑手党首领脸上毫无表情，骑在马上有节奏地来回走动，他们的枪放在枪套里，短筒猎枪挎在肩上，手枪别在腰间，但被上衣遮住了。他们没有对人群发出任何威胁的迹象——其实他们根本没有把人群放在眼里；他们只是默默地来回走动。那些农民打开干粮袋和酒瓶塞，好像是希望那些马会疲乏或者会把这些凶神驮走。人群中大多数是男人，只有少数几个妇女，其中一个就是和父母亲一起来的尤斯蒂娜。他们来是为了向杀害西尔韦奥·费拉的凶手表示抗议，但他们谁也不敢突破来回巡视的马构成的防线，去索取法律赋予他们的土地。

不仅仅是出于恐惧，在他们居住的小镇，这些骑手都是“受尊敬的人”，他们就是法律。友中友建立的影子政府比罗马政府办事效率还要高。农民的牛羊被小偷和盗贼偷窃了？如果受害者向宪兵报案，他的东西是找不回来的。但是如果他去找黑手党首领，缴纳百分之二十的费用，就能找回被盗的家畜，而且能得到不会再发生这种事的保证。如果一个暴戾的恶棍因为一杯酒就杀了一个无辜的工人，有了伪证和“缄默规则”的保证，政府很少会宣判这样的人有罪。但是如果受害者家属去找这六个受尊敬的人，就有可能惩治凶手，报仇雪恨。

贫民区的惯偷会被处死，世仇得到体面的解决，地界的纠纷不用聘请律师就能调解。这六个人像是不能反对和忽视的法官，他们所作出的惩罚非常严厉，除了背井离乡，否则无法逃脱。这六个人在西西里所行使的权力连意大利总理也自愧不如。所以人群都滞留在奥洛尔托亲王府的围墙之外。

这六个黑手党首领骑在马上，相互间拉开一段距离，否则就会被看成是软弱。他们各自为战，就像独立的国王，各有令人望而生畏之处。最厉害的是骑灰色斑点马的比萨奎诺镇的唐·夏诺。他现已年过六旬，那张灰色的脸就像他坐骑的皮一样斑驳。他二十六岁时就成了传奇人物，因为他杀了他的前任首领。夏诺十二岁的时候，前任唐杀了他的父亲，为报杀父之仇他等了十四年。终于有一天，他从树上跳到那个人所骑的马背上，从后面紧紧抓住他的仇人，押着他在镇上的主要街道骑马游街。他当着人们的面活剐他的受害者，割下他的鼻子、嘴唇、耳朵和生殖器，然后把血淋淋的尸体抱在手上，骑着马在仇人家的门前示威。此后他就以铁血手腕统治了他那块地方。

第二个黑手党首领是皮亚尼–德格雷西镇的唐·阿尔扎纳。他骑着黑马，马额上插着大红羽毛。他冷静、谨慎，认为凡是争执总有两个方面，他不愿意出于政治目的杀人，在他的庇护下，西尔韦奥·费拉多活了几年。费拉的遇害使他感到难过，不过他也确实无能为力，因为唐·克罗切和其他黑手党首领都坚持是时候在他的地盘杀一儆百了。唐·阿尔扎纳仁慈怜悯，是六个暴君中最受拥戴的。可是此刻，他骑马出现在聚集的人群面前，脸上的表情严肃，内心的迟疑荡然无存。

骑在马上的第三个人是卡尔塔尼塞塔镇的唐·皮杜，他的马笼头上套着花环。谁都知道他喜欢别人的阿谀奉承，对自己的外表自信满满，渴望权力，对有抱负的年轻人总是泼冷水。在村里的一次节日活动中，一个风度翩翩的乡村青年倾倒了当地许多妇女，因为他跳舞时脚脖子上拴着铃铛，穿的是巴勒莫的裁缝量身定做的绿丝绸衬衣和裤子，唱歌时弹的是马德里制造的吉他。唐·皮杜非常生气，因为这个乡村青年竟然招人爱慕，那些女人喜欢的竟是这么个满脸傻笑、毫无大丈夫气概的年轻人，而不是像他这样的真正男子汉。那个倒霉的日子之后，这个青年人就再也没有跳过舞，人们发现他死在回家路上，尸体上有许多子弹窟窿。

第四个黑手党首领是维拉穆拉镇的唐·马尔库齐，他是个苦行者，就像许多老的贵族一样，他的家里就有自己的教堂。除了这一件热衷的事情之外，他的生活非常俭朴。他拒绝利用自己的权势敛财，所以也很贫穷。他尽力帮助自己的西西里同胞，但也非常推崇黑手党的传统。他处决了自己最宠爱的侄子，成为一个传奇人物。他的侄子破坏了“缄默规则”，把同是黑手党的对手情况报告给了警察。

骑在马上的第五个人是帕尔蒂尼科的唐·布奇拉。他曾代表他侄子来找过赫克特·阿多尼斯。那是很久以前一个重大的日子，就是图里·吉里安诺上山落草为寇的那一天。现在，时间已经过去五年，他的体重比以前增加了四十磅。尽管五年之后他已成了大富翁，他还是一身农民装束。他性格残暴但没有恶意，但他对不诚实行为毫不手软，处决窃贼毫不留情，就像十八世纪英国高等法院法官判窃贼的小孩死刑一样。

第六个是圭多·昆塔纳。他虽然名义上是蒙特莱普雷的居民，但在争夺柯里昂镇的血战中大获全胜名噪一时。他这样做是出于无奈，因为蒙特莱普雷受到吉里安诺的直接保护。在柯里昂，圭多·昆塔纳残忍的本性找到了归属。他解决了四起家族世仇，办法很简单，就是直接铲除和他意见相左的人。他杀害了西尔韦奥·费拉以及其他工会的组织者。他也许是唯一一个不被尊重而被憎恨的黑手党首领。

就是这六个人，用自己名声和别人的敬畏，阻挡西西里的贫苦农民进入奥洛尔托亲王庄园的土地。

两辆满载武装人员的吉普车在蒙特莱普雷至巴勒莫的道路上疾驶，随后拐上通往庄园围墙的小路。除了两个人之外，其余的人脸上都蒙着羊毛面罩，只露出两只眼睛。那两个没有蒙面的是图里·吉里安诺和阿斯帕努·皮肖塔。蒙面人中有卡尼奥·西尔韦斯特罗下士、帕萨藤珀和泰拉诺瓦。安多里尼在巴勒莫的路上也蒙着面。吉普车在离骑马的黑手党首领大约五十英尺处停下，这时有些人从聚集在那里的农民中挤了过来。他们也蒙着脸。他们就是刚才还在那片橄榄林中野炊的人。两辆吉普车出现之后，他们打开装食物的篮子，拿出武器和面罩。他们以长弧队形散开，把步枪对准那几个骑马的人。他们总共来了五十个人。图里·吉里安诺跳下吉普车，看看大家是否已各就各位。他注视着那六个骑着马来回走动的人。他知道他们已看见了他，知道人群也已认出了他。西西里下午火热的太阳给绿色的地貌罩上了些许红色。吉里安诺心想，几千个厉害的农民怎么会被吓成这样，被这六个人挡着，拿不到养活自己孩子的面包。

吉里安诺身边的阿斯帕努·皮肖塔就像一条蠢蠢欲动的蝮蛇。

只有阿斯帕努拒绝戴面罩；其他人都害怕这六个黑手党首领的家人以及友中友的人会进行报复。现在吉里安诺和皮肖塔将成为他们进行报复首当其冲的目标。

他们两人都系着雕有鹰狮图案的金扣腰带。吉里安诺只有一把大型手枪，而且是放在腰间的枪套里的。他的手指上戴着几年前从公爵夫人手上取下的那枚祖母绿戒指。皮肖塔双手端着冲锋手枪。他的脸色因肺病和激动变得苍白，吉里安诺迟迟按兵不动，他感到不耐烦。吉里安诺仔细观察着眼前的情景，看看他的命令是否得到切实执行。他的人已构成一道半圆形封锁线，但是如果这几个黑手党首领决定离开，他也给他们留了一条退路。如果他们逃跑，就会大丢“面子”，他们的影响也会大打折扣，农民们就不会再害怕他们。但是他看见唐·夏诺掉转斑点灰马的马头，其他几个首领也跟着他继续在围墙前面展示威风。看来他们是不打算离开了。

从那座古老宫殿的一个塔楼上，奥洛尔托亲王通过用来观察星象的望远镜看到了这一幕情景。他可以看见图里·吉里安诺的脸，而且看得很清楚——椭圆的眼睛、清晰的面庞、慷慨但却紧闭的嘴；他知道他脸上所表现出的力量就是他德行的力量，但是他觉得可惜的是，这种德行缺乏怜悯。亲王知道他的德行是纯洁的，正因为它是纯洁的才非常可怕。他感到十分羞愧。他非常了解他的西西里同胞，现在他对即将发生的事情负有不可推卸的责任。他用金钱雇来的六个赫赫有名的人，他们将为他战斗，他们不会逃跑。他们对聚集在庄园围墙四周的这么多人起到了威慑作用。可是现在吉里安诺像个复仇之神站到了他们面前。亲王觉得太阳似乎正在失去光辉。

吉里安诺大步流星地朝那六个人骑马的小路走去。他们沉重的身躯骑在马背上，继续策马缓缓而行。参差不齐的白石墙边堆放着燕麦，他们不时喂马吃食，马不断地排泄，边走边留下一道粪便。

图里·吉里安诺站在离那条小道很近的地方，皮肖塔在他身后只有一步。六个骑在马上的人没有朝他这边看，也没有停下来。他们的脸上露出不可捉摸的神情。虽然他们肩上都挎着短筒猎枪，但却没有把枪从肩上取下来的打算。吉里安诺在等待。这些人在他面前又走过三趟。吉里安诺向后退了退，轻声对皮肖塔说："把他们从马背上弄下来，带过来见我。"接着他穿过小路靠在庄园的白石墙上。

他靠在墙上，深知自己已经跨越了一条性命攸关的界限，他今天的行为将决定他自己的命运。但是他丝毫没有犹豫不安，只是对这个世界充满了冷酷的怒意。他知道这六个人身后是唐·克罗切那巨大的身影，而这个黑帮龙头老大是他最终的敌人。人群让他感到恼火。他们为什么这么软弱、这么害怕？如果他能够武装并领导他们，他可以打造出一个全新的西西里。但是他对这些衣衫褴褛、食不果腹的贫苦农民也产生了一股怜悯。他举起手向他们敬礼，以此来鼓励他们。人群保持着沉默。这时他想起西尔韦奥·费拉，要是他在，就能把他们鼓动起来。

现在皮肖塔掌控了这出戏的舞台。他身穿一件乳白色毛衣，上面以乱针织出几条暗色的龙图案。他的头梳得油光闪亮，在血红色的西西里阳光映衬之下，就像窄窄的刀刃。他把刀一般的头转向那六个骑在马上的胖子，毒蛇一样的眼睛死死地盯着他们看了一阵。这几个人从他面前骑过去的时候，唐·夏诺的马在皮肖塔脚下拉了几个粪蛋。

皮肖塔后退了一步，朝帕萨藤珀、泰拉诺瓦和西尔韦思特罗点点头，他们立即跑向由那五十个蒙面武装人员构成的环形阵地。这些人进一步散开，堵住了刚才留给那六个人的退路。黑手党首领们虽然把一切都看在眼里，而且心知肚明，但却假装什么也没看见，继续趾高气扬地骑在马上。他们赢得了这场斗争的第一个回合。现在要由吉里安诺来决定是否采取最后也是最危险的步骤。

皮肖塔运动到唐·夏诺的马前面，专横地举起手。唐·夏诺那张灰色的脸上充满恐惧，但他并没有停下来。那匹马想躲开，但是它的骑手紧拉缰绳，把它的头高高拉起。如果皮肖塔不是向旁边让开一步，连人带马就会从他头上越过。夏诺从他身边走过时，皮肖塔弯着腰，野蛮地笑了笑。接着他直接走到那匹马和他的骑手背后，用冲锋手枪瞄准灰色的马屁股扣动了扳机。

霎时间，花香四溢的空气中马的内脏横飞，血如细雨，还夹杂着无数金色的粪粒。一阵密集的子弹打进唐·夏诺骑的那匹马的腿上，把他猛然掀翻在地。他的身体被倒下的马压住，动弹不得。吉里安诺手下四个人把他拉出来，然后把他反绑起来。那马还活着，皮肖塔发起慈悲，上前一步，对准它的头部打了几发子弹。

人群中发出一阵惊恐的低声喊叫与狂喜。吉里安诺依然靠在石墙上，手枪还在枪套里。他站在那里，双手交叉放在胸前，好像他也不知道阿斯帕努·皮肖塔下一步想干什么。

其他五个黑手党首领继续骑在马上。刚才他们的马听见枪声都惊得扬起前蹄，但他们很快就将马控制住了。他们还是像先前一样骑在马上款款而行。皮肖塔再次走到路中间，再次举起手。骑马走在前面的唐·布奇拉停了下来。他后面的几个人也勒住了马缰。

皮肖塔大声对他们说：“你们的家人以后会需要这些马的，我答应替你们把马送回家，现在快下马来拜见吉里安诺。”他响亮清澈的声音传到了那边人群的耳中。

一阵长长的沉默之后，那五个人都下了马。他们站在那里傲气十足地看着人群，眼睛里露出凶狠与傲慢。吉里安诺的弧形防线中，有二十个人端着枪进逼过来。他们把这五个人的手臂反绑起来，动作很小心，手脚很轻。随后他们把这六个人带到吉里安诺面前。

吉里安诺面无表情地看着这六个人。从前昆塔纳羞辱过他，甚至想暗杀他，现在情况发生了逆转。五年了，昆塔纳的面孔没什么变化，像个凶神恶煞。不过此刻，尽管他还是黑手党那一副挑衅的样子，但是却显得神情茫然，目光游移。

唐·夏诺两眼瞪着吉里安诺，灰色的脸上露出鄙弃的神情。布奇拉似乎略感惊讶，他似乎没有想到一件跟他无关的事竟会招致如此的恶意。其他几个黑手党首领冷冷地看着吉里安诺，因为最“受尊敬的人”都必须这么做。吉里安诺了解他们，因为他们都是赫赫有名的人物，其中几个，他在小时候很害怕，尤其是唐·夏诺。现在他让他们在西西里威风扫地，他们是绝对不会饶恕他的。他们将成为他永远的死敌。他知道自己必须怎么做，他还知道这些人也是丈夫和父亲，他们的孩子们会为他们伤心落泪。他们的视线越过他，高傲地看着远方。他们表达的信息显而易见。只要吉里安诺有这个胆量，那他就动手吧。唐·夏诺朝吉里安诺的脚下吐了一口唾沫。

吉里安诺依次看着他们的脸。“跪下来请求上帝的宽恕吧。”他说道。他们一个个纹丝不动。

吉里安诺转身离开他们。这六个黑手党首领站在那里，白色的石墙衬托出他们的轮廓。吉里安诺走到他的手下身边，然后转过身。他以洪亮清晰、足以使聚集的人群听见的声音说：“我以上帝和西西里的名义处决你们。”接着他在皮肖塔肩上轻轻拍了拍。

这时候，唐·马尔库齐开始下跪，但是皮肖塔已经扣动了扳机。此刻依然蒙着面的帕萨藤珀、泰拉诺瓦和西尔韦斯特罗下士也开了火。骤雨般的机枪子弹把这六个被绑着的躯体打得撞向石头墙。凹凸不平的白色石头上顿时溅满了殷红发紫的血，还有从跳动的躯体上飞出的碎肉。阵阵弹雨把他们的身体一次次地打得跳起来，就像被绳子吊着跳舞似的。

在宫殿那高高的塔楼里，奥洛尔托亲王离开了望远镜，所以他没有看见接下来发生的事。

吉里安诺迈步向前，一直走到围墙边上。他从腰里抽出大型手枪，慢慢地，象征性地向倒在地上的每个黑手党首领的头上补了一枪。

目睹了这一场面的人群发出嘶哑的吼叫声。紧接着，几千人从大门拥进奥洛尔托亲王的庄园。吉里安诺看着他们。他注意到没有一个人靠近他身边。

第二十二章

1949年的复活节那天早晨，天气晴好。西西里像是盖上了一块鲜花地毯，摆在巴勒莫建筑物阳台上的大盆里开满了五颜六色的鲜花。人行道的缝隙中也有红色、蓝色和白色的花朵。就连老教堂两侧的人行道也不例外。大街上熙熙攘攘，人们正前往巴勒莫大教堂参加九点钟的大弥撒，届时红衣主教将亲自分发圣餐。附近四乡八镇的农民都来了。他们身穿黑色丧服，带着妻子和孩子，用典型的复活节早晨的问候语与他们见到的人打招呼：“基督复活了。”图里·吉里安诺以同样传统的方式作出回应：“赞颂主的圣名。”

吉里安诺和他的手下头一天晚上就潜入了巴勒莫。他们穿着黑衣，一副朴素的农民打扮，不过他们的上衣宽松而肥大，因为每个人身上都带着冲锋手枪。吉里安诺对巴勒莫的街道了如指掌。在六年的土匪生涯中，他经常潜入这座城市，指挥绑架有钱的贵族，或者在有点名气的餐厅用餐，然后把挑衅的字条压在盘子下面。

吉里安诺进城从来没遇到过危险。他在街上行走的时候，卡尼奥·西尔韦斯特罗下士始终不离左右。在他前面大约二十步开外的地方有两个人，街对面有四个人，此外离他身后二十步还有一个二人小组。如果宪兵拦住吉里安诺要他出示证件，就会很自然地成为这些人的目标，遭到这些人毫不留情的枪击。只要他走进一家餐馆，他的保镖们就会占据其他的餐桌，把整个餐厅挤得满满的。

这天早晨，吉里安诺带了五十个人进城，其中包括阿斯帕努·皮肖塔、下士和泰拉诺瓦；帕萨藤珀和斯特凡·安多里尼留守。当吉里安诺和皮肖塔进入大教堂的时候，他手下的四十个人也跟了进去。下士和泰拉诺瓦等十人在教堂后面的几辆用于撤离的车上。

主持弥撒的红衣主教身穿白底带金色条纹的法袍，脖子上挂着一枚大十字架。他悦耳的嗓音让教堂充满了不可亵渎的神圣氛围。大教堂里有基督和圣母的大型雕像。吉里安诺用手指在刻有基督爱心的圣水盆里蘸了蘸。他跪下的时候，看见教堂那巨大的穹隆以及沿墙摆放的一排排玫瑰红色的还愿蜡烛，烛光照亮了诸圣徒的雕像。

吉里安诺的人在离祭坛较近的地方沿墙边散开。座位上坐满了虔诚的信众，农村人穿着黑衣服，城里人则穿着节日盛装。吉里安诺突然发现身边的圣母与众使徒的雕像，不禁对它的精美感叹不已。

修士和祭坛助手在吟唱，信众们低声回应着，祭坛上奇异的亚热带花卉释放着芳香，求取圣餐者无比虔诚，吉里安诺深深地被此情此景触动。他上次参加弥撒活动是五年前的复活节早晨，那时理发匠弗里塞拉背叛了他。现在这个复活节的早晨，他感到失落和害怕。他不止一次对即将被处死的敌人说：“我以上帝和西西里的名义处决你们。”然后等他们低声向上帝祈祷，祈祷词跟他现在听到的一样。在短暂的瞬间，他真希望自己能让他们像基督一样复活，是他把他们打入了永恒的黑暗深渊，他希望自己能把他们解救出来。这个复活节的早晨，他也许不得不让红衣主教加入他们的行列。这个主教违背了自己的诺言，不仅欺骗了他，而且背叛了他，成了他的敌人。在这座大教堂里，他的弥撒做得再动听也没有意义了。现在就让红衣主教向上帝忏悔是否不合时宜？难道红衣主教就不会威风扫地吗？他会放下架子对吉里安诺坦白自己的背叛行为吗？

弥撒活动已接近尾声；虔诚的信徒纷纷走向祭坛的护栏接受圣餐。吉里安诺的几个手下正跪在靠墙的地方接受圣餐，因为前一天他们在修道院向曼弗雷迪院长做过忏悔，直到这次弥撒结束他们都是纯洁的。

信众们为基督的复活感到高兴，也为自己洗清了罪过而感到高兴。他们走出教堂，穿过广场向大街走去。红衣主教走到祭坛后边，助手把大主教的锥形法冠给他戴上。法冠让他的个子看上去似乎高了一英尺。法冠上精致的黄金漩涡装饰熠熠发光，照着他那张西西里人轮廓分明的面庞，人们感到的是他的权势，而不是神圣。在一群修士的簇拥下，他开始前往教堂里的四个私人祈祷处进行传统祈祷。

第一个祈祷处是罗杰国王一世的墓，第二个是弗里德里克皇帝二世的墓，第三个是亨利四世的墓，第四个是安葬着弗里德里克皇帝二世的皇后康斯坦齐娅骨灰的墓。这些陵墓都是白色大理石建造，上面镶着漂亮的马赛克。此外还有一个单独的祈祷处，那就是供奉着重达一千磅的圣罗沙利雕像的银质神龛。圣罗沙利是巴勒莫的保护神，每逢她的圣日，巴勒莫人就抬着她的雕像在街上游行。在这个神龛里安葬着巴勒莫的所有主教，红衣主教辞世后也将安葬在这里。这里是他停留的第一站。就在他跪下祈祷的时候，吉里安诺和他率领的人把他和他的随从团团围住。吉里安诺的人还封锁了神龛的所有通道，这样就不可能有人去报警。

红衣主教站起身正视他们。就在这时候他看见了皮肖塔。他想起了这张脸，但却不是现在的模样。现在这张脸属于一个魔鬼，前来索取他的灵魂，在地狱炙烤他的肉体。吉里安诺说："大人，你现在是我的俘虏。如果你照我说的做，就不会受到伤害。你将作为我的客人进山过复活节，我保证你在那里能吃到跟宫殿里一样的美味佳肴。"

红衣主教怒不可遏地说："你竟敢率领武装人员擅闯上帝的殿堂！"

吉里安诺哈哈笑起来。想到自己即将要做的事情，他敬畏的情绪顿时一扫而光。"我敢干的事还多着呢，"他回答说，"我还敢斥责你违背了自己神圣的诺言。你答应过要赦免我和我的人，可是你没有信守这个诺言。现在你和教会要为此付出代价。"

红衣主教摇摇头。"我不会离开这个神圣的地方，"他说，"有胆量你就杀了我。这样你就名扬世界了。"

"这样的荣誉我早就有了，"吉里安诺说，"现在如果你敬酒不吃吃罚酒，那就别怪我不客气了。我会先杀掉这里的修士，然后把你绑起来，把嘴塞上。如果你乖乖地跟我走，其他人都不会受到伤害。一个星期之后你就能回到这个教堂里来。"

红衣主教在胸前画了个十字，然后朝吉里安诺示意的那个神龛门口走去。这道门通向大教堂的后面，吉里安诺手下其他几个人已经强行控制了主教的专用轿车和司机。

那辆黑色轿车装饰着复活节花束，散热器罩两侧插着教会的小旗。吉里安诺的人还征用了其他知名人士的汽车。吉里安诺引导红衣主教进入那辆黑色轿车，然后在主教身边坐下。他的两名手下跟着坐进轿车后座。阿斯帕努则坐到司机旁边的座位上。随后这个车队就穿越城市的大街小巷。车队从宪兵巡逻队旁边开过的时候，宪兵还向他们敬礼。红衣主教按吉里安诺的命令挥手表示谢意。在一段比较荒凉的路上，他让主教下车。吉里安诺的另一拨人正带着一副为红衣主教准备的担架在等着他们。他们丢下那些车辆和司机，全部遁入一片花海，消失在大山之中。

吉里安诺言而有信。在卡马拉塔山的岩洞里，红衣主教吃到的东西跟他在宫殿里吃的一样好。那些土匪对他颇为畏惧，对他的神圣权威敬重有加，每端上一道菜，都要请他赐福。

意大利报纸纷纷表示极大的愤慨，而西西里民众则是两种情感交加：他们对亵渎行为感到极度恐惧；但对宪兵遭到的羞辱感到幸灾乐祸。但是他们感到最骄傲的是：吉里安诺，一个西西里人挫败了罗马。吉里安诺现在成了最“受尊敬的人”。

每个人都想知道：吉里安诺绑架红衣主教想得到什么？答案很简单：一笔可观的赎金。

圣教会毕竟是以守护生命为己任的，所以没有屈从于吝啬的贵族和富商的讨价还价。教会立即支付了一亿里拉的赎金。但是吉里安诺还有一个目的。

他对红衣主教说："我是个农民，没有受过信徒的教育。但是我从来没有违背过自己的诺言。而你，一个天主教会的红衣主教，穿着法袍，戴着十字架，可是你却像个异教徒摩尔人，对我说了谎。你的神职救不了你的命。"

主教顿觉双膝发软。

吉里安诺继续说："你的运气很好。我请你来还有一个目的。"接着他让红衣主教看了他的遗嘱。

现在红衣主教知道自己已经逃过了一劫，他所受过的训练告诉他，等着他的就是上帝的惩罚了。他感兴趣的是这个遗嘱中的文件，而不是吉里安诺对他的斥责。他看见自己写给皮肖塔的字条之后，不由感到一阵怒气，随即在胸前画起十字来。

吉里安诺说："我亲爱的红衣主教，现在你已经知道这个文件了，回去告诉教会和特雷扎部长。你已经看见了证据，证明我有能力摧毁基督教民主党政府。我的死将是你们最大的不幸。这份遗嘱我将存放在一个你们得不到的安全地方。如果他们有任何人怀疑我，叫他们去问问唐·克罗切，看看我是怎样对待自己的敌人的。"

红衣主教被绑架一个星期之后，拉韦内拉离开了吉里安诺。

三年来，他都是从那个地道爬到她家去的。在她的床上，从她的身体、温存和庇护中，他得到了享受。她从无怨言，除了想给他快乐，她别无所求。

可是，这天晚上的情况截然不同。他们做完爱之后，她说她要搬到佛罗伦萨一个亲戚那里去。"我的心太脆弱，"她告诉他说，

“承受不了你面临的危险。我梦见你在我眼前遭到枪杀。宪兵打死我丈夫的时候就像打死一只牲口，就在自己家的房子前面。他们不断地向他的身体开枪，把他打成了血淋淋的马蜂窝。我梦见你也遭到了这样的不幸。”她把他的头拉向自己的胸脯说，“听，听听我的心跳。”

他听了。他听见她的心在怦怦乱跳，一股怜爱之情油然而生。她丰满的乳房下面的皮肤有点咸味，那是她内心恐惧而沁出的汗的咸味。她在哭泣。他抚摸着她浓密的黑发。

“你以前从来没有害怕过，”吉里安诺说，“什么都没有改变嘛。”

拉韦内拉使劲摇摇头。“图里，你变得太鲁莽了。你树了很多敌，而且都是强敌。你的朋友都害怕你。只要有人敲门，你母亲就吓得脸色煞白。你不可能永远逍遥。”

吉里安诺说：“但是我没有变。”

拉韦内拉又开始哭泣。“啊，图里，你变了。你现在动不动就杀人。我不是说你很残酷；你对死已经毫不在乎了。”

吉里安诺叹了口气。他看出她非常害怕，他感到一阵无法理解的悲伤。“这么说你一定要走，”他说道，“我给你足够的钱，这样你就可以在佛罗伦萨生活。总有一天这一切都将过去。那时候就再不会有杀戮了。我有自己的计划。我不会永远当土匪。那时候我母亲夜晚就能睡安稳觉。我们就能再次生活在一起。”

他看得出她不相信他。

第二天早晨他离开之前，他们再次云雨了一番，这是他们最后一次热情疯狂地在一起。

第二十三章

图里·吉里安诺终于做了一件任何政治家和宪兵想做却没有做到的事情。他使意大利所有政党为达成一个共同的目标联合了起来：消灭图里和他的武装。

1949年7月，特雷扎部长向报界宣布要组建一支五千人的特种宪兵部队，名称是剿匪特种部队，但他没有专门提吉里安诺。报纸很快就指出这是政府狡猾的遮遮掩掩，因为它不希望造成吉里安诺是主要目标的印象。各报都兴高采烈地表示支持，并称赞执政的基督教民主党采取这一有魄力的步骤。

全国的报纸对特雷扎组织这支五千人特种部队的天才构想感到惊讶。这支部队将全部由单身汉组成，这样就不会留下寡妇，也不会留下任何可能成为威胁目标的家庭。这支部队有突击队、伞兵、装甲车、重武器，甚至还有飞机。穷得叮当响的土匪们能抵挡这样的部队吗？这支部队将由意大利的二战大英雄乌戈·卢卡上校指挥，他曾经与德国传奇将军隆美尔并肩作战。报纸称他是“意大利沙漠之狐”，擅长游击战，他的战术和战略会把初出茅庐的西西里乡村青年图里·吉里安诺打个措手不及。

报纸还用少量篇幅轻描淡写地提到弗雷德里科·韦拉尔迪被任命为全西西里的警察局局长。对弗雷德里科·韦拉尔迪警督的历史人们不甚了了，只知道他是特雷扎部长亲自挑选来助卢卡上校一臂之力的。

就在一个月前，唐·克罗切、特雷扎部长和巴勒莫的红衣主教举行了一次重要会议。红衣主教向他们说了吉里安诺的遗嘱以及那些该死的证据。

特雷扎部长如坐针毡。必须在特种部队完成使命之前，毁掉那些证据。他真希望自己能够收回成命，暂停特种部队的集结，但是他的政府受到左翼政党的压力，他们说政府在庇护吉里安诺。

对于唐·克罗切来说，那份遗嘱不过使问题变得稍微复杂一点而已，丝毫没有改变他的决心。他要除掉吉里安诺的决心早已下定：他的六个首领遭到杀害，他已经别无选择。但是吉里安诺不能死在友中友或者他本人手上。吉里安诺是个响当当的英雄，即使对友中友来说，杀死他也是十恶不赦的大罪。因为，这样一来西西里人的仇恨就会集中到他们头上。

唐·克罗切意识到，不管怎么说，他都必须照顾到特雷扎的需要。毕竟他想扶持这个人来当意大利总理。他对部长说："我们的事情必须这样做。当然你也是被逼无奈。你必须缉拿吉里安诺。我保证能让那些文件变成一堆废纸，但是在这之前，你还要先让他活着。"

部长忧心忡忡地点点头。他按下内部通话系统的按钮，以命令的口气说："让那个警督进来。"几秒钟之后，一个高个子走进房间。他身材细长，一双目光冷峻的蓝眼睛。他的衣着很讲究，还有一张贵族似的脸。

“这位是弗雷德里科·韦拉尔迪警督，”部长说，“我很快就要宣布由他担任西西里安全警察的首脑。他将与派到西西里的部队负责人进行协调。”他分别把两个人介绍给对方，并对韦拉尔迪解释了那份遗嘱及其对基督教民主党政府的威胁。

“我亲爱的警督，”部长说，“我要求你把唐·克罗切当成我在西西里的个人代表。你要向他提供他所需要的任何信息，就像对我一样。你明白吗？”

警督用了较长时间来消化这项特别要求。他终于明白了。他的任务是向唐·克罗切通报剿匪部队与吉里安诺作战的所有计划。唐·克罗切将把这些信息提供给吉里安诺，这样他就可以逃脱被抓捕的厄运，直到这位龙头老大觉得结束吉里安诺的土匪生涯已经不会引起任何危险的时候为止。

韦拉尔迪警督说：“我是不是要把所有信息都提供给唐·克罗切？卢卡上校精明得很——他很快就会怀疑有人在走漏风声，也许他会把我排除在他的军事会议之外。”

“如果你遇到什么麻烦，”部长说，“就让他来找我。你真正的任务是搞到那份遗嘱。在完成这项任务之前，你要让吉里安诺活着，让他自由活动。”

警督把冷峻的蓝眼睛转向唐·克罗切。“我很乐意为您效劳，”他说，“但是有一件事情我必须弄明白。如果还没有销毁那份遗嘱，就活捉了吉里安诺，我该怎么办？”

唐·克罗切丝毫没有含糊其词。由于他不是政府官员，所以可以直言不讳。“那将是一场令人无法承受的灾难。”

报纸称赞任命乌戈·卢卡上校为剿匪特种部队司令是一个让人振奋的选择。报上仔细介绍了他的军旅生涯、他的英勇军功、他的战术才干、他稳重孤僻的个性以及他对失败的憎恶。报上说他是一只凶猛的小斗牛犬，是对付西西里暴行的克星。

卢卡上校所做的第一件事就是仔细研究有关图里·吉里安诺的所有情报资料。特雷扎部长发现卢卡上校把自己关在办公室里，身边堆着许多文件夹，里面有各种报告和旧剪报资料。部长问他准备什么时候带兵去西西里，他语气温和地说他准备组建一个参谋班子，并且说不管这要用多长时间，吉里安诺肯定还会在那里。

卢卡上校用一个星期时间研究那些报告并得出了自己的结论：吉里安诺在游击战方面是个天才，有一套独特的作战方法。他只让二十名干部跟在身边，其中包括他的几个头领——他的副手阿斯帕努·皮肖塔，他的贴身保镖卡尼奥·西尔韦斯特罗，还有主管情报工作、负责与唐·克罗切及黑手党网络进行联络的斯特凡·安多里尼。泰拉诺瓦和帕萨藤珀有自己的一伙人，在没有联合行动的情况下，他们可以独立行动，不受吉里安诺的直接指挥。泰拉诺瓦负责执行绑架计划，帕萨藤珀专门抢劫火车和银行。

上校清楚地看出，吉里安诺的组织最多不会超过三百人。但是他不明白吉里安诺怎么能存在六年，怎么能够打败当地的宪兵、几乎完全控制了西西里的西北部？他和他的手下人怎么能躲过大批政府武装力量的搜山？唯一的可能就是：吉里安诺在有需要的时候从西西里的农民中招募了额外数量的人。当政府搜山的时候，这些业余土匪就会躲到镇上和农场里，像普通农民那样生活。这样看来，蒙特莱普雷镇的许多居民也是这支武装的秘密成员。但最重要的是吉里安诺深得民心；他被人出卖的可能性微乎其微。毫无疑问，如果他公开号召革命，就会有数以千计的人啸聚在他的大旗之下。

最后还有一件事他不明白：吉里安诺神出鬼没。他在一个地方出现，接着就好像蒸发了似的消失得无影无踪。卢卡上校越看越有兴趣。接着他发现有件事他可以马上采取行动来对付。也许这件事看起来微不足道，但从长远来看却至关重要。

吉里安诺经常给报纸写信，信的开头总是："你们一直想让我相信我们不是敌人，如果真是这样，你们就会把这封信公之于世。"接着他就针对他近期的土匪行为大放厥词。在卢卡上校看来，开头那句话是一种威胁、一种强迫。信的内容是敌人的宣传。信上解释了绑架、抢劫的原因，以及那些钱是怎样分给西西里穷人的。当吉里安诺与宪兵发生激战，并打死一些人的时候，他总要发出一封信，解释说在战争中军人的死亡是不可避免的。他会直接呼吁宪兵不要作战。还有一封信是在杀了六个黑手党首领之后写的，信上解释说，只有那样做农民才能得到法律和道德赋予他们的土地。

卢卡上校感到震惊的是，政府居然允许这些信件发表。所以他特别请求特雷扎部长授权他在西西里进行军事管制，这样就会切断吉里安诺与支持他的民众的联系。

他寻找的另一个信息就是吉里安诺有没有相好的女人，不过他一无所获。虽然有报告说土匪去巴勒莫逛妓院，还说皮肖塔是个玩女人的高手，而在过去六年中吉里安诺过的却是一种无性的生活。

作为一个意大利人，卢卡上校认为这是不可能的，他在蒙特莱普雷肯定有个女人，只要找到她，大功的一半就告成了。

他还发现一件有趣的事情：吉里安诺和他的母亲之间有着深厚的依恋。吉里安诺对父母双亲都很孝顺，但对母亲却特别尊敬。卢卡上校特别记住了这一点。如果吉里安诺真的没有女人，他们就可以利用他母亲布设诱捕他的陷阱。

当这些准备工作做完之后，卢卡上校组建了一套参谋班子。最重要的安排是任命安东尼奥·佩伦兹上尉做他的副官兼侍卫。佩伦兹上尉身材魁梧，体形偏胖，慈眉善目，性情随和。但是卢卡上校知道他特别勇敢，说不定将来能救他一命也未可知。

1949年9月，卢卡上校率领第一批两千人的增援进驻西西里。他希望这样就够了。他不想带五千人马去，那样就太抬举吉里安诺了。他认为吉里安诺不过是个土匪，应当比较容易对付，而且不会要多长时间。

他第一步下令不许西西里的报纸再刊登吉里安诺的来信。第二步是以与儿子同谋的罪名逮捕了吉里安诺的母亲和父亲。接着他在蒙特莱普雷逮捕和拘留了两百余人进行审讯，说他们是吉里安诺土匪队伍的秘密成员。所有被逮捕的人都被押送巴勒莫，关进由上校的人森严戒备的监狱。采取这些行动的根据是仍在沿用的墨索里尼法西斯政府的法律。

吉里安诺家的房子遭到了搜查，那两条秘密地道被发现。拉韦内拉在佛罗伦萨被捕。不过她说她根本不知道有地道的事，所以几乎立即就被释放了。韦拉尔迪警督放她出去，并不是因为相信她，而是希望吉里安诺去找她。

意大利的报纸简直把卢卡上校捧上了天；现在终于有一个“严肃”的人了。特雷扎部长对自己的知人善任沾沾自喜，在收到总理给他的热情赞扬之后更是喜不自胜。只有唐·克罗切无动于衷。

开头的一个月，图里·吉里安诺研究了卢卡的种种行动以及宪兵的部署。上校的精明使吉里安诺非常钦佩：禁止报纸刊登他的来信，从而切断了他和西西里民众的重要联系渠道。但是对于上校不分青红皂白地逮捕蒙特莱普雷的民众——对有罪的和无辜的不加区别——他的钦佩继而变成了仇恨。对于自己父母的被捕，吉里安诺更是起了冷酷的杀意。

吉里安诺在卡马拉塔山脉深处的洞穴中坐了两天。他制订了自己的计划，对他所了解的卢卡上校的两千名宪兵进行了自己的分析。至少有一千名宪兵驻扎在巴勒莫及其周边地区，等着他去营救自己的父母。还有一千人集中在蒙特莱普雷、皮亚尼-德格雷西、圣朱塞佩-亚托、帕尔蒂尼科和柯里昂几个镇以及周边地区。那里的许多人都是他们的秘密成员，可以招募他们来打仗。

卢卡上校把他的总部设在巴勒莫，所以不会轻易受到袭击。必须想办法引蛇出洞。

图里·吉里安诺把自己的愤怒注入到制订战术计划的行动中。在他看来这些计划都有一个清楚的数学模式，就像小儿的游戏那样简单。这些计划往往都能奏效，如果不能奏效，他总是能遁入大山之中。但是他知道这一切都有赖于准确无误的行动，所以每个细节都要进行周密安排。

他把阿斯帕努·皮肖塔找到自己的洞穴，跟他讲了自己的计划。过后，再让他找来其他头领——帕萨藤珀、泰拉诺瓦、西尔韦斯特罗下士和斯特凡·安多里尼——分别向他们说明他们各自的任务。

巴勒莫的宪兵总部负责发放西西里西部各部队的军饷。每个月都有一辆重兵守卫的运钞车到镇上和地区的总部给驻军发钱。所发放的都是现金，每个军人的薪饷——包括里拉纸币和硬币，都分毫不差地放进一只信封里。这些信封被放进带隔槽的板箱，再装到一辆曾被美军用于运送武器的车里，然后把车门锁好。

这辆车的司机配备了一把手枪，他身边的军需官带了一支步枪。这辆满载着数百亿里拉的卡车离开巴勒莫的时候，在它前面保驾的是三辆巡逻吉普车，每辆车上四个人，而且都架着机枪。此外还有一辆运兵车，车上有二十名手持冲锋手枪和步枪的人。在运钞车后面是两辆指挥车，每辆车上六个人。所有的车上都配备了无线电通信设备，可以随时呼叫巴勒莫和邻近的宪兵兵营请求增援。他们从来没有担心过土匪会袭击这样一支车队，因为这样做无异于自杀。

一大早，运钞车队就离开了巴勒莫，它在第一站托马索那塔尔镇停了一次。然后从那儿拐上通往蒙特莱普雷的山路。军需官和他的护卫人员知道这一天将是漫长的，所以他们行车速度很快。一路上他们边吃萨拉米香肠和面包，边喝瓶子里的酒。他们一路上有说有笑。在前面开路的巡逻吉普车上，司机们都把枪放在脚边。车队越过最后一座小山包，下面就快到蒙特莱普雷了。他们惊讶地发现前方的道路上有一大群羊。吉普车开进羊群，车上的卫兵朝几个衣衫不整的牧羊人大声吆喝。这些当兵的都急于进入凉快的兵营里，吃一顿热饭菜，趁午休的时候脱掉军装，穿着内衣躺在床上歇歇，或者打打牌。现在不可能有什么危险，蒙特莱普雷就在几英里之外，那里的兵营驻有卢卡上校的五百来人。他们可以看见身后的运钞车也开进了数不清的群羊之中，但是他们没有看见它已经开不动了，它的前面没了路。

几个牧羊人在极力为车辆清理道路。他们忙得不可开交，似乎根本没有注意到运兵车在拼命按喇叭，也没有注意到那些卫兵在大喊、大笑、大声诅咒。那些当兵的依然毫无察觉。

突然，有六个牧羊人向那辆运钞车逼近。其中两个从上衣里面掏出枪来，把司机和军需官踢下了车。他们解除了这两个宪兵的武装。另外四个人把装满薪饷信封的木箱扔到车外。这伙人领头的是帕萨藤珀。他那张凶神恶煞般的脸以及粗野蛮横的动作对那些卫兵所起的威慑作用不亚于枪支。

就在几乎同一时刻，道路两侧的山坡上出现了大批手持步枪和冲锋手枪的土匪。后面两辆指挥车的车胎已经被子弹打爆。接着皮肖塔站在一辆车上。他大声喊道：“慢慢地从车上下来，不要带武器，这样你们今天晚上就可以回巴勒莫去吃面条。别想当英雄，我们拿走的不是你们的钱。”

在他们的前面，那辆运兵车和三辆吉普车已经到了最后那个小山冈的脚下，正准备驶入蒙特莱普雷，这时候负责指挥的军官才意识到后面的车子还没有跟上来。路上的羊越来越多，已经把他和车队其他车辆隔开了。他拿起无线电，命令其中一辆吉普车立即回去接应，然后打了个手势，让其他车辆停在路边待命。

那辆吉普车掉转车头，沿来时的路向山上开。它刚开到半山腰，就遭到了一阵密集的机枪和步枪火力的袭击。车上的四个人被子弹穿了许多窟窿，由于没了司机，吉普车就失去前进动力，沿着山路慢慢朝车队所在的地方滑去。

宪兵的指挥官跳下巡逻吉普车，大声命令运兵车上的人迅速下车组成一道散兵线。另外两辆吉普车见势不妙，像吓破了胆的兔子赶紧找地方隐蔽。这支力量遭到了有效压制，无法支援位于山冈另一侧的运钞车。他们甚至无法向吉里安诺的人开火。此刻吉里安诺的人正在把装满钱的信封塞进自己的衣服口袋。他们占领了有利地形，显然具有很强的杀伤火力，可以消灭任何进攻者。宪兵部队充其量也就是在隐蔽处构建一道散兵线，胡乱放几枪而已。

蒙特莱普雷的宪兵上士一直在等待军需官的到来。每到月底，他总是觉得囊中羞涩，而且他也像手下人一样，期待着晚上带几个漂亮女人和朋友，到巴勒莫的高档餐馆去饱饱口福。听见枪声的时候，他也弄不清是怎么回事。吉里安诺总不敢在光天化日之下袭击他的巡逻队吧，何况卢卡上校在这一地区还有一支五百人的支援部队呢。

这时候上士听见贝兰伯兵营大门外传来一声巨响。一辆停在后面的装甲车发生爆炸，升起一团橙红色的火焰。接着他听见通往卡斯特尔维特拉诺和海滨城市特拉帕尼的公路方向传来密集的机枪声，随后就是从镇外大山脚下传来的连续不断的轻武器射击声。他看见自己派到蒙特莱普雷乘吉普车和步行的巡逻队纷纷逃回兵营。他逐渐意识到，图里·吉里安诺正倾其所有兵力攻击卢卡上校五百人的兵营。

在靠近蒙特莱普雷的一段峭壁顶端，图里·吉里安诺通过望远镜观察到抢劫运钞车的场面。接着他转体九十度，还能看见在镇上发生的巷战、对贝兰伯兵营的直接攻击以及在海滨公路上与宪兵巡逻队的激战。他的几位头领都干得很漂亮。帕萨藤珀和他率领的人从运钞车里拿到了钱，皮肖塔把巡逻队打得人仰马翻，泰拉诺瓦率领手下人，包括新补充的人员，对贝兰伯兵营发起攻击，并与巡逻队交火。直接归吉里安诺指挥的人留守山上的大本营。真正的魔鬼修士斯特凡·安多里尼则正在准备发动一次突然袭击。

在巴勒莫的总部，卢卡上校接到运钞车被劫的报告后，所表现出的平静使部下感到意外。但他的内心却被吉里安诺的聪明所激怒，很想知道他从哪里得到、又是怎样得到宪兵部队部署情况的情报的。在运钞车被抢的过程中，有四名宪兵死于非命，而在与吉里安诺武装的激战中，也有十人被打死。

佩伦兹上尉冲进门来的时候，卢卡上校还在接听电话，听取有关伤亡的报告。上尉激动得下巴上的肉直哆嗦，他说刚才收到的报告说，有些土匪被打伤，有一个被打死，尸体还留在战场。根据死者身上的文件、个人身份证件以及蒙特莱普雷两位居民的指认，死者不是别人，正是图里·吉里安诺。

卢卡上校一时忘乎所以，没了谨慎和理智，一股胜利的喜悦在胸中升腾。军事史上有许多伟大的胜利和高明的战术运动，但由于个人的意外也会走向反面。一颗鬼使神差、没有头脑的子弹，居然奇迹般地发现了一个大土匪神出鬼没的幽灵。不过他很快就谨慎起来。这样的运气似乎太好了。这也可能是一个陷阱。但即使是陷阱，他也要去踩一下，让设陷阱的人现身。

卢卡上校进行了各种准备，一支能够击败任何攻击的快速机动部队正整装待发。打头阵的是装甲车，跟在后面的是卢卡上校和韦拉尔迪警督乘坐的防弹车。韦拉尔迪警督坚持要去帮助确认那具尸体，但他真正的目的是看看死者身上是否真带着那份遗嘱。跟在卢卡上校那辆车后边的是运兵车，车上的人处于高度戒备，随时准备射击。为整个车队开道的吉普车多达二十辆，上面全是荷枪实弹的伞兵。驻蒙特莱普雷的部队奉命警戒通向该镇的几条道路，并在附近的山上建立瞭望哨。人数众多、携带大量武器装备的步兵巡逻队控制了整个道路的两侧。

不到一个小时，卢卡上校和他的快速机动部队就到了蒙特莱普雷。他们并没有遭到袭击；这样炫耀武力准会让土匪望风而逃。然而等待着上校的将使他大失所望。

韦拉尔迪警督看见这具躺在贝兰伯兵营救护车中的尸体，说这不可能是吉里安诺。虽然这个人被子弹打得面目全非，但还不至于使他作出错误的判断。一些被迫来看这具尸体的居民也说这个人不是吉里安诺。这无疑是个陷阱。吉里安诺肯定是希望上校只带几个护卫就匆匆赶到现场，这样就能成为伏击的目标。卢卡上校下令采取一切防范措施，但他还是急于返回巴勒莫，回到自己的总部。他想亲自向罗马方面报告当天所发生的事情，并确保无人发表吉里安诺已经死亡的假报告。他首先检查确定各小单位的人员全都在位，这样在返回的路上就不会遭到伏击，他把车队前端的一辆运动迅速的巡逻吉普车调过来，然后与韦拉尔迪警督一起坐进那辆吉普车。

上校的这个临时决定救了他们两个人的命。快速机动车队即将到达巴勒莫的时候，卢卡的指挥车处于车队的中段。这时突然一声巨响，指挥车被向上掀起十几英尺，变成燃烧的碎片散落在山坡上。紧随其后的运兵车上总共三十个人，其中八人被炸死，十五人受伤。坐在卢卡指挥车上的两名军官被炸得血肉横飞。

卢卡上校打电话给特雷扎部长，报告了这个坏消息，要求在大陆上待命的另外三千人火速开赴西西里。

唐·克罗切知道，只要吉里安诺的父母亲还被关在监狱，这样的袭击就不会停止，所以他安排把他们释放了。

但是他无法阻止继续向西西里增派部队。现在蒙特莱普雷及其周边地区已经驻扎了两千名士兵。另外还有三千人正在搜山。卢卡上校利用罗马的基督教民主党政府给他的特别权力，把蒙特莱普雷和巴勒莫地区的七百人投进了监狱。他还实行了从黄昏到第二天清晨的宵禁，居民们被限制在家里出不了门，行路的人没有特别通行证就被关进监狱。整个巴勒莫地区笼罩在官方营造的恐怖之中。

唐·克罗切发现形势变得对吉里安诺很不利后，也有些紧张了。

第二十四章

卢卡上校派军队进驻之前，吉里安诺可以自由出入蒙特莱普雷，还经常看见尤斯蒂娜·费拉。有时候她到吉里安诺家去是有事，有时候是去取吉里安诺给她父母的钱。有一天，吉里安诺在巴勒莫的大街上看见她和她的父母在一起，他从来没有发现她长得这么漂亮。他们是为了购买狂欢节的新衣服才进城的，因为在蒙特莱普雷镇上买不到。当时吉里安诺和他的人是到巴勒莫去购置给养的。

吉里安诺大概有六个月没有看见她了，这段时间她长高了，而且比以前苗条了。在西西里的女人中，她身材高挑，两腿修长，脚上穿着新买的高跟鞋。她只有十六岁，但是西西里亚热带的土壤已经让她出落成一个成熟的女人。她漆黑的秀发盘成高高的发髻，用三只像宝石一样的梳子固定着，露出长长的脖子，就像花瓶上画的金闪闪的埃及美女。她两只眼睛很大，露出询问的目光，她的嘴巴非常性感，也是她脸上唯一能反映她年纪的地方。她穿了一件白色连衣裙，正面有一道红缎带装饰。

她简直就像画上的美人。吉里安诺盯着她看了好一会儿。她在父母陪同下从他眼前走过的时候，他正坐在一家露天餐馆，他的手下人分散坐在他四周的几张桌子旁边。他们三人都看见了他。尤斯蒂娜的父亲脸上没有表情，好像根本不认识他。她母亲赶紧把目光转向别处。只有尤斯蒂娜的眼睛一直在看着他。她不愧是西西里人，没有和他打招呼，但却一直注视着他的眼睛，他可以看出她的嘴唇在哆嗦，在抑制自己的微笑。在烈日炎炎的街上，她显得光彩照人。她是一个早熟的西西里性感美人。成为土匪之后，吉里安诺不再相信爱情。对他来说，爱是屈从于人的行为，孕育着致命的背信弃义的种子，但是这时候他却产生了一种从未有过的感觉——他的内心真想跪在一个人的面前，心甘情愿地发誓做这个人的奴隶。他并没有把这个看成是爱。

一个月之后，吉里安诺发现，尤斯蒂娜·费拉站在巴勒莫大街上、沐浴着金色阳光的形象依然萦绕在自己的脑际。他认为这仅仅是一种性的欲望，是他怀念与拉韦内拉在一起的激情夜晚。接着他就想入非非，不仅幻想着和尤斯蒂娜做爱，还幻想着花时间陪她在山里漫游，让她看那些藏身的洞穴，看那些开满鲜花的狭长山谷，并在篝火上为她做饭。他那把吉他还在母亲的房子里，他幻想着为她弹奏吉他。他愿意把这几年写的诗歌拿给她看，其中有一些已经发表在西西里的报纸上。他甚至想到置卢卡上校特种部队的两千人于不顾，悄悄潜入蒙特莱普雷，到她家里去找她。想到这里，他变得理智起来，他知道他正在孕育着一些危险的想法。

这一切都是胡思乱想。其实他的生活中只有两种选择，不是被宪兵打死，就是到美国去避难。如果他继续这样想入非非，那是去不了美国的。他必须把她从自己的头脑中清除出去。如果他勾引她或者把她带走，就会使她父亲成为他的死敌，而他的死敌已经够多的了。吉里安诺曾经因为阿斯帕努诱奸一个纯洁的女孩用鞭子狠狠地抽过他；这些年他的手下有三个人因强奸妇女被他处死。他对尤斯蒂娜的这份情感是想使她幸福，让她爱慕他，让她像他曾经看待自己的方式来看待他。他想让她的眼睛中充满了对他的爱和信任。

不过，这只是他在头脑中对这些选择进行的战术探究。他早就决定了自己的行动方案。他要和这个姑娘结婚。秘密结婚。除了她的家人，谁也不会知道。当然这不包括皮肖塔以及他手下几个可以信赖的成员。无论什么时候，只要能够安全地见到她，他就会派人把她护送到山上来，这样他们就可以有一两天时间待在一起。对于她来说，做图里·吉里安诺的妻子是很危险的，但是他可以安排把她送到美国去，让她在那里等他设法逃出去。只有一个问题：尤斯蒂娜对他是什么看法?

卡塞罗·费拉五年前就成了吉里安诺队伍的秘密成员，只进行情报收集工作，不参加他们的任何行动。他和他妻子了解吉里安诺的父母，而且是邻里，都住在贝拉大街上，离吉里安诺家只隔十幢房子。与蒙特莱普雷的大多数人相比，他受过比较多的教育，不甘心务农。尤斯蒂娜小时候把钱弄丢了，吉里安诺又给了她一份，而且还让她带回一张字条，说他们家将受到他的保护，所以卡塞罗·费拉去拜访了玛丽亚·隆巴尔多，并主动提出帮助吉里安诺。他在巴勒莫和蒙特莱普雷收集有关宪兵巡逻队的动向、吉里安诺准备绑架的富商的动向、向警察告密的人的身份特征等方面的情报。他也从这些绑架中得到一定的实惠，在蒙特莱普雷开起了一家小饭馆，这也有助于他收集情报。

大战结束后，他儿子西尔韦奥退伍回家，成了一名社会主义的鼓动者，卡塞罗·费拉把他逐出了家门。这倒不是因为他不赞同儿子的信仰，而是因为怕他给家里的其他人带来危险。对于民主党和罗马的统治者，他都不抱幻想。他提醒图里要信守承诺，保护费拉一家，而吉里安诺则尽了最大的努力来保护西尔韦奥。西尔韦奥被杀害后，吉里安诺答应为他儿子报仇。

费拉从来没有责备过吉里安诺。他知道吉里斯特拉的大屠杀彻底影响了图里·吉里安诺，让他非常悲伤，至今还感到痛苦。这是他听他妻子说的，因为玛丽亚·隆巴尔多跟她谈起过她的儿子吉里安诺，而且谈了好几个钟头。几年前的一天，她儿子遭到了宪兵的枪击，心地善良的他被迫还击，开了杀戒。当然，自那以后的每一次杀人都是迫不得已，都是被那些坏人逼的。玛丽亚·隆巴尔多对于每一次杀人和每一次犯罪都采取了原谅态度，可是当她谈到吉里斯特拉山口的屠杀事件时，就有些支支吾吾。哦，天真无邪的儿童被机枪子弹打死，手无寸铁的妇女惨遭杀戮。人们怎么能相信他儿子会做这样的事呢？难道他不是穷人的保护者，不是西西里的斗士了？难道他没有用劫来的财富帮助西西里所有挨饿的个人和家庭？她的儿子不可能下令进行这样的屠杀。为此，儿子曾在黑圣母像前对她发过誓，为此，母子二人曾抱头痛哭。

这些年来，卡塞罗·费拉一直在试图破解一个谜团：在吉里斯特拉山口究竟发生了什么？难道真的是帕萨藤珀的机枪手在射击的时候把仰角弄错了？难道真的是嗜血成性的帕萨藤珀为了一时的痛快而对这些人大开杀戒？整个事件会不会是有人故意策划来诬陷吉里安诺呢？用机枪扫射的会不会还有另外一拨人——这些人不是在执行吉里安诺的命令，而是由友中友或者警察部队派去的？除了对吉里安诺，卡塞罗没有排除对任何人的怀疑。因为如果吉里安诺是罪魁祸首，他所生活的这个世界就会崩溃。他喜欢吉里安诺，就像喜欢自己的儿子一样。他是看着他长大成人的，他从未表现出丝毫卑鄙或邪恶的念头。

所以卡塞罗·费拉一直睁大眼睛看着，竖起耳朵听着。对于吉里安诺组织中那些没有被卢卡上校投进监狱的秘密成员，他请他们喝酒。从住在镇上、偶尔到他的小酒馆喝酒、打牌的友中友成员的交谈中，他听到一些只言片语。有一天晚上，从他们谈笑中，他听见他们说“野兽”和“魔鬼”与唐·克罗切进行过秘谈，以及克罗切是如何把这两个令人害怕的家伙变成了传播流言蜚语的能手。费拉陷入了沉思，借助西西里人准确的想象力展开联想。帕萨藤珀和斯特凡·安多里尼曾经和克罗切有过接触。帕萨藤珀常常被称为“野兽”，而“魔鬼修士”则是安多里尼当土匪的名字。他们到远离大山基地的维拉巴去，在唐·克罗切家里和他进行密谈，为的是什么呢？他让十来岁的儿子给吉里安诺家里送去一封急信，两天后他接到指令，要他到山里的一个接头地点去见吉里安诺。他把自己的想法告诉了吉里安诺。年轻人的脸上没有任何表情，只是叫他要绝对保密。他对费拉没有再说什么。现在，时隔三个月，吉里安诺再次要他上山，说他想听听这件事的下文。

吉里安诺和他的队伍转移到大山深处，到了卢卡的部队鞭长莫及的地方。卡塞罗·费拉连夜动身，在接头地点见到前来带他去营地的阿斯帕努·皮肖塔。到第二天早晨，他们才到达营地，这时候热气腾腾的早餐正等着他们。精心准备的早餐放在铺了台布、摆了银餐具的折叠桌上。图里·吉里安诺穿着白绸衬衫和褐色鼹鼠皮裤子，裤脚管塞进擦得锃亮的皮靴里。他刚刚洗过头，头发也梳过。他从来没有像现在这么英俊。

吉里安诺让皮肖塔先出去，自己和费拉单独坐在一起。吉里安诺略显不安。他一本正经地说："我要谢谢你送来的情报。我进行了调查，现在我知道这是真的。这个情报非常重要。不过我请你过来是要谈另外一件事情。我知道这件事会使你吃惊，不过我希望这不会冒犯你。"

费拉确实感到吃惊，不过他很客气地说："你是绝对不会冒犯我的，我欠你的太多了。"

听到这句话之后，吉里安诺微微一笑。费拉记得，从小时候起，吉里安诺脸上就总带着这种坦诚的微笑。

"请仔细听我说，"吉里安诺说，"我要先和你谈谈，要是你不同意，这事就到此为止。现在不要把我当成这支队伍的首领，我是在跟你——尤斯蒂娜的父亲——说话。尤斯蒂娜很漂亮，你家门口肯定会有许多镇上的年轻人流连忘返。我知道你一直在谨慎地保护她的纯洁。我要告诉你，我有生以来第一次有这样的感觉。我想和你女儿结婚。如果你不答应，我就绝不会再提一个字。你还是我的朋友。你女儿还会像以往一样受到我的特别保护。如果你答应，那我就去问你女儿，看她对此有什么想法。如果她说不，这件事情也就到此为止。"

卡塞罗·费拉听到这话果然大吃一惊，他结结巴巴地说："让我想想，让我想想。"他很长时间没有说话。等他开口说话的时候，语气中充满了极大的尊敬，“我愿意把女儿嫁给你，而不是这个世界上的其他男人。我知道我儿子西尔维奥会同意我的看法，可惜上帝让他永远安息了。”接着他又结巴起来，“我只担心我女儿的安全。如果尤斯蒂娜做了你的妻子，卢卡上校肯定会找出种种借口把她抓起来。现在友中友也成了我们的敌人，他们可能做一些伤害她的事。你必须到美国去，否则就会死在大山里。我不想让她年纪轻轻就守寡，原谅我这样直言不讳。但是这样你的生活会变得更加复杂，这也是我最担心的。一个快乐的新郎意识不到这里的各种陷阱，也不会警惕自己的敌人。结婚可能导致你的死亡。我说得这么直白，就是因为我喜欢你而且尊重你。这件事情可以从长计议，等你对自己的未来更加了解、更加明智地筹划自己前途的时候再说。”他说完这番话的时候，两眼一直谨慎地看着吉里安诺，看他说的话是不是惹他不高兴了。

他的话只是使他有点泄气。他看出来了，这是恋爱中的青年人的失落感。这在他看来有点异乎寻常，于是他有几分冲动地说：“我并没有回绝你，图里。”

吉里安诺叹了口气说：“所有这些我都考虑过。我的计划是这样。我和你女儿秘密结婚。曼弗雷迪院长会为我们主持婚礼。我们在山里结婚。在其他任何地方对我来说都太危险。但是我可以安排让你和你夫人陪同你们的女儿来，这样你们也可以亲眼见证这次婚姻。她将和我在一起待三天，然后我就把她送回家。如果你女儿成了寡妇，她将会有足够的钱去开始新的生活。所以你不需要担心她的未来。我爱你的女儿，她这一辈子都将得到我的珍爱和保护。万一我有个三长两短，我也会安排好她的未来。但是，嫁给一个像我这样的人是有风险的，作为她的父亲，你完全有理由不让她承受这样的风险。”

卡塞罗·费拉极为感动。这个年轻人说话简明扼要，开门见山，而且满怀着希望。但最重要的是，他说得句句在理。为使他女儿能应对生活的磨难，为了她未来生活过得幸福，他作出了种种安排。费拉从桌子边上站起来拥抱吉里安诺。“我为你祝福，”他说，“我去跟尤斯蒂娜说。”

费拉临走的时候说，他感到很高兴，因为他所提供的情报有价值。他很惊讶地发现吉里安诺的脸色突然阴沉下来。那双眼睛似乎睁得更大，那张英俊的脸似乎凝固成了白色的大理石。

“我将邀请斯特凡·安多里尼和帕萨藤珀参加我的婚礼，”他说道，“我们可以把问题留到那时候解决。”后来费拉才想到，如果要秘密举行婚礼，那他这么做就离谱了。

在西西里，一个姑娘结婚前从来没有和自己的男人单独在一起待过的情况并不少见。如果女人坐在自己家门外，没结婚的总是侧身而坐，眼睛从来不盯着大街看，否则就会被说成是轻浮。路过的年轻小伙子根本没有机会和她们搭话，但在教堂的时候情况就不同了，因为她们处于圣母玛利亚的神像和她们目光冷峻的母亲的保护之下。如果一个青年男子疯狂地爱上一个侧身而坐的姑娘，或者有几句倾心爱慕的话要说，就必须用文字写下来，写成一封像模像样的信来表达自己的心意。这是一件严肃的事情。很多人都雇请专业人士代笔，因为万一说错了话，结局可能就不是婚礼而是葬礼，这是可想而知的。所以图里·吉里安诺通过女孩的父亲求婚并非不正常，尽管他自己并没有直接向尤斯蒂娜表达过对她的爱慕。

对于尤斯蒂娜会怎样回答，卡塞罗·费拉没有丝毫的疑问。她还是个小姑娘的时候，每次做祈祷她总要说一句“保佑图里·吉里安诺不受宪兵的伤害”。每次碰上给吉里安诺的母亲玛丽亚·隆巴尔多送信的事，她总是很积极。当通往拉韦内拉家有一条地道的消息传开之后，尤斯蒂娜简直气疯了。起初她父母亲还以为她是对那个女人和吉里安诺父母被捕的事感到愤怒，后来才意识到那是她的妒忌。

所以女儿会怎样回答已在卡塞罗·费拉的预料之中；这毫不奇怪。但是她听到这个消息时的反应却完全在他的意料之外。她朝父亲调皮地一笑，好像是她策划了这场诱惑，好像她知道自己可以征服吉里安诺。

在大山深处有一座诺曼人的小城堡，里面已经有二十年无人居住，现在几乎成了废墟。吉里安诺决定在那里办婚礼、度蜜月。他下令阿斯帕努·皮肖塔设立一道由武装人员构成的环形防线，以保护新婚夫妇免遭突然袭击。曼弗雷迪院长坐着驴车离开修道院，接着由吉里安诺的人用担架抬着他沿崎岖的小道上了山。在古城堡里，他非常高兴地看见那里面有一个私家教堂，可惜有价值的雕像和木刻早已被偷盗一空。不过那个石头祭坛很漂亮，空荡荡的石头建筑本身也很漂亮。其实院长并不赞同吉里安诺结婚，他与吉里安诺拥抱之后打趣地说：“有一句谚语你应当听说过：单枪匹马的玩家永远不会输。”

吉里安诺哈哈一笑说：“但是我也得考虑自己的幸福。”接着他又加了一句，“不要忘记，圣约瑟是先剃自己的胡须，然后才给使徒们剩的。”这是农民常说的话，院长很喜欢这句话并经常引用它替自己那些赚钱的计划开脱。吉里安诺这句话使院长情绪好了不少，他打开自己的文件箱，把结婚证书递给吉里安诺。这份证书制作精美，上面印的是烫金的中世纪花体字。

“这段婚姻将由修道院记录在案，”院长说，“但是不要害怕，不会有人知道的。”

新娘子和她的父母前一天晚上就骑着毛驴上了山。他们就住在城堡的两个房间里。吉里安诺的人事先进行了清扫，放上了用竹子和草搭成的床铺。吉里安诺不能把自己的母亲和父亲接来参加婚礼，感到很不是滋味，因为他们处于卢卡上校特种部队的严密监视之下。

应邀参加婚礼的只有阿斯帕努·皮肖塔、斯特凡·安多里尼、帕萨藤珀、西尔韦斯特罗下士和泰拉诺瓦。尤斯蒂娜换下路上穿的衣服，穿上在巴勒莫让她光彩照人的白色连衣裙。她对吉里安诺嫣然一笑，这灿烂的笑容顿时使吉里安诺不知所措。院长主持了简短的仪式，接着他们就来到城堡外的草坪上。草坪上有一张桌子，上面摆放着葡萄酒、冷肉和面包。大家吃得很快，并举杯对新娘和新郎表示祝贺。院长和费拉夫妇返回的路程很长，而且路上也不安全。令人担心的是，宪兵的巡逻队可能无意中进入这一地区，那么吉里安诺手下组成环形防线的武装人员就将被迫交火。院长想尽快回去，但是吉里安诺留住了他。

“我要感谢你今天为我所做的事，”吉里安诺说，“等我大喜的日子一过，我将做一件大发慈悲的事。但是我需要你的帮助。”他们悄悄地说了一些话，院长听后点了点头。

尤斯蒂娜拥抱了自己的父母；她母亲哭了，以乞求的目光看着吉里安诺。这时尤斯蒂娜在她耳边悄悄说了几句，老人当即破涕为笑。母女二人再度拥抱，接着老两口各自骑上毛驴。

新娘和新郎将在城堡的主卧室度过他们的新婚之夜。这间卧室原先空空如也，是图里·吉里安诺让人用驴子驮来一张特大的床垫，上面铺着从巴勒莫的名牌商店买来的丝绸床单、一床鹅绒被和一对枕头。浴室的面积跟卧室差不多，里面有个大理石浴缸以及一个巨大的洗涤池。当然了，自来水是没有的，要用桶取水倒进去。水是吉里安诺亲自用桶从城堡旁边潺潺流动的小溪里拎来的。他还在浴室里放了一些尤斯蒂娜从来没见过的卫生用品和香水。

赤身裸体的她一开始还有些羞怯，把双手放在两腿之间。她肌肤金黄，身材苗条，乳房像成熟女人那样丰满。他亲吻她的时候，她把头微微偏向一边，他的唇只触到她的嘴角。他很有耐心，这并不是因为他有情人的技巧，而是他有一种战术意识，这种意识在他的游击战中发挥了很大作用。她又黑又长的秀发松散着披下来，遮住了她丰满的双乳，他抚摸着她的秀发，谈起他在巴勒莫第一次看见她变成成熟的女人的情形，他说那一天是命中注定的。她当时真是漂亮极了。他背诵起赞誉她的诗歌来。这些都是他独自在山上时，因思慕她的美貌而写的。她觉得放松多了，把鹅绒被盖在身上。吉里安诺躺在被子上，可是她把目光转向了别处。

尤斯蒂娜告诉他，她替哥哥给他送了一封信，那一天她就暗恋他了。可是当时他并没有认出她，不知道她就是几年前他给了她一次钱的那个小姑娘，当时她难受极了。她告诉他说，从十一岁开始，她每天晚上都要为他祈祷，而且从那时起，她就爱上他了。

她的这番话说得图里·吉里安诺心花怒放。她很爱他，他独自在山里，而她却在思念他。他不断抚摸她的秀发，而她则用温暖干燥的手紧紧地握着他的手。“我让你父亲转达我的求婚，你感到吃惊吗？”他问她。

她诡秘而得意地笑了笑。“那次你在巴勒莫那样盯着我看，我一点都不吃惊。”她说，“从那一天起，我就准备做你的人了。”

他俯身亲吻她那红葡萄酒色的嘴唇，这一次她没有把脸转开。他惊讶地感受到她满口的香甜，连呼吸也那么香甜，也感受到自己肉体上的反应。有生以来他第一次感到自己的身体在熔化，他感到飘飘欲仙。他的身体开始颤抖。尤斯蒂娜掀开鹅绒被让他到被子里和她睡在一起。她把身子侧过来，用双臂搂着他，这样他们就可以一起滚动。他觉得她的身体不同于他以前接触过的其他女人。她闭上了双眼。

图里·吉里安诺亲吻她的嘴、她那闭着的眼睛，接着亲吻她的乳房。她的皮肤娇嫩无比，她的胴体几乎热得烫嘴。她的体香使他惊讶，它是那么的甜美，没有受到生活苦难的影响，离死亡还有十万八千里。他的手慢慢向下移至她的大腿，她那柔润的肌肤引起他指尖一阵快感，随之从手指发散到他的腹股沟，继而传至他的头顶，几乎使他感到痛苦。这种感觉使他吃惊，他大声笑起来。这时她把一只手放在他的两腿之间，她的动作之轻柔简直使他失去了知觉。他随即与她做爱，既有激情又很温柔。她慢慢地、有点不知所措地对他的爱抚作出反应，稍过一阵之后，她也迸发出同样的激情。剩下的时间里，他俩一直如胶似漆，除了发出短促的呻吟，他们谁都没有说话。及至天已破晓，精疲力竭的尤斯蒂娜才慢慢睡着。

她睡到将近中午醒来的时候，发现巨大的大理石浴缸里已经注满了凉水，洗涤池边的桶里也是满满的水。到处看不见图里。一时之下她因孤单而感到害怕；接着她就跨进浴缸洗起澡来。走出浴缸后，她用一条棕色粗毛大浴巾把身上擦干，抹了放在洗涤池上的一种香水。梳洗过后，她穿上行路的衣服：一件白纽扣的毛衣和一件棕色外套。她明智地穿了一双轻便鞋。

户外，西西里五月的阳光像往常一样灼热，不过徐徐的山风把空气吹得很凉爽。在折叠桌旁点着一堆篝火，吉里安诺为她准备好了早餐——烤粗面包片、冷火腿和一些水果。还有几大杯牛奶，是从用树叶包裹的金属容器里倒出来的。

见四周没有人，尤斯蒂娜扑向图里的怀抱，深情地吻起他来。接着她感谢他做了这顿早餐，但埋怨他没把她叫醒，让她来做这顿早餐。在西西里，男人做这样的事也算是奇闻了。

他们在室外的阳光下用餐。四周是古堡的断壁残垣，身居其中，他们感到陶醉。古堡城墙上还有残存的诺曼塔楼，塔尖上是五彩石子镶嵌的图案。城堡的入口是漂亮的诺曼式大门，从断壁残垣的缺口，可以看见小教堂祭坛的拱门。

他们从古堡城墙的缺口走出去，穿过一片只有稀稀落落几棵野生柠檬树的橄榄园，步入鲜花盛开的小花园。这些花在西西里生长得非常繁茂，其中有希腊诗人描述的日光兰、有粉红的银莲、紫红的风信子、血红的侧金盏——传说它是由维纳斯情人的鲜血染红的。图里·吉里安诺的一只手臂搂着尤斯蒂娜；她的头发和身体都浸透在鲜花散发的香气之中。来到橄榄园的深处时，尤斯蒂娜大胆地拉着图里倒在五颜六色鲜花点缀的天然大地毯上。他们再次做爱。一群黄黑花纹的蝴蝶在他们上方盘旋飞舞，随后翩翩飞向广阔的蓝天。

到了第三天，也就是他们在一起的最后一天，他们听见远处的山里传来枪声。尤斯蒂娜有些吃惊，不过吉里安诺告诉她不要害怕。这三天他始终特别注意，从来不做让她产生恐惧的事。他身上没有带武器，眼前也看不到武器；他的枪藏在小教堂里。他丝毫没有放松警惕，并命令他的人待在他们的视线之外。枪声过后不久，阿斯帕努·皮肖塔出现了。他从肩上取下一串血淋淋的兔子，把它们扔到尤斯蒂娜的脚下说："把它们烧给你丈夫吃吧，这是他最爱吃的。要是你烧砸了，我们还有二十只。"他对她微微一笑。等她忙着把兔子剥皮、清洗的时候，他朝吉里安诺打了个手势。两人走到城墙一处倒塌的拱门边坐下。

"呃，图里呀，"皮肖塔说着咧开嘴笑着说，"我们为她去冒生命危险值吗？"

吉里安诺平静地说："我是个幸运的人。现在跟我说说你打的那二十只兔子。"

"是卢卡的一支巡逻队，人数不少，"皮肖塔说，"我们把他们阻于环形防线之外。来了两辆装甲车。有一辆驶进雷区，被炸后起了火，焦得就像你的新娘要烤的兔子。另一辆对着岩石胡乱射击了一阵，就溜回蒙特莱普雷的老窝去了。当然，他们明天早晨还会来，来找他们的同伴。来的人不会少。我建议你们今天晚上就离开这里。"

"尤斯蒂娜的父亲明天拂晓来接她，"吉里安诺说，"你安排会面了吗？"

"安排了。"皮肖塔说。

"我妻子离开后……"吉里安诺说到"妻子"的时候有些口吃，皮肖塔哈哈笑起来。吉里安诺笑了笑，接着说，"把那些人带到小教堂里去，我们要把这件事来个了断。"稍事停顿之后他继续说，"我把吉里斯特拉惨案的真相告诉你的时候，你感到吃惊吗？"

"没有。"皮肖塔说。

"留下一起吃晚饭好吗？"吉里安诺问道。

"在你们蜜月的最后一个晚上？"皮肖塔摇了摇头，"这个谚语你想必知道：'当心新娘子的烹饪。"当然了，这个古谚指的是参与犯罪的新伙伴可能有潜在的背叛行为。皮肖塔其实是在重申吉里安诺不应该结婚。

吉里安诺微微一笑："现在这种情况不会持续太久——我们必须准备过一种截然不同的生活。明天，在我们把所有事情处理完毕之前，一定要守住那道防线。"

皮肖塔点点头。他朝正在篝火边做饭的尤斯蒂娜看了一眼。"她真是漂亮，"他说，"不可思议的是，她在我们的鼻子尖底下长大，可是我们却从来没有注意到她。但是要当心。她父亲说她有脾气。不能让她摆弄你的枪。"

这也是狡猾的西西里农民的粗话，但吉里安诺似乎没有听见。皮肖塔翻越花园围墙，消失在橄榄园里。

尤斯蒂娜把采集的鲜花放进她从城堡里找到的一只旧花瓶里。这些鲜花使桌上增色不少。她把做好的番茄蒜泥兔肉和用木碗盛的橄榄油红酒醋色拉端到桌上。图里觉得她好像有些紧张，还有些伤感。也许是枪声的缘故，也许是脸色阴沉、腰挎黑色手枪的阿斯帕努·皮肖塔来到他们伊甸园的缘故。

他们面对面坐下，开始慢慢地用餐。吉里安诺心想，她的厨艺真不错。她的动作麻利，不断把面包、肉放进他的盘子里，还往他的杯子里续酒。她母亲把她调教得很好。看到她的胃口很好，不是那种病歪歪的样子，他心里很高兴。她抬起头，看见他正注视着她，就笑嘻嘻地对他说："有没有你母亲做得好吃？"

"比她做得好，"他说道，"但是你可千万别跟她说。"

她依然像调皮的小猫似的看着他。"有拉韦内拉做得好吗？"

图里·吉里安诺从来没有和年轻姑娘有过风流韵事。这突如其来的问题把他问住了，不过他的战术思维头脑迅速对问题作出分析。接下来她肯定要问跟拉韦内拉做爱的事了。这样的问题他既不想听，也不想回答。他对那个中年女人的爱从来没有像他现在对这个年轻姑娘这样深；但他对拉韦内拉依然怀有温情和敬重。她是个经历悲惨、深受苦难的女人，眼前这个小姑娘虽然漂亮迷人，但对那些悲惨遭遇和痛苦却一无所知。

他神情严肃地对尤斯蒂娜笑了笑。她站起身来收拾桌子，不过仍然在等待他的回答。吉里安诺说："拉韦内拉的厨艺很高，用她来衡量你是不公平的。"

一只盘子从他头上飞了过去，他不禁哈哈大笑起来。他之所以这样笑，是因为他对自己在这样的家庭场景中所扮演的角色感到很得意，同时也因为这个年轻姑娘第一次撕下了温柔的面纱。可是，当她开始哭泣的时候，他立刻把她搂到了怀里。

他们站在那儿，站在西西里黄昏时分那转瞬即逝的银色微光中。他对着从她的黑色秀发中露出的涨红了的耳朵说：“我是在开玩笑。你是世界上最好的厨师。”他把脸伏在她的脖子上，这样她就看不见他在笑了。

在蜜月的最后一个晚上，他们在一起主要是谈心而不是做爱。尤斯蒂娜问起拉韦内拉，他说那是过去的事了，要把它忘掉。她问他将来怎么跟他见面。他解释说他正在安排人送她去美国，将来他到那里去找她。这一点她父亲早就告诉过她了；她只是想知道，她去美国之前他俩如何见面。吉里安诺发现，她根本没想到他也许走不成；她太年轻了，无法想象悲剧的结局。

天刚蒙蒙亮，她父亲就来了。尤斯蒂娜离别前给了图里·吉里安诺最后一个拥抱。

吉里安诺走进古城堡废墟中的小教堂，等阿斯帕努·皮肖塔把其他头领带过来。他还取出了藏在小教堂里的几支枪，把自己武装起来。

就在婚礼前一天，在与曼弗雷迪院长交谈的时候，吉里安诺对老人说，他怀疑斯特凡·安多里尼和帕萨藤珀，因为在吉里斯特拉山口大屠杀的前两天，他们去见过唐·克罗切。他告诉院长说保证不会伤害他儿子，但对他来说弄清事实真相非常重要。院长把整个事情的过程向他和盘托出。果然不出图里所料，他儿子已经向他做过忏悔。

唐·克罗切要斯特凡·安多里尼把帕萨藤珀秘密带到维拉巴与他见面。克罗切与帕萨藤珀在房间里秘密交谈，让安多里尼在外面等候。这是在大屠杀前两天。“五一惨案”发生后，斯特凡·安多里尼碰到了帕萨藤珀。帕萨藤珀承认唐·克罗切给了他一笔数量可观的酬金，要他违抗吉里安诺的命令，用机枪对着人群扫射。帕萨藤珀威胁说，如果安多里尼把这件事告诉吉里安诺，他就一口咬定他在和唐·克罗做成这笔交易的时候，安多里尼也在房间里。安多里尼非常害怕，他只告诉了他父亲曼弗雷迪院长一个人，再没有告诉过其他人。曼弗雷迪要他守口如瓶。大屠杀后的那个星期，吉里安诺悲愤交加，决心要处决这两个人。

吉里安诺再次告诉院长，保证不伤害他儿子。他告诉皮肖塔他准备干什么，不过要等过了蜜月，等尤斯蒂娜回蒙特莱普雷之后再来处理这件事。他不愿先当屠夫然后再当新郎官。

吉里安诺在诺曼城堡废墟的这座小教堂里等候。教堂的屋顶就是地中海蓝色的天空。阿斯帕努·皮肖塔把头领们带进来后，吉里安诺就靠在残存的祭坛上和他们见面。下士根据皮肖塔的安排，站在可以用枪控制帕萨藤珀和斯特凡·安多里尼的地方。这两人被带到祭坛前，直接面对吉里安诺。到现在还蒙在鼓里的泰拉诺瓦坐在教堂的石凳上。在漫长的夜晚，他一直负责那道环形防线，现在已经疲惫不堪。吉里安诺没有把要处理帕萨藤珀的事告诉其他任何人。

吉里安诺知道，帕萨藤珀就像一只野兽——可以感受到气氛的变化，可以从别人身上嗅出危险的气息。吉里安诺非常谨慎，对帕萨藤珀的态度还是像平时一样。他和帕萨藤珀之间的距离总要比和其他人的要远一些。实际上，他有意把帕萨藤珀和他那帮人派到比较远的地方，去控制特拉帕尼附近地区，因为他非常讨厌帕萨藤珀的凶残。他利用帕萨藤珀去处决告密者，也利用他去威逼那些顽固的“客人”，要他们交纳赎金。帕萨藤珀的尊容就足以使被绑架来的人胆战心惊，讨价还价的时间也因此而缩短。如果这一招还不行，帕萨藤珀就恐吓他们说，不交纳赎金，就别怪他对他们和他们的家人不客气了，还假惺惺地忠告“客人”要争取尽快获释，不要再讨价还价。

吉里安诺用冲锋手枪指着帕萨藤珀说：“我们分手前必须把账算算清楚。你违抗了我的命令，接受唐·克罗切给你的钱，在吉里斯特拉山口制造了一场大屠杀。”

泰拉诺瓦眯起眼看着吉里安诺，为自己的安全担忧，心想吉里安诺是不是要查出真凶，不知自己会不会受到指控。他也许可以采取行动来保护自己，但他看见皮肖塔的手枪也对着帕萨藤珀。

吉里安诺对泰拉诺瓦说：“我知道你和你的手下服从了我的命令。帕萨藤珀没有。他这样做也危害到你的生命安全，因为如果我没有查明事实真相，我就会把你们两个人都处死。现在这笔账我们必须和他算。”

斯特凡·安多里尼纹丝不动。他依然相信命运。他对吉里安诺一片忠心。他与那些信奉上帝的人一样，不相信上帝会有恶意，他犯下的罪过都是为了上帝，他绝对相信自己不会因此受到伤害。

帕萨藤珀此刻已经很清楚了。出于内心深处的动物本能，他意识到自己已难逃一死。除了靠他的凶残，任何其他东西都帮不了他，可是有两把枪正对着他。他只能拖延时间，伺机孤注一掷。因此他说：“钱和信都是斯特凡·安多里尼带给我的——要对他进行清算。”他希望安多里尼采取行动来保护自己，如果安多里尼一动，他就能有下手的机会。

吉里安诺对帕萨藤珀说：“安多里尼已经坦白了自己的罪过，

而且他的手根本没有碰机关枪。唐·克罗切就像欺骗我一样欺骗了他。”

帕萨藤珀狠声恶气、但十分不解地说：“我杀过上百人，你从来没有抱怨过。山口事件已经过去快两年了。我跟你也有七年了，只有那一次我没有服从你的命令。唐·克罗切讲了他的理由，要我相信你不会因为我干的事感到太难过。你只不过是心太软，自己下不了手罢了。我们杀了那么多人，多死几个或者少死几个也没什么了不起。我个人对你一向忠心耿耿。”

吉里安诺知道，现在根本不可能让这个人认识自己所犯的滔天大罪。不过，这件事情怎么会让他生这么大的气呢？这些年来难道他自己就没下令实施过类似的残忍行动？他不是处决过理发师、处决过那个假神父、一次次地搞绑架、打死宪兵、无情地处决告密者？如果说帕萨藤珀是天生的暴徒，那自己又是什么呢？是西西里的斗士吗？他觉得自己在处死帕萨藤珀的问题上产生了犹豫。于是他说：“我给你时间，让你向上帝忏悔。跪下祈祷吧。”

其余的人逐渐与帕萨藤珀拉开距离，让他留在他命中注定的那个地方。他先是假装下跪，紧接着那矮胖的身躯就猛然扑向吉里安诺。吉里安诺迎上一步，按下冲锋手枪的扳机。帕萨藤珀跃起的身躯被子弹打中，但他依然向前扑来，倒地的时候擦到了吉里安诺。吉里安诺及时避开了。

那天下午，帕萨藤珀的尸体在一条宪兵经常巡逻的山路上被发现。他的尸体上别了一张字条，上面写着：

这就是背叛吉里安诺的下场。

第五部

/1950年，图里·吉里安诺
/1950年，迈克尔·柯里昂

第二十五章

迈克尔突然从酣睡中惊醒，就像拼命从深坑里挣扎着往外爬似的。卧室里一片漆黑；木条百叶窗是他拉上的，挡住了外面惨淡的月光。四周静谧无声，只有他怦怦的心跳在打破这怪异的静谧。他可以感觉到卧室里还有一个人。

他在床上翻了个身，觉得附近的地板上似乎有个黑乎乎的东西。他伸手打开床头灯。原来是那颗从黑圣母雕像上砍下的头。他想它是从桌上掉下来的，是它掉在地板上的声音把他惊醒的。他松了一口气，微微一笑。就在这时候，他听见门口有窸窸窣窣的声音。他把目光转向门口，在昏暗的橙黄色灯光照不到的阴影里，他看见了阿斯帕努·皮肖塔那张黝黑瘦削的脸。

他背靠着门坐在地板上。那张带小胡子的嘴巴正得意洋洋地笑着，好像在说：你的保镖们不过如此，你住处的保安也不过如此而已。

迈克尔看了看床头柜上的手表。凌晨三点。“你的活动时间很奇怪——你在等什么呢？”他问道。他翻身下床，迅速穿上衣服，然后打开百叶窗。月光照进房间，像幽灵似的忽隐忽现。“你刚才怎么不把我叫醒？”

皮肖塔晃晃悠悠地站起来，就像蛇昂起头准备攻击一样。“我喜欢看着别人睡觉。有时候他们在睡梦中会大声说出自己的秘密。”

“我从来就不泄密，”迈克尔说，“即使在睡梦中也不会。”他走到外面的露台上，递了一支香烟给皮肖塔。他们一同抽起烟来。迈克尔可以听见皮肖塔的胸腔发出咯咯的声音，因为他在抑制自己的咳嗽。在月光下他的脸色很难看，瘦得就像骷髅。

一阵沉默之后，皮肖塔说：“你拿到那份遗嘱了吗？”

“拿到了。”迈克尔说。

皮肖塔叹了口气。“在这个世界上，图里最相信的人就是我——他连命都托付给我了。现在能找到他的人只有我。但是那本证据他却没有托付给我。那东西在不在你手上？”

迈克尔有些犹豫。皮肖塔大笑起来。“你跟图里一个样。”他说道。

“那份遗嘱现在在美国，”迈克尔说，“在我父亲手上，很安全。”他不想让皮肖塔知道那东西正在被送往突尼斯的路上，因为他不想让任何人知道。

接下来的问题迈克尔实在不想问。皮肖塔如此神秘兮兮地来找他，只能有一个理由。他冒险躲过别墅四周的保镖，只能有一个理由；抑或是他们允许他进来的？这只能说明吉里安诺即将出现。“吉里安诺什么时候来？”他问道。

“明天晚上，”皮肖塔回答说，“不过不是在这里。”

“为什么呢？”迈克尔问道，“这里很安全。”

皮肖塔笑着说："可是我闯进来了，不是吗？"

这是事实，迈克尔感到恼火。他再次怀疑是唐·多梅尼克有令在先，所以保镖把他放了进来，也许是他亲自把他带进来的。"这件事还是由吉里安诺本人来决定吧。"他说。

"不，"皮肖塔说，"我必须为他作出决定。你向他的家人保证他的安全。但是唐·克罗切知道你在这里，韦拉尔迪警督也知道。到处都是他们的眼线。你为吉里安诺制订的是什么计划？结婚庆典？生日宴会？还是葬礼？你要对我们说的是什么昏话？你以为我们西西里人都是蠢驴？"他说话的语气咄咄逼人。

"我不打算把我的营救计划透露给你，"迈克尔说，"相不相信我，悉听尊便。告诉我你要带吉里安诺去哪儿，我就到那里去接他。如果不告诉我，那我明天晚上就安全返回美国，让你和吉里安诺继续东躲西藏吧。"

皮肖塔哈哈一笑，接着说："说起话来真像西西里人。你在这里几年没有白过。"他叹了口气，"我认为事情并没有就此结束，"他说，"将近七年的游击和奔命、不断被出卖和不断的杀戮。不过我们曾经是蒙特莱普雷之王，图里和我——我们都有过很多辉煌。他是为穷人，而我是为自己。开始我根本不相信，在我们占山为王的第二年，他以实际行动向我和我们所有的人证明了这一点。别忘了，我是他的副手，他的表弟，是他最信任的人。我扎的皮带和他的一样，也有金带扣；这皮带还是他给我的呢。但是，我在帕尔蒂尼科诱奸了一个年轻的农家姑娘，把她肚子搞大了。她父亲找到吉里安诺告了我一状。你知道图里干了什么？他把我绑在树上用鞭子抽。当然不是当着那个农民或我们其他人的面。他绝对不会让我在他们面前出丑。这是我俩的秘密。但我知道，如果我下次再违抗他的命令，他一定会宰了我。这就是我们的图里。”他把颤悠悠的手举到嘴边。在暗淡的月光下，他的小胡子微微发亮，就像一小段黑色的骨头。

迈克尔思忖，这么奇怪的事情，他告诉我干什么？

他们回到卧室后，迈克尔拉上百叶窗。皮肖塔从地板上捡起那颗被砍下的黑圣母的头，然后递给迈克尔。“我把这个扔在地板上来叫醒你，”他说，“那份遗嘱原本就放在这里面，是吗？”

“是的。”迈克尔说。

皮肖塔的脸上显出萎靡的神情。“玛丽亚·隆巴尔多对我撒了谎。我问她那个东西在不在她那里，她说不在。接着她又当着我的面把它交给你。”他苦笑了一下，“对她来说，我一直像她的儿子。”他顿了顿，接着说，“我也一直把他看成自己的母亲。”

皮肖塔又要了一支香烟。床头柜上的酒瓶里还剩了一些酒。迈克尔为他俩各倒了一杯，皮肖塔满怀感激地把酒喝下。“谢谢你了，”他说，“现在我们必须干正事了。我将在卡斯特尔维特拉诺镇郊外把吉里安诺交给你。你要乘坐敞篷车，这便于我认出你来，直接从特拉帕尼的公路开过来。我将在我选择的地点拦住你。如果有危险，你就戴上帽子，那样我们就不会出现。时间定在破晓时分。你觉得能赶上吗？”

“能，”迈克尔回答说，“现在是万事俱备。有件事我要告诉你：昨天斯特凡·安多里尼没有如期和阿多尼斯教授见面。教授很担心。”

皮肖塔第一次感到惊讶。接着他耸耸肩说：“那个小矮子是个丧门星。现在我们暂时告别，明天拂晓再见。”他抓住迈克的手握了握。

迈克尔有些冲动地说：“跟我们一起到美国去吧。”

皮肖塔摇了摇头说：“我一直生活在西西里，我喜欢自己的生活。所以即便是死，我也要死在西西里。不过我还是要谢谢你。”

说来也怪，迈克尔竟被这番话感动了。即使他对皮肖塔不大了解，但他意识到要想让这个人离开西西里的土地和大山是不可能的。这个人太凶狠残忍，太嗜血成性。无论他的肤色，还是他的声音，都是彻头彻尾的西西里人。他永远不可能相信一个陌生的国度。

“我送你出大门吧。”迈克尔说。

“不用了，”皮肖塔说，“我们这个短暂的见面必须保密。”

皮肖塔走后，迈克尔在床上辗转反侧，直到拂晓也无法入眠。他终于要和图里·吉里安诺见面了，他们要一起去美国。他心下思忖，不知这个吉里安诺是什么样的人。他是传说中的那样吗？真的那么了不起？控制着这个岛、影响了一个国家？他从床上爬起来，拉开百叶窗。终于破晓了。他看见太阳正冉冉升起，在海面上铺起一条金光大道，一艘摩托艇正沿着这道金光朝码头疾驶而来。他迅速跑出别墅，冲向海滩，去迎接彼得·克莱门扎。

他们共进早餐时，迈克尔把皮肖塔的造访告诉了他。对皮肖塔能自由出入戒备森严的别墅，克莱门扎好像并不感到惊讶。

整个早上他们都在制订与吉里安诺见面的计划。也许有密探正监视着别墅中不同寻常的活动，一个车队肯定会引起他们的注意。

迈克尔无疑也处于他们的密切监视之下。确实，韦拉尔迪的西西里警察是不会来干涉的，但谁知道又会有什么背信弃义的行动呢？

计划定完后，他们就吃午餐，随后迈克尔回房午休。他想为漫长的夜晚保持充沛的精力。彼得·克莱门扎有一大堆事务要处理——给他的手下人下达命令、安排运输问题，还要把返回的事向他哥哥唐·多梅尼克作简要汇报。

迈克尔拉上卧室的百叶窗，而后在床上躺下。他的身体僵硬，根本睡不着。在此后二十四小时中，可能会发生很多可怕的事。他有一种不好的预感。接着他做了一个梦：他回到了长岛的家中，他的母亲和父亲在门口等着他，他的长期流亡生活结束了。

第二十六章

土匪生涯的第七年，图里·吉里安诺知道自己必须离开这个山中的王国，逃亡到美国去。那里是母亲怀上他的地方，也是他孩提时，父母跟他讲得最多的地方。那是一个神奇的国度，那里的穷人受到公正的对待，政府不是富人的走狗，只要通过诚实的劳动，穷得叮当响的西西里人也能成为有钱人。

唐·克罗切一直宣称自己与吉里安诺有交情，与美国的唐·柯里昂有联系，正在帮助营救吉里安诺，送他去美国避难。图里·吉里安诺心知肚明，唐·克罗切有私人的目的，但他知道自己几乎已走投无路。他现在是大势已去。

今天夜里，他就要去见阿斯帕努·皮肖塔，他要把自己交给那个叫迈克尔·柯里昂的美国人。现在他就要与大山告别了，这些大山曾给了他七年的庇护。他将离开他的王国、他的权力、家人和所有同伴。他的队伍已经土崩瓦解；他的大山正在被占领；保护他的西西里人民正受到卢卡上校特种部队的镇压。如果他不走，他还能取得一些胜利，但他最终必然会失败。现在他已经到了山穷水尽的地步。

图里·吉里安诺背上短筒猎枪，拿起冲锋手枪，开始了前往巴勒莫的跋涉。他穿着白色无袖衬衣，外面套了一件有大口袋的皮上衣，口袋里装着几梭子枪弹。他确定了自己的行进速度。他的表已经九点。尽管天上朦胧的月光依稀可见，但日光尚未完全退去。他随时都有碰上剿匪特种部队巡逻队的危险，可是他无所畏惧地向前走去。这些年来，他学会了如何隐蔽自己。这里的乡亲们都会掩护他。如果有巡逻队，他们就会告诉他；如果他处境危险，他们就会保护他，让他躲在他们的家里；如果他受到攻击，牧羊人和农民都会聚集到他的旗下。他是他们的捍卫者；他们绝不会背叛他。

在吉里安诺婚后的几个月里，卢卡上校的特种部队和吉里安诺的部分人马有过几次激战。卢卡上校已经把帕萨藤珀的死说成是自己的功劳，报纸以巨幅标题报道说，英勇的剿匪特种部队在激烈的枪战中击毙了吉里安诺手下最可怕的头目。当然，卢卡上校对留在尸体上的字条一事缄口不言，不过唐·克罗切是从韦拉尔迪警督那里听说这件事的。此刻他知道，吉里安诺已经把发生在吉里斯特拉山口的背叛行动弄得水落石出了。

卢卡上校的五千人马给吉里安诺造成了极大的压力。他再也不敢去巴勒莫采购给养或潜入蒙特莱普雷看望母亲和尤斯蒂娜。他手下许多人因被人告密而遭到杀害。有些人离乡背井去了阿尔及利亚或突尼斯。还有些人与他的队伍一刀两断，从此销声匿迹。黑手党现在公开与他誓不两立，利用其自身的网络把吉里安诺的人送交宪兵。

而且，他的一个头目终于被除掉了。

泰拉诺瓦很倒霉，而给他带来不幸的正是他为善的德行。他不像帕萨藤珀那样凶残，也不像皮肖塔那样狡诈；他不像魔鬼修士那样手段毒辣，也不像吉里安诺那样奉行苦行主义。他很有悟性，但也太重感情，所以吉里安诺经常让他去和那些被绑架来的人交朋友，去把钱财发放给穷人。在夜深人静的时候到巴勒莫去张贴告示，宣传吉里安诺主张的也是泰拉诺瓦和他带领的那一帮人。那些比较血腥的行动他不太参加。

他需要爱，也需要情。几年前，他在巴勒莫跟一个带着三个小孩的寡妇搭上了。她根本不知道他是土匪，还以为他是到西西里来度假的罗马政府官员。她很感激他，因为他不但给她钱，而且还带礼物给她的孩子们，但是他跟她说得很清楚，他们是不可能结婚的。她回报他的是他所需要的柔情和关爱。每次他去她那里，她都给他做好吃的；她替他洗衣服，还满心感激地与他做爱。当然，这种暧昧关系不可能永远瞒过友中友。唐·克罗切把这些都记在账上，准备在适当的时候加以利用。

尤斯蒂娜进山看过吉里安诺几次，每次都是泰拉诺瓦护送。她的美貌勾起了他的欲望，他决定最后再到他情妇那里去一次，当然他也知道这样做太不谨慎。他想给她一笔钱，以便维持她和她的孩子们今后几年的生活。

于是，一天夜里，他独自潜入巴勒莫。他把钱给了那个寡妇，并解释说他可能很久都不能和她见面了。她哭着说了许多伤心的话，最后他只好把自己的真实身份告诉了她。她大惊失色。他往日的一举一动是那么谦和，他的个性是那么温存，但他却是吉里安诺手下一位赫赫有名的头领。她充满激情地和他做爱，这让他非常高兴。他们和三个孩子一起度过了一个愉快的夜晚。泰拉诺瓦教他们打牌，但这一次只要他们一赢，他就真的给他们钱，孩子们高兴得哈哈大笑。

等孩子们睡下之后，泰拉诺瓦和那个寡妇男欢女爱了整整一夜。黎明时分，泰拉诺瓦准备告辞。在门口与她最后一次拥抱后，泰拉诺瓦快步穿过小街，进入大教堂前的广场。他感到浑身像酥了一样地愉悦，脑子里十分平静。他也因此放松了警惕。

马达的轰鸣声打破了清晨的宁静。三辆黑色轿车朝着他疾驶而来。广场四周出现了武装人员。汽车上也跳下一批武装人员，其中有个人大声叫喊让他投降，要他把手举起来。

泰拉诺瓦最后看了一眼大教堂和它四周壁龛里的圣徒雕像；他看见那些蓝黄相间的阳台，看见朝阳冉冉升起，照亮了湛蓝的天空。他知道这将是他平生最后一次看见这种景象。他知道七年的好运即将结束，他只剩下一件事要做了。

他一个箭步跃起，仿佛想跨越死亡，进入一个安全的世界。就在他侧身一蹿落在地上的瞬间，他拔出手枪进行射击。一个士兵晃晃悠悠地向后退，接着一只膝盖跪在地上。泰拉诺瓦想再次扣动扳机，但这时数百发子弹一齐向他射来，把他的身体打得血肉横飞，露出了根根白骨。不过他还是很幸运的——这一切都发生在刹那之间，他没有时间怀疑自己是不是被那个女人出卖了。

泰拉诺瓦的死使吉里安诺感到大限将至。他知道自己大势已去，他不可能再进行成功的反击，也不可能继续藏匿在深山。然而，他一直在考虑他和他的头领们怎样脱身，他们不能束手待毙。

他知道现在时日无多。有一件事他一直想做，于是他把卡尼奥·西尔韦斯特罗下士找来。

“我们的时代已经结束。”他对西尔韦斯特罗说，“你跟我说过，你在英国有一些朋友，他们会保护你。现在是你离开的时候了。我允许你走。”

西尔韦斯特罗下士摇摇头。“等你安全到达美国，我随时都可以走。你仍然需要我。你知道我绝不会背叛你。”

“这我知道，”吉里安诺说，“你知道，我一直很喜欢你。但是你的骨子里从来就不是土匪。你一直是个军人和警察。你的内心深处是守法的。所以，这一切结束之后，你可以开始新的生活。在这方面，我们其他人会感到很困难。而且我们将永远是土匪。”

西尔韦斯特罗说：“我从来就没有认为你是土匪。”

“我也没有，”吉里安诺说，“可是七年来我干了什么呢？我一直认为我是在为正义而斗争。我竭尽全力帮助穷人。我希望解救西西里。我想做个好人。但是这是一个错误的时代，这也是个错误的途径。现在我们必须尽量保住自己的性命。所以你必须到英国去。如果知道你已经脱险，我会非常高兴的。”接着他拥抱了西尔韦斯特罗，“你一直是我真正的朋友，”他说，“这是我的命令。”

傍晚时分，图里·吉里安诺离开自己的山洞，动身前往巴勒莫郊外的卡普奇尼修道院，在那里等阿斯帕努·皮肖塔的消息。那里有一位修士是他们的秘密成员，负责管理修道院里安放了数百具木乃伊的地下墓穴。

在第一次世界大战前的数百年里，有钱人家和豪门贵族都有把留待入殓穿的服装钉在修道院墙上的风俗。他们死后，葬礼一结束，尸体就被送到修道院。修道院的修士是保存尸体的行家。他们让尸体缓缓受热，六个月之后对尸体的软组织进行干燥处理。在此过程中，皮肤会发皱收缩，面部会发生扭曲，形成各种死亡的怪相，有的呈惊恐状，有的呈滑稽相，让人看了毛骨悚然。接下来他们给死者穿上留给他们的服装，放进玻璃棺材里。这些棺材被放在墙上的壁龛里或用玻璃绳吊在天花板上。还有些尸体坐在椅子上，或者倚墙而立，或者像玩具娃娃一样被存放在玻璃盒子里。

吉里安诺在地下墓穴中一块潮湿的石头上躺下，把头枕在一具棺材上。他仔细观看着这些死了数百年的西西里人：一个穿褶皱蓝绸服、戴头盔、执藏剑手杖的皇家骑士；一个戴白色假发、穿高跟皮靴、具有法国式浮华的宫廷大臣；一个身披红色法袍、头戴教冠的大主教。还有一些是宫廷美女，她们的金色长裙像蜘蛛网裹苍蝇似的包在她们干瘪成木乃伊的身体上。在一口玻璃棺材中，有个戴白手套、穿白褶边睡衣的少女。

吉里安诺在这里的两个晚上都无法安睡。他心想，谁能睡得安稳呢？他们曾经是过去三四百年中西西里有头有脸的男男女女，以为这种方式可以避免被虫子吃掉。这些富人的傲慢和虚荣，这些命运的宠儿。像拉韦内拉的丈夫那样死在路上要好得多。

不过真正使吉里安诺难以入眠的，是他无法摆脱的担心。唐·克罗切怎么就逃过了那次袭击？吉里安诺知道那次行动的策划非常周密。从他得知吉里斯特拉山口大屠杀的真相后，他一直在琢磨怎样下手。唐·克罗切受到严密的保护，必须从对他的警卫中找出漏洞。吉里安诺认为对他下手的最好机会就在巴勒莫的尤姆波尔托饭店，因为唐·克罗切认为那里戒备森严，非常安全。饭店的侍者里有一个是他们的卧底，向他提供了唐·克罗切的活动日程和保镖的部署。有了这个情报，吉里安诺相信他的袭击肯定会成功。

他选出三十个人，要他们在巴勒莫与他会合。他知道迈克尔·柯里昂要去见唐·克罗切并与他共进午餐，所以他一直按兵不动，到傍晚才接到报告说迈克尔已离开饭店。接着他的二十个队员对饭店发起正面袭击，想把花园里的保镖吸引过来。紧接着，他和其他十个人把炸药贴着花园围墙放好，在墙上炸出一个洞。吉里安诺率领队员从洞里冲进花园。花园里只有五个保镖；其中一人被吉里安诺打死，其余四人都逃走了。吉里安诺冲进唐·克罗切的套间，发现里面没有人。他觉得这种没有戒备的情况很反常。与此同时，正面进攻的队员已突破防线打了进来。他们会合后对所有的房间与过道都进行了搜索，但什么也没发现。克罗切身躯肥大，行动不可能这么快，因此只能得出一个结论：迈克尔一走，克罗切跟着就离开了。吉里安诺第一次意识到，有人事先把这次袭击秘密报告给了克罗切。

糟糕透顶，吉里安诺暗自思忖。这次袭击本来不仅能除掉他的心腹大患，而且也是辉煌的最后一击。如果在那个阳光灿烂的花园里他发现了唐·克罗切，那他谱写的该是怎样的篇章！不过来日方长，他不会永远待在美国的。

第三天上午，卡普奇尼修道院那个身子和脸都像他所管的木乃伊一样干瘪的修士带来了皮肖塔的信。信上说：“在查理大帝家。”吉里安诺立即明白了。祖·佩皮诺是卡斯特尔维特拉诺地区的车老板，有三辆大车和六只驴子，曾经帮助吉里安诺抢劫过唐·克罗切的卡车，而且打那以后就成了吉里安诺的秘密盟友。他的三辆大车上都画着查理大帝的传说。图里和阿斯帕努小时候就称他家为“查理大帝家”。见面时间是早就确定了的。

这是吉里安诺在西西里的最后一个夜晚，当晚他要赶往卡斯特尔维特拉诺。在巴勒莫郊外，他挑选了几个牧羊人做他的武装保镖，他们都是他组织中的秘密成员。他们的卡斯特尔维特拉诺之行似乎太顺利了，吉里安诺不禁疑窦顿生。这座小镇似乎也太松懈了。他旋即让保镖快走，他们迅速消失在夜幕之中。接着他朝卡斯特尔维特拉诺城外一座小石屋走去。石屋的院子里有三辆大车，上面画的都是有关他的传奇。这就是祖·佩皮诺的房子。

祖·佩皮诺看到他之后似乎并不感到惊讶。他放下正在其中一辆大车上绘画的笔，关上门后对吉里安诺说：“我们的情况不妙。你就像个招惹苍蝇的死骡子，把宪兵给引来了。”

吉里安诺略感震惊。“是卢卡的特种部队吗？”他问道。

“是的，”祖·佩皮诺说，“他们躲在暗处，没有在街上巡逻。我收工回家的路上看见了他们的一些车辆。有些车夫告诉我，他们还看见其他一些车辆。我们认为他们是在布设陷阱抓捕你们的人，但从来没想到会是你。”

吉里安诺感到奇怪的是，宪兵怎么会知道这次秘密接头。难道他们在跟踪阿斯帕努？难道是迈克尔·柯里昂和他那些人麻痹了？或者是有人告密？不管怎么说，反正他不能在卡斯特尔维特拉诺与皮肖塔见面。如果他们两人中有一个没有在这儿露面，他们还有个备用的接头地点。

“谢谢你的提醒，”吉里安诺说，“在城里如果见到皮肖塔，就告诉他。如果你赶车去蒙特莱普雷，就去看看我母亲，告诉她我在美国很安全。”

祖·佩皮诺说：“让我这个老头儿拥抱你一下吧。”他在吉里安诺的面颊上吻了一下，“我从来就不相信你能救得了西西里。谁也救不了，从来就没有人能，就连加里波第也不行。那个吹牛皮的领袖[1]也没做到。如果你愿意，我可以套上车，把你送到你要去的地方。”

见面时间在午夜。现在才十点。他是有意先来在这里侦察一下。他知道与迈克尔·柯里昂的见面时间在黎明。从这个备用接头地点到卡斯特尔维特拉诺，即使快速行进最少也要两个钟头，不过步行比坐佩皮诺的车要好。他向老人表示感谢，随后就消失在黑暗中。

备用接头地点在著名的古希腊废墟塞利努斯卫城。它位于卡斯特尔维特拉诺以南，离古罗马时期的玛扎拉壁垒不远，在一片濒临大海的荒原上，一直伸展到海岸峭壁旁。塞利努斯毁于公元前的一场地震，但是一排大理石柱和柱顶过梁依然挺立，抑或是被考古人员竖起来的。那条大马路至今犹在，不过它两侧的古建筑已成了一片碎石废墟。那里有座神庙，屋顶上爬满了藤蔓植物，就像一具上面有许多窟窿的头盖骨，那些历尽数百年风雨的石柱显得有气无力，垂老无比。卫城原本是古希腊城市防御体系的中心，通常建在

1　指法西斯头子墨索里尼。

最高处，所以从废墟上可以看见附近贫瘠的乡村。

来自沙漠地区的西罗科风呼呼地刮了一整天。入夜之后，大风吹来的雾气笼罩了这片濒临大海的废墟。长途赶路后，吉里安诺感到疲惫，但他还是迂回爬上海边的峭壁，以便观察地面的动静。

眼前的美丽景色使吉里安诺暂时忘了自己的危险处境。向内坍塌的阿波罗神庙只剩下了一些东倒西歪的立柱，神庙的废墟在月光下闪着寒光——没有墙壁，只剩柱子和残存的顶，还有一段堡垒墙，它的上方曾经有一个带栏杆的窗，月光从那个黑洞洞的窗口照射下来。在较低处的原城址，在卫城下方耸立着一根柱子，虽历经千年却巍然屹立，而其四周则是已成平地的废墟。这就是著名的“老妪纺锤”。西西里人对这些散落在岛上的希腊纪念碑已经司空见惯，所以对它们既喜爱，又鄙视。只有外国人看了才大惊小怪。

眼前这十二根巨大的立柱是外国人重新竖起来的。它们的宏伟气势是大力神的象征，在它们后面也是一片废墟。从这些立柱的柱脚向上，有一截带石阶的平台，就像面对长官的一排士兵。吉里安诺坐在最高的石阶上，背靠着一根立柱。他把手伸进外衣，取下冲锋手枪和短筒猎枪放在脚下的石阶上。虽然废墟笼罩在大雾中，但他知道只要有人在废墟中行走，他就能听见声音，而且不等敌人发现他，他就能发现敌人了。

他靠在一根柱子上，他的身体因疲劳而显得无力，能这样稍事休息，他还是很高兴的。七月的月亮似乎已越过灰白的立柱，倚在海边的峭壁上休息了。大洋那边就是美国。尤斯蒂娜已经到了那里，他们的孩子也将出生在那里。很快他就安全了，七年流亡生涯将化为一场梦。这时他在想，如果不生活在西西里也能幸福，那种生活将会是什么样子。他笑了。有朝一日他还要回来，他会使所有人都感到吃惊。他疲惫地叹了口气，解开靴带，把脚抽出来，然后脱下袜子，把脚踩在凉凉的石头上，感到非常舒服。他把手伸进衣袋，拿出两个仙人果，夜晚变得清凉甘甜的果汁给他注入了新的活力。他把手放在身边的冲锋手枪上，等待着阿斯帕努·皮肖塔的到来。

第二十七章

迈克尔、彼得·克莱门扎和唐·多梅尼克一起提前吃了晚饭。如果想赶上第二天黎明的碰头，接应吉里安诺的行动黄昏时分就必须开始。他们又检查了一遍计划，多梅尼克表示同意，但是增加了一个细节：迈克尔身上不带武器。如果出了问题，即使宪兵或者保安警察抓住了他们，也无法对迈克尔进行指控，这样，无论发生什么事情，他都能离开西西里。

他们在花园里喝了一坛子葡萄酒和一些柠檬汁，随后就准备动身。唐·多梅尼克吻别了他弟弟。他转身对着迈克尔，迅速地拥抱了他一下。“向你的父亲表达我的美好祝愿，”他说，“我也为你的未来祈祷。祝愿你平安无事。在未来的岁月中，如果有用得着我的地方，只要跟我说一下就行。”

他们三人沿着码头向前走。迈克尔和彼得·克莱门扎上了那艘满载武装人员的摩托艇。小艇启动之后，唐·多梅尼克从码头上向他们挥手告别。迈克尔和彼得·克莱门扎走到下面的舱里，克莱门扎躺到一个铺位上就睡了。他忙了一整天，到第二天将近黎明的时候，他们才能到达公海。

他们改变了原先的计划。原计划从马扎拉德瓦洛飞往非洲的那架飞机将是个幌子，他们要乘船前往非洲。是克莱门扎主张这样做的，说这样他可以派自己的人去控制道路，并保护这条船，但他控制不了那个小机场。前往机场要通过的地域太大，而且飞机非常容易受到攻击；它可能还没有起飞，就成了一个死亡陷阱。伪装比速度更重要，而且在海上比在天上易于隐蔽。此外，还可以作改乘另一条船的准备；在天上要换乘飞机是不可能的。

这一天，克莱门扎一直在忙于调度人马。他把部分人员和车辆派往通向卡斯特尔维特拉诺公路上的一个集结点；此外他还派出一些人去确保马扎拉德瓦洛的安全。他每隔一小时派出一拨人，因为他不想让眼线观察到有车队通过别墅大门的异常运动。为了迷惑敌人，出门的车辆分别驶向不同的方向。与此同时，那艘摩托艇将绕过西西里岛的西南角，驶向水天线，并在那里等到黎明，然后驶向马扎拉德瓦洛港。那些汽车和人员将在那里等待他们。从那里驱车前往卡斯特尔维特拉诺最多只要半个小时，尽管他们要向北拐上通向特拉帕尼的公路——皮肖塔将在那里截住他们。

迈克尔在一张铺上躺下。他听见克莱门扎的呼噜声，不由得对他在这种时候居然还能睡觉感到佩服。迈克尔心想，二十四小时后他就到突尼斯，从那里再过十二个小时他就能回去与家人团聚了。经过两年的流放，他将拥有一个自由人的所有选择，再也不需要躲避警察，也不需要服从别人的规矩。他可以想做什么就做什么。但是这要看他能否闯过此后的三十六个小时。他遐想着到美国后的头几天，要干的第一件事是什么。随着小船的轻轻晃动，他感到非常轻松，很快就进入了无梦的沉睡。

魔鬼修士斯特凡·安多里尼睡得更香。

那天早上，斯特凡·安多里尼要到特拉帕尼去接赫克特·阿多尼斯教授，他先驱车去了巴勒莫。他和西西里岛警察局局长韦拉尔迪警督有一个约会，警督经常在这样的约会时向安多里尼通报卢卡上校当天的作战计划。安多里尼把情报传递给皮肖塔，再由皮肖塔转送吉里安诺。

这是一个晴朗的早晨。道路两旁的原野上盛开着野花。现在就去赴约有点嫌早，所以他就在路边的一个神龛旁停下来抽根烟，然后跪在上了锁的圣罗沙利雕像的神龛前。他的祈祷很简单，也很务实，他乞求圣人保佑他免受敌人的伤害。这个星期天，他就要向本杰明诺神父忏悔并领受圣餐。此刻和煦的阳光把他那没戴帽子的头照得暖洋洋的。弥漫着浓郁花香的空气直往他鼻孔里钻，冲掉了他上颌的尼古丁，使他产生了强烈的饥饿感。他决定在与韦拉尔迪警督见面之后，到巴勒莫一家最好的餐厅美美地吃一顿早餐。

西西里岛警察局局长弗雷德里科·韦拉尔迪警督相信，他的世界最终会因神明护佑而得到安宁，他就像一个长期耐心等待的人那样，感受到道德方面的胜利，并且最终得到了回报。近一年来，他直接执行特雷扎部长的秘密指示，帮助吉里安诺成功逃脱宪兵和他的机动小分队的多次追捕。他曾多次与杀气腾腾的魔鬼修士斯特凡·安多里尼见面。这一年，韦拉尔迪警督实际上成了克罗切·马洛先生的属下。

韦拉尔迪出生在意大利北部。那里的人们通过教育使自己成才，他们遵守社会契约，相信法律和政府。在西西里工作的这些年，他逐渐对所有的西西里人都产生了鄙弃和仇恨的心理。这里的富人没有社会良知，与黑手党狼狈为奸，欺压穷人。黑手党打着保护穷人的幌子，帮着富人欺压穷人。这里的农民太傲气，他们具有以杀人为荣的自我意识，尽管他们可能因此而在大牢里度过余生。

可是现在事情就要发生变化。韦拉尔迪警督的双手终于被松了绑，他的机动小分队也可以放出去了。人们将再次看出他的保安警察和小丑般的宪兵之间的区别。

使韦拉尔迪大为震惊的是，特雷扎部长亲自下令逮捕持红边通行证的所有人，并下令将他们投入监狱。这些神通广大的通行证都是由部长亲自签发的，持证者可以通过各种路障，可以携带武器，可以免受常规逮捕。这些通行证都必须上交，尤其是签发给阿斯帕努·皮肖塔和斯特凡·安多里尼的。

韦拉尔迪准备动手了。安多里尼正在他的会客室里等着听他的情况通报。他今天将会大吃一惊的。韦拉尔迪拿起电话叫来一名上尉和四名警察。他让他们做好应付麻烦的准备。他自己也把手枪放进腰间的枪套里。他平常在自己的办公室里从不如此。接着他让人把斯特凡·安多里尼从会客室里带进来。

斯特凡·安多里尼的红头发梳得很整齐。他穿了一件黑底带粉色条纹的上衣，白色衬衣和深色领带。不管怎么说，到警察局局长这里来是进正规场合，要表示一点尊重。他没有带枪。根据以往的经验，无论什么人走进警察总部都要接受搜身检查。他站在韦拉尔迪办公桌前面，像以前一样等他让他坐下。由于没有让他坐下，他只好站着，这时他的头脑里闪现出第一道警示。

“把你的特别通行证给我看看。”韦拉尔迪警督对他说。

安多里尼没有反应。他在琢磨这个奇怪要求的含义。按照惯例，他说了个谎。“我没带，”他说，“我毕竟是来拜访朋友的嘛。”他特别强调了“朋友”这个词。

这一下韦拉尔迪火了。他从办公桌那边绕过来，站在安多里尼面前。“你从来就不是我的朋友。我和你这样的猪在一起进餐只是奉命行事。现在你听仔细了。你被捕了。你将被关进我的牢房听候处理，而且我必须告诉你，我在地牢里有个‘卡塞塔’。如果你放聪明一点儿，那么我们明天早晨可以在我办公室平心静气地谈谈，也好让你免受皮肉之苦。”

第二天上午，韦拉尔迪又接到特雷扎部长一个电话，同时接到唐·克罗切一个更加明确的电话。几分钟后，安多里尼被从牢房押至韦拉尔迪的办公室。

安多里尼在牢房里被单独关了一夜，他仔细考虑了这次奇怪的逮捕，认为自己肯定是凶多吉少了。他进来之后，发现韦拉尔迪正在办公室来回大步走动，那双蓝眼睛露出凶光，显然是在发脾气。斯特凡·安多里尼冷若冰霜。他把一切都看在眼里——那个上尉和四名警察处于高度戒备，韦拉尔迪腰间挎着手枪。他知道这个警督历来对他视如寇仇，而他对这个警督也恨之入骨。如果他能够让韦拉尔迪同意把卫兵撤下去，他起码能在被他们打死之前先把这个警督干掉。他说：“我招，但是这些喽啰不能在这里。”“喽啰”是对意大利警察的蔑称。

韦拉尔迪让四个警察先出去，但是却示意上尉留下，并且给他一个随时准备掏枪的暗示。接着他全神贯注地转向斯特凡·安多里尼。

“我希望得到的情报是，怎样才能抓到吉里安诺，”韦拉尔迪说，“你最后一次与他以及皮肖塔见面的时间和地点。”

斯特凡·安多里尼哈哈大笑起来，他那张凶狠的脸上肌肉抽搐，露出一副怪相。长着红胡须的皮肤因冲动而涨得通红。

韦拉尔迪心想，难怪他们叫他“魔鬼修士”呢。他真的是个危险人物。他肯定还没有觉察到将要发生什么。

韦拉尔迪以平静的语调对他说：“回答我的问题，否则我就让你尝尝卡塞塔的味道。”

安多里尼以鄙弃的口吻说：“你这个背信弃义的狗杂种，我是受特雷扎部长和唐·克罗切保护的。等他们把我放出去，我就把你这个条子的心挖出来。”

韦拉尔迪走上前来，抽了安多里尼两个嘴巴，一个正手，一个反手。他看见安多里尼的嘴里流出了血，眼睛喷射出怒火。他故意转过身坐在自己的椅子上。

这时候，斯特凡·安多里尼怒不可遏，把求生的本能置之度外，一把从警督腰间的枪套里把手枪抢过来，准备开枪。就在这时候，那名警官拔出枪，朝安多里尼连开了四枪。安多里尼被甩向对面的墙，接着就倒在地上。他的白衬衣被染成了红色，韦拉尔迪心想，这一下跟他的头发倒是挺相配的了。他弯下腰，从安多里尼的手里把手枪拿过来。这时候其他几名警察也冲了进来。他表扬上尉警惕性高，然后当着这位警官的面装上子弹，原来他在见面前已经取出了枪里的子弹。他不想让手下的这个上尉以为自己有多么了不起，以为他救了一个毫无防备的警督的命。

接着他命令手下人搜了死者的身，正如他所怀疑的，那张红边通行证是和西西里人必须携带的其他身份证件放在一起的。他接过通行证，把它放进自己的保险柜。他要亲自把它交给特雷扎部长，如果运气好，有可能把皮肖塔的也交上去。

在甲板上，有人给迈克尔和克莱门扎端来两小杯热咖啡。他俩靠着护栏把咖啡喝了。摩托艇慢慢地驶向陆地，马达声很轻，他们可以看见码头上若隐若现、针尖大小的蓝色灯光。

克莱门扎在甲板上四处走动，向武装人员和领水员下达指令。迈克尔仔细地观察那些似乎正在向他们靠近的蓝色灯光。摩托艇加快了速度，滚滚的浪涛仿佛是在驱散夜间的黑暗。天空出现了黎明前的一丝亮光。迈克尔已经可以看见马扎拉德瓦洛的码头和沙滩。远处撑在咖啡桌上五彩缤纷的遮阳伞就像一朵朵黑黝黝的玫瑰。

他们在码头上停靠的时候，有三辆汽车和六个人已在等候。克莱门扎领着迈克尔向最前面那辆车走去。这是一辆老式敞篷旅游车，里面只有司机。克莱门扎坐在前面的座位上，迈克尔坐在后边。克莱门扎对迈克尔说："如果宪兵巡逻队把我们拦住，你就趴下。在这条路上我们可不能掉以轻心，我们要干掉他们，然后赶紧走。"

在清晨惨白的阳光下，三辆宽体旅游车行驶在乡村道路上。这里的乡村自基督降生以来几乎没有发生过什么变化。古老的高架水槽和水管灌溉着这里的土地。天气温暖而潮湿，空气中弥漫着花香。在西西里夏季的炎热中，这些花儿已经开始凋谢。他们在古希腊城堡塞利农特遗址中穿行，迈克尔不时地看见一些神庙废墟上破碎的大理石柱。这些神庙是希腊殖民者两千多年前在西西里西部建立的。在浅黄色的光线中，这些石柱显得非常怪异，屋顶碎片就像蓝天上的雨点，随时有可能落下。在花岗岩峭壁的映衬下，是一片延绵起伏的肥沃黑土地。看不见一户人家，看不见一只动物，也看不见一个人。这一地貌特征是大自然鬼斧神工的造化。

接着他们掉头向北，驶上特拉帕尼－卡斯特尔维特拉诺公路。这时，迈克尔和克莱门扎更加警惕了；皮肖塔将在这条路上拦住他们，并把他们带到吉里安诺那里去。迈克尔感到异常激动。三辆旅行车放慢了速度。克莱门扎把冲锋手枪放在左侧的座位上，这样他随时可以把它拿起来对着车门外。他的两只手就放在枪上。太阳已经升得老高，金色的阳光带着几分灼热。汽车保持慢速行驶，他们几乎就快到卡斯特尔维特拉诺镇了。

克莱门扎命令司机再开慢一点。他和迈克尔在搜寻皮肖塔。他们已进入卡斯特尔维特拉诺郊区，正在一条山道上爬坡。他们把车停下，以便看清下面那个小镇上的主要道路。在高处有利于观察的地方，迈克尔可以看见从巴勒莫过来的道路上车辆拥挤——都是军用车辆；街道上有大量身穿白边黑制服的宪兵。警笛声此起彼伏，但是大街上的人群似乎并没有被驱散。天上有两架小飞机在盘旋。

司机骂了一声，踩下刹车，把车停在路边。他转身问克莱门扎：“还要往前开吗？”

迈克尔内心感到一阵不安。他对克莱门扎说：“你在城里布置了多少人等我们？”

“人手不足。”克莱门扎愠怒地说，他脸上明显露出害怕的神情，“迈克，我们必须离开此地。我们必须回到船上。”

“等一等。”迈克尔说。他看见一辆驴拉的大车正朝他们这边艰难缓慢地爬着坡。赶车的是个老人，头上扣着一顶草帽。车轮、车辕和车身上都画着传奇人物故事。大车在他们旁边停下。车夫那道道皱纹的脸上毫无表情。他下身穿一条肥大的粗布裤子，上身套了件黑坎肩，肌肉发达的手臂一直裸露到肩膀。他走到他们的车前说：“您是克莱门扎先生吧？”

克莱门扎松了一口气。“祖·佩皮诺，那边究竟出了什么事？我的人怎么不出来给我报个信？”

祖·佩皮诺那张坚毅的、布满皱纹的脸上依然毫无表情。“你们可以回美国去了，”他说，“他们把图里·吉里安诺杀害了。”

刹那间迈克尔觉得天昏地暗，感到一阵头晕。他想到了吉里安诺年迈的父母，想到了正在美国等他的尤斯蒂娜，想到了阿斯帕努·皮肖塔和斯特凡·安多里尼，还有赫克特·阿多尼斯。图里·吉里安诺是他们生命中明亮的星光。这颗星怎么可能陨落呢？

“你能肯定是他吗？”克莱门扎语气严厉地问。

老人耸耸肩。“这是吉里安诺经常使用的手法，留下一具尸体或者一个假人来诱使警察上当，这样他就可以消灭他们。现在已经过去两个小时了，还是毫无动静。尸体还躺在被他们打死的那个院子里。从巴勒莫来了新闻记者，带着照相机，逢人就照，连我的驴子都被照了。信不信由你吧。”

迈克尔感到难受，但还是打起精神说：“我们说什么也得进去看看。我必须弄清情况。”

克莱门扎的声音刺耳：“是死是活，我们都帮不了他了。我带你回家吧，迈克。”

“不行，”迈克尔轻声说，“我们必须进去。也许皮肖塔正在等我们呢。也许是斯特凡·安多里尼。告诉我们怎么办。也许死的不是他，我不相信是他。他不可能死，因为他很快就要走了，他的遗嘱还稳妥地保存在美国呢。”

克莱门扎长叹一声。他看见迈克尔脸上痛苦的表情。也许死的不是吉里安诺；也许皮肖塔正等着和我们见面。假如当局对他紧追不舍，这也许是他的金蝉脱壳计的一部分，目的是转移他们注意力。

太阳已经完全升起。克莱门扎下令手下人把车停下就跟他走。他和迈克尔沿着这条被人群阻塞的街道继续往前走。人们聚集在一条小街的入口处，那小街上停满了军车，宪兵在那里设置了封锁线。小街上有一排单门独户的房子，中间都隔着小院子。克莱门扎和迈克尔站在人群后面，和其他人一起朝那边看。一名宪兵的军官检查证件之后，让新闻记者和官员进入了那道封锁线。迈克尔对克莱门扎说：“你能带我们绕过那名军官吗？”

克莱门扎抓住迈克尔的手臂，把他从人群中拉出来。

一个小时之后，他们进入了坐落在另一条小街上的一幢小房子里。这幢房子也有个小院子，与那个聚集了很多人的地方相隔大约二十户人家。克莱门扎留下四个人和迈克尔在一起，他带着其他两个人返回小镇。一个小时之后，克莱门扎回到迈克尔那里，他的脸色特别难看。

“看来情况不妙，迈克，”他说，“他们把吉里安诺的母亲从蒙特莱普雷带来辨认那具尸体。特种部队司令卢卡上校也在那里。

记者正从世界各地飞过来，有的甚至从美国赶来。这座小镇就要乱成一锅粥了。我们得赶快离开这儿。”

“明天吧，”迈克尔说，“我们明天走。现在我们看看能不能从卫兵那边通过。你想到办法没有？”

“还没有。”克莱门扎回答说。

“那么我们先出去，见机行事。”迈克尔说。

尽管克莱门扎表示反对，他们还是来到大街上。小镇上似乎到处是宪兵。迈克尔心想，少说也有一千人。摄影记者也有数百人。街上停满了各种面包车和小轿车，根本无法接近那个院子。他们看见几个高级军官走进了一家餐厅。有人小声说那是卢卡上校和他手下的军官去举行庆功午宴。迈克尔看见了那个上校。此人身材瘦小，一脸苦相，由于天热，他脱下有穗带的军帽，用一块白手绢擦了擦他那微秃的脑门。一群摄影师争相抢拍他的照片，一大堆记者在向他提问。他挥手让他们靠边，没有回答他们的问题，径直走进那家餐馆。

大街小巷到处是摩肩接踵的人群，弄得迈克尔和克莱门扎举步维艰。克莱门扎决定返回那幢房子去等消息。那天下午晚些时候，他手下人传来消息说，玛丽亚·隆巴尔多已经指认说那是他儿子的尸体。

他们在一家露天餐馆吃晚饭。餐馆里一台收音机在大声广播有关吉里安诺死亡的报道。报道说警察包围了一幢房子，他们认为吉里安诺肯定躲在里面。他出来的时候，他们让他投降。他立即开火。卢卡上校的参谋长佩伦兹上尉在广播中接受了一批记者的采访。他说吉里安诺如何准备逃脱，他跟在他后面把他逼进了院子。

佩伦兹上尉说，吉里安诺像一头受困的狮子，他，佩伦兹被迫还击，将其击毙。餐馆里的人都在听这个广播。没有人在吃饭。服务员也没有装模作样地服务；他们也在听广播。克莱门扎转身对迈克尔说："整件事疑点重重。我们今天晚上就走。"

就在这时候，这家露天餐馆四周的街道上突然来了很多警察。一辆当官的车在路边停下，韦拉尔迪警督从车里走出来。他径直走到他们的餐桌前，把手放在迈克尔肩上说："你被捕了。"他那双冷冰冰的蓝眼睛盯着克莱门扎。"也是我们的运气，我们要把你和他一起带走。先告诉你一下，这家餐厅四周我布置了一百个人。不要轻举妄动，不然你们就会像吉里安诺一样下地狱。"

一辆警察面包车在路边停下。迈克尔和克莱门扎被蜂拥而上的警察围在中间，经搜身后被推推搡搡地带进了警车。有些正在餐厅用餐的报社摄影师拿起相机，一跃而起，可是立即被警察用警棍挡了回去。韦拉尔迪警督看着这一切，脸上露出狰狞而满意的微笑。

第二天，图里·吉里安诺的父亲站在蒙特莱普雷家中的阳台上，对聚集在下面街道上的人讲了话。他以西西里的传统方式宣布与背叛他儿子的叛徒势不两立。他特别宣布说与杀害他儿子的人不共戴天。他说那个人不是佩伦兹上尉，也不是某个宪兵。他说那个人是阿斯帕努·皮肖塔。

第二十八章

在过去一年中，阿斯帕努·皮肖塔总觉得内心深处那个背叛的怪物在不断长大。

皮肖塔以前一直是忠心耿耿。从孩提时代开始他就服从吉里安诺的领导，从来没有嫉妒之心。吉里安诺总是说皮肖塔是他们组织的二把手，有别于帕萨藤珀、泰拉诺瓦、安多里尼和“下士”那样的头领。可是吉里安诺的人格魅力占了绝对优势，所以二把手的领导形同虚设，吉里安诺在指挥着一切。皮肖塔毫无保留地接受了这一切。

吉里安诺比其他人勇敢。在游击战术方面无人能出其右。自加里波第以来，谁也没能像他那样赢得西西里人民的热爱。他既是理想主义者，又是浪漫主义者。他身上具有西西里人所崇拜的充满野性的机敏。皮肖塔发现他身上也有缺点，并且想帮助他克服。

吉里安诺坚持认为至少要从他们抢夺来的东西中拿出一半分给穷人，皮肖塔则对他说：“你可以很富有，你也可以受人爱戴。你认为西西里人会揭竿而起，在你的旗帜下进行一场反对罗马的战争。他们绝对不会。他们接受你给的钱，他们会喜欢你；你需要庇护的时候，他们会把你藏起来；他们绝对不会背叛你。但是他们的内心是不想革命的。”

皮肖塔讨厌唐·克罗切和基督教民主党的花言巧语。他反对镇压西西里的共产主义和社会主义组织。当吉里安诺希望得到基督教民主党政府赦免的时候，皮肖塔说：“他们永远不会赦免你。唐·克罗切决不会让你拥有权力。我们的命运是用钱买通一条脱离土匪的道路，否则我们总有一天就会像土匪那样死去。那样的死法也不坏，至少对我来说是这样。”可是吉里安诺没有听他的，这终于引起皮肖塔的反感，从而暗暗滋生了叛逆之心。

吉里安诺一直是个有信仰的人，而且很单纯，这一点皮肖塔看得很清楚。皮肖塔知道，卢卡上校和特种部队的出现，就意味着他们的末日来临。他们纵然可能有过一百次的胜利，但是只要有一次重大失败就会给他们带来灭顶之灾。就像在查理大帝传说中的罗兰和奥利维争吵一样，吉里安诺和皮肖塔之间也发生了争吵，吉里安诺坚持他的英雄主义，而且非常固执。皮肖塔觉得自己很像奥利维，不断地恳求罗兰吹响号角。

在吉里安诺爱上尤斯蒂娜并和她结婚的时候，皮肖塔意识到他和吉里安诺的命运将会有天壤之别。吉里安诺将逃往美国，有妻子有儿女，可是他皮肖塔将永远成为一个亡命之徒。他不可能活得很长；一颗子弹或他的肺病都会使他一命呜呼。那就是他的命运。他永远不可能生活在美国。

最让皮肖塔担心的是，吉里安诺得到了一个年轻姑娘的爱情和温情，但却变成了一个更为凶残的土匪。他以前只是把宪兵抓起来，现在却要把他们杀掉。他在蜜月期间处决了帕萨藤珀。他对他所怀疑的告密者从不心慈手软。皮肖塔感到恐惧的是，这些年来他一直热爱并且保卫的这个人有可能与他反目。他担心如果他最近做的一些事被吉里安诺知道了，他也可能被处决。

在过去三年中，唐·克罗切仔细研究了吉里安诺和皮肖塔之间的关系。对于他的帝国计划来说，他们是唯一的危险。他们是他统治西西里的唯一障碍。他原本以为可以把吉里安诺和他的队伍变成友中友的武装。他曾经派赫克特·阿多尼斯对吉里安诺进行试探。他的意思很明确。图里·吉里安诺将成为伟大的武士，而唐·克罗切则成为伟大的政治活动家。但是，这样吉里安诺就必须屈膝，他不肯这样做。他有自己的理想，他要帮助穷人，要使西西里获得自由，要松开罗马强加于他们的枷锁。这是唐·克罗切无法理解的。

从1943年到1947年，吉里安诺的命运之星处于上升时期。克罗切仍然忙于把友中友打造成一支统一的力量。黑手党还没有从墨索里尼法西斯政府的摧残中恢复元气。所以他对吉里安诺的力量采取了怀柔政策，诱使他和基督教民主党结盟。与此同时他重振黑手党，等待时机东山再起。他的第一招就是策划了吉里斯特拉山口的大屠杀，让吉里安诺背上黑锅。这是他的杰作，可是他又不能把功劳记在他自己的名下。这一招使罗马政府赦免吉里安诺、支持他在西西里竞选的任何可能性都化成了泡影。这一招也使吉里安诺的“西西里人民英雄”的名声沾染了永久性的污点。吉里安诺处决六名黑手党头领的时候，唐·克罗切已经别无选择。友中友和吉里安诺的武装不得不一决雌雄。

于是唐·克罗切把更多的注意力集中在皮肖塔身上。皮肖塔很聪明，但只是年轻人的那种聪明——也就是说，他没有充分认识到，最好的人心里也有潜在的恐怖与邪恶。皮肖塔已品尝到外部世界的果实和诱惑。吉里安诺对金钱嗤之以鼻，而皮肖塔却喜欢金钱带来的回报。虽然吉里安诺的犯罪活动给他带来数十亿里拉的钱财，可是他自己连一个子儿也没有拿。他把自己分得的那一部分钱财都给了穷人，也有一些用于养活自己的家人。

但是唐·克罗切注意到，皮肖塔穿的是巴勒莫裁剪最得体的服装，去的是费用最昂贵的妓院。皮肖塔家的生活比吉里安诺家的好得多。唐·克罗切还了解到，皮肖塔用假名字在巴勒莫多家银行里存了钱，还采取了一些只有渴望生存的人才会采取的措施，比如拥有三个不同名字的假证件，此外在特拉帕尼还有一处安全屋。唐·克罗切知道这些都是他背着吉里安诺干的，因此他等待皮肖塔主动造访。因为皮肖塔知道克罗切会兴致盎然、欢欣鼓舞地迎接他，当然也十分谨慎，深谋远略。克罗切由武装保镖簇拥着，此外他还提醒卢卡上校和韦拉尔迪警督，如果一切正常，就准备开一次会议。如果情况不妙，如果他对皮肖塔的判断是错误的，如果这是一个吉里安诺刺杀他的阴谋，那么阿斯帕努·皮肖塔就将有来无回。

皮肖塔同意交出武器，随即被领去见唐·克罗切。他并不害怕，因为几天前他刚为这位龙头老大干了一件大事——他告诫说吉里安诺准备袭击他那家饭店。

现在只有他们两个人。唐·克罗切的手下人事先准备了一桌酒菜，克罗切像个老派乡绅似的，给皮肖塔的盘子里加菜，还往他的杯子里倒酒。

"好日子到头了，"唐·克罗切说，"现在，你我都必须非常认真。到了决定我们命运而作决策的时候了。我希望你能够听一听我要说的话。"

"我不知道你有什么难处，"皮肖塔对他说，"不过我知道，为了避免受到伤害，我必须非常狡猾。"

"你难道不希望移民？"克罗切问道，"你可以和吉里安诺一起去美国。那里的酒不如我们的好，橄榄油稀得像水，而且他们还有电椅，不管怎么说，他们不像我们政府这么文明。你做任何事情都不能莽撞。但是那儿的生活倒真不赖。"

皮肖塔笑起来。"我到美国去干什么呢？我还是在这儿碰碰运气吧。吉里安诺一走，他们就不会到处追捕我了，而且山又那么大。"

克罗切关切地问："你肺部的毛病还没好？还在吃药吗？"

"是的，"皮肖塔回答说，"这不是问题。我的肺病绝对不会让我丧命。"他对着唐·克罗切咧嘴一笑。

"我们一起谈谈西西里人吧，"唐·克罗切严肃地说，"我们小时候，我们年轻的时候，热爱我们的朋友，慷慨地对待他们，原谅他们的错误，这些都是很自然的。每一天都很新鲜。我们愉快地期待未来，毫无畏惧之心。世界本身并没有那么危险；那是一段欢乐的时光。可是我们长大了，要自食其力了，朋友的情谊就不那么容易维系下去。我们必须随时保持警惕。我们的长辈不再照顾我们，我们也不再对儿时简单的乐趣感到满足。我们开始有了自豪感——我们希望成为了不起的人、有权的人或者有钱的人，或者只是为了使自己免遭不幸。我知道你非常热爱图里·吉里安诺，可是现在你必须问问自己，这样的爱要付出什么代价？经过这么多年，这样的爱是否还存在？是不是只存在于记忆之中？”他等待皮肖塔作出回答。可是皮肖塔看着他，脸像卡马拉塔山上的岩石那样冷酷，那样苍白。因为皮肖塔的脸突然变得煞白。

唐·克罗切继续说：“我不能让吉里安诺活着或者逃跑。如果你继续对他保持忠诚，那么你也是我的敌人。要知道这一点。吉里安诺走了之后，没有我的保护，你在西西里是无法生存的。”

皮肖塔说：“图里的遗嘱在美国，在他朋友手上，很安全。如果你杀了他，那份遗嘱将被公之于世，政府就会垮台。新政府可能迫使你回到自己的维拉巴的农场，或者比这个更糟。”

这位龙头老大咯咯笑起来，接着便是哈哈大笑。他不屑地说：“你看过那份有名的遗嘱没有？”

“看过。”皮肖塔回答说，不过他对克罗切刚才的反应大惑不解。

“我没有看过，”克罗切说，“但是我决定采取行动，就当这个东西根本不存在。”

皮肖塔说：“你要我背叛吉里安诺。你怎么会认为有这种可能呢？”

唐·克罗切笑了笑。“你把袭击我那家饭店的事告诉了我。这难道是出于对他的友谊？”

“我那是为了吉里安诺，不是为了你，”皮肖塔说，“图里已经失去了理智。他打算除掉你。我知道，一旦你不在了，我们就都没有希望了。管它什么遗嘱不遗嘱的，不把我们全部干掉，友中友是不会善罢甘休的。几天之前他就可以出国，可是他迟迟不走，他想报仇，想除掉你。我来赴会是想和你做出一些安排。吉里安诺将在随后几天离开这个国家。他不会再和你作对了。让他走吧。”

唐·克罗切的身子离开饭桌，向后靠在椅子上，呷了一口酒。“你太幼稚了，”他说，“我们已经到了历史的终结点。吉里安诺这个人太危险，不能让他活着。但是我不能杀他。我还要在西西里生活下去——我不能杀掉这个岛上的大英雄。这是我必须做的，但又不能去做。热爱吉里安诺的人太多了。他的许许多多追随者会为他的死报仇的。这件事必须让警察去做。所以必须作出这样的安排。你是唯一能把吉里安诺带进陷阱的人。”他稍事停顿，接着又故意说，“你那个世界的末日已经来临。你可以和它一起走向灭亡，你也可以走出那个世界，到另一个世界来生活。”

皮肖塔说：“我可以得到基督的助佑。但是如果别人知道是我背叛了吉里安诺，我就死到临头了。”

“你只要把你们下次见面的地点告诉我就行了，”唐·克罗切说，“不会有第二个人知道。我会和卢卡上校、韦拉尔迪警督作出安排。其他的事情由他们去干。”他停顿了一会儿，“吉里安诺已经变了。他已经不再是你儿时的伙伴，不再是你最好的朋友。他是一个只顾自己的人。所以现在你必须作出选择。”

在7月5日晚上返回卡斯特尔维特拉诺之前，皮肖塔就对唐·克罗切作出了承诺。他把他下一次和吉里安诺见面的地点告诉了他，而且他知道克罗切会告诉卢卡上校和韦拉尔迪警督的。他没有说他们的见面地点在祖·佩皮诺的家里，只说是在卡斯特尔维特拉诺镇。他还告诫他们要小心，因为吉里安诺对陷阱有第六感觉。

皮肖塔来到祖·佩皮诺家的时候，老车夫对他的态度非常冷淡。皮肖塔心想老人是否对他起了疑心。他肯定已经注意到小镇上警察的异常活动，并根据西西里人准确的想象力进行正确的推理。

一时之下，皮肖塔感到一阵毛骨悚然的痛苦。接着他焦虑不安地想，如果吉里安诺的母亲知道是她宠爱的阿斯帕努出卖了她儿子会怎么样？如果有一天她站在他面前对他的脸吐一口唾沫，并且骂他是叛徒和凶手怎么办？他们曾经泪流满面地相互拥抱，他曾经发誓要保护她的儿子，现在却阴险地背叛了她。这时候他想到了杀死这个老人，也想到了自杀。

祖·佩皮诺说："如果你是来找图里的，他来过，但是又走了。"他很可怜皮肖塔；这个人的脸色苍白，好像气接不上来。"你要不要来一点茴香酒？"

皮肖塔摇了摇头，转身准备离开。老人说："要当心，镇上全是警察。"

皮肖塔感觉到一阵恐怖。他真是个傻瓜，没有想到吉里安诺会嗅出这是个陷阱。如果现在吉里安诺发现他是个叛徒怎么办？

皮肖塔从房子里跑出来，在镇上转了一圈，走上通往他们的备用接头地点——在古城堡遗址塞利农特的卫城塞利努斯——的乡间小道。

在夏日的月光下，这座希腊古城的遗址发出惨淡的白光。吉里安诺坐在已经倒塌的神庙石阶上，幻想着去美国的事情。

他感到极度的哀伤。昔日的梦想已经消失。他曾经对自己的前途和西西里的未来充满了希望。他曾经笃信自己命大。有那么多人热爱他，他们曾经为他祝福，可是现在他似乎觉得他们在诅咒他。他有一种众叛亲离的感觉。但是他仍然有阿斯帕努·皮肖塔。有朝一日，他们俩会重振旗鼓，找回昔日的热爱和梦想。毕竟刚开始的时候也只有他们俩。

月亮躲进了云层。古城遗址笼罩在黑暗之中；这片废墟就像画在黑色画布上的枯骨。在一片黑暗中传来小石块和泥土的窸窣声。吉里安诺身体向后一滚，滚到两个大理石石柱之间，用冲锋手枪做好射击准备。月亮从云层后面静静地爬了出来，这时他看见阿斯帕努·皮肖塔站在通向卫城那条宽宽的遗址大道上。

皮肖塔沿着石子路慢慢走过来，两眼四下里搜索，轻声喊着图里的名字。隐藏在神庙石柱后面的吉里安诺等皮肖塔走过去，才走到他身后，像儿时玩游戏似的说："阿斯帕努，我又赢了。"皮肖塔急忙转过身，吓得魂不附体，这使吉里安诺感到惊讶。

吉里安诺在石阶上坐下，把枪放在一边说："过来坐一会儿。你一定累坏了。这也许是我们最后一次这样促膝谈心了。"

皮肖塔说："我们可以到马扎拉德瓦洛那边去谈，在那儿比较安全。"

吉里安诺对他说："我们有足够的时间，如果不好好休息，你又会吐血的。来吧，到我身边坐下。"吉里安诺在最上面一层石阶上坐下。

他看见皮肖塔把枪取下，以为他要把它放在一边。他站起来，伸出手想拉他一把。这时他突然发现他的朋友正压低枪口对着他。他怔住了。这是他七年来第一次感到措手不及。

皮肖塔心里很害怕，就怕吉里安诺问他。他会问："阿斯帕努，我们的队伍里谁是犹大？阿斯帕努，是谁给克罗切通风报信的？阿斯帕努，是谁把警察引到卡斯特尔维特拉诺的？阿斯帕努，你为什么要和唐·克罗切见面？”他最怕的还是吉里安诺会说：“阿斯帕努，你是我的兄弟。”促使皮肖塔扣动扳机的正是他的这种恐惧心理。

一梭子子弹打掉了吉里安诺一只手，还在他身上穿了许多窟窿。皮肖塔不由得对自己的行动感到毛骨悚然，他等着吉里安诺倒下。吉里安诺非但没有倒下，反而慢慢地走下台阶，血顺着伤口直往下淌。内心充满无名恐惧的皮肖塔掉头就跑，他还看见吉里安诺跟在后面追赶，接着看见他栽倒在地上。

已经垂死的吉里安诺以为自己还在跑。他大脑里被打坏的神经出现紊乱，想到的是七年前他和阿斯帕努在大山里跑动的情景，清澈的水从古罗马的蓄水池里涓涓流出，奇异的花草发出醉人的香气，他们从锁在神龛里的圣人雕像前跑过，他就像今天夜里一样大声喊道：“阿斯帕努，我相信……”相信自己幸福的命运，相信朋友对他真挚的爱。可是仁慈的死神向他传达了一个信息：他遭到了朋友的背叛和最终的失败。他在梦幻中死去。

阿斯帕努·皮肖塔撒腿就跑。他穿过原野，跑到通向卡斯特尔维特拉诺的路上。他用自己的特别通行证与卢卡上校和韦拉尔迪警督取得联系。他们放出消息说吉里安诺中了埋伏，被佩伦兹上尉开枪击毙。

1950年7月5日上午，玛丽亚·隆巴尔多·吉里安诺起了个大早。她被一阵敲门声惊醒；她丈夫下楼去开门。接着他回到卧室，告诉她说他得出去一下，也许要去一整天。她从窗户往外看了看，见他上了祖·佩皮诺那辆车身和车轮上都画着色彩艳丽的传说故事的驴车。他们是不是有了图里的消息？他是不是已经逃到了美国？是不是出了什么事情？她觉得自己的焦虑正变成恐惧，而且过去七年她一直生活在恐惧之中。她感到坐立不安。她把房间收拾完之后，又把当天要吃的蔬菜做好，然后打开门，向街上看了看。

她看见贝拉大街上一个邻居也没有，也没有在街上玩耍的孩子。许多男人都被关进了监狱，因为他们被怀疑与吉里安诺一伙人串通。妇女们都非常害怕，不敢让孩子们到街上去玩。贝拉大街两头都有宪兵小分队把守。肩上挎着枪的士兵在大街上来回巡逻。她看见屋顶上也有士兵。不少房子前面停着军用吉普车。一辆装甲车封锁了贝拉大街靠近贝兰伯兵营的出口。蒙特莱普雷镇驻扎了卢卡上校手下的两千人。他们把镇上的人看成敌人，骚扰妇女，恐吓儿童，折磨没有被抓进监狱的男人。这些士兵到这里来就是为了杀死她儿子。但是他已经飞到美国去了。他将获得自由，等到时机成熟，她和她丈夫将前往美国与他团聚。他们会生活在自由之中，无忧无虑。

她回到屋里，给自己找点活干。她走到后阳台，朝山上看去。吉里安诺曾经在山上用望远镜看着这幢房子。以前她一直觉得他就在那里；可是现在她已经没有这种感觉了。他肯定已经到了美国。

这时突然响起一阵猛烈的敲门声，她更加心惊肉跳，动弹不得。她慢慢地走过去把门打开。她首先见到的是赫克特·阿多尼斯，他的那副模样是她以前从来没有见过的。他没有刮胡子，头发乱蓬蓬的，也没有打领带。他的衬衫没有熨烫，衣领上一层积垢。但是她注意到，最明显的是他脸上的尊严已荡然无存，只有无助的悲痛。他眼泪汪汪地看着她。她忍不住“哇”的一声哭起来。

他一进屋就说：“不要这样，玛丽亚，我求你了。”和他一起来的还有一个年轻的宪兵中尉。玛丽亚·隆巴尔多朝他们身后的大街看了一眼。他们家门口停着三辆黑色汽车，开车的人都是宪兵。大门两边还有几个全副武装的人。

宪兵中尉年纪很轻，红红的面颊。他脱下帽子，把它夹在胳膊下面。“你是玛丽亚·隆巴尔多·吉里安诺？”他以公事公办的口吻问道。听口音他是北方人，托斯卡纳地区的。

玛丽亚·隆巴尔多回答说是。她的声音嘶哑，充满了绝望。她觉得口干舌燥。

“请你和我到卡斯特尔维特拉诺走一趟，”中尉说道，“我有一辆车在等你。你这位朋友将陪我们一起去。当然，这要看你愿不愿意。”

玛丽亚·隆巴尔多的眼睛睁得老大。她以比较坚定的语气说：“什么原因呢？我对卡斯特尔维特拉诺一点也不熟，那里也没有我认识的人。”

中尉的语气比较缓和，稍事犹豫后才说：“那里有一个人，我们希望你去识别一下。我们认为他是你的儿子。”

“不会是我儿子。他从来不到卡斯特尔维特拉诺去，”玛丽亚·隆巴尔多说，“他是不是死了？”

“是的。”中尉回答说。

玛丽亚·隆巴尔多撕心裂肺地号啕大哭起来，一下跪倒在地上。“我儿子从来不到卡斯特尔维特拉诺去。”她说道。赫克特·阿多尼斯走上前来，把手放在她肩膀上。

“你一定要去，”他说，“也许这是他使用的计谋。他以前也这样做过。”

“不，”她说，“我不去，我不去。”

那个宪兵中尉说：“你丈夫在家吗？我们可以带他去。”

玛丽亚·隆巴尔多这才想起来今天一大早祖·佩皮诺就把她丈夫叫走了。她记得当时看见那辆漆得很鲜亮的驴车后就有一种不祥的预感。“等一下。”说着她走进自己的卧室，换了一条黑裙子，又在头上扎了一块黑头巾。中尉替她把门打开。她朝街上走去。到处是武装的士兵。她看了看贝拉大街和广场交接的一端。在七月耀眼的阳光下，她眼前清楚地浮现出七年前图里和阿斯帕努赶着毛驴去配种的情景。就在这一天他杀了人，成了一个土匪。她哭起来，中尉搀着她上了一辆正在等候的黑色汽车。赫克特·阿多尼斯上车后在她身边坐下。汽车从一个个沉默的宪兵小分队中间穿过。她把脸靠在赫克特·阿多尼斯肩上，已经不哭了。但她内心对下车后可能看到的情景感到十分恐惧。

图里·吉里安诺的尸体在院子里放了三个钟头。他似乎睡着了。他的脸向下，朝着左边，一条腿屈着，整个身体趴在那里。他的白色衬衣几乎成了猩红色。在被打断的手臂旁是一支冲锋手枪。来自巴勒莫和罗马的报社摄影师已经到场。《生活》杂志的一位摄影师正在抓拍佩伦兹上尉的照片。这张照片发表时将附如下文字：他击毙了大名鼎鼎的吉里安诺。照片上的佩伦兹上尉面目和善而忧伤，还有一点迷茫。他戴着一顶帽子，看上去不像宪兵，倒像个和蔼可亲的杂货店老板。

但是，图里·吉里安诺的照片将出现在全世界的报纸上。他向外伸出的一只手上戴着从公爵夫人手上抢来的祖母绿戒指。他的腰上扎着雕有鹰狮图案的金扣腰带。他的身体下面是一摊血。

在玛丽亚·隆巴尔多到达之前，尸体被运到镇上的殡仪馆，放在一张巨大的椭圆形大理石石板上。殡仪馆是这个柏树环绕的墓地的一部分。他们把玛丽亚·隆巴尔多带到这个地方，安排她在一张长条石凳上坐下。他们在等待上校和上尉的到来，因为这两个人此刻正在附近的塞利努斯大饭店参加庆功午宴。看见这么多的新闻记者、看稀奇的镇上人以及维持秩序的宪兵，玛丽亚·隆巴尔多又开始哭了。赫克特·阿多尼斯在一旁尽量安慰她。

他们终于把她带进了殡仪馆。椭圆形石板四周聚集了一些官员，正在提出种种问题。她抬起眼皮，看见了图里的脸。

他以前从来没有像现在这样年轻。他看起来就像小时候和阿斯帕努玩耍了一整天之后特别累的样子。他的脸上没有疤痕，只是前额上有点脏，那是刚才躺在小院子的时候蹭上的泥土。

眼前的事实使她清醒了。她开始回答问题。“是的，”她说道，“这是我儿子图里，我二十七年前生下了他。是的，我可以认出他来。”官员们还在和她谈话，让她在文件上签字，可是她没有听见，也没有看见。她没有看见簇拥在四周的人群，没有听见新闻记者的叫喊，也没有看见因想拍照而与宪兵发生冲突的摄影记者。

她吻了吻图里那与灰色纹路的大理石一样苍白的额头，又吻了吻他那紫黑的嘴唇，还有那只被子弹打烂的手。她沉浸在悲痛之中。“哦，我的儿子，我的儿子，”她呼喊着，“你死得好惨哪！”

接着她晕了过去。现场的医生给她打了一针，她苏醒过来，一定要到发现儿子尸体的院子去看一看。到了那里之后，她跪在地上，吻了吻地上的那摊血迹。

她被送回蒙特莱普雷的家里之后，发现丈夫正在等她。这时候她才知道，杀害儿子的凶手竟然是她所宠爱的阿斯帕努。

第二十九章

迈克尔·柯里昂和彼得·克莱门扎被逮捕后不久就被转送到巴勒莫监狱，然后被送交弗雷德里科·韦拉尔迪的办公室接受审讯。

韦拉尔迪身边有六个全副武装的警察。他冷漠而有礼貌地与迈克尔和克莱门扎打招呼。他首先对克莱门扎说："你是一位美国公民，你有一本护照，上面说你是来看望你哥哥的。特拉帕尼的唐·多梅尼克·克莱门扎。他们跟我说他是一个令人尊敬的人。一个受人尊敬的人。"他在使用这个传统的短语的时候带有明显的讽刺，"我们发现你和这个迈克尔·柯里昂在一起，就在图里·吉里安诺死亡前数小时，你们在他所在的小镇随身携带了致命的武器。你们是不是能进行一下说明？"

克莱门扎说："我当时正在打猎，我们在寻找兔子和狐狸。后来我们看见卡斯特尔维特拉诺一片混乱，当时我们停留在一家自助餐厅喝早咖啡。于是我们就去看看发生了什么事。"

"在美国你们打兔子是不是也用冲锋手枪？"韦拉尔迪警督问道。他转向迈克尔·柯里昂。"我们以前见过，你和我，我们知道你到这儿来干什么。你那个胖子朋友也知道。可是自从几天之前我们和唐·克罗切那次愉快的午餐以来，事情发生了变化。吉里安诺死了。你是密谋策划让他逃跑的同案犯之一。我已经不必对付像你这样表面人模狗样的小人渣了。供词已经准备好了，我建议你签个字。”

这时候，一名宪兵警官走进房间，对着韦拉尔迪警督的耳朵悄悄地说几句话。韦拉尔迪只说了一句：“让他进来。”

来人是唐·克罗切。他身上的衣着不比迈克尔记忆中在那次著名的午餐上穿得好。他那张红木般的脸上依然是那样毫无表情。他还摇摇摆摆地走到迈克尔跟前拥抱了他一下，然后和彼得·克莱门扎握了握手。接着他转过身，目不转睛地看着韦拉尔迪警督，一言不发。这个人的身上有一股强大的力量，通过他的脸和眼睛放射出来。“这两个人是我的朋友，”他说，“你有什么理由这样粗暴地对待他们？”他的语气中没有愤怒，也没有任何情绪。他似乎只是提出一个需要用事实来回答的问题。他似乎在说，逮捕他们是没有正当理由、没有任何事实根据的。

韦拉尔迪警督耸耸肩。“他们将面对地方法官，由他来裁定。”

唐·克罗切在韦拉尔迪警督办公桌旁的一张扶手椅上坐下，摸了摸额头，以非常平静、似乎毫无威胁的语调说：“鉴于我们的友谊，给特雷扎部长打个电话，问问他对这个问题的意见。这点面子你不会不给我吧？”

韦拉尔迪警督摇了摇头。他那双蓝眼睛已经不再那么冷酷，而是充满了仇恨。“我们从来就不是朋友，”他说，“我以前是奉命行事，现在吉里安诺死了，命令就没有约束力了。这两人要交给地方法院。如果我有这么大权力的话，你也将和他们一起出庭。”

就在这时候，韦拉尔迪警督办公桌上的电话响了。他没有去接，而是等唐·克罗切作出回答。唐·克罗切说：“接电话吧，是特雷扎部长。”

警督慢慢地拿起电话，眼睛一直盯着唐·克罗切。他听了几分钟之后说了一声“是，阁下”，随即放下电话。他一屁股坐在椅子上，对迈克尔和彼得·克莱门扎说：“你们可以走了。”

唐·克罗切站起来，就像吆喝被关在院子里的鸡一样，带着迈克尔和克莱门扎匆匆离去。接着他回身对韦拉尔迪警督说：“虽然你在我的西西里是个外来户，在过去的一年里，我待你不薄，可是你当着我的朋友和各位警官的面，对我表现得大为不恭。不过我这个人不会记仇。我希望在最近的将来，我们再在一起吃一顿饭，重续我们的友谊，更好地相互理解。”

五天后，弗雷德里科·韦拉尔迪警督在巴勒莫的主要大街上，在光天化日之下遭到枪杀。

两天之后，迈克尔回到家里。家里为他举办了一次宴会，参加的有从拉斯维加斯飞回来的哥哥弗雷迪，还有康妮和她丈夫卡洛，克莱门扎和他的妻子，汤姆·黑根和他的妻子。他们和迈克尔拥抱，向他敬酒，说他气色很好。没有人提起他被流放的岁月，似乎谁也没有注意他脸上的那道深深的疤痕，而且谁也没有谈及桑尼的死。这是为他接风的家宴，仿佛他是去外地上大学或者刚度完长假回来。他的座位被安排在他父亲的右侧。他终于安全了。

第二天早上他起得比较晚，这是他逃离美国之后睡的第一个安稳觉。他母亲把早饭准备好等着他，他在餐桌上坐下之后，母亲给了他一个吻，这是她表达爱的不寻常方式。她以前只这样吻过他一次，是他从战场上回来的时候。

早饭之后，他走进家里的藏书馆，发现父亲正在那里等他。他惊讶地发现汤姆·黑根不在那里，他意识到父亲希望和他单独谈谈。

唐·柯里昂一本正经地倒了两杯茴香酒，把其中一杯递给迈克尔说："为我们的合作干杯。"

迈克尔举起酒杯说："谢谢。我还有许多东西要学。"

"是的，"唐·柯里昂说，"但是我们有的是时间，而且我就在这里教你。"

迈克尔说："难道你认为我们不应当首先把吉里安诺的事情说清楚？"

老柯里昂一屁股坐下来，擦了擦嘴上的酒说："是的，太不幸了。我原来还是希望他能够脱身的。他的父母亲是我的好朋友。"

迈克尔说："我真的一直没搞懂究竟发生了什么事情，我也一直搞不清哪一边是哪一边。你让我信任唐·克罗切，可是吉里安诺非常恨他。我原来以为你手上的那张遗嘱会阻止他们杀吉里安诺，但是他们还是把他杀了。现在，如果我们把那份遗嘱向报界公开，他们就会无地自容啊。"

他看见父亲冷静地看着他说："那是在西西里。那里的背叛中还有背叛。"

迈克尔说："唐·克罗切和政府肯定是和皮肖塔做了一笔交

易。”

“毫无疑问。”老柯里昂说。

迈克尔依然不解。“他们为什么这么做呢？我们有这份遗嘱，可以证明政府和吉里安诺在暗中有交易。如果我们把这份东西透露给新闻界，意大利政府会垮台。这是毫无疑问的。”

他父亲微微一笑说：“这份遗嘱不能公开。我们不会把它交给他们。”

过了整整一分钟，迈克尔才明白了他父亲在说什么以及这句话的意思。接下来他真的生他父亲的气了，这是他有生以来的第一次。他面色煞白地说：“这是不是说我们一直在和唐·克罗切合作？这是不是说我没有帮助吉里安诺，而是背叛了他？我对他的父母亲撒了谎？你背叛了你的朋友，把他们的儿子引上了绝路？你把我当成傻瓜，像利用犹大的山羊那样利用了我？爸爸，我的天哪，吉里安诺是个好人，是西西里穷人心目中真正的英雄。我们必须公开那份遗嘱。”

父亲先让迈克尔把话说完，然后起身离开椅子，把双手搭在儿子肩上。“听我说，”他说，“我们为吉里安诺的逃亡做好了一切准备。我没有和唐·克罗切做任何背叛吉里安诺的交易。飞机一直在等候，克莱门扎和他手下的人接到指示，要尽一切力量帮助你们。唐·克罗切不想让吉里安诺离开。那是最简单的办法。可是吉里安诺发誓要找克罗切报仇，于是迟迟不到，希望实现自己的誓言。他本来可以在几天之内到你那里去，可是他没有去，而是要来个孤注一掷。所以他才遭到不幸。”

迈克尔从父亲的面前走开，在一张皮扶手椅上坐下。“你不公开那份遗嘱是有原因的，”他说，“你们做了交易。”

“是的，”唐·柯里昂说道，“你要记住，那天下午你被炸弹炸伤之后，我意识到我和我的朋友们已经无法在西西里岛向你提供全面的保护。你面临着更多的暗杀威胁。我必须绝对保证你安全回家。所以我和唐·克罗切做了一笔交易。他向你提供保护，而我则承诺吉里安诺到了美国之后，我会劝说他不要公开那份遗嘱。”

迈克尔感到恶心和震惊，他记得是他亲自告诉皮肖塔说那份遗嘱在美国很安全。就在那时候他已经确定了吉里安诺的命运。迈克尔叹了一口气。“我们对不起他的父母，”他说，“也对不起尤斯蒂娜。她没事吧？”

“是的，”唐·柯里昂说，“她受到了很好的照顾。要过几个月的时间，她才能慢慢接受这个现实。”他顿了顿，“她是个非常聪明的姑娘。她在这里会生活得很好。”

迈克尔说：“如果我们不公开那份遗嘱，我们就背叛了她的父母亲。”

“没有，”唐·柯里昂说，“在美国的这些年我明白了一个道理。你必须有理智，善于处理难题。公开那份遗嘱有什么好处呢？也许意大利政府会垮台，但是也有可能不会。特雷扎部长可能丢掉他的工作，可是你认为他们会惩罚他吗？”

迈克尔怒气冲冲地说：“他代表的是一个阴谋屠杀自己人民的政府。”

唐·柯里昂耸了耸肩。“那又怎么样？你让我把话说完。公开发表那份遗嘱能够帮助吉里安诺的母亲、父亲或者他的朋友吗？政府不会放过他们，会把他们投进监狱或以各种方式迫害他们。更糟糕的是，唐·克罗切可以把他们列入黑名单。还是让他们安度晚年吧。为了保护他们，让我来和那边的政府以及唐·克罗切做一笔交易。我不公开那份遗嘱也能起到一定的作用。”

迈克尔不无讽刺地说：“万一将来我们在西西里岛有求于他们的时候，这对我们还是有用的。”

“我也是出于无奈。”他的父亲微微一笑说。

一阵长长的静默之后，迈克尔轻声说道：“我不知道，这似乎是不讲义气。吉里安诺是一个真正的英雄，他已经成了传奇人物。我们必须维护他死后的名声。不要让他的英名被人糟蹋。”

唐·柯里昂第一次表现出不快。他又倒了一杯茴香酒，把它一饮而尽。他用手指着儿子说：“你想学习，现在就听我说。人的第一个任务就是让自己活下来。然后才谈得上人们所说的名声。你刚才所说的不讲义气，我愿意把它揽到自己的头上。我这么做是为了救你的命，正如你曾经背着不好的名声救我的命一样。没有唐·克罗切的保护，你是不可能活着离开西西里的。事情就是这样。你是不是想成为像吉里安诺一样的英雄？一个传奇人物？一个死人？我喜欢他，因为他是我最好的朋友的儿子，可是我并不羡慕他的名声。你还活着，可是他死了。永远不要忘记这一点。活着不要当英雄，只要活着就行。时过境迁之后，英雄似乎就有点儿愚蠢了。”

迈克尔叹了口气。“吉里安诺没有选择。”他说道。

“我们就比较幸运。”唐·柯里昂说。

这是迈克尔跟他父亲学的第一课，而且也是他学得最好的一课。这将使他未来的生活增添光彩，促使他作出一些他原来做梦也不敢想象的惊心动魄的重大决定。它改变了他关于荣誉的概念，也改变了他对英雄主义的崇拜。它帮助他绝处逢生，但却使他生活得很不愉快。虽然他父亲并不羡慕吉里安诺，迈克尔却羡慕不已。

第三十章

吉里安诺的死是对西西里人民精神上的沉重打击。他曾经是他们的带头人，是他们对抗富豪与贵族、对抗友中友以及罗马基督教民主党政府的盾牌。由于吉里安诺的死，唐·克罗切·马洛把西西里岛放进了他的橄榄油压榨机，同时从富人和穷人身上榨取了大量钱财。当政府准备修建水坝提供廉价水的时候，唐·克罗切指使人炸毁了修建水坝的所有重型设备，因为毕竟西西里的所有水井都在他的控制之下。提供廉价水的水坝不符合他的利益。由于战后重建，唐·克罗切凭借从内部得到的消息以及他劝诱式的谈判风格，以极其低廉的价格获得了最好的建筑地块，然后转手高价售出。他把西西里的所有企业都置于他的保护之下。如果不向他缴纳一点保护费，你连洋蓟也甭想拿到巴勒莫的市场摊位上去卖。如果不从唐·克罗切那里买保险，有钱人就不能给自己的老婆买首饰，或者给自己的儿子买赛马的马匹。他以铁腕击碎了农民想到奥洛尔托亲王的庄园开垦荒地的希望，虽然意大利国会曾经通过了那项不理智的法律。处于唐·克罗切、贵族和罗马政府的夹缝中的西西里人民放弃了自己的希望。

在吉里安诺死后的两年中，从西西里迁出的移民多达五十万，其中大多数都是青年男性。他们有的前往英国，做园丁、制作冰激凌和当饭店服务员；有的前往德国，从事繁重的体力劳动；有的前往瑞士，在那个国家当保洁工或者生产杜鹃报时钟；有的移民法国，在厨房打下手或者在服装厂当扫地工；有的落户巴西，在密林中砍伐树木开垦土地；有的去了寒冷的斯堪的纳维亚国家；当然也有少数人比较幸运，被克莱门扎雇用到美国为柯里昂家族服务。这些人被认为是最幸运的。这样一来，西西里岛只剩下老人、小孩和因经济仇杀成为寡妇的女人。那些石屋小村落再也无法为富人的庄园提供劳动力，富人也因此受到了影响。发财的只有唐·克罗切。

加斯帕尔·“阿斯帕努”·皮肖塔因土匪罪被判处终身监禁，关在乌恰敦监狱。不过人们普遍认为他会得到赦免。他唯一的担心是被人害死在狱中。赦免的事依然没有下文。他托人带信给唐·克罗切说，如果不立即将他赦免，他就把那伙人和特雷扎的联系全部抖搂出来，揭露新任总理怎样与唐·克罗切密谋在吉里斯特拉山口杀害自己的民众。

特雷扎部长升任意大利总理那天早上，阿斯帕努·皮肖塔于八点钟醒来。他的牢房很大，里面摆放了许多植物，还有他在监狱中刺绣的几幅大屏风。在丝绸上刺绣出绚丽图案似乎使他的思想得以平静，因为现在他时常想到自己儿时和图里·吉里安诺在一起互相关爱的情景。

皮肖塔喝了一杯自己冲的早晨的咖啡。由于害怕被人下毒，那杯咖啡里的所有东西都是由他的家人送来的。监狱里的牢饭他要先拿一小块给他养在笼子里的鹦鹉吃。为防不测，他把一大瓶橄榄油与绣花针和一堆织物绣品一起放在一个书架上。他希望把橄榄油倒进喉咙里能起到解毒作用，或者引发呕吐把吃下去的东西吐出来。他并不害怕其他形式的暴力，因为对他的看守非常严密。只有得到他的同意，探监者才能到他的牢房门口来。他是绝对不准出牢房的。他耐心地等待鹦鹉把东西吃下去，消化了，然后才津津有味地吃自己的早饭。

赫克特·阿多尼斯离开他在巴勒莫的公寓，乘电车前往乌恰敦监狱。虽然才二月份，早晨的太阳已经热烘烘的了。他后悔自己穿了黑色西服，还打了领带。但是他觉得在这样的场合，还是应当穿得庄重一些。他摸了摸上衣口袋里那张重要的纸条，而后把它往口袋下面塞了塞。

在他乘车前往市区的路上，吉里安诺的阴影一直萦绕在他的脑际。他记得有一天早上他亲眼看见一辆满载宪兵的电车被炸毁，这是吉里安诺为报复把他的父母关在这座监狱所采取的行动之一。他再次感到不解，这个曾经听他上过文学经典课程的温文尔雅的学生怎么会犯下这么严重的罪行。虽然沿途这些建筑物墙壁上的标语已经没有了，但他仍然可以想象出经常出现在这些墙壁上、用红色大写字母书写的“吉里安诺万岁”。可是，他的教子寿命并不长。不过一直使他感到不安的是，吉里安诺是被他终身的朋友和儿时的伙伴杀害的。这就是为什么接到要他送交上衣口袋里那张字条的指示之后，他感到非常高兴。字条是唐·克罗切派人送来的，上面附有具体的指示。

电车在乌恰敦监狱前停下。这座监狱是一幢长长的砖结构建筑，由一道带铁丝网的围墙把它和马路隔开。它的大门口有岗哨，围墙四周有全副武装的警察巡逻。赫克特·阿多尼斯持有全部必要的文件，所以被准许进入。他由一名看守领着来到医院的药房。一个叫库托的药剂师接待了他。此人穿着西装，系着领带，外面套着一件洁白的大褂。出于某种微妙的心理，他也决定逢场作戏，穿得正规一些。他很客气地与赫克特·阿多尼斯打招呼，接着两人坐下等候。

“阿斯帕努是不是按时服药？”赫克特·阿多尼斯问道。为了治疗肺结核，皮肖塔仍然需要服用链霉素。

“哦，是的，”库托回答说，“他非常注意自己的健康，连烟都戒了。这是我在囚犯中注意到的怪现象。他们自由的时候，不把自己的健康当回事——烟是拼命地抽，酒是不醉不罢休，搞女人就搞个精疲力竭。他们睡眠不足，运动很少。可是等他们要在监狱中度过余生的时候，他们又是做俯卧撑，又是戒烟，还注意自己的饮食，无论做什么都适当有度。”

“也许是因为他们没机会干别的事。”赫克特·阿多尼斯说。

“哦，不，不，”库托说，“在乌恰敦这里你要什么就有什么。看守穷，囚犯富。所以钱在这里转手是合情合理的。在这里什么坏事你都可以干。”

阿多尼斯向药房四周看了看。这里的架子上放的都是药品。大橡木橱里放的是绷带和医疗器械，因为这个药房也用作囚犯的急诊室。在大房间里凹进去的地方还有两张收拾得很干净的床。

“你们给他用药有什么麻烦没有？”阿多尼斯问道。

“没有，我们有一个特别采购部，”库托回答说，“今天早上我还给他发了一瓶新药。上面都有特别的封条，是美国人贴在上面出口用的。那种药很贵。当局费这么多周折来让他活着，我感到很惊讶。”

他们两人相视而笑。

在牢房里，阿斯帕努·皮肖塔接过那瓶链霉素，打开了上面精心制作的封条。他取出一定量的药，把它吃了下去。他立刻发现药非常苦，紧接着他的身体向后形成一个大的弧度，随即栽倒在地上。他的大声尖叫使看守急忙奔向他的牢房门口。皮肖塔忍着浑身的剧痛，挣扎着站起来。他感到喉咙刺痛，跌跌撞撞地朝橄榄油瓶子走去。他又一次疼得弯下腰，对看守大声喊道：“我中毒了。救救我，救救我。”在他倒下之前，他感到怒火中烧：唐·克罗切终于智胜了他一筹。

几名看守匆匆把皮肖塔抬进药房，大声喊叫说犯人中毒了。库托让他们把皮肖塔躺在凹处的一张床上，给他进行检查。接着他迅速把一帖催吐剂倒进他的喉咙。在看守们看来，他似乎是在竭尽全力抢救皮肖塔。只有赫克特·阿多尼斯知道这帖催吐剂浓度很淡，对这个将死的人来说已无济于事。阿多尼斯走到床边，从上衣口袋里取出那张字条，把它偷偷地藏在手掌心里。他假装帮助药剂师，却趁机把纸条放进了皮肖塔的衬衣里。与此同时，他看了看皮肖塔那张英俊的脸。那张扭曲的脸显得很痛苦，不过阿多尼斯知道这是剧痛造成的抽搐。由于疼痛难忍，他把一部分小胡子都咬掉了。这时候，赫克特·阿多尼斯为他的灵魂做了一次祈祷，同时也感到一阵悲伤。他记得这个人曾经和他的教子手挽手地行走在西西里的山上，背诵有关罗兰和查理大帝的诗句。

大约六个小时之后，皮肖塔身上那张字条被发现。又过了一段时间，他的死讯才上了报纸，并在西西里各地传开。赫克特·阿多尼斯偷偷放进阿斯帕努衬衣里的字条上写着：

这就是背叛吉里安诺的下场。

第三十一章

在西西里，稍微有点钱的人都不会把自己的亲人埋进土里，认为那样做太没面子，因为西西里的土地已经给了人们太多的侮辱。这块墓地上布满了小石块和花岗岩建造的陵寝——被称为“合葬冢”的四方形小陵墓。它们的入口都有铁栅门。里面有若干层墓穴，棺木放进一孔墓穴之后，就用水泥把它封上。其他墓穴则留给家人。

皮肖塔死后不久，赫克特·阿多尼斯选了一个晴朗的星期天来到蒙特莱普雷墓地。唐·克罗切将在那里与他会合，在图里·吉里安诺的墓前祈祷。他们有要事相商，对于不讲究虚荣、决心捐弃前嫌、小心谨慎的人来说，还有什么地方比这里更好呢？

为了对一位把事情干得如此利落的同僚表示祝贺，还有什么地方比这里更好呢？唐·克罗切一直想除掉皮肖塔，因为这个人太巧言善辩，而且记忆力太好。他选择赫克特·阿多尼斯策划这个行动。在尸体上留字条是克罗切最巧妙的动作之一。阿多尼斯感到满意，一桩政治谋杀案就这样被浪漫的制裁行动掩盖起来了。在墓地大门前，赫克特·阿多尼斯看见司机和保镖们把唐·克罗切扶下了车。在过去一年中，这位龙头老大的腰围粗了许多，他的体重似乎与他拥有的巨大权力一样与日俱增。

他们两人同时走进大门。阿多尼斯抬头看了看那个拱形通道。在熟铁框架上锻造了一行字，是给那些自鸣得意的凭吊者看的：我们曾经像你们一样——你们也会像我们一样。

阿多尼斯看着这个讥讽的挑战笑了笑。吉里安诺绝不会这么残忍，但阿斯帕努·皮肖塔即使在坟墓里也会这样大声喊出来。

吉里安诺死后，赫克特·阿多尼斯对皮肖塔一直恨之入骨，但这种仇恨现在已经不复存在。他已经报了仇。此刻他想到的是这两个人小时候一起玩耍以及共同沦为土匪的情景。

唐·克罗切和赫克特·阿多尼斯走进这片由小石块和花岗岩构建的墓地深处。唐·克罗切和他的保镖们走在一起，在岩石小道上相互关照，司机把手上拿着的一大把鲜花摆放在吉里安诺墓穴的门前。唐·克罗切故作姿态地把花重新摆了摆，然后看了看贴在石门上的吉里安诺的小照片。他的保镖们紧贴着他的身子，以防他摔下来。

唐·克罗切直起腰板。“他是个勇敢的小伙子，”他说，“我们大家都喜欢图里·吉里安诺。但是我们怎么能和他生活在一起呢？他想改变这个世界，把它整个颠倒过来。他热爱自己的同伴，但是他们当中的许多人又是死于谁人之手呢？他信奉上帝，可是他却绑架了红衣大主教。”

赫克特·阿多尼斯仔细看了看那张照片。吉里安诺拍这张照片的时候才十七岁，是地中海边最漂亮的小伙子。他的脸上露出讨人喜欢的甜美，你永远不会想到他会下令杀死上千人，让那么多人的灵魂下了地狱。

他心下思忖：西西里呀，西西里，你摧毁了自己最优秀的儿女，把他们变成了尘埃。你的土地上孕育出比天使还漂亮的孩子，但他们却堕落成了魔鬼。在这块土地上，邪恶像竹子和仙人果一样孳生蔓延。可是唐·克罗切为什么要到吉里安诺的墓上来摆放鲜花呢？

“啊，”这位龙头老大说，“要是我有一个像图里·吉里安诺这样的儿子就好了。我可以把一个多好的帝国交给他来治理。谁知道他会取得怎样的辉煌呢？”

赫克特·阿多尼斯笑了笑。唐·克罗切是个了不起的人物，可是他不懂历史。唐·克罗切会有一千个儿子来继承他的统治，继承他的狡诈，掠夺西西里，收买罗马政府。而他，巴勒莫大学著名的历史和文学教授赫克特·阿多尼斯就是其中之一。

赫克特·阿多尼斯和唐·克罗切准备离开的时候，墓地前有一排大车在等候。车上的油漆色彩明快，画的是有关图里·吉里安诺和阿斯帕努·皮肖塔的传说：抢劫公爵夫人，处决黑手党首领，阿斯帕努杀害图里。在赫克特·阿多尼斯看来，他似乎什么都知道。唐·克罗切虽然很了不起，但是终究会被人们所遗忘，永远活在人们心中的将是图里·吉里安诺。有关吉里安诺的传说将不断发展，有些人会相信吉里安诺根本没有死，他还在卡马拉塔山里活动，在某些重大的日子里，他会重新出来把西西里从锁链和痛苦中解救出来。在数以千计的石头和泥土建起的小村庄里，现在尚未出生的孩子将来也会为吉里安诺的灵魂及其复活祈祷。

阿斯帕努·皮肖塔头脑灵活，谁能说他在赫克特·阿多尼斯讲述查理大帝、罗兰和奥利维的传说故事的时候，没有认真听，所以才决定走上另一条道路的？如果皮肖塔继续对吉里安诺忠心耿耿，他也会被人们所遗忘，因为那样整个传奇故事就将是关于吉里安诺一个人的。但是他犯下了弥天大罪，这样他就会与他热爱的图里永远并列在一起了。

皮肖塔也将葬在这块墓地。他们将永远凝望他们所钟爱的大山，这些大山中至今还保存着汉尼拔那头大象的遗骸，这些大山中也曾回荡过罗兰与撒拉逊人血战到底的号角声。图里·吉里安诺和阿斯帕努·皮肖塔死得很年轻，即使不能名垂千古，他们活在人们记忆中的时间肯定要超过唐·克罗切或者他赫克特·阿多尼斯教授。

这两个人，一个身材魁伟，一个形同侏儒，一起离开了墓地。梯田式的园地像披在四周大山上的绿色彩带，巨大的白色岩石熠熠生辉，一只西西里的小红隼鹰顺着一道阳光向他们俯冲下来。

马上扫二维码，关注“熊猫君”

和千万读者一起成长吧！

THE GODFATHER

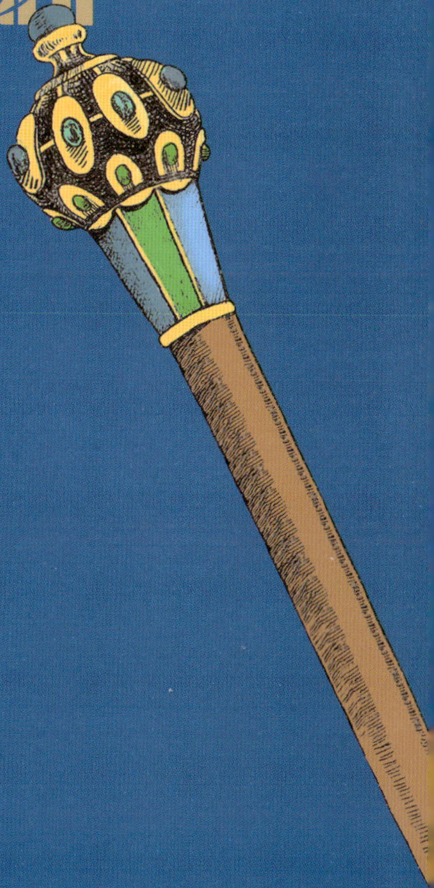

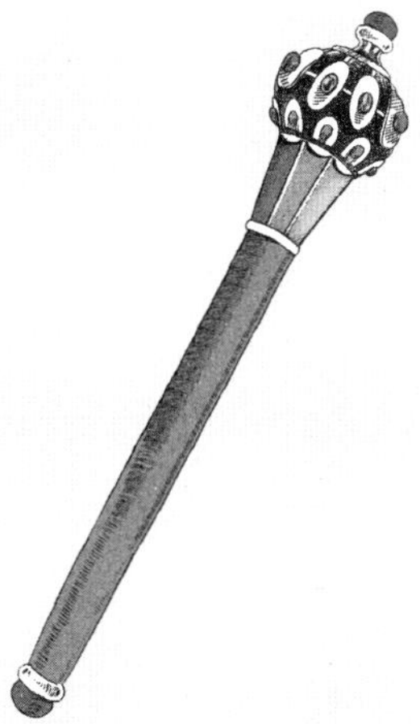

Year	男人要是不愿意好好当父亲就不是真正的男人。
Month	

Monday	Tuesday	Wednesday	Thursday	Friday

Saturday	Sunday	Memo

Year

Month

“友谊就是一切。”

Monday	Tuesday	Wednesday	Thursday	Friday

Saturday	Sunday	Memo

Year	
Month	

"伟大的人并非生而伟大，而是越活越伟大。"

Monday	Tuesday	Wednesday	Thursday	Friday

Saturday	Sunday	Memo

Year	“家族比社会更加忠实，更加值得信赖。”			
Month				
Monday	Tuesday	Wednesday	Thursday	Friday

Saturday	Sunday	Memo

Year	
Month	

> 活着不要当英雄，只要活着就行。
> 时过境迁之后，英雄似乎就有点儿愚蠢了。

Monday	Tuesday	Wednesday	Thursday	Friday

Saturday	Sunday	Memo

Year	
Month	

"相信自己的美德比相信自己的狡诈更加危险。"

Monday	Tuesday	Wednesday	Thursday	Friday

Saturday	Sunday	Memo

Year

Month

“写在纸上的东西会影响历史，但影响不了生命。
生命是一部不同的历史。”

Monday	Tuesday	Wednesday	Thursday	Friday

Saturday	Sunday	Memo

Year

Month

“真话是力量的源泉，是控制的杠杆，为什么要拱手交给别人呢？”

Monday	Tuesday	Wednesday	Thursday	Friday

Saturday	Sunday	Memo

Year

Month

“我们真正的信仰在于我们相信奇迹会发生。”

Monday	Tuesday	Wednesday	Thursday	Friday

Saturday	Sunday	Memo

Year

Month

“要用行动而不是言语来赢得尊重。”

Monday	Tuesday	Wednesday	Thursday	Friday

Saturday	Sunday	Memo

Year

Month

“永远别回头。
你现在是什么人，就是什么人，
世界眼下是什么样，就是什么样。”

Monday	Tuesday	Wednesday	Thursday	Friday

Saturday	Sunday	Memo

Year

Month

“爱本身一钱不值，必须包括信任和服从才有意义。”

Monday	Tuesday	Wednesday	Thursday	Friday

Saturday	Sunday	Memo